Liliane Fontaine

Die Richterin und der Tanz des Todes

PIPER

Zu diesem Buch

»Mathilde fand es spannend, einmal einer Probe in der Arena beiwohnen zu dürfen. Ihr brach allerdings schon beim Zuschauen der Schweiß aus. Sie bewunderte all jene, die den Flamenco beherrschten und lebten. Das Stampfen und Klacken der Schuhe musste bis auf den Boulevard draußen zu hören sein. Die Männer hoben die Arme, klatschten über ihren Köpfen, die Frauen beugten und drehten sich wie Wirbel um die Tänzerin in ihrer Mitte. Die beiden Reiter näherten sich, umkreisten mit den Pferden die Gruppe. Das Bild war atemberaubend, wild, erotisch, heißblütig. Die Tänzerin drehte sich noch einmal um die eigene Achse, kreuzte die Hände vor der Brust, ging in die Knie und blieb auf dem Boden liegen.
Mathilde sah auf ihre Uhr. Allmählich sollte sie zurück ins Büro. Sie stand auf, streckte sich und zog ihr leichtes Leinenkleid glatt. Ein Schrei, dem laute Rufe folgten, ließ sie erstarren.
›Ein Arzt, schnell, ruft einen Arzt, den Rettungswagen!‹«

Liliane Fontaine ist der Geburtsname der Krimiautorin und Kunsthistorikerin Liliane Skalecki, die in Saarlouis nahe der französischen Grenze geboren wurde. Sie promovierte an der Universität des Saarlandes in den Fächern Kunstgeschichte und Klassische und Vorderasiatische Archäologie und wohnt heute mit ihrer Familie in Bremen. Die Autorin besitzt französische Wurzeln und lebt viele Wochen des Jahres in der Nähe von Nîmes, wo sie Kultur, Land und Leute und das Savoir-vivre Südfrankreichs genießt.

Liliane Fontaine

DIE RICHTERIN

UND DER TANZ DES TODES

Ein Südfrankreich-Krimi

PIPER

Mehr über unsere Autorinnen, Autoren und Bücher:
www.piper.de

Wenn Ihnen dieser Südfrankreich-Krimi gefallen hat, schreiben Sie uns unter Nennung des Titels »Die Richterin und der Tanz des Todes« an *empfehlungen@piper.de*, und wir empfehlen Ihnen gerne vergleichbare Bücher.

Von Liliane Fontaine liegen im Piper Verlag vor:
Ein Fall für Mathilde de Boncourt:
Band 1: Die Richterin und die Tote vom Pont du Gard
Band 2: Die Richterin und die tote Archäologin
Band 3: Die Richterin und der Kreis der Toten
Band 4: Die Richterin und das Ritual des Todes
Band 5: Die Richterin und der Tanz des Todes
Band 6: Die Richterin und das Erbe der Toten

Unser Versprechen für mehr Nachhaltigkeit
• Klimaneutrales Produkt
• FSC®-zertifiziertes Papier
• Hergestellt in Europa

FSC www.fsc.org MIX Papier | Fördert gute Waldnutzung FSC® C083411

Originalausgabe
ISBN 978-3-492-31834-1
1. Auflage April 2022
2. Auflage Juli 2023

Redaktion: Sandra Lode
Umschlaggestaltung: FAVORITBUERO, München
Umschlagabbildung: Bilder unter Lizenzierung von Shutterstock.com genutzt
Satz: psb, Berlin
Gesetzt aus der Adobe Garamond
Druck und Bindung: CPI books GmbH, Leck
Printed in the EU

Kapitel 1

Zwanzig Jahre zuvor

»Und tak und tak, takka tak, takka tak.«

Paquita gab den Takt vor. Immer wieder. Sie stampfte ihn mit den Füßen, beobachtete dabei jede Bewegung ihrer Schülerinnen. Es war die Fortgeschrittenengruppe der Zehn- bis Vierzehnjährigen. Manche dieser Mädchen hatten mit dem Flamenco schon angefangen, kaum dass sie dem Windelalter entwachsen waren.

Sie hob graziös ihre Arme. Drehte ihre Hände im Gelenk, nach vorne, nach hinten, die geöffneten Handflächen wie ein stetiges elegantes Heranwinken und Fortscheuchen. Dann die Arme über dem Kopf, der Rhythmus der Füße wanderte durch den Körper in die klatschenden Hände. Kopf nach unten, Kopf in den Nacken, Drehung.

»Und tak und tak, takka tak, takka tak.« Ferse und ganzer Fuß im schwarzen Schnürschuh mit dem klobigen Absatz.

Die Mädchen konnten sich im Spiegel beobachten, während die Lehrerin mit dem Rücken zu der glänzenden Fläche stand, die die ganze hintere Wand einnahm. Der Schweiß lief ihnen über die Gesichter, die schwarzen langen Röcke wogten hin und her wie ein gleichmäßiger dunkler Fluss. Nur die Oberteile, die die Mädchen trugen, waren unterschiedlich. Bunte T-Shirts oder Blusen, unifarben, geblümt, gemustert.

Ohne dass sie es bemerkten, wanderte der aufmerksame Blick der Flamencolehrerin zu zwei Mädchen in der ersten Reihe. Die eine bereits eine junge Frau, die sich mit stolzgeschwellter Brust und feurigem Blick im Rhythmus der immer schneller werdenden Musik bewegte, die andere gerade zwölf Jahre alt geworden, in einer gelben Rüschenbluse, mit der sie den noch nicht vorhandenen Busen kaschieren wollte. Beide mit einem Ausdruck großer Konzentration und zugleich einer fast schon animalischen Freude an der Bewegung, diszipliniert und zugleich katzenhaft geschmeidig. Ihre roten Lippen glänzten.

Für eine der beiden musste sich Paquita heute entscheiden. Die Ältere hatte bereits Erfahrung auf der Bühne gesammelt, an ihren Bewegungen gab es kaum etwas auszusetzen. Sie war perfekt. Die Jüngere war ein Naturtalent, sie hatte die Begabung, die Gabe der Bewegung, die Gabe zu begeistern. Bei beiden sah der Tanz spielerisch aus, doch bei der einen waren es Begabung und Arbeit, bei der anderen Begabung und inneres Feuer. Die Lehrerin marschierte klatschend und stampfend um die Gruppe ihrer Schülerinnen herum, begutachtete ihre Bewegungen und traf ihre Wahl.

Grellweißes Licht, das in den Augen schmerzte. Der Schmerz übertrug sich fast körperlich auf Paquita, die neben dem Bett saß und die Hand des Mädchens hielt.

»Bitte, lassen Sie mich mit ihr reden. Ich bin es ihr schuldig. Und sie wird mich dafür hassen und nicht Sie«, hatte sie die Mutter des Mädchens gebeten. Diese hatte dankbar genickt und mit tränennassem Gesicht das Krankenzimmer verlassen.

»*Corazón.*«

Die Augenlider flatterten wie die Flügel eines jungen Vögelchens beim ersten Versuch, sein Nest zu verlassen. Das Mädchen hob die Lider, ein wirrer Blick aus dunklen Augen, die Paquita nach einigen Sekunden fixierten. Augen voller Angst, voller Fragen.

»Du erinnerst dich an nichts?« Der Blick der Frau wanderte von dem zarten Gesicht zu den Beinen. Das rechte Bein war bis zur Wade eingegipst. Sie biss sich auf die Lippen und konnte nur mühsam die Tränen zurückhalten.

»Nein. Aber Mama und der Arzt sagten, es wird alles wieder gut. Wird es doch? Und ich kann bald wieder tanzen.«

»*Corazón*, du musst jetzt stark sein.« Paquita atmete tief ein.

»Wir wissen es nicht. Der liebe Gott weiß es vielleicht. Es wird lange dauern, bis du wieder laufen kannst. Wenn der Gips weg ist, bekommst du einen ganz besonderen Schuh, der deinen Fuß wieder stark macht. Doch die Verletzung ist sehr, sehr schlimm gewesen.«

»Paquita, du willst mir sagen, dass ich nie wieder tanzen kann, stimmt das?« Die dunklen Augen blickten jetzt ganz ruhig.

Der alten Tänzerin brach das Herz. Sie schüttelte den Kopf. »Ich weiß es nicht, aber ich bete zur Heiligen Jungfrau Maria und zu Gott, dem Allmächtigen, dass du wieder tanzen kannst. Es wird ein weiter Weg sein, steil und voller Steine, aber wir wollen fest daran glauben. Und nun ruh dich aus.«

Sie drückte dem Mädchen einen Kuss auf die Stirn und verabschiedete sich. Sie war ein altes feiges Weib, hatte es nicht fertiggebracht, die Wahrheit auszusprechen.

Eine Stunde nachdem ihre Schülerin das Tanztheater verlassen hatte, war sie von Spaziergängern in einem nur wenige Minuten entfernten Park entdeckt worden, verborgen inmitten eines dichten Gebüschs. Jemand hatte dem Kind mit einem Messer die Achillessehne des rechten Fußes durchtrennt.

Kapitel 2

Die *Bodega Los Gitanos* war eines der angesagtesten Restaurants im Quartier La Placette inmitten der Altstadt von Nîmes. Einheimische wie Touristen schätzten die vielfältige Küche, eine mediterrane kulinarische Hochzeit zwischen Spanien und dem französischen Midi, und genossen dazu jeden Abend Livemusik. Manitas Carmona, der Herr des Hauses, hatte gerade die Schiefertafel, auf die er die Tagesgerichte aufschreiben würde, aufgestellt, als schon die ersten Touristen davor haltmachten und neugierig mit einem Akzent plappernd, den Manitas für holländisch hielt, die Tafel, auf der noch nichts zu sehen war, beäugten. Der Wirt zuckte entschuldigend mit den Schulten, zeigte mit den Fingern »fünf Minuten«, doch da waren die Touristen schon weitergegangen. Tja, so waren sie, die Feriengäste. Hatten eigentlich alle Zeit der Welt und dann doch nicht, sinnierte Manitas.

Maria, seine Frau, verteilte derweil Aschenbecher auf den Tischen im Außenbereich. Es war ein Wunder, dass sie nicht permanent geklaut wurden, diese gelben Ascher aus Kunststoff, dreieckig, mit dem Aufdruck RICARD, dem berühmten Pastis aus Marseille. Allerdings ließ Maria die wirklich alten Aschenbecher aus Opalex, Raritäten, die noch aus den Fünfzigerjahren stammten, nie aus den Augen. Sie standen nur auf der Theke in der Bodega, und wehe, jemand würde versuchen, sie einzusacken.

Die Aschenbecher harmonierten farblich mit den gelb-rot karierten Tischdecken, auf die Maria die Ständer mit den Speisekarten stellte. Die Karten sahen aus wie frisch aus der Druckerei, sauber und ohne ein Eselsohr, nie käme ihr eine angeschmutzte Karte auf den Tisch. Sie war auch für die Küche zuständig, während Manitas das Kulturprogramm managte. Wenn nicht gerade Gino, ihr Ältester, die Gäste mit seiner Gitarrenmusik erfreute, waren es meist befreundete Musiker, die sich am Abend hier ein gutes Zubrot verdienten. Hervé, der alte Akkordeonspieler, Bembé mit seinen Percussions oder das Trio Los Torros, die eine bunte Mischung von argentinischer Tangomusik bis hin zu Klängen des Buona Vista Social Clubs zum Besten gaben.

Mit sauberen Druckbuchstaben geschrieben, erschien auf der Tafel das Mittagsangebot. Artischocken mit Vinaigrette, wahlweise Lamm- oder Schweinekotelett auf Ratatouille, geeiste Melone, das alles inklusive eines Glases *Vin de Table* für 14,50 Euro. Dazu die Spezialität des Hauses, die auch am Abend angeboten wurde und nach der gerade die Touristen lechzten – eine Paella, die, so kam es ihm vor, zu jeder Tages- und Nachtzeit von Maria frisch zubereitet wurde.

»Maria.«

Seine Frau drehte ihm den Rücken zu, gab keinen Ton von sich und verschwand, nachdem sie die Tische vorbereitet hatte, ohne ein Wort im Lokal. Manitas seufzte tief. Das hatte man davon, wenn man als Südfranzose eine Spanierin heiratete. Sie hatte noch mehr Temperament als die hiesigen Frauen. Und sie verzieh nicht so schnell. Noch immer war Maria die schönste Frau, die er je gesehen hatte, und es erschien ihm wie ein Wunder, dass sie ihn gewählt hatte. Gut, er war auch ein attraktiver Mann, das bestätigten ihm die Blicke, die ihm die Frauen immer noch zuwarfen. Mittlerweile hatte sich Silber in Marias dunklen Zopf geschlichen. Sie war nie schlank gewesen, doch ihr Bauch wölbte sich mittlerweile schon enorm unter ihrem bunten Sommerkleid. Gut, manche würden behaupten, sie sei dick. Aber dick war relativ. Auch er war auseinandergegangen. Und sein schwarzer Schnurrbart wäre ohne Koloration und Wachs nicht so bedeutend, wie er nun einmal war.

Er ging Maria nach. Es war an der Zeit, sich zu versöhnen. Seine Frau ordnete ein paar gelbe Röschen in einer Vase. Manitas umschlang sie von hinten mit beiden Armen, zog sie an sich und küsste sie auf den Nacken. Das hatte noch nie seine Wirkung verfehlt.

»Lass das, *estúpido.* Ich muss mich um die Gazpacho für heute Mittag kümmern.«

»Du nennst mich einen Blödmann? Was hätte ich denn machen sollen? Sollen wir sie einfach ziehen lassen? Du bist doch die Erste, die nicht mehr aufhört, zu jammern und zu wehklagen.«

»Und du? Du denkst doch nur ans Geld, das Santana dir, gut, uns einbringt. Der Vater als Manager, nie das Kind auch nur einmal aus den Augen lassen. Sogar einen Verlobten hast du für sie ausgesucht. Ist das nicht ein bisschen sehr patriarchalisch gedacht? Denk mal darüber nach.« Maria drehte sich um, gab der Pendeltür zur Küche einen Tritt und verschwand in ihr Reich.

Manitas musste sich zusammenreißen, um ihr nicht hinterherzurennen und ihr ordentlich die Meinung zu geigen. Stattdessen kurbelte er die Markise heraus, goss die üppig wuchernden Oleander, die in riesigen *vases d'Anduzes* auf dem Trottoir zwischen der Straße und den Tischen standen, und stellte eine zweite Tafel auf mit der Ankündigung der Livemusik an diesem Abend. Er hatte von der Gruppe tatsächlich noch nie etwas gehört, aber der Typ, der angefragt hatte, war ihm sympathisch gewesen, und nach einer kleinen Kostprobe auf dem Saxofon waren sich die Männer schnell einig geworden. Manitas zahlte einen Grundbetrag, der Rest würde bei den Gästen als Spende an die Musiker von diesen selbst eingesammelt werden. Die Leute waren in Ferienstimmung, und wenn sie gut und reichlich gegessen und getrunken hatten, auch in Spendierlaune.

Diesmal in schwungvollen Lettern schrieb er den Bandnamen mit Kreide auf die schwarze Tafel. Ein wenig merkwürdig war der ja schon. *Trois chinois et une contrebasse.* JAZZ. In der Gruppe war zwar kein einziger Chinese, aber immerhin ein Kontrabass. Manitas summte die Melodie des Kinderliedes vor sich hin. Wenn er die Zeit dazu fand, gesellte er sich gerne zu den Bands, die die Gäste mit ihrer Musik verwöhnten. Er fand, dass er eine gute Singstimme hatte, und der Applaus nach seinen kleinen Gesangseinlagen schien ihm recht zu geben. Auch Santana hatte eine wunderschöne Stimme. Besser jetzt nicht an sie und den ganzen Ärger denken, sonst wäre ihm der Tag mal wieder total verdorben.

Lieutenant Felix Tourrain war rundum mit sich zufrieden. Gerade hatte er ein Erpressungsopfer dazu gebracht, endlich den Mund aufzumachen und sich der Polizei anzuvertrauen. Gut gelaunt spazierte er zurück zu seinem Arbeitsplatz im Präsidium der *Police judiciaire.* Plötzlich blieb er wie angewurzelt stehen. Ein Plakat mit der Ankündigung einer Livemusikgruppe sprang ihm ins Auge. *Trois chinois et une contrebasse.* JAZZ. Das wäre doch was heute Abend für Sabine und ihn. Dazu ein gutes Abendessen in der *Bodega los Gitanos.* Perfekt. Aber besser war es, einen Tisch zu reservieren. Nîmes war in diesem Sommer geradezu überlaufen von Urlaubern, die es sich ebenfalls am Abend gut gehen lassen wollten.

Der Wirt, ein dunkelhaariger kräftiger Mann mit einem beeindruckenden Schnurrbart, nahm ein Notizbuch zur Hand, um die Reservierung einzutragen. »Auf welchen Namen?«

»Tourrain. Felix Tourrain.«

»Kann ich Ihnen sonst noch etwas Gutes tun?« Er wedelte mit der Hand vor seinem Gesicht herum und verscheuchte eine Wespe, die zielstrebig auf den glänzenden Schnurrbart zugesteuert war.

Felix schaute auf seine Uhr. Eigentlich genau die richtige Zeit für einen kleinen starken Kaffee und eine erste Stärkung. »Einen *café double* und zwei Croissants, bitte.«

Er setzte sich auf den nächstbesten Stuhl und streckte seine langen Beine aus. In ein paar Tagen wollten er und Sabine in Urlaub fahren. In die Pyrenäen, da kam er her, dort waren seine Wurzeln. Und seine Urgroßmutter wurde fünfundneunzig. Von dort an die Atlantikküste, surfen und faulenzen. Ein perfekter Plan, ein noch perfekterer Urlaub, da war er sich sicher.

Der Kaffee und die buttrigen Blätterteighörnchen kamen, dazu der *Midi Libre.* Sehr aufmerksam. Ein Glas Wasser stand ebenfalls auf dem Tablett, darunter hatte der Wirt die Rechnung geklemmt. Das erste Croissant verschwand in Rekordgeschwindigkeit, das zweite tauchte Felix immer wieder in den Kaffee, bis auf der Oberfläche kleine Fettäuglein schillerten. Sabine bekam jedes Mal einen Anfall, wenn sie das sah. Und erst die Krümel, die in der schwarzen Brühe schwammen … Felix schmunzelte, als er sich Sabines Gesicht jetzt vorstellte. Die wunderschönen geschwungen Augen zu schmalen Schlitzen verengt, die Oberlippe gekräuselt. Es fehlte dann nur, dass sie ihm ein Stück Brot an den Kopf warf.

In diesem Augenblick schepperte es, und lautes Geschrei drang aus dem Inneren des Lokals. Dem Geräusch nach zu urteilen, war ein Topf oder eine Pfanne auf dem Steinfußboden gelandet. Versehen oder Absicht? Sehr schnell wusste Felix, es war Absicht gewesen, denn die Schimpfkanonade und das wechselseitige Geschrei einer Männer- und einer Frauenstimme konnten nur bedeuten, dass sich hier zwei ganz schön in der Wolle hatten. Das alles ging ihn nichts an, solange es sich nicht zu einer handfesten Auseinandersetzung mit Handgreiflichkeiten entwickelte. Und er wollte sich auch nicht bei seinem zweiten Frühstück stören lassen. Noch einmal tunkte er das Gebäck in den Kaffee, blätterte zu der Sportseite im *Midi Libre*. Eine Vorschau auf die Rugby-Saison im September. Los ging es für Nîmes gegen Mâcon, Stier gegen Stier, beide Clubs hatten das Tier in ihrem Vereinswappen.

Das Geschrei von drinnen war weiterhin nicht zu überhören. Felix nahm ein paar Wortfetzen wahr. Tochter, Tanz, Kanada, Show. Irgendwo knallte eine Tür an eine Wand, die Stimmen wurden lauter. Eine Männerstimme schrie: »Und sie bleibt hier. Und wenn es das Letzte ist, um was ich mich kümmere.« Eine Sekunde später trat ein wutschnaubender Wirt vor die Tür. Mit einem Fußtritt beförderte er einen Stuhl zwischen zwei Oleander, während man von drinnen eine zeternde Frauenstimme hörte.

Besser, er regt sich auf diese Weise ab, sinnierte Felix und entschied, dass es nun an der Zeit war zu gehen. Er legte das Geld neben seinen Teller, warf einen Blick in seine Kaffeetasse und musste Sabine insgeheim recht geben. Der dunkle Krümelmatsch sah wirklich sehr unappetitlich aus.

Kapitel 3

»Sébastien macht mich noch ganz verrückt mit seinem Herumgestolper und Gejammer.«

Vivienne, Sébastiens Mutter, lag auf einer Sonnenliege am Swimmingpool. Neben ihr stand auf den beigefarbenen Sandsteinplatten ein leeres Martiniglas.

»Was hast du gesagt?«

Mathilde de Boncourt zog sich an der Leiter aus dem Becken und schüttelte sich wie ein nasser Hund. Der Pool stammte noch aus den Fünfzigern und war solide in Beton gebaut worden. Die Nierenform entsprach schon lange nicht mehr dem letzten Chic, doch die Familie mochte das alte Becken, und für Rémy de Boncourt, Großvater von Mathilde und Onkel von Vivienne, stand es außer Frage, dass das Schwimmbecken in den nächsten Jahren nicht erneuert werden musste.

Vivienne zog die Sonnenbrille von den Augen und betrachtete Mathilde. »In dem Badeanzug siehst du aus wie ein Model aus der *Vogue* von 1965. Ich kenn dich nur in diesem gestreiften Einteiler. Willst du dir nicht mal was Neues gönnen? Und über Sébastien sagte ich, dass er es mit seinen Vorbereitungen für die Aufführung übertreibt. Natürlich ist es eine tolle Sache, dass er als Statist dabei ist. Aber wie kann man nur bei diesen Temperaturen in einen braunen Sack gehüllt durchs Haus rennen und unartikulierte Schreie ausstoßen.«

Mathilde lachte glucksend und löste das Band, mit dem sie ihre rotblonden lockigen Haare hochgebunden hatte. Ihr gefiel es, dass ihr Cousin, der das Downsyndrom hatte, so viel Freude an den Proben für das Sommerspektakel *Son et Lumière* in der Arena von Nîmes hatte.

»Lass ihn, er wächst gerade über sich hinaus. Sébastien als blinder Bettler in den Straßen von Nîmes, und er nimmt seine Aufgabe eben sehr ernst. Gestern hat er Babou an die Leine genommen und ist mit ihm als Blindenhund an der Seite durch den Garten gepirscht. Die Augen hatte er sich mit einem Schal zugebunden. Babou hat seine Sache sehr gut gemacht, bis er einer Katze nachjagen wollte. Im letzten Moment hat er sich eines Besseren besonnen, sonst hätte dein Sohn auf der Nase gelegen. Und was hast du eigentlich an meinem Badeanzug auszusetzen?«

Mathilde setzte sich auf ein Badetuch neben Viviennes Sonnenliege und streckte die Hand nach einer Schachtel mit bunten Punkten, in der ihre Gauloises blondes steckten, und einem Feuerzeug aus.

»Wie kann man bei der Affenhitze auch noch rauchen.« Vivienne wedelte mit der Hand den ersten blauen Dunst weg und rümpfte die Nase.

»Du bist ja nur am Meckern, *ma chère. La canicule* herrscht in jedem Jahr. Im Juli und August ist es immer heiß. Wenigstens darauf ist wettertechnisch Verlass. Und nun zurück zu meinem Badeanzug. Was gefällt dir an dem denn nicht?«

Vivienne seufzte. Tatsächlich hatte sie den Verdacht, dass Mathilde noch nie etwas von der Weiterentwicklung auch in der Bademode gehört hatte. Seit gefühlt einer Ewigkeit sah man sie im Sommer in diesem altmodischen Teil. Und das war eben das Problem. Ihre Nichte passte immer noch in den grün-weiß gestreiften Einteiler, dessen Bänder am Nacken mittels eines weißen Knopfes geschlossen wurden. Während sie, Vivienne, von Jahr zu Jahr mehr mit ihren Pfunden zu kämpfen hatte. Wenn sie ehrlich war, sah Mathilde mit ihren einhundertachtzig Zentimetern auch noch umwerfend in dieser Retrobademode aus. Und das teilte sie ihr dann auch ehrlich mit.

»Wie machst du das nur? Odile kocht so unglaublich gut, und du schiebst dir Riesenportionen rein. Eigentlich müsstest du hundertfünfzig Kilo auf die Waage bringen. Und du treibst noch nicht mal Sport.«

»Das sind wahrscheinlich die Gene meiner Mutter. Maman konnte angeblich auch essen, was sie wollte, und nahm kein Gramm zu.«

Wehmut überkam Mathilde, ein Gefühl, das ihr die Brust zusammenschnürte, wenn sie an ihre Eltern dachte, die bei einem Flugzeugabsturz ums Leben gekommen waren, als Mathilde drei Jahre alt gewesen war. Nur wenig später verstarb auch ihre Großmutter, und so war es *grand-père* Rémy, der Mathilde großgezogen und geformt hatte. Aber auch Odile, der gute Geist des Weingutes und im Schloss Château de Boncourt, hatte Mathilde ihren Stempel aufgedrückt. Die Liebe zu ihrer Heimat und ein ausgeprägter Gerechtigkeitssinn hatten sie denn auch bei ihrer Berufswahl beeinflusst. Mathilde war Untersuchungsrichterin, ihr Büro war im Palais de Justice in Nîmes, für sie die schönste Stadt Frankreichs.

»Apropos Essen, sind in der Schale noch Oliven drin?« Sie drückte ihre Zigarette aus und verstaute den Stummel in einem kleinen Metallbehälter, den sie für diesen Zweck immer dabeihatte.

Vivienne hob das Buch hoch, das sie auf die kleine Schüssel gelegt hatte, damit sich keine ungebetenen Gäste über die Oliven hermachten. »Nein, keine mehr da.«

Als hätte Odile den Wunsch nach Nahrung vernommen, kam sie mit einem Tablett anspaziert, das sie auf dem ehemals weiß gestrichenen runden Eisentisch abstellte.

»Kommt jemand mit in die Küche? Es sind noch ein paar Sachen runterzutragen. Ich habe mir gedacht, wo alle ausgeflogen sind, essen wir drei heute Abend hier draußen zusammen.«

Obwohl es schon nach acht Uhr war, hatte die Hitze des Tages kaum nachgelassen, und das Thermometer zeigte immer noch stolze dreißig Grad. Eine leichte Brise, die keinerlei Kühlung brachte, trug vom Kräutergarten den würzigen Duft von Zitronensalbei, Thymian, Rosmarin, Bohnenkraut und dem seit diesem Jahr in Odiles Küche nicht mehr wegzudenkenden aromatischen Buschbasilikum zu den Frauen.

»Ich komme mit.« Vivienne erhob sich von der Liege und dehnte ihre Glieder. »Was ist mit Sébastien, isst er nicht mit uns?«

Odile schüttelte den Kopf. »Nein, er hat ein Stück Brot von gestern, ein paar Bröckchen Käse und eine Handvoll Oliven gegessen. Er hat sie bei mir erbettelt. Er geht voll in seiner Rolle auf. Ich hoffe nur, der Junge übertreibt es nicht.« Sie seufzte tief, nahm die Teller, Besteck und Gläser vom Tablett, stellte den Weinkühler aus Ton in die Tischmitte, legte den Korkenzieher und drei gelbe Stoffservietten dazu, von denen sich das kräftige Grün und Lila des Lavendeldekors abhoben.

Lebhaft plaudernd gingen Odile und Vivienne zurück zum Schloss, einem Manoir mit zwei seitlichen Türmen und ausgewogenen eleganten Proportionen. Für Mathilde war es ihr Zuhause, ihr Refugium, der Rückzugsort zum Entspannen und auch zum Abstand Gewinnen zu den dunklen Seiten des Lebens, die ihr Beruf ihr täglich vor Augen führte. Hier ließ sie sich von Odile verwöhnen, streifte mit Babou und Henri durch die Weinfelder. Das Weingut betrieb mittlerweile offiziell Philippe, Viviennes Bruder, allerdings war Rémy immer noch die graue Eminenz, der *patron*, im Hintergrund.

Die beiden Männer waren heute Abend bei einer Versammlung der *vignerons* aus der Umgebung. Philippes Frau Lucette, die den Hofladen mit Herzblut betrieb, war für eine Woche mit den beiden jüngsten Söhnen, den Zwillingen Arthur und Noah, zu ihren Eltern nach Lothringen gefahren. Während dieser Zeit kümmerten sich Odile und Vivienne um das Geschäft, das gerade in den Ferienmonaten natürlich besonders florierte. Touristen aus Deutschland und den Niederlanden, aus England und Belgien, sie alle gerieten ins Schwärmen, wenn sie der Köstlichkeiten in den Gläsern und Verpackungen auf den urigen Holzregalen ansichtig wurden. Lucette und Odile tüftelten wöchentlich neue Rezepte aus. *Rillettes* vom Schwein und der Ente, *pâté* in Gläsern, Kräutermischungen in Tüten. Olivenpaste und Olivenöl, die sie für einen befreundeten Olivenzüchter verkauften, es blieben keine Wünsche für den verwöhnten Gaumen offen.

Die beiden Frauen kehrten mit einem Korb zurück, in dem sie das Abendessen transportierten. Vivienne hatte sich umgezogen und

Mathilde einen bunt schillernden Pareo mitgebracht, den diese sich wie eine Toga um den Körper schlang und auf der Schulter verknotete. Zu dem kühlen Weißwein, den Mathilde in die drei kleinen Gläser goss, servierte Odile in Scheiben geschnittene gefüllte Perlhuhnbrust, der Rest des köstlichen Abendessens vom Vortag, und einen erfrischenden Salat aus Tomaten der Züchtung *cœur de bœuf* und weißen süßen, in Ringe geschnittenen Zwiebeln, die zusammen in einer Kräutervinaigrette badeten. Dazu eine Schale mit eingelegten Oliven und ein knuspriges Baguette.

Entspannt genossen die drei Frauen ihr Essen. Ihre angeregt plaudernden Stimmen wurden begleitet von dem fast ohrenbetäubenden Lärm der Zikaden, die unsichtbar im Schatten spendenden Maulbeerbaum saßen und sich die größte Mühe gaben, mittels ihres schnarrenden Gesangs Aufmerksamkeit zu erregen. Die Frauen nahmen sie kaum wahr, es waren die Geräusche des Sommers, und sie gehörten einfach dazu.

Odile erzählte vom Marktbesuch in Saint-Gilles, wo es von Touristen nur so gewimmelt habe und ein Durchkommen zwischen den Marktständen kaum noch möglich gewesen sei. Vivienne gab Tränen lachend zum Besten, Adonis, Starfriseur der Damen von Saint-Gilles, habe Esmeralde Fabier die Haare statt golden orange gefärbt, sie sähe aus wie ein Orang-Utan, nur nicht ganz so fellig, und Mathilde unterhielt die Frauen mit Neuigkeiten von Martin, dessen Frankreich-Blog mittlerweile mehr als tausend Abonnenten hatte. Zurzeit bereite er einen Beitrag über alles, was mit Oliven zu tun hatte, vor.

»Dazu wird er in den nächsten Wochen quasi jeden Olivenbauern im Gard besuchen. Vielleicht kannst du ja ein paar Rezepte mit Oliven beisteuern, was hältst du davon, Odile? Oder ihn am besten gleich zu Médard schicken. Schließlich macht er das beste Öl weit und breit.«

Odile strahlte. »Sicher, gern. Aber die Rezepte bekommt er von mir. Da fallen mir schon jetzt auf Anhieb mindestens zwanzig ein. Tapenade, gefüllte Oliven, eingelegte Oliven, Olivenbrot, gebackene Oliven mit zitroniger Crème fraîche. Ich werde in den nächsten

Tagen einfach mal bei ihm vorbeischauen. Ich muss mich sowieso vergewissern, dass er seinen Kräuter- und Gemüsegarten auch in Ordnung hält. Und sonst? Was ist aus der Nichte des Bürgermeisters geworden? Die, die Post ausfährt? Hast du nicht erzählt, sie hätte ein Auge auf Martin geworfen? Das hast du nun davon. Sie war dann schneller als du.«

Mathilde rollte gespielt genervt mit den Augen. Odiles Lieblingsthema: Mathilde und die Männer. Martin Endress, der Freund aus Deutschland, der jetzt im benachbarten Dorf Saint-Fons lebte, hatte es Odile angetan. Martin hatte sich ganz zu Anfang ihres Kennenlernens in Mathilde verliebt, das war ihr bewusst. Doch sie hatten es dabei belassen. Die tiefe und innige Freundschaft zu ihm war ihr wichtiger als ein vielleicht kurzes Liebesabenteuer. Denn wenn sie es sich eingestand, schlug ihr Herz für einen anderen.

»Und wann kommt uns der Commandant mal wieder besuchen?«

Konnte Odile Gedanken lesen? Commandant Rachid Bouraada, Mitarbeiter der *Police judiciaire* in Nîmes und engster Mitarbeiter Mathildes, war Odiles zweiter Favorit.

»Wenn du mal wieder deine berühmte *Épaule d'agneau confite au citron* zubereitest, sag ich ihm Bescheid. Ich weiß zufällig, dass das Zitronenlamm eines seiner Lieblingsgerichte ist, seit du es ihm vorgesetzt hast. Also, es liegt an dir, meine liebe Odile, ihn hierherzulocken.« Mathilde knuffte die alte Frau liebevoll in die Seite.

Rachid Bouraada, dessen Großvater mit Frau und Kind von Algerien nach Frankreich gekommen war, hielt sich, zumindest was den Fleischkonsum anging, an die Vorgaben seiner muslimischen Religion, lehnte aber ein Glas Bier oder Wein nicht ab, was Mathildes Großvater Rémy mit einer gewissen Erleichterung zur Kenntnis genommen hatte.

Noch ehe Odile, deren Gesicht doch tatsächlich eine feine Röte überzog, antworten konnte, verstummten ganz plötzlich die Zikaden, als habe ein strenger Dirigent seinem kleinen Orchester Einhalt geboten. Bellend sprang Henri, der jüngere der beiden Labradore, heran, die Leine, die an seinem Halsband befestigt war, schleifte er hinter sich her. Am Tisch angekommen, blieb er stehen und setzte sich hechelnd.

»Halt, sofort halt, Henri. Böser Hund. Ich bin doch blind, du sollst mich führen.« Sébastien, der eine dunkle Sonnenbrille trug, stiefelte empört in seinem braunen Bettlerkostüm, das ihm Odile aus drei alten Säcken zusammengenäht hatte, zu den Frauen.

»Bitte um eine milde Gabe, *mesdames*. Bin nur ein einfacher Mann und blind dazu.« Mit bebender Stimme streckte er eine Hand aus, setzte die Sonnenbrille ab und blickte mit flatternden Augenlidern gen Himmel.

Vivienne legte ihm eine Olive in die Hand, Mathilde ein Stück Brot, und Odile reichte ihm, auf eine Vorleggabel aufgespießt, ein Bröckchen Perlhuhnbrust. Sébastien führte mit zitternder Geste die Hand zum Mund. »Habt Dank, edle Damen, ihr habt mich gerettet.«

Mit Bravorufen und lautem Klatschen quittierten die drei edlen Damen den Auftritt des jungen Mannes, der sich tief verbeugte.

»Und nun komm, Hund, geleite mich durch die dunklen Gassen.« Zielsicher griff Sébastien nach der Lederleine, Henri setzte sich auf und folgte willig seinem »blinden« Herrn, der jetzt sicher seinen Hund zum Schloss führte.

»Also, Talent hat er.« Odile fiel lachend in ihren Stuhl zurück.

»Ja. Das war nicht übel. Als Monsieur Grandjean auf der Suche nach Statisten war, hat er sich auch als Erster gemeldet. Er traut sich was, mein Sébastien.« In Viviennes Stimme schwang jetzt eine ordentliche Portion Stolz mit. Der Macher und Regisseur des Sommerspektakels *Nemausus – une danse travers les siècles* hatte die Idee gehabt, die Inklusion nicht nur ein Wort sein zu lassen, sondern es sollten ihr auch Taten folgen. Und so bereicherten auch Menschen mit den verschiedensten Handicaps einzelne Szenen der Show, die die Geschichte der Stadt Nîmes in bunten Bildern mit Tanz und Gesang wieder aufleben ließ.

Um halb elf neigten sich der heiße Sommertag und Mathildes Wochenende im Schloss allmählich dem Ende zu. Die musizierenden Bewohner des Maulbeerbaumes hatten ihren Gesang eingestellt, und die zweite Flasche Wein war zur Hälfte geleert. Mathilde hoffte, dass die kommende Woche ähnlich ruhig verlaufen würde wie die beiden vorangegangenen. Die letzten Ermittlungsakten waren beim Staatsanwalt, der Mord am Juwelier Bonifaz war bei ihrer Kollegin Isabelle Russo auf dem Tisch gelandet.

Mit dem Gedanken daran, ohne einen Mordfall auch nur wenig Zeit mit ihren Mitarbeitern von der *Police judiciaire*, Lieutenant Felix Tourrain und Rachid Bouraada, verbringen zu können, fiel sie, trotz der Hitze, die sich mittlerweile auch hinter den dicken Steinmauern des Schlosses eingenistet hatte, in einen tiefen traumlosen Schlaf. Dabei störte sie weder das Brummen des Klimageräts noch das zufriedene Schnarchen von Babou, der es sich, von Mathilde unbemerkt, am Fußende ihres Bettes bequem gemacht hatte.

Kapitel 4

Mathilde war am frühen Montagmorgen von Château de Boncourt aufgebrochen. Odile hatte sie mit Vorräten eingedeckt, die sie noch in ihre Wohnung in der Rue Dorée bringen wollte. *Rillettes* und *pâté de Campagne* mit Haselnüssen im Glas und *confit de canard*, eingelegte Entenkeulen, die sie nur noch erwärmen musste. Odile war es ein Rätsel, dass Mathilde sich offen dazu bekannte, auch eine Pizza von der Pizzeria um die Ecke nicht zu verschmähen, und hatte mit der Bevorratung diesem Gräuel den Kampf angesagt.

Der kurze Weg von ihrem Appartement bis zum Palais de Justice war ihr immer wieder eine Freude. Durch die Gassen der Altstadt zu schlendern, wenn es die Zeit erlaubte, im Bistro einen Kaffee zu schlürfen und ein butterduftendes Croissant zu genießen. Im Vorbeigehen warf sie einen Blick in die Schaufenster der Lädchen in der Rue de l'Aspic, die alle noch geschlossen hatten. Am Ende der Straße öffnete sich ihr dann der einzigartige Blick auf die Arena von Nîmes, die um diese Zeit noch im Schatten lag.

Das riesige Oval des einstigen römischen Amphitheaters übte auf Mathilde immer wieder die gleiche Faszination aus. Die ersten Touristen umrundeten bereits die Mauern, die in den letzten Jahren kontinuierlich restauriert worden waren, und schossen ihre Erinnerungsfotos.

Mathilde konnte die Arbeiten vom Fenster ihres Büros im Palais de Justice beobachten. Eigentlich hatten ihr die im Laufe der Jahrhunderte dunkel gewordenen Steine besser gefallen, sie wirkten irgendwie authentischer als die sandgestrahlten Mauern, deren neue Helligkeit, wenn die Sonne darauf schien, die Augen schmerzhaft irritierte. Garantiert ging doch bei dieser Prozedur auch jede

Menge von der Oberfläche der Steine verloren, hatte Mathilde überlegt. Und irgendwann wäre die Arena verschwunden, nichts bliebe mehr übrig von diesem architektonischen Meisterwerk. Doch das würde sie nicht mehr erleben.

Die Arena war auch eine Meisterleistung in puncto Logistik, war sie doch so konzipiert, dass vierundzwanzigtausend Menschen innerhalb kurzer Zeit hinein- und wieder hinausgelangen konnten, nachdem sie die oft blutigen Spektakel im Inneren bejubelt hatten. Es war eine ganz eigene Art der Gerichtsbarkeit gewesen, der sie hinter diesen mächtigen zweigeschossigen Mauern mit ihren imposanten Rundbögen beiwohnten. Todgeweihte wurden wilden Tieren ausgeliefert, die sie zerrissen, oder sie wurden gegen Gladiatoren in den Kampf geschickt. *Morituri te salutant.* Die Todgeweihten grüßen dich. Mathilde seufzte. Sie liebte die Historie, die so grausig und doch so spannend war, bewunderte die Arena, die gleichermaßen angefüllt mit grausamer Geschichte und doch so beeindruckend und wunderschön war. Noch heute wurde ihr Boden regelmäßig mit dem Blut der Kampfstiere getränkt, die während der Feria im September ihr Leben lassen mussten.

Doch in den nächsten Tagen würde sie in den späten Abendstunden erfüllt sein von Gesang und Lachen, vom Applaus der Zuschauer und der Musik. Freitag fand die erste Vorstellung von *Nemausus – une danse travers les siècles* statt, vier weitere sollten folgen. Der Regisseur und Macher, Franck Grandjean, hatte die besten Künstler aus Frankreich und dem Ausland für die Tanz-, Schauspiel- und Gesangsszenen gewinnen können.

Martin hatte bereits Karten reserviert, um mit Mathilde und Odile diese besondere Show zu genießen, *une spectacle son et lumière*, wie man sie in Frankreich nannte, Aufführungen mit aufwendig-bombastischen Licht- und Toneffekten. Besonders freute sich Mathilde auf den Auftritt der Operndiva Marta Torres-Sarmiento, der Nachtigall von Avignon, die sie im Laufe eines besonders kniffligen und mörderischen Falls kennengelernt hatte.

Mathilde trat auf den Platz vor der Arena. Eine Gruppe Asiaten hatte sich um die bronzene Statue eines Matadors versammelt. Zwei junge Frauen umschlangen ihn rechts und links, und ein Foto nach dem anderen wurde mit den Handys geschossen. Ob die Touristen, die täglich diesen Stierkämpfer umringten, wussten, wer er gewesen war?

El Nimeño, der französische *matador de toros*, hatte seinem Leben im November 1991 mit nur siebenunddreißig Jahren ein Ende gesetzt, nachdem er bei einem Stierkampf schwer verletzt worden war und nie mehr in die Arena zurückkehren konnte. Nach seinem Tod hatte die Stadt ihrem berühmten Sohn eine überlebensgroße Bronzefigur gewidmet.

Mathilde grüßte ihn stumm und ging weiter. Oft hielt sie Zwiesprache mit ihm, doch heute war ihr zu viel Trubel, zu den Asiaten hatte sich bereits eine weitere Menschentraube gesellt. Sie war dem jungen Matador vor fast dreißig Jahren begegnet, und El Nimeño hatte an diesem Tag Mathilde seine Lebenseinstellung mitgegeben. *Il faut toujours aller jusqu'au bout de sa passion.* Für seine Passion müsse man bis zum Ende gehen. Er hatte es getan, ohne den Stierkampf wollte er nicht mehr leben.

Mathilde war tief beeindruckt von diesem Mann gewesen und hatte seine Einstellung verinnerlicht. Was sie anpackte, verfolgte sie mit Leidenschaft und Hartnäckigkeit, auch sie würde für ihre Überzeugung bis zum Ende kämpfen. Sosehr sie allerdings das Lebensprinzip von El Nimeño schätzte, so konnte sie dem blutigen Stierkampf jedoch nichts abgewinnen, auch wenn sie den Stolz, den seine Anhänger den zwei- und vierbeinigen Akteuren entgegenbrachten, nachvollziehen konnte. Diese Menschen setzten nicht nur den Matadoren ein Denkmal, auch die Stiere wurden mit Bildnissen in Stein und Bronze gewürdigt. Mathilde bevorzugte die *courses camarguaises* und feuerte dann mit lauten Rufen die in Weiß gekleideten Stierkämpfer an, die als *raseteurs* und *cocardiers* ihren Mut und ihre Geschicklichkeit bewiesen, wenn sie den Stieren eine zwischen die Hörner gespannte Kokarde entrissen.

Am Straßenrand zwischen der Arena und dem Palais de Justice parkte bereits seit zwei Wochen ein Fahrzeug, das über und über mit Werbeplakaten für das Historienspektakel beklebt war. Schon die

Ankündigung für den »Tanz durch die Jahrhunderte« war ein echter Hingucker. Mathilde blieb stehen und studierte zum wiederholten Male all das, was auf dem Plakat zu sehen war. Vor einem dunkelvioletten Himmel schien die Arena noch heller als in der Realität geradezu zu schweben. Aus ihrem Inneren sprühten und leuchteten bunte Lichter wie ein Feuerwerk, um das Theater herum gruppierten sich Fotos der Akteure. Links Marta Torres in wallendem weißgoldenen Gewand, oberhalb der Arena ein Reiter auf seinem weißen Camarguepferd. Mit stolzem Blick stützte er den *ficheiroun*, den langen Holzstab mit seinem dreizackigen Ende aus Eisen, auf einen unsichtbaren Boden, während das Pferd in einer eleganten Drehung um den Trident herumzutanzen schien. Der mit dem Pferd tanzt, kam es Mathilde in den Sinn. Was hier spielerisch und folkloristisch aussah, war in der Realität auf den Weiden harte, schweißtreibende Arbeit, wenn mithilfe des Tridents, des Dreizacks, die Rinderherden getrieben wurden.

Auf der rechten Seite des Plakats stach, wie ein Gegenstück zu der voluminösen Gestalt der Opernsängerin, die zierliche Figur von Santana Carmona heraus. Das lange schwarze lockige Haar wirbelte um ihren Kopf, den sie in den Nacken warf. Das rote Kleid mit den vielen Volants flog nur so um ihre Beine. Der Blick war feurig und verheißungsvoll. Santana Carmona war nicht irgendeine Flamencotänzerin. Mit ihren zwanzig Jahren gehörte sie zu den jüngsten und besten ihrer Zunft. »Vom Wunderkind zur Showgröße«, hatte Mathilde vor Kurzem noch im *Midi Libre* gelesen.

»*Santa madre de Dios, eso es un calor. Por favor, llévala Fifinette de vuelta al hotel.*«

Mathilde hatte bereits die gesicherte Glastür zum Palais de Justice erreicht und wollte eben eintreten, als die ausdrucksstarke Stimme an ihr Ohr drang. Sie drehte sich um. Eben noch auf dem Plakat von ihr bewundert, strebte Marta Torres mit ihrer Hausdame Roberta und Fifinette, ihrem Schoßhündchen, im Gefolge in Richtung Arena. Sie trug trotz oder vielleicht auch wegen der schon am Morgen die Stadt beherrschenden Hitze ein weites, langärmeliges Gewand, das dem ähnelte, in dem Mathilde die Diva kennengelernt hatte, ein Kaftan aus Seide, der über und über mit bunten Vögeln und Blumen bestickt war. Ihre roten Haare waren unter einem breiten Sonnenhut versteckt. Jetzt wie damals erfüllte die Sängerin jedes Klischee einer überkandidelten Diva. Doch Mathilde war damals schnell eines Besseren belehrt worden.

Sie und Rachid hatten Marta in ihrem Haus in Avignon aufgesucht, um sie zu befragen. Spätestens nachdem Marta Torres-Sarmiento in ein lautes Lachen, das vulgärer nicht hätte sein können, ausgebrochen war und offen kundtat, sie sei in einem winzigen Kaff in der Nähe von Barcelona geboren worden, Mutter Putzfrau, Vater unbekannt, hatte sie Mathildes Herz gewonnen, obwohl sie in diesen äußerst komplizierten Mordfall verstrickt gewesen war. Seitdem waren die Frauen in losem Kontakt geblieben, und Mathilde hatte noch im Mai ein Konzert von Marta in Montpellier besucht.

»Hola, Marta. Da haben Sie allerdings recht. Aber was erwarten Sie im Hochsommer.« Mathilde lachte herzlich, sprang die Treppe wieder hinunter und breitete die Arme aus. Roberta tat, wie ihr geheißen, grüßte Mathilde mit einem kleinen Lächeln, klemmte sich Fifinette unter den Arm und brachte sie zurück zum Hotel.

»Gut sehen Sie aus, mein Kind. Kann Ihnen diese Affenhitze denn gar nichts anhaben? Hoffentlich hat man mir einen extra starken Ventilator besorgt, sonst schmelze ich auf der Bühne hinweg wie ein Stück Butter in der Sonne.«

Die beiden Frauen umarmten und küssten sich auf die Wangen.

»Wie geht es dem schönen Commandant? Wenn ich ein paar Jahre jünger wäre …«

»Er war mit seinem Vater zur Hochzeit einer Cousine in Algerien. Sie gehen zu Fuß?«, lenkte Mathilde vom Thema ab.

»Es sind ja nur ein paar Hundert Meter. Nur möchte ich Roberta und Fifinette nicht weiter der Hitze aussetzen, das kann in der Arena auch schon ganz ungemütlich für einen kleinen Hund werden. Da wird er sich in unserem Hotel viel wohler fühlen. Und der Garten dort ist einfach ein Traum. So grün ist alles, die Rosen duften betörend, und die Bougainvilleen blühen in einer Pracht, es ist einfach unbeschreiblich. Trotz der Hitze atmest du auf. Da reicht es schon, wenn ich das Plätschern des Brunnens höre. Eine wahre Oase. Ich liebe es.«

»Ah, Sie sind im *Jardins Secrets* abgestiegen?« Mathilde wusste, dass dies eine der teuersten Adressen in Nîmes war, aber auch eine der schönsten. Hinter den roséfarbenen Mauern mit den grünen Fensterläden verbarg sich eine Poststation aus dem 18. Jahrhundert, die geschmackvoll von einem Künstlerpaar in ein exklusives Hotel umgewandelt worden war. Genau die richtige Bleibe für eine Diva vom Format einer Marta Torres.

»Ja, es gibt kaum ein lauschigeres Plätzchen in Nîmes, in das ich mich zurückziehen könnte. Meine liebe Mathilde, möchten Sie nicht meine Probe heute Vormittag besuchen? Gegen zehn Uhr? Ich singe dann nur für Sie.«

»Welche Ehre. Ich muss allerdings schauen, was Christine mir an Arbeit hingelegt hat. Doch wenn es machbar ist, komme ich gerne.«

Marta zog Mathilde noch einmal an ihren üppigen Busen und schritt wie eine Königin von dannen. Mit einem Schmunzeln registrierte Mathilde die Blicke der Passanten, die sich auf Marta Torres richteten.

Kapitel 5

Die Stimme von Jean Schmitt, Choreograf der Tanzszenen von *Nemausus,* war eindringlich. »Halte bitte deine Sinne zusammen, wenn du auf der Bühne bist. Wenn Marta singt ›*Nous danserons, tu le promet la seguedille*‹, trittst du von links heran, nicht eher und nicht später, hast du verstanden? Es muss ein fließender Übergang sein. Du warst beim letzten Mal einen Hauch zu früh. Dann sind die Zuschauer schon auf dich konzentriert, aber Marta braucht die Zeit, um dich sozusagen auf die Bühne zu bitten. Bis dahin sind die Tänzer schon da, bereiten deinen Auftritt vor. Klar? Bei ›*Nous danserons la seguedille et boirons du Manzanilla*‹ tänzelst du mit einem gewissen Abstand an ihr vorbei, und wenn sie singt: ›*tra la la la la la la la la la*‹, zieht sie sich allmählich zurück, und dann gehört die Bühne ganz alleine dir. Dem leuchtenden Stern am Flamenco-Himmel. Alles klar? Und pass ein wenig auf mit den Pferden. Sie sind ja einiges gewohnt, aber man weiß ja nie.«

Santana nickte. In Gedanken war sie bereits bei ihrem Auftritt. Leise summte sie die Melodie der *Seguidilla* vor sich hin. Obwohl selbst bereits ein gefeierter Flamenco-Star und eine Größe auf der Showbühne, war es ihr eine große Ehre, zusammen mit Marta Torres aufzutreten. Und was wäre für sie beide, die aus Spanien stammende Operndiva und die Flamencotänzerin, passender als ein gemeinsamer Auftritt zu den Klängen von Georges Bizets Carmen, der heißblütigen schönen Frau aus dem fahrenden Volk der *Manouches.*

Sie hob einen Fuß elegant auf einen Stein in den Katakomben der Arena und band sich den schwarzen Schuh mit dem breiten Absatz zu. Bei der Probe trug sie ein etwas weiter geschnittenes Ensemble aus einem schwarzen Rock und roter Bluse mit schwarzen Punkten, die Schuhe mit dem gebundenen Riemchen über dem Spann waren dieselben, die sie beim Auftritt in dem eng geschnittenen blutroten Kleid mit dem doppelten Volant, der wie ein Flammenmeer um sie herumwogte, an den Füßen hatte.

»Hast du endlich mit Franck gesprochen?«, riss Jean Schmitt Santana aus ihren Gedanken. Der schlanke Mann stützte sich auf einen Stock aus Ebenholz, der in einem Schwanenkopf aus Messing endete. Was wie ein modisches Accessoire aussah, hatte einen ganz praktischen Zweck. Es diente ihm, sein seit einem Unfall nur noch eingeschränkt bewegliches Bein zu unterstützen, und zugleich konnte er damit während des Tanztrainings den Takt angeben. Das stete Klopfen hatte Schmitt den Spitznamen *frapeur* eingebracht. Er hatte sich mittlerweile daran gewöhnt, als Klopfgeist bezeichnet zu werden. Besser ein Klopf- als ein Quälgeist, pflegte er mit einem Schmunzeln zu sagen.

»Nein, es war noch nicht der richtige Zeitpunkt.«

Jean Schmitt seufzte. »Der kommt wohl nie. Er zählt auf dich, Santana. Und dein Vater, was sagt er dazu? Er ist schließlich dein Manager.«

»Mit ihm ist alles geklärt. Und überhaupt, es ist ganz allein meine Entscheidung.« Ihre Stimme war kleinlaut, doch in ihren schwarzen Augen blitzte Entschlossenheit auf.

»Und wie hat er reagiert?«

Die junge Frau zuckte die Achseln. »Nicht eben begeistert. Und seitdem streiten er und Maman nur noch.«

»Santana, überleg dir das alles gut. Hier stehen dir alle Türen offen, die Tanztheater und Bühnen reißen sich um dich. Und letztendlich stehst du erst am Anfang deiner Karriere. Du kannst doch noch in vier, fünf Jahren …«

»Genug, Jean.« Sie streckte ihre Hand aus und berührte mit ihrem rechten Zeigefinger seine Lippen. »Mein Entschluss steht fest.« Beschämt registrierte sie die Verzweiflung, die sich auf dem Gesicht des Mannes spiegelte.

Mit einer wütenden Bewegung wischte er die Hand weg. »Du

machst einen großen Fehler, Santana. Es gibt viele, die dir diesen Schritt nicht verzeihen werden.«

»Und du, kannst du mir verzeihen?«, fragte sie leise, während sie sich die dunklen Locken mit einem bunten Tuch zu einem Pferdeschwanz zusammenband.

Die Grazie in ihrer Bewegung schmerzte Jean fast körperlich.

»Santana! Marta ist da.« Francks Stimme schallte durch die ganze Arena. »Wir wollen loslegen. Verdammt, wo bleiben denn die Pferde? Gino, schaff die beiden ran. Was stehst du hier herum? *Merde*, Romino, wo ist Santana? Ja, sind denn hier alle verrückt geworden. Ja, ja, *la canicule*, ich weiß, es ist heiß, aber nicht so, dass einem das Hirn wegschmilzt. Jetzt reißt euch mal zusammen. Santana, *chérie*, wartest du auf eine Extraeinladung, oder soll ich dich abholen und hierhergeleiten? Los, jetzt macht mal alle voran.«

Jean sah Santana nach. Schwer auf seinen Stock gestützt, machte er sich langsam auf den Weg zur Bühne. Plötzlich musste er innehalten, ein heftiger Schmerz, als habe man ihm Tausende spitze Nadeln ins Bein gerammt, ließ ihn aufstöhnen. Er atmete tief ein und aus, so hatte es ihm sein Therapeut beigebracht. Einfach den Schmerz wegatmen. Das gelang mal besser, mal weniger gut. Heute drohte das Bein, trotz der Stütze, unter ihm nachzugeben. Er musste sich kurz an die Mauer lehnen. Nach einer Minute ließ der schmerzhafte Krampf, der ihm die Tränen in die Augen getrieben hatte, allmählich nach.

Kapitel 6

Mathilde hatte das Fenster ihres Büros weit geöffnet. Doch das laue Lüftchen, das mehr zu ahnen denn zu spüren war, brachte keinerlei Abkühlung. Allerdings war es immerhin in der Lage, Geräusche der Proben aus der Arena bis in ihr Zimmer zu tragen. Stimmfetzen, Wiehern, übersteuerte Lautsprecher, die Misstöne von sich gaben, Musik. Kurz entschlossen, klappte sie die gelbe Akte zu, zwischen deren Seiten sich der Überfall auf eine Rentnerin samt Ermittlungsergebnis befanden und die nun zum Staatsanwalt weitergereicht werden würde, der die Anklage erhob.

Als sie das klimatisierte Gerichtsgebäude verließ, hatte sie das Gefühl, gegen eine Wand aus Hitze zu prallen. *La canicule*, die Hitze dieses Sommers, war in der Tat außergewöhnlich. Mathilde war gespannt, was ihr Großvater von der Versammlung der Winzer zu berichten hatte. Die Winzer gehörten zu den wenigen Menschen, die während einer lang anhaltenden Hitzeperiode das Land, sprich ihre Weinfelder, wässern durften, während es verboten war, Privatgärten mit dem notwendigen Nass zu versorgen oder Swimmingpools zu füllen. Auch das Waschen von Autos vor der eigenen Haustür war untersagt.

Am Einlass zur Arena saß Berhane, ein Student aus Äthiopien, und sorgte dafür, dass niemand unbefugt eintrat und die Proben störte. Mathilde kannte den Jurastudenten, seit er ein Praktikum im Palais de Justice absolviert hatte.

»*Bonjour*, Madame le Juge. Ist doch nichts passiert da drin?« Er zeigte mit dem Daumen über seine Schulter ins Innere der Arena.

»Nein, keine Sorge. Nicht immer, wenn ich auftauche, hat es ein

Verbrechen gegeben. Nein, ich wollte mir die Proben anschauen. Marta Torres ist eine Freundin von mir.«

Der junge Mann ließ Mathilde durch und wehrte keine zehn Sekunden später drei aufdringliche junge Fans ab, die unbedingt jetzt und gleich und live die *bailarina de flamenco* Santana Carmona sehen wollten.

»*Bougnol.*«

Mathilde hörte eben noch, wie einer der Jungs Berhane das Schimpfwort zurief. Schon wollte sie wieder umkehren, doch der Äthiopier winkte ab. »Alles in Ordnung, Madame, ›Kameltreiber‹ geht mir am Arsch vorbei.«

Sie musste lachen, obwohl es eigentlich nicht zum Lachen war. Rassismus war und würde immer ein Thema bleiben. Sie dachte an Rachid, der es als Sohn algerischer Einwanderer nicht immer leicht gehabt hatte, bei den Kollegen der Polizei Anerkennung zu finden. Doch mittlerweile war seine Reputation so hoch, dass niemand wagen würde, ihn *beur* oder *bicot* zu nennen, Beleidigungen, wie sie leider nur allzu oft noch zu hören waren.

Mathilde durchschritt die gewölbten Gänge und erklomm die hohen Stufen, um sich direkt gegenüber der Bühne, einem fast ebenerdigen Holzboden, auf den warmen Steinen hinzusetzen. Hier war es noch angenehm schattig. Bis zur Bühne, die die gesamte Breite des Ovals einnahm, waren es knapp fünfzig Meter.

Plötzliche Hektik verbreitete sich. »Musik bereit?«, plärrte jemand. Erstaunt kniff Mathilde die Augen zusammen. Dort, wo ein fulminantes Orchesterensemble für einen Auftritt von Marta Torres zu erwarten gewesen wäre, stand lediglich ein Mann mit einer Klarinette, auf einem Stuhl saß lässig ein zweiter Musiker mit Gitarre, die er an sein mit riesigen Rüschen besetztes rosafarbenes Hemd drückte, daneben hatte sich eine Frau im weiß-schwarz gestreiften Flamencokleid positioniert, die bereits mit ihren Kastagnetten klapperte.

Und dann betrat Marta die Bühne, die Anwesenden klatschten, doch der Applaus verebbte sofort wieder, als die Sängerin die Hand hob. Soweit Mathilde wusste, waren die Musiker allesamt *gens du voyage*, wie es im Amtsfranzösisch für die Ethnien der Sinti oder Roma hieß. Das fahrende Volk. Nur dass die meisten von ihnen in Spanien oder Südfrankreich mit einem festen Wohnsitz ansässig waren und seit Langem die dazugehörigen Staatsbürgerschaften besaßen. Meist waren es Sinti, die sich selbst *Manouche* – das Wort für Mensch – nannten.

Der Mann mit der Klarinette trug eine schwarze enge Hose und ein mit silbernen Pailletten besetztes Hemd, die in der Sonne glitzerten. Er führte das Instrument an die Lippen, und nach den ersten Tönen setzte Marta ein. Leise summte Mathilde mit. *J'irai danser la Seguedille.* Ich werde die Seguidilla tanzen. Die Gitarre kam hinzu, die Kastagnetten setzten rhythmische Akzente. Es war ein Genuss für Mathildes Ohren. Martas reine Stimme, die Musik blieb im Hintergrund. Die Präsenz der Diva erfüllte Zeit und Raum.

Eine knappe Minute vor Ende ihrer Arie trat Marta ein wenig zur Seite. Vier Männer in schwarzen Hosen und schwarzen Hemden betraten die Bühne, klatschten zuerst leise, dann immer fordernder in die Hände. Es folgten vier Frauen in weiß-rot gestreiften Flamencokleidern mit Volants. Auch sie setzten mit dem Klatschen ein, jedoch in einem sehr viel schnelleren Rhythmus. Ganz außen positionierte sich je ein Reiter auf einem Schimmel, beide Männer in der Tracht der *gardians*. Ihre Beine steckten in dunklen Hosen, darüber trugen sie weite Lederchaps, auf den blauen Hemden schimmerten bunte kleine Blumen. Darüber trugen sie ärmellose Westen, auf dem Kopf runde Hüte aus Leder. Sie hielten einen Trident in der Rechten, den sie immer wieder im gleichen Abstand auf den Boden stampften. Mit dem letzten »tra la la la la« trat Marta Torres zur Seite und überließ ihren Platz einer Tänzerin.

Schwarzer Rock, rote Bluse, das dunkle Haar zu einem Pferdeschwanz gebunden. Mit der Noblesse einer Königin glitt sie hocherhobenen Hauptes an Marta vorbei, nickte ihr zu, und ab diesem Augenblick gehörte ihr die Bühne. Zuerst verhalten, dann immer schneller stampften ihre Füße auf die Bretter der Bühne. Sie raffte den Rock ein wenig, schleuderte ihn wieder hinunter, drehte sich, klatschte in die Hände. Immer schneller, immer schneller. Und das innerhalb einer Minute. Mathilde war hingerissen von der Vorstellung. Wie sie gelesen hatte, tanzte Santana Carmona bereits seit ihrem vierten Lebensjahr, ein wahres Wunderkind.

Mathilde brach schon beim Zuschauen und Mitwippen der Schweiß aus allen Poren. Sie hatte im Alter von dreizehn oder vierzehn Jahren, so genau wusste sie es selbst nicht mehr, einen Flamencokurs besucht. Zu Anfang war sie hoch motiviert gewesen, hatte sogar davon geträumt, zu den Besten ihres Jahrgangs zu gehören und eine der begehrten Auszeichnungen, eine Flamencofigur aus Porzellan, zu gewinnen. Doch schon die Grundschritte zu koordinieren, war ihr kaum gelungen. Als sei ihr jedes Rhythmusgefühl abhandengekommen. Mit einer Engelsgeduld hatte ihr die Lehrerin erklärt, man stampfe mit der ganzen Sohle, der Spitze, der Ferse und dem Absatz auf. Und je nachdem, wie man dies kombinierte, kam dabei ein eher ruhiger, dann schnellerer – bis hin zu einem wild wirbelnden – Tanzschritt heraus. Bei Mathilde war es bei einem sehr eintönigen Wechsel von Spitze und Absatz geblieben. Tack-klack, tack-klack. Und dabei sollte sie auch noch im entgegengesetzten Rhythmus in die Hände klatschen. Nach ein paar Stunden hatte sie es aufgegeben. Umso mehr bewunderte sie diejenigen, die es wirklich konnten, den Flamenco lebten. Frauen wie Männer.

Wie auf ein Stichwort begannen die Tänzer, Santana zu umkreisen, es folgten die Frauen, und ein Tanz voller Leidenschaft ließ den Holzboden erbeben. Das Stampfen und Klacken der Schuhe musste bis auf den Boulevard zu hören sein. Die Männer hoben die Arme, klatschten über ihren Köpfen, die Frauen beugten und drehten sich wie Wirbel um die Tänzerin in ihrer Mitte. Die beiden Reiter näherten sich, umkreisten mit den Pferden die Gruppe. Die beiden Tiere wölbten stolz ihre Hälse, folgten aufmerksam jedem unsichtbaren Kommando ihrer Reiter. Mathilde stockte fast der Atem.

Einer der Tänzer riss sich plötzlich von den anderen los, war mit einem Sprung bei Santana, drehte sich in entgegengesetzter Richtung um sie herum, näherte sich ihr, entfernte sich, um dann hautnah an sie heranzutanzen. Er zog etwas aus seinem Gürtel, eine breite rote Schärpe, die um seine Hüften gewickelt war, hielt den

Gegenstand über seinen Kopf. Mathilde hielt die Luft an. Ein Messer. Sie atmete wieder aus. Es war nur ein Tanz.

Klatschend und mit wirbelnden Röcken bewegten sich jetzt mit rasend schnellen stampfenden Schritten die Flamencotänzerinnen auf den Mann zu, griffen spielerisch nach seinem Arm und zogen ihn zurück in die Formation. Das Bild war atemberaubend, wild, erotisch, heißblütig. Es war eine Szene, die sich in Mathildes Herzen festsetzte. Das war der Süden, geprägt von Hitze und Leidenschaft. Die Gitarren wurden leiser, die Reiter wendeten ihre Pferde nach links und rechts, die Tänzer, die Santana geradezu eingekesselt hatten, stoben auseinander. Die Tänzerin drehte sich noch einmal um die eigene Achse, kreuzte die Hände vor der Brust, ging in die Knie und blieb auf dem Boden liegen.

Noch einmal traten alle Tänzer tanzend und klatschend zu der in der Mitte liegenden Santana. Mathilde hätte damit gerechnet, dass diese nun vielleicht die Arme emporreckte, ein letztes Mal in die Hände klatschte, sich erhob und den Jubel der Zuschauer entgegennahm. Aber wie sie so dalag, hatte auch eine gewisse Wirkung, befand sie. Vielleicht war es noch theatralischer, als wenn sie sofort aufgesprungen wäre. Insgesamt hatte die Tanzszene länger gedauert als der Auftritt von Marta. Und doch erschien er verdammt kurz, wenn man den Aufwand an Musikern, Tänzern, Reitern und Pferden betrachtete, sinnierte Mathilde, um sich dann wieder von dem Geschehen gefangen nehmen zu lassen. Unglaublich, welche Gefühle man in diesen wenigen Minuten zum Ausdruck bringen konnte. Vom fröhlichen Beginn über die immer stärker angeheizte Stimmung bis hin zu dieser tragisch-schmerzlichen Schlussszene.

Mathilde sah auf ihre Uhr. Allmählich sollte sie zurück ins Büro. Sie stand auf, streckte sich und zog ihr leichtes Leinenkleid glatt. Ein Schrei, dem laute Rufe folgten, ließ sie erstarren. »Ein Arzt, schnell, ruft einen Arzt, den Rettungswagen!«

Mon Dieu, was war da passiert? Schon rannte ein Sanitäter mit einem Alukoffer herbei. Eine Tänzerin fiel einem Mann um den Hals, die Reiter sprangen von ihren Pferden, einer von ihnen fasste beide Tiere am Zügel und führte sie weg. Ein Mann in kurzer Hose und Strohhut rannte zu der am Boden liegenden Frau. Noch immer stand Mathilde wie gelähmt an ihrem Platz. Sie beschirmte ihre Augen und erkannte Marta Torres, die sie mit einer weit ausholenden Geste herbeiwinkte.

»Mathilde!«, gellte Martas Ruf durch die Arena. Die Untersuchungsrichterin löste sich aus ihrer Starre. Wie kam sie nur am schnellsten zur Bühne? Sie musste zurück in die Katakomben und durch den Gang um die halbe Arena rennen. Außer Atem erreichte sie die Sängerin, die sie vollkommen aufgelöst erwartete.

»Mathilde. Sie ist einfach zusammengebrochen. Die Hitze, die Aufregung, ich weiß es nicht. Ich dachte, Jean hätte die Schlussszene verändert, ohne uns Bescheid zu geben. Ich vermute, das glaubten alle. Und dann haben wir gewartet, dass sie aufsteht. Sie ist einfach liegen geblieben, Mathilde. Das arme Kind. Sie ist tot, Santana ist tot!«

Kapitel 7

Fassungslosigkeit, Entsetzen, Sprachlosigkeit, Tränen. Sämtliche Facetten an Reaktionen auf die am Boden liegende Gestalt von Santana Carmona vereinten die geschockten Menschen.

Der Sanitäter, der neben Santana kniete, schüttelte den Kopf. Dann sprang er sofort dem Mann in kurzen Hosen und Strohhut auf dem Kopf, der jeden Moment umzukippen drohte, zur Seite. Mehr, als ihn zu stützen, konnte er nicht tun, dabei sah er sich ratlos und suchend um, als hoffe er inständig darauf, dass die Kollegen mit Notarzt und Rettungsfahrzeug so schnell wie möglich anrückten.

»Das ist Franck Grandjean, der Regisseur«, klärte Marta Mathilde auf. »Ich befürchte, der Junge ist total überfordert. Ein Blasenpflaster kann er aufkleben oder einen Insektenstich kühlen, aber eine Tote, wer rechnet schon mit so was. Wahrscheinlich war es einfach zu viel für sie. Der wilde Tanz, vielleicht mehr Aufregung, als ihr gutgetan hat, dazu diese unerbittliche Hitze. Ich habe es beobachtet. In der Drehung ist sie zusammengebrochen. Ob sie direkt tot war? Ein Herzinfarkt? Wie bei diesem jungen Fußballspieler. Eine übergangene Erkältung, zu große körperliche Anstrengung, und das Herz macht nicht mehr mit.«

Marta Torres hatte geredet, ohne Luft zu holen. »*Madre mia*. So jung und so schön, so talentiert, so beliebt, so fröhlich. *Qué fugaz es todo*. Alles so flüchtig. Wie geht es jetzt weiter, Mathilde?«

»Wir müssen auf den Notarztwagen des SAMU warten. Ist es eigentlich üblich, dass während der Proben kein Arzt vor Ort ist?«

»Ja, was soll denn groß passieren? Die paar Kleinigkeiten kann der Sanitäter verarzten.«

Endlich war die Sirene des Wagens des SAMU zu hören, in wenigen Minuten wäre ein Notarzt da, der wahrscheinlich offiziell den Tod der jungen Frau feststellte.

Mathilde fand zu ihrer üblichen Professionalität zurück. »Marta, ihr solltet alle erst einmal hier zusammenbleiben. Wir werden hören, was der Doktor sagt.«

Die Sängerin nickte und gesellte sich zu den anderen Darstellern, die jetzt sprachlos alleine oder in kleinen Gruppen immer noch wie erstarrt um die tote Tänzerin herumstanden. Irgendwo wieherte ein Pferd. Ein Geräusch, das die Stille durchbrach. Bewegung kam in die Schar. Das Bild, das wie eine Momentaufnahme gewirkt hatte, entwickelte sich zu einer Szenenfolge, wie ein Film, den man angehalten hatte und der nun weiterlief.

Nur mit Mühe konnten zwei Tänzer den Mann, der die Gitarre gespielt hatte, davon abhalten, sich über den Körper von Santana zu werfen. Und das alles in einer Geschwindigkeit, der Mathilde kaum folgen konnte. Der Sanitäter versuchte, beschwichtigend auf den dunkelhaarigen Mann einzuwirken, doch der schlug ihm mit voller Wucht die Hände vor die Brust, sodass er zurücktaumelte.

In diesem Moment kam der Arzt mit zwei weiteren Sanitätern, von denen einer eine zusammengerollte Transporttrage mit sich führte, angerannt. Die Gruppen teilten sich wie das Rote Meer, und der Arzt kniete sich neben die Tänzerin. Nach einer kurzen Untersuchung schüttelte auch er den Kopf. Es gab keinen Zweifel mehr, Santana Carmona war tot.

»Docteur, bitte, auf ein Wort.« Mathilde war zu der Toten getreten und gab den beiden Sanitätern, die die Trage neben dem Leichnam aufrollten, ein Zeichen, noch einen Augenblick mit der Umbettung zu warten. Die Tänzer, Sänger und Reiter schienen auf irgendein Signal zu warten, die Männer mit versteinerten Mienen, die Frauen schluchzend oder still, mit traurigem Blick. Der Mann, den man hatte zurückhalten müssen, kniete jetzt am Rand des Geschehens, den Kopf in seine Arme gebettet, und wiegte sich vor und zurück. »Mein Name ist Mathilde de Boncourt, *juge d'instruction* hier am Gericht in Nîmes. Können Sie mir schon irgendetwas zur Todesursache sagen?«

Der Arzt sah sie erstaunt an. »In der kurzen Zeit? Sie ist tot. Aber wenn ich eine Einschätzung geben sollte, bei der Hitze tippe ich auf einen Herzstillstand. Daran sterben übrigens die meisten Menschen.« Es hatte wie ein Scherz geklungen, doch der Arzt hatte es wohl ernst gemeint, wie Mathilde an seiner Miene ablesen konnte.

»Aber warum fragen Sie? Ziehen Sie etwa ein Verbrechen in Betracht? Allerdings gibt es auf den ersten Blick keine Anzeichen körperlicher Gewalt. Sie haben die Szene beobachtet?«

»Nur aus der Entfernung. Santana Carmona tanzte und lag dann plötzlich am Boden. Ich dachte, es gehört zu der Choreografie. Erst als Madame Torres …«, sie zeigte auf die Operndiva, die die Hand einer der Flamencotänzerinnen hielt und ihr beruhigend darüberstrich, »… mich herbeirief, bin ich sofort hierhergerannt. Der Sanitäter vor Ort hatte gerade ihren Tod festgestellt. Und nein, warum sollte ich ein Verbrechen in Betracht ziehen? Es ist einfach nur so, dass der plötzliche Tod eines so jungen Menschen nicht normal ist, oder?«

»Ja, aber was ist schon normal?« Er zuckte mit den Schultern. »Wir bringen die Frau nun in die Gerichtsmedizin. Ich will mich nicht zu sehr aus dem Fenster lehnen, aber in dieser Altersgruppe ist ein plötzlicher Herztod unter Sportlern gar nicht so selten.« Er warf einen letzten mitleidigen Blick auf die Tänzerin, ehe die beiden Sanitäter sie auf die Trage hoben, ein Tuch über sie legten und sie vorsichtig wegtrugen.

Mathilde war erleichtert, dass sie den leblosen Körper nicht vor den Augen ihrer Freunde und Kollegen in einen Zinksarg oder einen Bodybag verfrachtet hatten. Sie beobachtete den Tänzer am Rand, der sich aus seiner kauernden Position erhoben hatte. Jetzt stand er regungslos da, blickte den Sanitätern mit starrem Blick hinterher, die Hände zu Fäusten geballt.

»Docteur, wenn Sie im *Hôpital Universitaire Carémeau* sind, bitte informieren Sie Ihren Kollegen Alain Regis, er soll sich der Toten annehmen.« Alain Regis, Freund und Arzt im *Institut médico-légal*, war der Gerichtsmediziner, mit dem Mathilde am liebsten zusammenarbeitete. Der bärbeißige Arzt hatte schon so manchen Beitrag zur Aufklärung mysteriöser Todesumstände geleistet. Auch wenn die Tänzerin wahrscheinlich an einem plötzlichen Herzstillstand verstorben war, die Todesumstände mussten trotzdem durch eine Obduktion geklärt werden, und Mathilde wusste Santana Carmona bei Regis in den besten Händen.

Der Arzt versprach es und verabschiedete sich mit einer Handbewegung, die alle Anwesenden einschloss. Mathilde trat zu Marta, als der Mann in den kurzen Hosen auf sie zustürmte. Er zog den Strohhut vom Kopf, zerrte ein Taschentuch aus der Hosentasche und wischte sich über die Glatze.

»Madame le Juge, Franck Grandjean, ich bin verantwortlich für die Show. Sie haben eben noch mit dem Arzt gesprochen. Was sagt er? Ich weiß nicht mehr, wo mir der Kopf steht.« Hilflos ließ er die Arme sinken. »Was sollen wir jetzt tun, wie uns verhalten? Ich, wir alle, waren wohl noch nie in einer solchen Situation. Was soll ich meinen Leuten sagen?«

Der große Mann hatte eine auffallend helle Stimme, die so gar nicht zu seinem voluminösen Körper passen wollte. *Seine Leute*, wie er sie nannte, hatten noch immer nicht aus ihrer Schockstarre herausgefunden. Wie angewurzelt standen sie auf der Bühne, unfähig, auch nur einen Schritt zu tun. Als hätte man den Film wieder angehalten, ging es Mathilde durch den Kopf. Jemand hatte einfach die Stopptaste gedrückt.

Noch bevor sie antworten konnte, kam Bewegung in die Menschen. Einer der Reiter stieß einen heiseren Schrei aus und fiel laut schluchzend an der Stelle auf die Knie, an der die Tote gelegen hatte.

»*Mon Dieu*, das ist ein Familiendrama. Wir müssen die Eltern benachrichtigen. Wir dürfen das nicht Gino oder Ricardo überlassen, die beiden können nicht als Todesboten vor die Familie treten. *Impossible*, nein das geht nicht. Madame, bitte ...« Flehend hob Grandjean die Hände. Der Mann, der seine Schauspieler, Sänger und Tänzer den lieben langen Tag über die Bretter, die angeblich die Welt bedeuteten, scheuchte, war mit der Situation vollkommen überfordert.

»Gino Carmona …«, erklärte Marta leise, »… ist der Junge mit der Gitarre, der, der sich vorhin über Santana, seine Schwester, werfen wollte. Der Reiter ist Ricardo, ihr Verlobter.« Die Sängerin wandte sich an den Regisseur. »Franck, mein Lieber, kümmern Sie sich zuerst um Ricardo. Alles andere überlassen Sie mir und Madame le Juge. Und du, Dolcé, besorg uns bitte etwas zu trinken. Der Versorgungswagen steht in der Katakombe. Bring Becher und Tee mit, essen wird wohl niemand etwas, aber etwas zu trinken wird uns guttun. Tanya …«

An den Handgelenken der Frau im gestreiften Kleid baumelten ihre Kastagnetten. Mit wachsbleichem Gesicht trat sie auf Marta und Mathilde zu. »Ich kümmere mich um Jean, ich befürchte, er bricht gleich zusammen.« Ohne ein weiteres Wort entfernte sich die Künstlerin und nahm behutsam einen älteren, schlanken Mann in die Arme, der sich mit tränenüberströmtem Gesicht auf einen schwarzen Stock stützte.

Jetzt nahm Marta Torres endgültig das Heft in die Hand. Sie raffte ihr Gewand, wandte sich einer weiteren Tänzerin zu, legte ihr tröstend einen Arm um die Schulter und zog sie zu einer Art Regiestuhl. Sanft drückte sie sie nieder. Dann half sie dem Klarinettisten, den Reiter, der noch immer auf dem Holzboden kniete, auf die Füße zu ziehen. Der runde kleine Hut, den er vorhin noch auf dem Kopf gehabt hatte, war an den Rand der Bühne gerollt.

Ganz allmählich erwachte auch der letzte Anwesende aus seiner Starre. Mit schweißnassem Gesicht kehrte Marta Torres zu Mathilde zurück, die sich ein Bild von all den Szenen, die sich abspielten, gemacht und in ihrem Kopf abgespeichert hatte.

»Marta, Sie sind einfach großartig. Wenn Madame Dolcé alle mit Getränken versorgt hat und wieder komplett Ruhe eingekehrt ist, sollten alle nach Hause gehen.«

Marta nickte. »Ja, das sollten wir. Ein paar von uns sind in Hotels, Gino wohnt in Nîmes. Und Franck hat recht, wie sollen die Jungs es Santanas Eltern beibringen? Ach, Mathilde, es ist ein Drama, eine Tragödie.« Die Sängerin seufzte tief. »Wissen Sie, wir sind hier alle eine große Familie. Bis auf Franck, Jean, Penelope, das ist das Mädchen, das eben mit Dolcé weg ist, und Benjamin ...«, sie nickte in Richtung des zweiten Reiters, »... sind alle Darsteller und Musiker *Manouches*. Dieser Akt der Show lebt ganz von ihrem Können, ihrer Kunst. Wie sie tanzt niemand, wie sie spielt niemand Gitarre oder Klarinette, niemand sonst vermag es, seinem Spiel, seinem Tanz, seinem Gesang so viel Leidenschaft und Ausdruck zu verleihen. Sehen Sie mich an.« Marta lächelte.

»Sie?« Mathilde zog erstaunt die Augenbrauen hoch.

»*Sí, mi palomita.* Habe ich Ihnen nicht erzählt, dass ich in einem Kaff bei Barcelona aufgewachsen bin? Nun, genauer gesagt, in einem, in dem überwiegend *Gitanos* lebten, das heißt, wo sie immer noch leben. Allerdings ist das ein wenig zu verallgemeinernd. Meine Mutter war eine Sintiza, und dass Sinti und Roma nicht dasselbe sind, wissen Sie wahrscheinlich auch.«

Mathilde war wirklich sprachlos. Nein, das hatte sie nicht gewusst, es weder irgendwo gelesen oder gehört.

»Und ich bin stolz darauf. Wie alle hier. Santana war eine von uns, ebenso wie Dolcé Reinhardt oder Romino Plata. Er hat den Tanzeinsatz mit Santana am Ende der Szene. Der verzweifelte Reiter ist Ricardo Bailardo. Er ist ihr Cousin, ich schätze mal zweiten Grades oder mehr, denn er war mit Santana verlobt. Und das Häufchen Elend da hinten ist, wie ich schon sagte, Gino Carmona, Santanas großer Bruder.«

Der Musiker saß jetzt wieder abseits, die Knie hatte er mit beiden Armen umfasst und den Kopf daraufgelegt. Auch aus der Entfernung konnte man erkennen, wie die Tränen seine Wangen hinunterliefen. Die Frau mit den Kastagnetten hockte neben ihm und streichelte seinen Rücken.

Dolcé und Penelope kehrten jetzt mit Bechern und einer Thermoskanne Tee zurück. Dolcé goss das dampfende Getränk ein, doch die meisten lehnten ab. Kein Wunder bei der Hitze, sagte sich Mathilde. Doch andererseits, tranken nicht die Wüstenbewohner gerade wegen der Hitze heiße Getränke?

»Ich werde Ricardo und Gino anbieten, mitzukommen. Ich glaube, es wird leichter für die beiden sein, wenn sie nicht alleine den Eltern gegenübertreten. Ich kenne Manitas und Maria, ihnen gehört das Restaurant *Bodega Los Gitanos*. Es wird ihnen das Herz brechen.«

Mathilde kannte das Restaurant. Das war also das Elternhaus der toten Tänzerin. Es lag mitten in *La Placette*, einem Viertel im Herzen von Nîmes zwischen der Rue Jean Jaurès, der Rue du Mail, dem Boulevard Victor Hugo und der Rue Grétry. Es war das Quartier, das der *Midi Libre* einmal als *le village gitan* bezeichnet hatte. Tatsächlich lebten hier die meisten *Gitanos*, Roma und *Manouches*, oder wie immer sie genannt wurden oder sich selber nannten, in meist trauter Nachbarschaft mit Portugiesen, Türken, Nordafrikanern und natürlich den Franzosen, die schon immer hier gelebt hatten.

»Dann wünsche ich Ihnen viel Kraft. Eine solche Nachricht zu überbringen ist so unsagbar schwer.« Mathilde umarmte Marta Torres. Auf dem Weg zurück in die Katakomben bemerkte sie, wie merkwürdig still es war. Kein Laut von der Bühne, und als hätte auch die Außenwelt vor den Mauern der Arena innegehalten, drang weder der Motorenlärm noch das aufgeregte Geschnatter eines Stadtführers an ihre Ohren. Lediglich ein dunkles Schnauben war von dort zu hören, wo die Reiter ihre Pferde untergebracht hatten.

Kapitel 8

Erst als Mathilde das leere Vorzimmer ihres Büros betrat, registrierte sie, wie spät es schon war. Christine war in der Mittagspause und hatte ihr einen Zettel auf dem Schreibtisch hinterlassen. Juge Demongeot, dessen Schreibkraft im Urlaub war, hatte angefragt, ob sie am Nachmittag bei ihm aushelfen könne, und da sich bei Mathilde im Moment nicht viel angehäuft habe …

Mathilde war es recht. Ihre Mittagspause würde aus einer Zigarette am geöffneten Fenster bestehen. Juge Demongeot war einer ihrer ältesten Kollegen, nicht von seinem eigentlichen Alter her, sondern an Dienstjahren. Ihre ersten Schritte als Richterin hatte sie unter seinen Fittichen unternommen, gelenkt und geleitet von einem absolut gewissenhaften und integren Mann. Das war es, was Mathilde am meisten schätzte und zu würdigen wusste, Loyalität und Treue. Plötzlich überkam sie das dringende Bedürfnis, Rachid anzurufen. Aber nein. Erstens gab es im Moment keinen gemeinsamen Fall, und ihn einfach nur so anzurufen …

Commandant Rachid Bouraada, ihr engster Mitarbeiter, ihr Fels in der Brandung. Zusammen mit Lieutenant Felix Tourrain bildeten sie eine Einheit, die dem Bösen den Kampf angesagt hatte. Ja, das hörte sich heroisch, geradezu pathetisch an, und doch war es ihr Ziel. Schon mehr als einmal hatten sie einsehen müssen, dass es auch ein Kampf gegen Windmühlenflügel war. Bei ihrem letzten großen Einsatz, eine Mordserie hatte das Nobelinternat Château des Cigales im Frühjahr erschüttert, stand ihnen zudem Coralie Mollard zur Seite, die junge Kriminologin hatte sich dabei ihre ersten Sporen verdient. Mittlerweile hatte sie Montauban sur Vidourle verlassen und arbeitete in Nîmes, wo sie zurzeit an der Seite von Capitaine Nathalie

Taux in einem Seniorenheim für Demenzerkrankte ermittelte. Eine Reihe von Bewohnern war zunächst schwer erkrankt und dann wieder genesen. Coco, wie Coralie von ihren Freunden genannt wurde, vermutete, dass einer der Pflegenden oder einer der Ärzte an einer narzisstischen Persönlichkeitsstörung litt, die Bewohner erst krank werden ließ, um sie dann zu retten und so Anerkennung und Lob zu erhalten. Doch noch hatten sie keinen Beweis dafür.

Mathilde steckte sich eine ihrer geliebten Gauloises blondes an, setzte sich auf die Fensterbank und blies den Rauch nach draußen. Kein Windhauch wirbelte den Dunst durcheinander, er verschwand ganz einfach unspektakulär im Nirgendwo. Der Himmel war von einem fast surrealen Blau, das Mathildes Seele berührte. Einen solchen Himmel gab es nur hier, wo ihr Zuhause war, im Süden Frankreichs. Die Töne changierten ineinander, geradeso, wie Vincent van Gogh sie in seinen Gemälden einzufangen gewusst hatte. Mathilde sah die »Allee bei Arles« vor sich, eines seiner Bilder mit diesem unnatürlich anmutenden und doch wahren Himmel des Midi. Sie musste unbedingt einmal wieder das Sanatorium Saint-Paul de Mausole in Saint-Rémy-de-Provence besuchen, wo Vincent seine letzten Jahre verbracht hatte und wo eine Fülle seiner schönsten und ausdrucksvollsten Bilder entstanden war.

Sie hatte das Handy neben sich gelegt, doch sosehr sie es fixierte, es gab keinen Ton von sich. Seit einer Woche hatten sie und Rachid nicht mehr miteinander gesprochen. Er war mit seinem Vater nach Algerien gereist, die Hochzeit einer entfernten Cousine war im großen Stil, das heißt mit wenigstens vierhundert Menschen, wie Rachid vermutete, gefeiert worden. Seit gestern sollte er eigentlich wieder in Nîmes sein.

Ein Lieferwagen hielt an der Straße, und ein Sonnenstrahl wurde von der blitzenden Karosserie in Mathildes Augen reflektiert. Sie kniff die Augen zusammen, doch nicht schnell genug, eine Träne stahl sich hervor. Sie wischte sie weg, dabei segelte ein wenig Asche aus dem Fenster und zerstob zu nichts. Während draußen das Leben pulsierte, ging ihr der Tod der jungen Frau näher, als sie gedacht hatte. War es die Jugend, derer der Tod sie beraubt hatte?

Ihre Schönheit, ihr Tanz, an dem sich nun niemand mehr erfreuen würde? Oder war es womöglich die Tatsache, dass sie eine *Manouche* war, der Sprössling einer Volksgruppe, die heute noch von vielen wie Menschen zweiter Klasse behandelt wurde, etwas, das Mathilde partout nicht akzeptieren und ausstehen konnte. Sie seufzte. Vielleicht hatte sie einfach nur eine melancholische Anwandlung. Wie hatte Martin es einmal genannt: »den Moralischen haben«. Eigentlich half da immer ein Glas Wein. Aber nicht im Büro, nicht im Dienst.

Sie drückte ihre Zigarette aus und schnippte sie in den Mülleimer. Ihr Handy gab immer noch keinen Laut von sich. Die *Marseillaise*, schief und krumm, wie auf dem Kamm geblasen, war ihr Klingelton. Doch sosehr sie es erneut anstarrte und hypnotisierte, es tat sich immer noch nichts. Also widmete sich Mathilde dem Kleinkram, den sie sonst vor sich herschob, beäugte gefühlt alle zehn Minuten ihre Uhr, um festzustellen, dass gerade mal fünf Minuten vergangen waren. Niemand suchte den Kontakt zu ihr. Keine Marta, die ihr von dem schweren Gang zu Santanas Eltern berichtete, kein Rachid mit einem amüsierten Blick auf die Hochzeit in Algerien, keine Odile, die sie ermahnte, ihre Finger von Fertigpizza zu lassen, kein *grand-père*, der fragte, wie es ihr ging – gut, sie hatte ihn erst vor zwei Tagen gesehen –, kein Martin, der sie auf ein Glas Wein in einer lauen Sommernacht einlud. Alle hatten sie vergessen.

Und plötzlich, als Mathilde schon nicht mehr daran glaubte, schnarrte das Telefon. Regis? Regis!

»*Bonjour*, Mathilde. Störe ich?«

»Aber nein, Sie nie, Regis.« Plötzlich klopfte ihr das Herz bis zum Hals. Sie sah die zusammengesunkene Gestalt Santana Carmonas vor sich. Den Bruder, der sich über den Körper seiner toten Schwester werfen wollte. Den Schmerz in den Augen des Verlobten. Den Schock der Kollegen, die Fassungslosigkeit Martas.

»*Eh bien!* Wenn Mathilde de Boncourt mir jemanden schickt, halte ich es immer für ratsam, die Arbeit nicht auf die lange Bank zu schieben. Ich spreche von Santana Carmona. Sie war ein wirklich schönes Mädchen, jung und begabt, jetzt schon eine Legende in der Welt des Flamencos. Nun, das wird sie ja auch bleiben, nicht wahr?« Er räusperte sich. Solche Gefühlsmomente kannte Mathilde gar nicht von dem abgeklärten Gerichtsmediziner.

»War es ein plötzlicher Herztod?« In dem Augenblick, in dem sie die Frage stellte, wusste sie bereits, dass es nicht so war.

»Der Kollege, Docteur Salverini, hat sie mit dem Verdacht auf PHT eingeliefert. Natürlich ist sie letztendlich gestorben, als ihr Herz stehen blieb. Aber der Grund dafür, Mathilde, ist eine Verletzung im Bauchraum. Ich habe eine Einstichstelle zwischen Bauchnabel und dem Rippenansatz entdeckt. Mehr kann ich Ihnen noch nicht sagen. Nur so viel: Ich gehe davon aus, dass Sie spätestens nach meinem Obduktionsbericht Ermittlungen aufnehmen sollten.«

Mathilde sah wieder die heißblütige Tanzszene vor sich. Die Tänzer und Tänzerinnen, die Reiter, die immer näher an die Flamencotänzerin herangerückt waren. Ein Moment, in dem Santana eingehüllt war von sich in unglaublicher Geschwindigkeit bewegenden Körpern.

»Regis, wann ist das passiert?«

»Wie, wann ist das passiert? Sie ist doch vor euren Augen zusammengebrochen. Da ist es passiert, zu dem Zeitpunkt des Todestanzes ist sie gestorben.«

»Aber nein, wann ist es zu der tödlichen Verletzung gekommen?«

Der Gerichtsmediziner atmete tief ein und aus. »Das, Mathilde, ist eine gute Frage, die ich erst nach der Obduktion beantworten kann. Und dazu erwarte ich Sie und Rachid oder sonst wen morgen um neun Uhr in meinen heiligen Hallen. Dann kann ich Ihnen wahrscheinlich schon etwas mehr sagen.«

Kapitel 9

Von Martins Haus waren es knapp dreihundert Meter bis in die Dorfmitte von Saint-Fons. Der deutsche Reisebuchautor und Mathilde hatten sich im Laufe von Ermittlungen um einen Kinderhändlerring auf dem bei Touristen wie Einheimischen beliebten Keramikmarkt von Uzès kennengelernt. Eine Begegnung, die kein Zufall gewesen sein konnte, es war Bestimmung, dessen waren sich die beiden sicher, denn schon bald hatte sich gezeigt, dass die Schicksale ihrer Familien miteinander verknüpft waren. Daraus hatte sich eine tiefe Freundschaft entwickelt, und nun lebte Martin Endress nur wenige Kilometer vom Château de Boncourt entfernt in einem alten Steinhaus, das er liebevoll renoviert und eingerichtet hatte. Von hier aus reiste er durch das Languedoc und den gesamten Gard, durchforstete die Provence, um für seinen Blog Weingüter und Olivenmühlen, unbekannte architektonische Schätze, traditionelles Handwerk und alles, was sonst den deutschen Frankreich-Liebhaber interessierte und erfreute, zu entdecken.

Er war auf dem Weg zum Bäcker, um sich ein Baguette und Croissants zum Frühstück zu besorgen. Saint-Fons war ein malerischer kleiner Ort, von dem der Bürgermeister zu sagen pflegte, wenn es ihn nicht schon gäbe, müsste man ihn glatt erfinden. Martin wischte sich mit einem Taschentuch über die Stirn. Schon jetzt brannte die Sonne gnadenlos vom Himmel. Die Fensterläden der zumeist steinsichtigen oder in Pastelltönen verputzten Häuser waren geschlossen und würden es auch den ganzen Tag über bleiben. Die Hitze wurde einfach ausgesperrt. Zu Anfang hatte Martin Türen und Fenster seines Hauses zu lange offen gehalten. Er liebte die Helligkeit, die die Räume durchflutete, das Gefühl, sein geliebtes

Südfrankreich drinnen wie draußen uneingeschränkt genießen zu können. Doch er hatte bald eingesehen, dass die Einheimischen nicht umsonst alles verrammelten. Heiße Nächte, in denen er kaum Schlaf fand, waren das Ergebnis seiner »Ich schließe Licht und Sonne nicht aus«-Politik gewesen.

Martin schlenderte gemächlich am Dorfbrunnen vorbei, dessen Plätschern ein Erfrischen suggerierte, das mitnichten vorhanden war. In der Mitte des schlichten oktogonalen Beckens reckte sich eine vierseitige Säule mit vier Wasserspeiern in Form von Schwanenköpfen, aus deren geschwungenen Hälsen das Wasser sprudelte. Eine träge Katze lag davor und hob noch nicht einmal den Kopf, als ein frecher Spatz vor ihrer Nase ein paar Krümel aufpickte. Es war einfach zu heiß, um zu jagen.

Nicht zu heiß war es den vier Alten, die sich ihrem morgendlichen Petanque widmeten. Sie nutzten die für ihren Geschmack noch angenehmen Temperaturen des frühen Vormittags. Klack, klack prallte eine Eisenkugel an die gegnerische, schleuderte sie ein Stück weg und rollte gemächlich zum *cochon*, der kleinen Holzkugel, der es sich anzunähern galt. Der Bouleplatz lag zwischen einer doppelten Reihe von Schatten spendenden Platanen, die in soldatisch strenger Formation den kleinen Marktplatz umgaben. Hätte Martin in seinen Reisebeschreibungen, die er für einen deutschen Verlag vor Jahren gemacht hatte, einen Marktplatz in einem südfranzösischen Dorf zeichnen oder beschreiben sollen, genau wie der von Saint-Fons hätte er ausgesehen. Die vier Männer, unter deren Baskenmützen braun gebrannte faltige Gesichter mürrisch – die Verlierer – oder strahlend – die Gewinner – hervorschauten, nickten ihm zu. Martin hatte überlegt, sich ebenfalls eine solche praktische Kopfbedeckung zuzulegen, doch er hatte die Idee verworfen. Er wurde den Eindruck nicht los, dass man sie meist nur noch auf den Köpfen der ganz Alten sah. Er grüßte die Spieler im Vorbeigehen, erkundigte sich, welche Mannschaft am Gewinnen war, und spazierte eins mit sich und der Welt weiter. Er war mittlerweile von dem *l'Allemand*, von dem Deutschen, einfach zu Martin geworden.

Sein Weg führte ihn am Amtssitz des Bürgermeisters vorbei.

Auch die *mairie* hätte er als Frankreich-Liebhaber so und nicht anders in seiner Fantasie beschrieben. Egal, wie klein die Dörfchen waren, ein Bürgermeisteramt war immer zu finden, geadelt und geschmückt mit der *Tricolore* und den erhabenen Worten *Liberté, Égalité, Fraternité.* Saint-Fons besaß, gemessen an der geringen Größe des Ortes, ein imposantes Gebäude mit einer breiten Freitreppe und hohen Fenstern mit reliefierten Keilsteinen, erbaut um die vorletzte Jahrhundertwende.

Gemächlich schlenderte Martin vorbei an Lolottes Bistro zur Bäckerei, aus der ihm der köstliche Geruch frischer Backwaren in die Nase drang, was seinen Magen veranlasste, knurrend nach Nahrung zu verlangen. Und wie immer, wenn ihn ein solcher Heißhunger überfiel, plante er für den Rückweg auch einen Besuch der Metzgerei ein. Allmählich sah er Licht am Ende des Gourmet-Tunnels. Allein die Auswahl an verschiedenen pâtés hatte ihn zu Anfang schier erschlagen.

»*Salut,* Martin. Schon so früh unterwegs?« Pierre ordnete die Patisserien in der Auslage, bei deren Anblick Martin das Wasser im Mund zusammenlief.

»*Salut,* Pierre. Was heißt früh? Ich habe mich nur dem Rhythmus des Südens und von Saint-Fons angepasst. Für mich ein Baguette und zwei Croissants. Und ein *Mille-Feuille,* bitte.«

Das Gewünschte wanderte über die Theke. Im Moment war Martin der einzige Kunde im Laden, und Pierre gönnte sich einen kleinen Plausch. »Hast du schon gehört? Aristide flippt gerade aus. Das Wasser aus der Quelle ist versiegt, und er weiß nicht, woran es liegt. Nix da mit dem Verkauf des Zaubertranks. Gut, die ersten Fläschchen gingen ja weg wie nichts. Das müssten schon so ein paar Tausend Euro sein, die er für die Gemeindekasse eingenommen hat. Nun, merkwürdig ist das schon, kaum ist die Quelle quasi aus dem Nichts aufgetaucht, ist sie schon wieder vertrocknet. Ah, Sandrine, was darf es sein?«

Pierre hatte ohne Punkt und Komma geredet und war dann nahtlos zu seiner nächsten Kundin übergegangen. Martin zahlte und verabschiedete sich. Nein, davon hatte er noch nichts gehört.

Also, die Quelle sollte versiegt sein? Und Aristide wusste nicht, warum? Wahrscheinlich war es zu heiß, der Boden eingetrocknet oder so. Martin hatte keine Ahnung von Geologie und den Umständen, wann und warum Wasser aus dem Boden kam. Nun, er würde spätestens bei seinem Besuch in der *Boucherie* mehr erfahren. Er atmete tief ein und aus. Wie er dieses Dorfleben liebte! Ja, er war in Saint-Fons angekommen.

Auf dem Weg zur Metzgerei drehte er kurzerhand wieder um. Noch mehr würde er im Bistro erfahren, das zugleich Wettbüro und Zeitungskiosk war. Es hieß ganz einfach wie die Wirtin, *Chez Lolotte.* Die blaue Markise war ausgefahren. Links vom Namen prangte das Wort Bar und daneben der Schriftzug »Karlsbräu« in weißen Lettern.

Lolotte, die dabei war, die Tische abzuwischen und kleine Vasen mit einer einzelnen Blume darauf zu platzieren, warf zwischen zwei Handgriffen Martin ein Luftküsschen zu. Ihre dunkelrot getönten Haare waren in kurze Löckchen gedreht, und in dem tiefen Ausschnitt ihres smaragdgrünen dünnen T-Shirts baumelte eine Korallenkette, das letzte Geburtstagsgeschenk ihres vor zehn Jahren verschiedenen Gatten.

Martin setzte sich, Lolotte wedelte mit ihrem Lappen ein paar unsichtbare Krümel vom Tisch und sah ihn erwartungsvoll an. »Einen *café au lait*, bitte. Und sei so nett, einen Teller für mein *Mille-Feuille.* Das schafft es nicht bis nach Hause.«

Lolotte lachte, flitzte ins Bistro und brachte in kürzester Zeit den Kaffee an Martins Tisch. Martin packte sein Blätterteiggebäck mit der Vanillepuddingfüllung und dem zuckrigen Überzug aus und platzierte es auf dem Teller.

»Möchtest du?« Er schob Lolotte die süße Köstlichkeit hin. Doch die schüttelte den Kopf und stemmte ihre Arme in die Hüften.

»Du willst mich verführen, Martin Endress. Damit ich unförmig werde. Nein, iss du mal dieses sündhafte Zeug allein.«

Dann setzte sie sich und fächelte sich mit dem unteren Teil ihrer umgebundenen Schürze Luft zu.

»Ist das heiß heute. Wie geht es dir? Was macht die Liebe?«

Diese Frage war Lolottes Standardfrage an Martin. Leider käme er für sie nicht infrage, wie sie ihm ziemlich schnell und nachdrücklich mitgeteilt hatte. »Du bist zu jung, sehr schade. Ich stelle mir immer vor, was unser Präsident macht, wenn Brigitte mal achtzig ist, dann ist er gerade mal fünfundfünfzig, ein Mann in den besten Jahren. Nun, das muss nicht meine Sorge sein«, hatte sie ihre Einschätzung zum Altersunterschied des Präsidentenpaares kundgetan. »Nicht, dass ich neidisch wäre, es ist einfach nicht mein Ding, so einen jungen Hüpfer im Bett zu haben.«

Martin hatte sich nichtsdestotrotz geschmeichelt gezeigt, dass Lolotte diese Überlegung überhaupt angestellt hatte, war jedoch heilfroh, dass sie, bis auf kleine Flirteinlagen, nie Anstalten gemacht hatte, ihn zu umgarnen.

»Die Liebe liegt auf Eis«, antwortete er mit einem tiefen Seufzer, nachdem er, erneut von Heißhunger überfallen, sein Gebäck geradezu verschlungen hatte. Reinette, die Nichte des Bürgermeisters und Postbotin in Saint-Fons, und er waren ein paarmal miteinander ausgegangen. Sie hatte sein Herz höher schlagen lassen, doch irgendwie hatte es nicht so wirklich mit ihnen beiden funktioniert. Er konnte es sich selbst nicht erklären, und so hatten sie es bei einer Freundschaft belassen, gingen tanzen oder saßen am Abend bei Lolotte auf einen Pastis zusammen.

»Na ja, heiß genug ist es ja, vielleicht schmilzt es ja, dein Liebeseis. Weißt du, es muss schon so richtig der Blitz einschlagen. Wie damals bei mir und meinem Pascal. Es muss einfach mehr da sein als ein bloßes Gefühl. Liebe besteht nicht darin, einander anzuschauen, sondern gemeinsam in die gleiche Richtung zu blicken.« Lolotte errötete. »Das ist jetzt nicht von mir, sondern von Antoine de Saint-Exupéry. Aber es trifft den Nagel auf den Kopf. Und sonst, was gibt es Neues?«

»Das kannst du mir vielleicht sagen. Pierre hat erzählt, Aristide kann kein Wasser aus der Quelle mehr abfüllen, weil sie versiegt sei. Das muss ihn ja ganz schön wurmen.«

»Das kann man wohl sagen. Gestern Abend hat er sich hier ganz schön volllaufen lassen vor lauter Ärger. Das Wasser, ob es nun was bringt oder nicht, ich meine für die Gesundheit, hat er ja ganz schön teuer verkauft. Gut, geht alles in die Gemeindekasse. Aber wer weiß, ob er nicht doch den einen oder anderen Cent für sich abgezweigt hat.« Sie schlug sich mit der Hand auf den Mund. »Das vergisst du jetzt aber ganz schnell wieder. Ich habe das nie gesagt. Nein, ich weiß auch nichts Näheres. Das Wasser ist weg, die Quelle furztrocken, und die Einnahmen haben aufgehört zu sprudeln. Im wahrsten Sinne des Wortes. Aber was uns bleiben wird, sind die Touristen, die die Kapelle besichtigen wollen. Du hast da ein echtes Kleinod entdeckt. Unfassbar, dass sie all die Jahre vor sich hin geschlummert hat. Und erst diese Malereien, die die Restauratoren freigelegt haben. Sie sind ja noch am Anfang, aber ich bin sicher, das wird noch mehr Menschen anlocken. So, ich muss jetzt mal weitermachen. *À bientôt.*« Sie beugte sich zu Martin, drückte ihm drei Küsschen auf die Wangen und verschwand in der Gaststube, um eine Minute später wieder mit handgeschriebenen Zetteln, auf denen sie herzhafte Kleinigkeiten zum Essen offerierte, zurückzukehren.

»Heute Abend gibt es Tintenfisch von der *plancha*, falls du also Lust hast.« Sie verteilte die Zettel auf den kleinen Tischen und zog aus einem Stoffbeutel bunte Zikaden aus Keramik, um die Blätter damit zu beschweren.

»Wie oft musst du die denn ersetzen?«

»Die Zikaden? Nicht oft. In Saint-Fons gibt es nur ehrliche Leute, und die Touristen, die hier essen, werden nicht von mir aus den Augen gelassen.« Lolotte grinste schelmisch und verschwand wieder in ihrem klimatisierten Bistro.

Nur ehrliche Leute. Das klang aber eben noch anders, dachte Martin. Ob Aristide Lejeune wirklich etwas von den Einnahmen abzwacken würde? Martin konnte es sich nicht vorstellen. Wahrscheinlich hatte Lolotte das nur so dahergeplappert, weil sie sich schon seit Jahren über die Sturheit des Bürgermeisters ärgerte, denn Aristide Lejeune gehörte in ihre Kategorie »Den würde ich wohl nehmen«, doch bisher hatte sich Lejeune als eingefleischter Junggeselle und resistent gegenüber allen Annäherungsversuchen gezeigt.

Martin erhob sich. Offensichtlich gab es wegen der Quelle noch keine echte Erkenntnis. Wegen der heiligen Quelle, korrigierte er sich, denn Saint-Fons bedeutete nichts anderes als heilige Quelle. Vor mehr als tausend Jahren war am heutigen Ortsrand angeblich ein Wunder geschehen. Ein Hirte und seine Schafe waren in der Hitze eines Sommers kurz vor dem Verdursten, es herrschte überall eine große Dürre, die Menschen hungerten. Plötzlich fiel ein Sonnenstrahl auf ein Fleckchen Erde, der Schäfer erkannte es als Zeichen Gottes, klopfte mit seinem Hirtenstab auf die Stelle, die Erde tat sich auf, und Wasser sprudelte heraus. Die Kapelle, die man zum Dank und zur Erinnerung errichtet hatte, war über die Jahrhunderte verfallen und in Vergessenheit geraten, bis Martin sie wiederentdeckt hatte.

Nachdem er sich für die Restaurierung im Ort starkgemacht hatte, waren ein Denkmalpfleger und ein Restaurator in Saint-Fons erschienen, und vor ein paar Wochen hatte man an einer Wand eine offenbar aus der Erbauungszeit stammende Malerei gefunden, die überputzt worden war. Die Szene zeigte das Wundergeschehen, doch noch war man mit der Freilegung der Reste nicht so weit, sie der Öffentlichkeit zugänglich zu machen. Geweiht war das kleine Gotteshaus dem heiligen Gengoult, der, wie Aristide Martin erklärt hatte, irgendetwas mit Wasser zu tun hatte und zuständig für die Gesundheit der Pferde war. Gengoult war, wie Martin dann nachlesen konnte, ein auch in Deutschland verbreiteter Heiliger, Heerführer und Jäger im Gefolge Pippins und auch dort irgendwie mit einem Brunnenwunder verbunden.

Und als ob der Heilige nur auf seine Wiederentdeckung gewartet hätte, war bei weiteren Sondierungen des Terrains eine unterirdische Quelle zutage getreten, die ebenfalls nur darauf gelauert hatte, wieder an der Oberfläche sprudeln zu dürfen. Für Aristide Lejeune ein Wunder, das er binnen Tagen zu vermarkten wusste. Er bestellte Hunderte von kleinen Flaschen, die je einhundert Milliliter fassten, ließ Wasser abfüllen und verkorkte sie. Mit dem Hinweis auf einem mit einer blauen Schnur um den Hals gebundenen Schildchen, es handele sich um das Wasser aus der Quelle des heiligen

Gengoult, wurde das Wunderwasser in allen Geschäften des Ortes angeboten.

Martin hatte nur den Kopf geschüttelt, aber das Wasser verkaufte sich wie geschnitten Brot. Und als die alte Babette kundtat, sie habe es auf einen Lappen geträufelt und diesen auf die Augen gelegt, und nun könne sie wieder den *Midi Libre* lesen, und die Arthrose im Knie von Roger sich sozusagen in Luft aufgelöst hatte, war Aristide mit dem Nachfüllen gar nicht mehr nachgekommen. Da half es auch nichts, dass der Doktor dem alten Mann sagte, im kalt-nassen Herbst käme sie zurück, es läge nur an den warmen Temperaturen. Wie um jeden Zweifler eines Besseren zu belehren, stand Roger nun wieder täglich stundenlang auf dem Bouleplatz, platzierte nicht nur seine Kugeln direkt am Schweinchen, sondern verblüffte die Zuschauer noch mit zusätzlichen Kniebeugen und Hüpfen auf einem Bein.

Aristide hatte die Quelle, dort, wo sie zutage getreten war, ummauern und einen schweren eisernen Deckel auflegen lassen, der mittels eines Schlosses abgesichert war. Nicht, dass noch jemand auf die Idee kam, das Geschäftsmodell von Saint-Fons für eigene Zwecke zu missbrauchen. Und nun war die Quelle versiegt. *Zut.*

Neugierig geworden, beschloss Martin, selbst den Ort des Geschehens aufzusuchen. Dabei konnte er auch gleich einen Blick auf die Restaurierungsarbeiten werfen. Er schritt forsch voran, doch nur Minuten später ließ ihm die sengende Sonne erneut den Schweiß aus allen Poren fließen. Das Baguette unter seinem Arm war wahrscheinlich ungenießbar, wenn er wieder zu Hause war. Auch den Croissants in der Papiertüte machte die Hitze zu schaffen. Pierres Croissants wurden durch eine Extraportion Butter verwöhnt, und schon drang Martin ein buttriges Odeur in die Nase. Es vermischte sich mit dem unbeschreiblichen Duft des wilden Thymians, der links und rechts des Weges wuchs. Die winzigen Blüten wurden von den unterschiedlichsten Insekten angesteuert, ein Schwirren und Summen erfüllte die Luft.

Die wahren Konzertmeister waren jedoch die Zikaden, die zu Tausenden im Chor sangen, so hätte man glauben können, denn in

Wirklichkeit reichten ein paar von ihnen aus, um diesen Klang des Südens zu verbreiten. Als Martin noch wie ein Tourist von Deutschland nach Südfrankreich gereist war, begann sein Aufenthalt im Midi genau in dem Moment, wenn er auf einer der *Aires* hinter Lyon anhielt, die Autotür öffnete und vor einer Hitzewand stand, während die Zikaden in den Schirmpinien ihr Bestes für ihn gaben.

Schnaufend erreichte er das kleine Gotteshaus. Es war abgesperrt, die Restauratoren waren offenbar noch nicht da. Schade, zu gerne hätte er einen Blick auf den Fortschritt der Arbeiten geworfen.

»Ah, so früh schon hier, Martin? Hast du schon gehört? Hier sprudelt nichts mehr.«

Bürgermeister Aristide Lejeune war um die Ecke der Kapelle gebogen. Sein Gesicht war eine einzige Anklage, geradeso als hätte Martin höchstpersönlich die Quelle versiegen lassen.

»Irgendwie klappt gar nichts mehr. Haben sich die Leute von der Schädlingsbekämpfung bei dir gemeldet? Muss ich mich denn um alles selber kümmern!«

»*Bonjour, monsieur le maire.*« Wenn Aristide schon schlecht gelaunt war, sollte man es doch nicht an Höflichkeit fehlen lassen. Ihn, Martin, kaum dass er ihn entdeckt hatte, dermaßen anzublaffen!

»*Pardon*, Martin, ich wollte nicht unhöflich sein. Aber es steht mir hier. *J'en ai marre.*« Der Bürgermeister hielt sich die Rechte waagerecht vor den Hals.

Martin nickte versöhnlich. Aristide Lejeune nahm sein Amt sehr ernst. Er versuchte alles, um sein Dorf zu verschönern, die jungen Leute zu halten und die Touristen anzulocken. Fehlschläge waren dabei nicht eingeplant. Und Martin hatte den Eindruck, die hohen Temperaturen, die bereits am frühen Vormittag herrschten, machten dem etwas übergewichtigen Mann, der gerne dem Rotwein zusprach, zu schaffen, senkte vielleicht sogar seine Reizschwelle auf ein sehr, sehr niedriges Niveau.

»Die Schädlingsbekämpfer haben sich Freitag gemeldet. Mittwoch oder Donnerstag können wir weitermachen. Dann dürfte es kein Leben mehr in den Holzbalken geben.«

Vor ein paar Monaten hatten Martin und der Bürgermeister das

Sammelsurium auf dem riesigen Dachboden über der *mairie* in Augenschein genommen. Altes Handwerksgerät, Gemälde, Stiche, Einrichtungsgegenstände aus mehreren Jahrhunderten waren dabei gewesen. Und schnell war die Idee geboren, ein Museum einzurichten, für die Dorfbewohner und die Touristen, die bald in Scharen Saint-Fons besuchen sollten. Aristide hatte Martin, der sich wie kaum ein anderer für die Kunst und vor allem für das Dorf interessierte, auserkoren, die Schätze auf dem Dachboden zu sichten und einen Plan für das zukünftige Museum zu entwickeln. Besonders angetan war der Bürgermeister von dem Umstand, dass Martin dies ehrenamtlich machen würde.

Nachdem er wochenlang alle zukünftigen Exponate katalogisiert hatte, waren sie an die Planungen für die Ausstellungsflächen gegangen. Bis Reinette, die Martin dabei unterstützen sollte, einen nicht gerade kleinen Haufen Holzstaub unter einem Dachbalken entdeckt hatte. Sie hatte ihn weggekehrt, doch am nächsten Tag war ein neuer da. Und so mussten vor zwei Wochen die *Chasseurs noirs de vermines* anreisen, die Ungezieferjäger, die, ganz martialisch in Schwarz gekleidet, dem Holzbock den Kampf ansagten. Auf dem gesamten Dachboden war Gift versprüht worden, doch nun waren alle schädlichen Dämpfe abgezogen, und die Arbeiten konnten endlich beginnen. Klimageräte waren dank der Spenden der Dorfbewohner bestellt worden, und die ersten Einnahmen aus der Quelle hatte Aristide in Schaukästen investiert.

»Schau dir das mal an, Martin.« Der Bürgermeister wies in Richtung Quelle.

Martin seufzte und legte das mittlerweile in der Mitte durchgebrochene Baguette und die Tüte mit den Croissants auf einem großen Stein ab. Die Quelle lag hinter der Kapelle, einem einfachen rechteckigen Saal aus Bruchsteinen. Auch das flach geneigte Satteldach war steingedeckt, das offene Glockentürmchen über dem Eingang war mittlerweile rekonstruiert.

»Die Archäologen wollen wahrscheinlich im September mit den Grabungen beginnen«, wechselte Lejeune plötzlich das Thema. Martin hatte von Anfang an vermutet, dass die Quelle und das Heiligtum auf ein keltisches Oppidum hinweisen könnten. Als Beweis dafür hatte er in dem Durcheinander auf dem Dachboden aus dieser Zeit stammende Tonscherben und einen Bronzearmreif entdeckt.

»Sehr schön«, freute sich Martin. »Dann können im nächsten Frühjahr vielleicht schon die ersten Touristen hier noch mehr bestaunen. Und vielleicht sprudelt die Quelle dann ja wieder. Ich könnte mir vorstellen, dass die Hitze und der Sommer überhaupt mit seinen ausgetrockneten Böden daran schuld sind. Du wirst sehen, wenn die Schneeschmelze in den Bergen beginnt, kommt das Quellwasser auch wieder zurück.«

Touristen – das Zauberwort für Aristide Lejeune. »Ich will es hoffen. Wir brauchen die Einnahmen. Ich habe schon wieder fünfhundert Fläschchen bestellt, nur mit was soll ich sie füllen? Wäre ich ein Ganove, würde ich einfach Leitungswasser hineinlaufen lassen. Aber das bin ich nicht.«

Die beiden Männer standen nun vor dem rechteckigen niedrigen Mäuerchen, das um die Quelle herum errichtet worden war. Lejeune sperrte das Vorhängeschloss auf und hob den Eisendeckel an. Darunter war nichts, nicht der Hauch von Feuchtigkeit. Missmutig stocherte der Bürgermeister mit einem Stöckchen darin herum. »Glasklares Quellwasser, zu jeder Tages- und Nachtzeit, und jetzt. Nichts. *Merde.*«

»Vielleicht wollten die Götter ja nicht, dass du das Wasser, das jedem zugutekommen sollte, verkaufst.« Die Worte waren Martin einfach so rausgerutscht. *Zut.* Das hätte er besser nicht gesagt.

Lejeune funkelte ihn an. »Wie meinst du das jetzt? Findest du, wir sollten kein Geschäft damit machen? Was heißt denn hier die Götter? Glaubst du, es liegt ein Fluch über der Quelle?«

»Ach was. Ich habe das auch nicht so gemeint, wie es sich für dich angehört hat. Es ist nur so, es gibt keinen Nachweis, dass das Wasser heilende Kräfte hat.«

»Und die Augen von Babette?«

»Aristide, der Glaube versetzt Berge. Irgendwann kommt noch ein Abgesandter des Papstes und prüft die Quelle, die sind mit solchen ›Wundern‹ ziemlich streng.«

Lejeune ließ den Kopf sinken. »Ja, stimmt schon. Aber wir bescheißen ja keinen. Wir sagen ja nicht, dass es Wunder vollbringt. Wir sagen nur, dass an dieser Stelle einmal eins passiert ist. Und das ist wohl nicht von der Hand zu weisen. Doch zurück zu deiner Überlegung, von wegen Sommer und Hitze. Warum ist denn dann der Bach voll mit Wasser, der plätschert immer noch munter vor sich hin.«

Martin hatte keine Ahnung. Er zuckte mit den Schultern.

»Aber weißt du, was? Das mit dem Fluch, da könnte was dran sein.« Nachdenklich strich sich Lejeune übers Kinn. Er klappte den Eisendeckel wieder zu und ließ das Schloss einschnappen. »Vor Jahren ist hier mal was passiert. Lass mich überlegen, das muss jetzt mindestens fünfzehn Jahre her sein. Da sind im Mai aus Saintes-Maries-de-la-Mer einige *Tziganes*, pardon, *gens du voyage* hier vorbeigekommen. Einer der Wohnwagen hatte einen Platten, und das Familienoberhaupt hat in der Werkstatt von Etienne nachgefragt, ob man den Reifen wechseln könne. Jetzt muss man dazu sagen, dass Etienne, du hast ihn nie kennengelernt, er ist vor sechs Jahren an Krebs gestorben, mit dem fahrenden Volk nichts am Hut hatte. Das heißt, er konnte sie nicht leiden. Angeblich waren sie schuld daran, dass seine Großmutter in Lyon, nachdem seine Mutter auf der Welt war, keine Kinder mehr bekommen konnte. Eine total bescheuerte Geschichte, ich weiß. Na ja, jedenfalls hat Etienne sich geweigert, den Reifen zu wechseln. Sie haben dann gewartet, und einen halben Tag später war jemand da, der es erledigt hat. Etienne hat steif und fest behauptet, sie hätten ihn daraufhin verflucht. Noch auf dem Sterbebett hat er dem Pfarrer gesagt, die *Tziganes* hätten ihm den Krebs in den Bauch gehext …«

»Und was hat das jetzt mit der Quelle zu tun?«

»Na, eigentlich nichts. Ich meine nur. Wegen Fluch. Also, es kann schon sein, dass es so was gibt.«

»Du meinst also, das fahrende Volk ist hier vorbeigekommen, sagen wir, letzte Woche, wollte etwas trinken, der Deckel war zu, und daraufhin haben sie die Quelle verflucht und versiegen lassen?«

Aristides Augen leuchteten auf. »Ja, so in etwa.« Dann verdüsterten sie sich wieder. »Nur dass hier, soweit ich weiß, keiner von denen war. Du, an so was glaube ich sowieso nicht. Trotzdem, *mon ami*, eine Quelle versiegt nicht so einfach. Wir müssen dem Verschwinden unseres Wassers auf die Spur kommen. Ich weiß nur noch nicht, wie.«

Die beiden Männer gingen zurück.

»Na, dein Frühstück kannst du jetzt wohl vergessen. Schau dir das mal an.« Grinsend zeigte Aristide auf das Baguette und die Tüte. Ameisen, wohin das Auge blickte. Fleißige kleine Geschöpfe, die die buttrige Beute krümelchenweise in ihren Bau schleppten. »Komm, lass den Ameisen deine Croissants. Das Brot nehmen wir mit. Getrocknet kannst du es noch meinem Esel anbieten.« Freundschaftlich schlug der Bürgermeister Martin auf die Schulter. »Und den Unsinn mit dem Fluch vergessen wir mal ganz schnell. Die Hitze, ich sage dir, *la canicule* lässt einen manchmal nicht mehr richtig ticken. Gehen wir zurück ins Dorf. Ich lade dich zu einem kleinen Frühstück bei Lolotte ein.«

Aristide stapfte los, und Martin betrachtete noch einen Moment nachdenklich die Ameisen. Ob sich in den Dörfern Aberglaube über Jahrzehnte, gar Jahrhunderte hielt?, überlegte er, als er an die Worte des Bürgermeisters dachte. Das war in Deutschland im tiefsten Bayern oder im Spreewald wahrscheinlich auch nicht anders. Ein Lied fiel ihm ein, *Zigeuner sind in der Stadt*, darin hieß es, man solle die Türen verschließen und die Wäsche von der Leine holen, wegen des diebischen Packs. Oder so ähnlich. Vorurteile, die immer noch nicht ausgeräumt waren. Waren die Zigeuner nicht sogar immer wieder für die Pest verantwortlich gemacht worden, wo doch Ratten und Flöhe die wahren Auslöser waren? Noch jüngst hatte er einen interessanten Blogbeitrag seines Kollegen Manfred über die Pestmauer quer durch die Provence gelesen. Als ob man durch eine Mauer den Schwarzen Tod hätte aufhalten können. Die *Gitanos, Tziganes, Manouches*, Zigeuner, oder wie auch immer sie genannt wurden, allerdings schon.

»Martin, wo bleibst du denn?«

»Ich komme ja schon, Aristide.«

Kapitel 10

Sobald Alain Regis das Gespräch beendet hatte, versuchte Mathilde, Rachid Bouraada zu erreichen, den Mann, der die Ermittlungen in diesem Mordfall – denn um was anderes sollte es sich handeln? – an ihrer Seite aufnehmen sollte. Doch der Commandant nahm weder ihren Anruf auf seinem Handy entgegen, noch war er im Präsidium auffindbar. Ob er vielleicht noch nicht aus Algerien zurückgekehrt war? Mathilde war sich sicher, dass er gestern, am Sonntag, wieder zurück in Nîmes sein wollte.

Sie goss sich ein Glas Wasser ein und dachte nach. Bevor sie nicht das exakte Obduktionsergebnis vorliegen hatte, konnte sie nichts tun. Wie hatte Regis es genannt? Todestanz! Und bei diesem Todestanz war eine ganze Reihe an Menschen zugegen gewesen. Allerdings konnte sie nicht einfach mit einem Fingerschnippen gegen alle, die bei der Probe anwesend und in Santanas Nähe gewesen waren, einen Generalverdacht aussprechen. Und wenn die Stichverletzung von einem Unfall herrührte? Nur, wie könnte man sich ein solches Unfallszenario vorstellen? Unglücklich über einen Stein gestolpert, mit dem Bauch dabei auf ein Brett gestürzt, aus dem ein langer Nagel senkrecht emporragte? Mathilde schnaubte durch die Nase. So ein Blödsinn. Sie musste sich einfach bis morgen gedulden. Regis war kein Mann, der sich leichtfertig schon vor dem endgültigen Ergebnis einer Obduktion festlegte, doch Mathildes Bauchgefühl, das sie noch nie im Stich gelassen hatte, sagte ihr, dass Santana Carmona im Affekt getötet oder kaltblütig ermordet worden war.

Noch einmal versuchte sie, eine Verbindung zu Rachid herzustellen. Wieder nichts. Im Unterschied zu vorhin befolgte sie jetzt allerdings die Anweisung »Sprechen Sie nach dem Piep« und bat den Commandant, am nächsten Tag um neun Uhr im gerichtsmedizinischen Institut bei Alain Regis zu sein. »Rufen Sie mich bitte zurück, Rachid«, wollte sie noch anfügen, doch nach »Rufen Sie« war die Verbindung schon unterbrochen. Verdammt kurz die Möglichkeit, sich dem Commandant mitzuteilen. Mathilde starrte kopfschüttelnd ihr Handy an. Nun, wenn Rachid seine Nachricht abhörte, würde er sich ganz sicher bei ihr melden.

Felix Tourrain zu informieren hatte Zeit, noch war der Tod der Tänzerin kein offizieller Fall. Soweit Mathilde wusste, wollte der Lieutenant Ende der Woche seinen Urlaub antreten. Zusammen mit seiner Freundin Sabine, Restauratorin am archäologischen Institut der Universität in Montpellier, hatte er unter anderem einen Surfkurs in der Vendée gebucht, wie er ihr vor ein paar Tagen freudestrahlend verkündet hatte, als sie sich zufällig vor dem Gericht über den Weg gelaufen waren. Nun, vielleicht war der Fall, der bis jetzt noch nicht offiziell einer war, bis dahin gelöst. Sonst musste Felix seinen wohlverdienten Urlaub verschieben.

Eh bien, der nervende Kleinkram konnte auch noch warten. Mathilde klappte den Aktendeckel zu und legte die blaue Mappe auf den nicht sehr hohen Stapel anderer bunter Pappmappen. Regis wollte morgen eine Augenzeugenschilderung, sie musste das ganze Geschehen noch einmal Revue passieren lassen, von dem Moment an, als sie sich hingesetzt hatte, bis zu dem, als Marta sie zu Hilfe gerufen hatte.

Mathilde zog immer noch das von Hand geschriebene Wort auf einem Blatt Papier dem Computer und der Tastatur vor. Zuerst noch ein starker Kaffee zur Aktivierung der Gehirnzellen, und es konnte losgehen. Zwei Minuten später tröpfelte das heiße Wasser auf das üppig in den Filter geschüttete Kaffeepulver, und nur wenig später erfüllte ein aromatischer Duft ihr Büro. Zwei Bleistifte mussten ihr Zuhause in dem Keramikbecher mit dem Aufdruck »I love Nîmes« verlassen, und das schwarze Gebräu zog ein. Ein Sandwich, ein Croissant oder wenigstens eine Madeleine wären jetzt als Nervennahrung und überhaupt willkommene Begleiter gewesen, denn schon nach dem ersten Schluck Kaffee machte Mathildes Magen lautstark seinem Ärger über das fehlende Mittagessen Luft.

Sie zog die Schubladen ihres Schreibtischs auf, nichts. Vielleicht bei Christine im Vorzimmer? Ihre Sekretärin hatte immer etwas Süßes zum Knabbern zur Hand, kannte sie doch Rachid und Felix, die beide ohne einen Keks oder ein kleines Gebäck eine Besprechung bei Mathilde niemals überstehen würden. Und sie hatte Glück. Eine Packung *Calissons* aus Aix-en-Provence lachte sie an. Die kleinen bootsförmigen Konfektstücke aus gemahlenen Mandeln, Zucker, kandierten Melonen und Zitrusfrüchten, aromatisiert mit einem Hauch von Orangenblütenaroma, durften an Weihnachten als eine der *calenos*, der dreizehn Desserts, nicht fehlen, eine Sitte aus der Provence, die man dank Odile im Hause der de Boncourts gerne angenommen hatte. Aber auch außerhalb der Weihnachtszeit waren die kleinen mit Zuckerguss überzogenen Gebäckstücke ein Genuss.

Mathilde lief das Wasser im Mund zusammen, und als sie den ersten Becher Kaffee geleert hatte, waren von den zehn *Calissons* nur noch ein paar Krümel übrig. Sie betrachtete schuldbewusst die leere Packung. Und wenn Christine sie als Geschenk für irgendjemanden in der Schublade deponiert hatte? Mathilde musste unbedingt gleich morgen für Ersatz sorgen.

Gestärkt an Leib und Seele, beugte sie sich über das leere Blatt, setzte den Stift an und notierte die Namen, die ihr einfielen. *Alors*, wen haben wir denn da? Der Name, der zuerst auf dem weißen Blatt erschien, war der von Marta Torres-Sarmiento. Mathilde strich ihn nach kurzer Überlegung wieder durch. Unmöglich, niemals. Warum sollte Marta die junge Santana töten? Überhaupt, welches Motiv würde infrage kommen können? Sie knüllte das Papier zusammen und beförderte es mit einem gezielten Wurf in den Papierkorb, der in der Ecke neben dem Besuchertischchen stand. Es folgten in großen Druckbuchstaben auf einem neuen Blatt die Worte EIFERSUCHT – GELD – RACHE – LIEBE, die vier stärksten Motive für einen Mord. Dann setzte sie die Namen der Personen darunter, die heute Vormittag, soweit sie sich erinnerte, auf der Bühne oder in der Nähe der Bühne gewesen waren.

Ganz oben wieder Marta Torres-Sarmiento. Wenig wahrscheinlich, doch Mathilde war sich darüber im Klaren, dass sie niemanden ausschließen durfte. Dann die Tänzerinnen. Dolcé Reinhardt, Penelope? – Nachname unbekannt –, und zwei weitere Fragezeichen für die beiden anderen Tänzerinnen und die Frau mit den Kastagnetten. Stopp, nein, sie hieß Tanya. Dann die Männer. Franck Grandjean, der Regisseur, Gino Carmona, der Bruder, Ricardo Bailardo, der Verlobte und zugleich einer der Reiter. Dann der Musiker mit der Klarinette – Name gänzlich unbekannt –, Santanas Tanzpartner, Romino Plata und drei weitere Tänzer, ein zweiter Reiter, Benjamin? Alle, bis auf Marta Torres, den Regisseur Grandjean und den Choreografen Jean?, waren irgendwann in unmittelbarer Nähe von Santana gewesen. Entweder hatte sie sich auf die anderen Akteure zubewegt, oder diese hatten sich eng um die Tänzerin geschart.

Was war mit den Reitern? Die Pferde waren auf einem gewissen Abstand zu Santana gehalten worden, doch hatten sich die Reiter zu ihr hingewandt, hinuntergebeugt? Mathilde konnte sich nicht genau erinnern. Und wer war noch in der Arena gewesen? Fanden nur die Proben für diese Szene statt? Oder warteten bereits andere Schauspieler, Sänger und Musiker auf ihren Probenauftritt? Allerdings wären diese Personen dann später gekommen, kamen für einen Angriff auf Santana demnach eher nicht infrage. Und welchen Gegenstand mochte ein Täter, eine Täterin benutzt haben, um die Tänzerin tödlich zu verletzen? Das würde ihr morgen hoffentlich Regis sagen können.

Mathilde lehnte sich in ihrem Schreibtischsessel zurück und knabberte auf dem Ende ihres Kugelschreibers herum. Welche Rolle spielten eigentlich die Messer in der Oper *Carmen?* Sie schaltete ihren Computer an und suchte nach der Handlung der Oper von Georges Bizet. Immerhin hatte ja auch Marta eine Arie daraus gesungen. Vielleicht stellte ja überhaupt die ganze Tanzszene einen Akt aus *Carmen* dar? Und da hatte sie es schon gefunden. Bereits im ersten Akt verletzt Carmen eine andere Frau mit einem Messer. Mathilde seufzte tief. Das war so typisch für die Zeit, eine *Tzigane* mal eben mit dem Messer herumstochern zu lassen. Aber war es nicht tatsächlich so, dass manchen Völkern das Messer lockerer in der Tasche saß als anderen? Stopp, Mathilde, schalt sie sich. Bitte keine Vorurteile.

Und wie ging es dann weiter mit Carmen? Vierter und letzter Akt, das Ende der Geschichte und Carmens naht. Mathilde überflog den Eintrag bei Wikipedia. Carmen will nichts mehr mit dem Soldaten José zu tun haben, will ihre Freiheit nicht aufgeben, wirft dem Mann den Ring vor die Füße, und in seinem Zorn ersticht José Carmen, um dann voller Reue und Verzweiflung über ihrer Leiche zusammenzubrechen. Nicht schlecht, ein echtes Verbrechen aus Leidenschaft. Wer hatte sich noch mal über Santanas Leiche geworfen? Der Gitarrenspieler, Gino Carmona, ihr älterer Bruder. Nun, wenn es sich im wahren Leben so wie in der Schlussszene der Oper zugetragen haben sollte, dann hätten sie den Täter in Rekordgeschwindigkeit gefasst.

Kritisch beäugte Mathilde ihre Notizen. Viel war es nicht. Morgen, nach dem Obduktionsergebnis, würden sie richtig loslegen. Allerdings wussten bis jetzt weder Rachid noch Felix etwas von ihrem Glück. Sie legte die Notizen zur Seite und packte ihr Handy in ihre Tasche. Immer noch kein Lebenszeichen vom Commandant und keine Nachricht von Marta Torres.

Mathilde verließ das Palais de Justice mit seinen angenehmen Innentemperaturen. Die Stadt duckte sich unter der sommerlichen Hitzeglocke, und nur die Einheimischen versuchten, sich nach Möglichkeit in klimatisierten Räumlichkeiten aufzuhalten. Den Touristen schien *la canicule* nichts anhaben zu können, Nîmes platzte geradezu aus allen Nähten. Fröhliche Menschen aus aller Herren Länder flanierten über die Plätze, schoben sich durch die Gassen, fotografierten die Sehenswürdigkeiten. Natürlich die antike Arena, hinter deren Mauern sich heute ein Drama abgespielt hatte, und am entgegengesetzten Ende des Boulevard Victor Hugo die *Maison Carrée*, der antike Tempel aus dem 1. Jahrhundert nach Christus, der im nachmittäglichen Sonnenlicht funkelte wie ein weißes Juwel. Auf der gegenüberliegenden Straßenseite saßen junge Leute auf den Stufen des *Carré d'Art*, dem Museum, das sich der zeitgenössischen Kunst widmete. Mit ausgestreckten Beinen hielten sie ihre sonnenbebrillten Gesichter gen Himmel, schlürften ein kühles Getränk, diskutierten, zeichneten, küssten sich. Ein sorgloses Leben, ein Leben in Ferienstimmung.

Mathilde ließ sich ohne Ziel mittreiben, um sie herum Kinder, die lauthals nach einem Eis verlangten, und Erwachsene, die zielstrebig die Tische der Restaurants, Cafés und Bistros ansteuerten oder ihr Geld in einer der vielen Boutiquen ausgaben. Ein Paar, das sich, an eine Hauswand gelehnt, verliebt irgendwelche Süßigkeiten gegenseitig in den Mund schob, erinnerte Mathilde daran, dass sie noch Ersatz für die von ihr verputzten *Calissons* besorgen musste, die Christine morgen wahrscheinlich schmerzlich vermissen würde. Sie schlenderte über die Rue Porte de la France zurück in Richtung Arena und fand in einer kleinen Konditorei an der Rue Jean Reboul das Gesuchte.

Die Auslagen in der *Pâtisserie Maison Poulain* waren schon eine Augenweide, wie schmeckten dann erst die winzigen Kreationen aus Schokolade und Fondant, aus Biskuit und Baiser. Fast nirgendwo sonst auf der Welt konnte man eine so große Vielfalt an Törtchen, Torten und Gebäck entdecken wie in Frankreich. Das hatte Martin bestätigt, der wahrscheinlich bei den Reisen für seinen Blog schon mehr davon genascht hatte als Mathilde in ihrem ganzen Leben. Schon beim Betrachten der Köstlichkeiten im Fenster hatte man die Qual der Wahl. Und mit welcher Raffinesse die kleinen Kuchen gefüllt und verziert waren! Spontan entschied sich Mathilde, ein *Vacherin glacé* mitzunehmen, ein Baisertörtchen, das mit einer geeisten Himbeercreme gefüllt war. Genau das Richtige für einen immer noch hungrigen Magen an einem heißen Sommertag.

Hier begann auch das Quartier Placette, wo Santanas Eltern ihr Restaurant betrieben. Hier würde heute Abend wahrscheinlich nichts gekocht und serviert werden, nachdem sie die Nachricht vom Tod ihrer Tochter erhalten hatten. Doch das, was man ihnen wahrscheinlich morgen mitzuteilen hatte, würde ihr Herz noch stärker erschüttern, würde es zerreißen.

Mathildes Handy gab die ersten Töne der *Marseillaise* von sich.

Endlich. Ein Blick auf das Display ließ sie seufzen. Nicht Rachid, sondern Martin.

»Martin!«, trällerte sie betont munter.

»*Salut, ma belle*. Ich habe mich gerade aus meinem wackeligen Liegestuhl erhoben, um mir einen kühlen Wein zu gönnen. Und da habe ich überlegt, mit wem ich wohl am liebsten die Flasche teilen würde. Und als mein Blick auf das Etikett mit der Zeichnung eines mir sehr bekannten Schlosses fiel, musste ich dich einfach anrufen. Hast du Zeit und Lust, oder steckst du inmitten eines mörderischen kniffligen Falls?«

Mathilde musste laut lachen. Trotz des köstlichen Eistörtchens war sie gedrückter Stimmung gewesen. Und wie kaum ein anderer konnte Martin sie daraus erlösen und hatte es mal wieder geschafft.

»Wie bitte? Und was ist mit deinem Blog? Müssen deine geschätzten deutschen Leser etwa heute auf einen neuen Beitrag verzichten, nur weil der gnädige Herr in der Sonne döst?«

»Mitnichten. Der Beitrag ist fertig und wurde schon mehrfach positiv kommentiert. Ich muss gestehen, ich habe es mir einfach gemacht und aus den alten Aufzeichnungen über die kleinen Stierkampfarenen einen Artikel gezaubert. Gut bebildert und mit dem Hinweis darauf, dass sich dort nur im unblutigen *courses camarguaises* mit dem Stier gemessen wird. Und demnächst folgt ein Beitrag über die keltischen Oppidae im Languedoc. Ich war heute mit Aristide an der Kapelle. Im Herbst beginnen die Grabungen dort. Ich bin gespannt.«

»Hört sich spannend an. Und an die Idee mit den kleinen Arenen kann ich mich noch gut erinnern. Du hast bei deinem ersten Aufenthalt in Saint-Gilles an so etwas gearbeitet und Material gesammelt. Als wäre es gestern gewesen, als wir uns auf dem Keramikmarkt in Uzès kennengelernt haben. Sébastien hat einen Aschenbecher fallen lassen, und du hast ihn aufgefangen.«

»Ja, ich habe die Szene noch vor Augen. Es war ein Aschenbecher in Form einer Krabbe oder einer Zikade. Wie geht's meinem Freund Sébastien? Tappt er immer noch mit geschlossenen Augen durch alle Räume? Ich bin total gespannt auf die Show. Ich werde Odile abholen. Wir könnten uns vorher noch zu einem Aperitif vor der *Bourse* treffen.«

Natürlich. Die Vorstellung. Sébastien. Die vielen anderen Akteure. Ob die Show überhaupt stattfinden würde? Es war zu vermuten. Viel Geld war wahrscheinlich schon in die Vorbereitungen geflossen. All die verkauften Tickets. Undenkbar, jetzt abzusagen. Doch wer würde die Rolle Santanas übernehmen? Eine der anderen Tänzerinnen?

Black Swan. Hatte nicht in diesem mitreißenden Film die Primaballerina eine Rivalin mit einer Glasscherbe getötet? Oder brachte sie da etwas durcheinander? In Mathildes Kopf kreisten die Gedanken wie die weißen Holzpferde mit ihren bunten Sätteln auf dem nostalgischen Karussell auf dem Platz am Square de la Couronne nur eine Minute vom Palais de Justice entfernt.

»Hallo, Mathilde, bist du noch da? Aperitif? *Bourse?* Und überhaupt, kommst du nachher? Dann können wir das ja noch besprechen.«

»*Pardon*, Martin. Ich war ganz in Gedanken. Gerne, ich freu mich auf dich und ein Glas Wein. Und etwas zu essen wäre auch nicht schlecht. Ich bin in einer halben Stunde bei dir. Soll ich einen Nachtisch mitbringen? Ich stehe gerade vor einer himmlischen *Pâtisserie*. Wünsch dir was. Aber nichts, was schmelzen kann.«

Zehn Minuten später öffnete Mathilde die Tür ihres grünen Peugeot-Cabriolets, das im gleichen Jahr das Licht der Welt erblickt hatte wie seine Besitzerin. Ein Karton mit blauer Schleife wanderte auf den Beifahrersitz. Ein Dutzend *mignardises* hatte darin Platz gefunden. Mathilde hatte sich kaum entscheiden können und daher eine Auswahl der kleinen süßen Köstlichkeiten getroffen. Kleine *tartelettes au citron*, *mille-feuilles* nicht größer als ein Champagnerkorken, winzige Törtchen mit Himbeeren auf einer Vanillecreme, Miniaturschnitten mit dreierlei von der Schokolade. Hoffentlich überstanden sie die Fahrt unbeschadet und kamen nicht als geschmolzener Zuckermatsch in Martins Häuschen an.

Kapitel 11

Mathilde genoss die Fahrt über die Route de Nîmes und die lang gestreckte Avenue Camargue, durch Générac. Nach dem Ortsschild nur noch die freie Natur: grüne Weinfelder, goldgelbes Getreide, strohfarbene Weiden und die Schirmpinienwälder von Générac, die zu den schönsten im ganzen Departement Gard zählten.

Es war absolut windstill, und das offene Verdeck brachte keinerlei Erfrischung. Zwei Kilometer außerhalb der Ortschaft hatte es entlang der schmalen Straße gebrannt. Unachtsamkeit, wie eine herausgeschnippte Zigarette, oder Absicht, alles war möglich. Und wenn dann der kleinste Funke durch den Wind vorangetrieben und weiter entfacht wurde, brannte das sommertrockene Gehölz wie Zunder. Das Feuer konnte noch nicht lange her sein, noch immer stieg Mathilde der Geruch nach verbranntem Gestrüpp und Holz in die Nase.

Knapp einen Kilometer vor der lang gezogenen Allee, die das Château de Boncourt mit der Route Departemental verband, bog Mathilde in Richtung Saint-Fons ab. Auf diesem Weg kamen schon zwei normale Autos nicht mehr aneinander vorbei. Martins Steinhaus lag ein paar Hundert Meter vor dem kleinen pittoresken Ort. Sie parkte auf dem verdorrten Grasstreifen neben dem Haus. Außer dem allgegenwärtigen Gezirpe der Zikaden war kein Ton zu vernehmen, als wäre die Welt um sie herum in Watte gepackt, allerdings in einen verdammt warmen und schalldichten Wattebausch. Sie ging am Haus vorbei zum Garten, den Martin, ganz nach Odiles Vorbild, in einen reichhaltigen kleinen Gemüse- und Kräutergarten verwandelt hatte. In allen Farben blühten wie Wächter am Rande Stockrosen, in denen sich Insekten tummelten. Einem Kolibri ähnlich flog ein Taubenschwänzchen eine der violetten Blüten an. Die Seitentür zur Küche stand offen, Mathilde trat ein.

»Martin, ich habe was zum Nachtisch mitgebracht, muss aber sofort in den Kühlschrank«, rief sie. Kein Martin weit und breit, dafür duftete es verführerisch aus dem Backofen. »Heh, du solltest dir doch keine Mühe machen, mir hätte auch ein kaltes Abendessen gereicht!« Sie packte die *mignardises* in den Kühlschrank und öffnete neugierig den Backofen.

»Na, lass das. Es fällt ja alles zusammen.«

Mathilde ließ die Backofentür wieder zufallen und drehte sich ertappt um. Offensichtlich frisch geduscht, seine braunen Haare standen wirr und feucht vom Kopf, trat Martin zu ihr und küsste sie auf die Wangen. Er roch angenehm nach frischer Zitrone und einem Hauch von Zimt.

»Was ist denn da drin? Es riecht köstlich. Nach Fisch, wenn mich meine Nase nicht trügt.«

Martin spähte durch die Glasscheibe in den Ofen. »Da hast du aber noch mal Glück gehabt. Sieht gut aus. Es ist ein Soufflé. *Brandade de morue* in einem Kartoffel-Zucchinipüree. Du kannst schon mal den Salat in der Schüssel anrichten, Dressing ist schon fertig.« Er öffnete den Kühlschrank und stellte eine Flasche Weißwein in einen Kühler, während Mathilde sich um den Salat aus Tomaten, Oliven, in Knoblauch angedünsteten Zucchinischeiben und weißen Zwiebeln kümmerte.

»Ich liebe Stockfisch. Ich schätze mal, das Fischpüree hast du nicht auch noch selbst gemacht?«

»Wenn ich eine *brandade de Nîmes* von so guter Qualität aus der Dose bekomme, ich glaube, dann lohnt sich der ganze Aufwand nicht«, gab Martin zu.

Zehn Minuten später saßen die beiden auf der kleinen Terrasse zwischen Haus und Garten.

»Ist das köstlich.« Mit geschlossenen Augen ließ Mathilde sich das zart-luftige Soufflé, in dem sich die Aromen von Fisch, Kräutern und Zitrone vereinten, auf der Zunge zergehen. Als Martin ihr ein zweites Glas Wein einschenken wollte, winkte sie ab.

»Tut mir leid, ich muss ja noch fahren. Morgen um neun erwartet uns Regis zu einer Obduktion. Und bei der Hitze steigt mir der Alkohol ganz schnell zu Kopf.« Sie griff zu ihrem Glas und goss sich von dem geeisten Zitronenwasser ein. Eine Wespe flog heran und setzte sich auf Mathildes Teller. Geschickt packte sie einen winzigen Krümel des Soufflés und flog davon.

»Eine Obduktion? Ein neuer Fall? Was ist passiert?«

Mathilde lenkte ab. »Ich erzähl es dir später. Wollen wir vielleicht zum Dessert übergehen? Ich wollte spätestens gegen zehn aufbrechen.«

»Schade, aber Dessert hört sich gut an.«

Sie räumten den Tisch ab. Während Martin das Geschirr im Geschirrspüler verstaute, richtete Mathilde die süßen Häppchen auf einem alten Teller mit einer großen gemalten Sonnenblume an, den Martin bei einem seiner Streifzüge über die diversen *marchés aux puces* ergattert hatte.

»Ist der Teller aus Sommières?«

»Ja, ich habe ihn letztes Wochenende mitgebracht. Du kannst dir nicht vorstellen, wie viele Menschen den Markt bevölkert haben. Das war ein Geschiebe und Gedränge. Und nirgendwo mehr ein Sitzplatz zu bekommen. Ich hatte mir einen Teller Austern bestellt und konnte mich gerade noch auf die Kante einer Bierbank dazuquetschen. Aber die Austern waren göttlich.« Er schnalzte verzückt mit der Zunge.

Die winzigen Zitronentörtchen verschwanden ebenso schnell wie die Himbeer- und Schokoladenköstlichkeiten. Zufrieden lehnte sich Mathilde in ihrem Stuhl zurück. »Was ist eigentlich mit dem kleinen Stall? Wolltest du nicht einen Esel einziehen lassen?« Sie zeigte auf die Holzbehausung am hinteren Ende des Gartens. Der Stall grenzte an eine Weide, die ebenfalls zu Martins Besitz gehörte.

»Ich hatte schon fast einen, aber die Enkel von Bartholomé wollten ihn unbedingt behalten. Er hat mich auf nächstes Jahr vertröstet. Dann sind Lucettes Zwillinge auch wieder ein Jahr älter und hoffentlich auch vernünftiger. Noah und Arthur wollten sich ja um das Tierchen kümmern, wenn ich mal nicht da bin. Wie wohl die Tiere unter dieser Hitze leiden? Ich möchte im Moment nicht in einem Fell stecken.« Er griff nach seiner Serviette und wischte sich über die Stirn. »Hundstage«, sagte er auf Deutsch.

»Hundstage? Was bedeutet das?«

»So nennen wir in Deutschland diese heiße Periode im Juli und August. Es ist dasselbe wie im Französischen *la canicule*. Ist schon interessant, der Begriff hat in den verschiedensten Ländern die gleiche Herkunft. Wusstest du, dass es überhaupt nichts mit einem Hund zu tun hat? Es hängt mit dem Sirius zusammen, im Deutschen wird er auch Hundsstern genannt. Als ich heute Nacht nicht schlafen konnte, ist mir die Idee gekommen, darüber vielleicht mal in meinem Blog zu berichten. Ich muss mir unbedingt einen Ideenordner anlegen, so viel geht mir im Kopf herum. Nun, das Sternbild Großer Hund erleuchtet den Nachthimmel, und vom Erscheinen des ersten Hundssterns bis zum letzten vergeht etwa ein Monat, also die Zeit vom 23. Juli bis zum 23. August. Und in der Zeit geht der Sirius, er ist der hellste Stern im Sternbild Großer Hund, mit der Sonne auf und unter. Die Beobachtung haben schon die alten Ägypter, Römer und Griechen gemacht. In Ägypten beispielsweise fing mit den Hundstagen auch die Saison der Nilüberschwemmung an. Die Römer feierten den Beginn der Hitzewelle sogar mit einem Fest. Es wurde einer Göttin gehuldigt, der man allerdings schlechte Einflüsse zuschrieb, wie Krankheiten durch Hitze. Schon etwas bizarr. Aber ich langweile dich.«

»Nein, das ist wirklich spannend.« Mathilde prostete Martin mit ihrem Wasserglas zu. »Du bist für mich ein wandelndes Lexikon. Kein Wunder, dass deine Leser den Blog lieben. Aber du hast recht, es ist eigenartig, jemandem zu huldigen, der ein Bote schlechter Dinge ist.« Sie dachte an den Bruder und den Verlobten von Santana, die der Familie die schlimme Nachricht überbringen mussten. Und nun noch die Botschaft, dass die junge Frau einem Gewaltverbrechen zum Opfer gefallen war. »Weißt du, was ich mich frage? Ob man während einer solchen Hitzewelle auch aggressiver ist.«

»Merkwürdig, dass du das sagst. Bei all den Artikeln, die ich über *la canicule* gelesen habe, ist die Frage auch thematisiert worden.

Allerdings werde ich sie in meinem Blog nicht weiterverfolgen. Die Menschen sollen ihre Freude an meinen Themen haben, da geht es um Essen und Trinken, Kunst und Handwerk, Sehenswürdigkeiten, wie du weißt. Aber spannend ist die Frage allemal. Und ja, soweit ich es verfolgt habe, gibt es einen Zusammenhang zwischen der Hitzewelle und aggressivem Verhalten. Vielleicht solltest du dazu aber einen Fachmann befragen. Wieso interessiert dich das? Wegen des Falls, mit dem ihr euch beschäftigt?«

Mathilde nickte nachdenklich. »Ja, eine junge Flamencotänzerin ist heute Morgen gestorben. Eine *Manouche*. Morgen weiß ich mehr.«

Martin stutzte. »Etwa eine der Tänzerinnen aus der *Nemausus*-Show?«

»Ja, Santana Carmona. Sie ist in diesem Tableau die Hauptdarstellerin gewesen. Ich kann mir vorstellen, dass so mancher gerade wegen ihres Auftritts ein Ticket gekauft hat.«

»Puh, das ist ja ein Ding. Ich muss gestehen, ich war auch total gespannt auf sie. So ein Drama. Und ihr geht von Mord aus? Wird denn dann die Show überhaupt stattfinden?«

Mathilde fischte eine Scheibe Zitrone aus dem Wasserkrug, schnitt den Rand ab, steckte sich ihn in den Mund und verzog das Gesicht. »Wie ich schon sagte, morgen weiß ich mehr. Aber ja, es sieht ganz nach einem Gewaltverbrechen aus. Und wegen der Aufführung: Ich habe noch nichts Gegenteiliges gehört. Wenn Franck Grandjean, er ist der Macher und Regisseur, einen adäquaten Ersatz hat und sonst keiner abspringt … Es ist wirklich ein Drama. Unter den Akteuren ist sowohl ihr Bruder, er begleitet die Tänzer auf der Gitarre, als auch der Verlobte. Er ist einer von zwei Reitern, die in der Szene auftauchen. Es war herzergreifend. Der eine wollte sich über die Leiche seiner Schwester werfen, der andere brach zusammen, nachdem man sie weggebracht hat.«

»Es ist dein Job, Mathilde, aber ist es nicht so, dass die meisten Morde im familiären Umfeld geschehen?«

Mathilde nickte. »Ja, aber sich jetzt schon darauf zu kaprizieren, wäre ein großer Fehler. Wir stehen erst am Anfang. Rachid und

Felix wissen noch gar nicht, dass wir es ab morgen wahrscheinlich mit einem neuen Fall zu tun haben.«

Martin zögerte mit seiner nächsten Frage. »Glaubst du, dass …« Mathilde merkte ihrem Freund an, wie er um Worte rang. »… es vielleicht eine Familientragödie ist? So eine Art Ehrenmord?«

»Weil sie eine *Manouche* war? Alles ist möglich, Martin, wie gesagt, wir stehen am Anfang. Ich weiß, dass viele Menschen ihnen gegenüber eine vorgefasste Meinung haben. Doch wir werden diesen Fall mit aller Sachlichkeit und vorurteilsfrei angehen und lösen. Aber zurück zum Thema Aggressivität während der Hitzewelle. Bis ich eine fachliche Antwort darauf habe, vertraue ich mal dem, was du dir angelesen hast.« Mathilde sah auf ihre Uhr und lächelte. »Aber bitte in der Kurzversion.«

»Kurz und laienhaft. Wenn dir das genügt? In einem Artikel wurde es *Long hot summer effect* genannt. Es gibt Studien, die ihn belegen. Während einer Hitzewelle werden tatsächlich mehr Gewalt- und Sexualverbrechen begangen. Vielleicht geht man in Südfrankreich ja gelassener mit den hohen Temperaturen um, weil ihr die Hitze gewohnt seid. Aber wenn ich an Deutschland denke, ich glaube, da fliegen den Leuten ganz schnell mal die Sicherungen raus. Das können Kleinigkeiten sein. Einer fährt flott in die Parklücke, die du gerade ansteuerst, und zack, bricht ein Streit los, der auch mal mit Handgreiflichkeiten endet. Warte, so viel Zeit muss sein, ich glaube, das wird dich besonders interessieren.« Martin tippte auf seinem Handy herum. »Hier, in diesem Artikel steht, dass bei einundzwanzig Grad Außentemperatur in sechzig Prozent der Fälle Polizisten zur Waffe griffen, bei siebenundzwanzig Grad in fünfundachtzig Prozent.«

»*Ohlà là*, das sind ja Zahlen. Ob das für die Polizisten in allen Ländern gilt? Eigentlich sollte man doch denken, dass es in der Urlaubszeit, und da fällt *la canicule* ja schließlich voll hinein, etwas entspannter zugeht.«

Martin zuckte mit den Schultern. »Ja, könnte man meinen. Ist aber wohl nicht so. Näher habe ich mich mit dem Thema nicht beschäftigt. Aber allein die Tatsache, dass man in der Nacht bei

Hitze nicht so gut schläft, kann ja schon zu schlechter Laune und einer geringeren Reizschwelle am nächsten Tag führen. Oder du sitzt lange draußen, trinkst zwei Bier zu viel, und schon haust du deinem Nachbarn, der die Musik zu laut aufgedreht hat, eine aufs Maul. Da lob ich mir doch geschlossene Fensterläden am Tag und eine lange entspannende Siesta. Ich lerne ja schließlich dazu. Ich fühle mich auf jeden Fall, wenn ich meinen Tag in die kühleren Abendstunden hinausschiebe, erheblich besser.«

»Von wegen kühlere Abendstunden. Davon spüre ich aber heute nichts. Ich hoffe nur, dass das Klimagerät in meiner Wohnung funktioniert. Gestern hat es ein sehr merkwürdiges Geräusch von sich gegeben. *Oups*, jetzt muss ich aber los. Danke für das tolle Essen.«

Martin nahm Mathilde das Versprechen ab, ihn über den neuesten Fall auf dem Laufenden zu halten, und bat sie nach den Abschiedsküsschen, Grüße an Sébastien, die Familie, Felix und Rachid zu übermitteln. »Wir sehen uns hoffentlich zur Show«, rief er ihr noch nach, doch Mathilde hatte bereits den Motor angelassen.

Mittlerweile war es dunkel geworden, und sie fuhr unter einem sternenübersäten Himmel zurück nach Nîmes. »Grüße an Rachid«. Wenn sie ihn mal wieder sprach oder sah, gerne, dachte sie mit einem leichten Anflug von Ärger. In diesem Moment vibrierte ihr Handy auf dem Beifahrersitz. Sie hatte es bei Martin auf Stumm gestellt. Mathilde fuhr rechts ran. Rachid. Endlich.

Kapitel 12

Die Klimaanlage brummte, und in Mathildes Schlafzimmer herrschten angenehme zweiundzwanzig Grad. Sie setzte sich im Bett auf. An Einschlafen war nicht zu denken. Sie schämte sich. Das Gespräch mit Rachid ging ihr nicht aus dem Kopf. Was musste er nur von ihr halten? *Mon Dieu*, wie ihm morgen unter die Augen treten?

Rachid hatte sich erkundigt, wie es ihr gehe, sich für seinen späten Anruf entschuldigt und nachgefragt, was anliege. Sie hatte ihm kurz den Sachverhalt geschildert. Morgen nach der Obduktion wäre dann klar, ob sie in einem Mordfall ermitteln würden. So weit, so gut, so alltäglich-beruflich das Gespräch. Und danach konnte sie sich die Frage nicht verkneifen, warum er sich nicht gemeldet habe, schließlich sei er schon seit Sonntag aus Algerien zurück. Was hatte sie sich bloß dabei gedacht, sich dann auch noch zu erkundigen, ob er die Hochzeitsfeierlichkeiten sehr genossen habe? Dann hatte sie offenbar in einem Anflug von Wahnsinn hinzugefügt, die algerischen Frauen seien ja unglaublich attraktiv, man brauche nur an Rachida Dati, die ehemalige Justizministerin, zu denken. Was war ihr dabei nur in den Sinn gekommen? Mathilde konnte es sich selbst nicht erklären. Und das alles auch noch in diesem pikierten Tonfall. Rachid und sein Vater waren auf einer Vermählung in Algerien gewesen. Im Kreis der großen Familie. Rachid hatte sich nicht sofort nach seiner Ankunft bei ihr zurückgemeldet. Na und? Warum sollte er? Wie eine eifersüchtige Xanthippe hatte sie wahrscheinlich nicht nur in ihren eigenen Ohren geklungen.

La canicule, ja, sie musste es gewesen sein, die Hitze war ihr in den Kopf gestiegen und hatte einige, wie hatte Martin gesagt,

Sicherungen durchbrennen lassen. Rachid hatte gelassen reagiert. Die Hochzeit sei ein farbenfrohes und tolles Fest gewesen, und die Frauen seien auch nicht schöner oder hässlicher als anderswo. Doch als er dann unvermittelt ergänzt hatte, die nächste Hochzeit im Hause Bouraada sei schon in Planung, war es vorbei gewesen. Sie war doch tatsächlich hysterisch geworden und hatte einfach aufgelegt. Noch hatte sie seine Worte im Ohr. Hochzeit im September. Rachids Vater war schon ganz aus dem Häuschen. Rachid heiratet!

Sie wusste nicht, wie lange sie in ihrem Cabrio gesessen und eine Zigarette nach der anderen geraucht hatte. Das Klingeln ihres Handys interessierte sie nicht. Rachid! Heiratet! Wie war das möglich? Hatte er die Frau in Algerien kennengelernt? Oder war sie eine ihm schon von Kindesbeinen an versprochene Braut? Kein Wunder, dass er sich nicht gemeldet hatte. Und sie war die Letzte, die es erfahren hatte. *Merde.* Wahrscheinlich wusste Felix es schon seit Tagen. Ihn hatte sie auch nicht erreicht. Natürlich, er traute sich nicht, mit ihr zu reden. Kurz entschlossen, hatte sie Felix' Nummer gewählt. Er schien schon geschlafen zu haben, seine Stimme wirkte belegt. Und wachsam? Hatte er mit ihrem Anruf gerechnet? Mit knappen Worten hatte sie den Lieutenant darüber informiert, dass wohl ab morgen ein äußerst komplizierter Fall auf sie warten würde. Kein »Entschuldigen Sie die späte Störung«, kein »Wie geht es Ihnen?«, kein »Was macht die Urlaubsplanung?«.

Und Felix hatte gespürt, dass sie nicht gut auf ihn zu sprechen war. »Stimmt etwas nicht, Madame le Juge?«

»Nein, was soll sein? Aber vielleicht haben Sie ja vergessen, mir eine Kleinigkeit zu erzählen, nein?«

»Hä?«

Mathilde sah das Gesicht von Felix genau vor sich. Schuldbewusst. »Ich sage nur Rachid. Hochzeit.«

»Ach das.« Die Erleichterung in Felix' Stimme war spürbar.

Und dann plauderte der junge Polizist drauflos. Aber ja, von den Neuigkeiten im Hause Bouraada wusste er. Er sei gebeten worden, eine Freundin von Sabine, die einen Cateringservice betreibe, zu fragen, ob diese einen Auftrag für September annehmen würde.

Rachids Vater sei in diesen Dingen etwas unbeholfen, und daher hatte Rachid die Vorbereitungen in die Hand genommen. Er wollte auch noch mit Mathilde wegen der Weine sprechen.

Allmählich hatte es Mathilde gedämmert. Gott sei Dank hatte Felix sie nicht sehen können. Hochroter Kopf, Tränen der Erleichterung in den Augen.

»Rachids Vater? Er heiratet. Carla Brouni, seine Nachbarin?«

»Aber ja, was dachten Sie denn? Nach der Hochzeit in Algerien muss er vollkommen davon beseelt gewesen sein, sich wieder zu verheiraten. Er ist sofort zu Madame Brouni und hat ihr einen Antrag gemacht. Was dachten Sie denn? Dass Rachid …«

Felix verstummte, und Mathilde hatte die Verbindung weggedrückt. Sie suchte Rachid in ihren WhatsApp-Verbindungen und schrieb nur zwei Wörter. »Pardonnez-moi.«

Was *la canicule* so alles anrichten konnte. Voller Scham zog sie sich die Bettdecke bis zur Nasenspitze und schlief mit klopfendem Herzen ein.

Am nächsten Morgen erwachte sie mit solchen Kopf- und Magenschmerzen, als hätte sie die ganze Nacht mit billigstem Fusel durchgezecht und dazu verdorbene Austern gegessen. In etwas mehr als einer Stunde würde sie Rachid Bouraada gegenüberstehen. Mathilde stieg in die Dusche und ließ das kalte Wasser über sich prasseln. Wenigstens wurden ihre Gedanken etwas klarer, auch wenn das Gefühl, als müsse sie sich gleich übergeben, kaum nachließ. Sie schlüpfte in eine ärmellose Bluse und eine leichte weite Sommerhose. Mit aller Macht zwang sie ein Stück gebutterten Toast und einen starken Kaffee hinunter. Noch nicht einmal auf eine Zigarette hatte sie Lust. Und das wollte etwas heißen.

Zehn vor neun war sie auf dem Parkplatz vor dem *Institut médico-légal* des CHU, des *Centre hospitalier universitaire* von Nîmes. Der Verkehr auf der Avenue Kennedy war zügig gerollt. Noch war kein Rachid in Sicht. Ob sie vielleicht schon einmal hineinging und Regis begrüßte? Der Gerichtsmediziner sozusagen als eine Art Schutzschild? Aber nein, sie hatte noch immer auf den Commandant gewartet. Es war pure Feigheit, die sie überhaupt solche

Überlegungen anstellen ließ. Da steuerte Rachid auch schon seinen Wagen auf den Parkplatz, und ein absolut entspannter Polizist schälte sich aus dem Auto. Mit einem breiten Lächeln trat er auf Mathilde zu.

»*Bonjour*, Mathilde. Da gibt es nichts zu verzeihen. Eigentlich schmeichelt es mir, dass es Ihnen offenbar einen Schock versetzt hat, mich bald in den Hafen der Ehe einlaufen zu sehen. Aber noch ist es nicht so weit.«

Er hielt Mathildes Hand einen Moment länger als notwendig in der seinen. Dann fuhr er mit einer zärtlichen Geste mit dem Zeigefinger über ihren Handrücken. Mathilde bekam weiche Knie.

»Doch, ich muss mich entschuldigen. Mein Benehmen war absolut unverzeihlich. Ich weiß auch nicht, was ich mir dabei gedacht habe. Wahrscheinlich gar nichts. Oder vielleicht doch, und das traf mich dann einfach unvorbereitet. Sie demnächst ...« Mathilde schwieg und schob ihre Sonnenbrille auf die Haare. Sie sah Rachid jetzt fest in die Augen. »Ich bin froh, dass das Ganze einfach nur ein Missverständnis war, und ich freue mich für Ihren Vater. Hat er sich also endlich getraut, Carla Brouni einen Antrag zu machen. Brouni natürlich mit einem O.« Sie hatte vor Erleichterung mal wieder viel zu schnell gesprochen, und ihre Sommersprossen blühten geradezu hektisch auf, zumindest fühlte es sich für Mathilde so an.

»Hat Felix geplaudert? Ja, gleich nach unserer Ankunft ist er rüber. Sie hätten den Jubelschrei hören sollen. Jetzt bekomme ich im hohen Alter auch noch eine Stiefmutter.« Rachid grinste entwaffnend. »Wollen wir? Regis wartet nicht gerne.«

Beschwingt und glücklich betrat Mathilde an Rachids Seite das gerichtsmedizinische Institut. Als Regis die beiden entdeckte, winkte er sie in den Obduktionsraum. Er hatte bereits begonnen. Über dem Seziertisch hing das Aufnahmegerät. Nach einer Stunde konnte der Mediziner mit einem ersten entscheidenden Ergebnis aufwarten.

»Wie es aussieht, haben Sie tatsächlich einen neuen Fall an der Backe. Ich mache es kurz. Der Tod trat ein, weil das Herz nicht mehr mit Blut versorgt werden konnte. Ein Stich zwischen Bauchnabel und Rippenansatz hat die Leber verletzt. Das arme Ding ist langsam innerlich verblutet. Womöglich hat sie noch nicht einmal etwas von der Verletzung bemerkt.«

»Wie bitte?« Erstaunt riss Mathilde die Augen auf. »Sie meinen, Santana Carmona ist verletzt worden, ohne etwas zu spüren?«

»Das habe ich nicht gesagt. Sie wird etwas gespürt haben. Aber vielleicht nicht mehr als dies.« Er trat auf Mathilde zu und kniff sie mit zwei spitzen Fingen in den Oberarm. »Nun, hat das sehr wehgetan? Sie haben wahrscheinlich kaum etwas gespürt, und nach nur wenigen Sekunden ist der kleine Schmerz auch schon wieder vergessen. Die Verletzung, die zum Tode führte, ist der jungen Frau mit einer Art Stilett zugefügt worden. Einer Waffe mit einer hauchdünnen, feinen und spitzen Klinge mit dreieckigem Querschnitt. Wussten Sie, dass man diese Waffe in Italien *Misericordia* nennt, also Barmherzigkeit? Weil man damit schnell und quasi unblutig tötet. Eine heimtückische Waffe, die mancherorts sogar verboten war. Allerdings kann man sie wegen der eher geringen Größe auch ganz gut am Körper verstecken. Die Klinge ist so scharf, dass man mit ihr sogar Kettenhemden durchdringen konnte. Also kein Wunder, dass die Verletzung durch einen Stich in die Bauchdecke kaum auffällt. Die Klinge hat diese bei unserem Opfer durchdrungen und die Leber angeritzt, nicht mehr. Das hat schon ausgereicht. Sehen sie hier, die Bluse des Opfers. Sie geht gleich in die Kriminaltechnik, aber schauen Sie sich das vorher an.«

Aufmerksam beugten sich die Richterin und der Polizist über die rote Bluse mit den Rüschen.

»Mit dem Auge kaum wahrnehmbar, der winzige Riss, den das Stilett verursacht hat. Genauso die Wunde in der Bauchdecke. Kaum ein Blutstropfen. Das ist, als ob sie eine Thrombosespritze dorthin bekommen. Dann blutet es ja auch nicht.« Regis steckte die Bluse zurück in einen Asservatenbeutel.

»Das bedeutet, der Täterkreis beschränkt sich tatsächlich auf die Personen, die sich ihr während der Proben genähert haben. Was schätzen Sie, Regis, wie lang mag die Klinge gewesen sein?«

»Zehn, maximal zwölf Zentimeter, also nicht sehr lang. Wie

gesagt, die Leber ist ja nicht durchbohrt worden, sondern die die Leber umgebende Haut ist angeritzt worden, was jedoch für die innere Blutung ausgereicht hat. Ansonsten muss ich Sie leider enttäuschen, Mathilde. Die Verletzung kann ihr auch bis zu zwanzig Minuten, vielleicht sogar einer halben Stunde vor ihrem Auftritt beigebracht worden sein. Das innerliche Verbluten war in diesem Fall ein sehr, sehr langsamer Prozess. Vielleicht hätte sie sogar noch ein wenig länger gelebt. Doch der Tanz und die körperliche Bewegung haben natürlich den Prozess beschleunigt. Ich betone, es könnte so gewesen sein. Sie sollten sich also auf die Personen konzentrieren, denen das Opfer etwa eine halbe Stunde vor der Probe und während ihr begegnet ist. Das genaue Obduktionsergebnis bekommen Sie wie immer schriftlich von mir. Morgen liegt es auf Ihren Schreibtischen. Ach so, und noch etwas. Der Täter war mit Sicherheit ein Rechtshänder. Nun, dann mache ich mal weiter. Sollte ich noch eine entscheidende Entdeckung machen, melde ich mich umgehend.«

Mathilde und Rachid waren entlassen. Alain Regis hatte seine Arbeit fast beendet, während die der Ermittler erst begann.

Kapitel 13

Auf dem Parkplatz trennten sich die Wege von Mathilde und Rachid, nachdem Mathilde dem Commandant in knappen Worten geschildert hatte, was sich am Vortag auf der Bühne in der Arena vor ihren Augen abgespielt hatte.

»Ein wirklicher *danse macabre*«, hatte er kopfschüttelnd gesagt und sich verabschiedet. Für dreizehn Uhr war eine erste Besprechung im Büro der Richterin anberaumt, zu der auch Felix Tourrain stoßen wollte. Bis dahin hätte Mathilde die Namen der Akteure auf und hinter der Bühne parat. Rachid hatte den schmerzlichen Auftrag, der Familie Santanas beizubringen, dass ihre Tochter Opfer eines Gewaltverbrechens geworden war.

Kurz vor elf betrat Mathilde das Vorzimmer zu ihrem Büro.

»*Salut*, Christine. Ist die Arbeit für Juge Demongeot beendet? Wenn ja, es wartet ein neuer Fall auf uns. Und bevor ich es vergesse. Ich habe gestern in Ihrer Schublade gewildert. Ich hoffe, Sie haben sie heute noch nicht vermisst. Hier, ein hoffentlich adäquater Ersatz für ihre *Calissons.*«

Christine sah erstaunt auf. Sie hatte das Verschwinden ihres Gebäcks offenbar noch nicht bemerkt. »Oh, danke. Wissen Sie, ich habe so etwas immer als eine Art Notfallreserve. Ich weiß ja, dass der Commandant und Felix ohne Zucker keinen klaren Gedanken fassen können. Vor allem der Lieutenant übersteht ja keine halbe Stunde ohne etwas Essbares.« Sie schmunzelte, wurde jedoch sofort wieder ernst. »Ich habe es schon gehört, in der Arena ist während der Proben eine der Tänzerinnen gestorben. Santana Carmona. Ich habe sie vor ein paar Wochen in Orange gesehen. Es war so unfassbar schön, sie, der Tanz, das ganze Drumherum. Und jetzt ist sie tot. Also ein Mord, wenn Sie von einem Fall sprechen?«

Mathilde nickte. »Ja, sie ist erstochen worden. Oder besser gesagt, erdolcht. Sie ist innerlich verblutet. Und es könnte quasi jede Person gewesen sein, die während der Proben anwesend war. Gegen dreizehn Uhr erwarte ich den Commandant und Lieutenant Tourrain. Ich weiß, Sie haben Ihre Notfallration, aber wären Sie bitte so nett, und könnten Sie noch etwas in der *Boulangerie* besorgen? Vielleicht auch was Herzhaftes, keine Ahnung, ob die beiden dann überhaupt schon etwas zu Mittag gegessen haben.«

»Wird erledigt.«

Christine schnappte sich ihre Tasche, Mathilde ging in ihr Büro und öffnete das Fenster. Wie das Leben doch so einfach weiterging. Die bunten Plakate, die für die *Nemausus*-Show warben, hingen immer noch da, Santana wirbelte darauf in ihrem roten Kleid und mit fliegendem schwarzen Haar. Das Thermometer war mittlerweile auf einunddreißig Grad geklettert. Sie steckte sich eine Zigarette an und inhalierte tief. Wie unbeschwert die Menschen auf den Gehwegen wirkten. Kurze Hosen, weite Kleider, knappe Shorts, bauchfreie Tops, Zehensandalen, Sportschuhe, Asiaten mit Schirmchenhütchen, Hellhäutige mit verbrannten Schultern, Wissbegierige mit Reiseführern in der Hand. Ferienlaune. Weit von der Tragödie entfernt, die sich jetzt wahrscheinlich bei der Familie Carmona abspielte. Was hatte Rachid noch mal gesagt? *Danse macabre.* Das traf auf die Todesumstände in der Tat zu. Oder tanzten dabei nur die Toten? Neugierig geworden, gab Mathilde den Begriff in ihr Handy ein. Auf einer Kulturseite, die sich *hisour* nannte und Kulturprojekte aus aller Welt vorstellte, wurde sie fündig.

Der Danse macabre, der Tanz des Todes, ist ein künstlerisches Genre der Allegorie des späten Mittelalters auf die Universalität des Todes. Ganz gleich, wie man im Leben steht, der Dance macabre vereint alle. Der Totentanz ist ein beliebtes künstlerisches Motiv, das sowohl in der europäischen Folklore als auch im späten Mittelalter vertreten ist. Die tödlichen

Schrecken des 14. Jahrhunderts, wie wiederkehrende Hungersnöte, der Hundertjährige Krieg in Frankreich und vor allem die Pest, wurden in ganz Europa kulturell assimiliert. Die allgegenwärtige Möglichkeit eines plötzlichen und schmerzvollen Todes erweckte ein Verlangen nach Unterhaltung, solange es noch möglich war; ein letzter Tanz als kalter Trost.

Nun, bei Santana Carmona lag die Sache natürlich etwas anders, aber trotzdem fand Mathilde den Begriff irgendwie passend, erst recht, als sie den Hinweis auf eine ganz besondere Tanzaufführung entdeckte. *La Danse macabre*, eine Komposition von Camille Saint-Saëns von 1874, interpretiert durch einen dramatischen Flamenco-Auftritt, an dessen Ende der Tod stand.

Christine kehrte zurück, stellte zwei Pappschachteln auf dem Besuchertisch in Mathildes Büro ab, an dem sie üblicherweise mit den Kollegen von der *Police judiciaire* die Fälle erörterte und die Ermittlungen vorantrieb.

»Es sind nur ein paar Kleinigkeiten, die die Hitze auch gut vertragen. Nicht, dass sie schlecht werden und Ihnen auf den Magen schlagen.«

»Vielen Dank, Christine. Sie haben das Geld dafür aus unserer Kaffeekasse genommen?«

Die Sekretärin nickte und lehnte sich an den Türrahmen. »Wir haben Karten für Freitag. Ich habe mich so auf Santana Carmona gefreut. Unfassbar.«

Mathilde nickte. »Martin hat Odile und mich für Samstag eingeladen. Die Show wird wie geplant stattfinden. Mit Dolcé Reinhardt als neue Besetzung der Hauptrolle. Das hat Monsieur Grandjean jedenfalls vor. Ich nehme an, auch die Tänzer, Schauspieler und Musiker wollen daran festhalten. Aber man weiß ja nie.«

»Und Sébastien? Sie sagten, er würde in seiner Rolle als Bettler ganz aufgehen. Es wäre auch für ihn so schade, wenn die Show platzen würde.«

»Ich befürchte, es würde ihm das Herz brechen«, mutmaßte Mathilde.

Christine seufzte mitfühlend. »*Zut*, fast hätte ich es vergessen. Kurz bevor Sie kamen, hat Marta Torres angerufen. *Mon Dieu*, wo habe ich nur meine Gedanken. Sie sollen Sie bitte zurückrufen.«

Mit einem entschuldigenden Achselzucken verschwand Christine in ihrem Zimmer, während Mathilde die Notizen vom Vortag aufblätterte.

Marta Torres-Sarmiento. Dolcé Reinhardt, Penelope *wer?*

Irgendwo musste es doch eine Besetzungsliste geben oder ein Programm, auf dem die Akteure genannt waren. Sie suchte im Internet und wurde fündig. Das hätte sie auch gestern schon haben können, doch da war die Sache Santana Carmona noch kein Fall gewesen. Penelope Garcia, Veronique Chamballe und Eleonore Rivas. Die Tänzerinnen. Tanya Famosa. Die Frau mit den Kastagnetten. Hörte sich an wie ein Künstlername. Gut, das war bei den anderen auch nicht unbedingt auszuschließen. Der Typ mit der Klarinette, Amédé Gignac, der Gitarrist Gino Carmona, der Bruder der Tänzerin. Franck Grandjean, der Regisseur, Ricardo Bailardo, der Verlobte, und einer der Reiter, Benjamin Leroux, der zweite Reiter. Romino Plata, der Tänzer, der ganz hautnah an und mit Santana getanzt hatte, dazu Michael Witherspoon, Pjotr Olschewski und Philippe Tavier. Eine ganz international besetzte männliche Tänzergruppe. Der Choreograf, Jean Schmitt.

Gab es noch andere Personen, die bis zu einer halben Stunde zuvor Kontakt zu Santana gehabt haben könnten? Natürlich. Da war Berhane, der Student am Einlass. Doch die Akteure und Pferde und all die anderen, die zum Gelingen der Show beitrugen, kamen garantiert nicht durch den normalen Besuchereinlass. Wer hatte wann das Catering gebracht? Gab es einen Stallburschen, der sich um die Pferde kümmerte? Was war mit Masken und Kostüm? Oder wurden diese Mitarbeiter erst am Abend der Show benötigt? Ebenso wie Tontechniker und Beleuchter, denn eine solche Truppe hatte Mathilde überhaupt nicht bemerkt. Aber ganz sicher konnte ihr Marta darüber Auskunft geben.

Sie wählte die von Christine notierte Telefonnummer. Marta

meldete sich nach dem zweiten Klingeln. Wahrscheinlich hatte sie schon auf ihren Anruf gewartet.

»Mathilde, ich wollte Ihnen von gestern berichten. Also, es gibt nicht viel zu erzählen. Gino ist zuerst rein, ich habe dann nur Maria schreien hören. Ich kam mir sehr, sehr fehl am Platz vor, und die Nachricht war ja überbracht. Also bin ich ins Hotel. Ich habe die ganze Nacht kein Auge zugetan. Gibt es etwas Neues?« Die Stimme der Sängerin klang angespannt, und Martas Frage ließ Mathilde vermuten, dass die Hiobsbotschaft, die Rachid den Eheleuten Carmona und der Familie überbringen würde, offensichtlich noch nicht bei ihr angekommen war.

»Marta, Commandant Bouraada müsste schon bei der Familie Carmona sein und ihr die traurige Nachricht mitgeteilt haben. Santana ist erstochen worden, sie ist innerlich verblutet.« Mathilde hatte sich genau überlegt, was und wie viel sie der Sängerin preisgeben würde. »Marta?«

Ein ungläubiges Stöhnen drang an Mathildes Ohr. »Ja, ich bin noch da. Das ist unfassbar, eine Tragödie.« Die Stimme der Sängerin klang spröde wie geborstenes Glas. »Die beiden sind doch so schon zusammengebrochen. Santana, ihr Kind, ihre älteste Tochter, ermordet. Aber wie kann das sein? Wir waren doch alle in ihrer Nähe. Wie bitte …« Sie stockte, als ihr die Tragweite dessen, was sie soeben gesagt hatte, bewusst wurde.

»Marta, Sie kennen alle Personen, die bei den Proben mitgewirkt haben. Ich habe mir bereits eine Liste gemacht, die ich Ihnen schicke. Wenn Sie sich diese bitte ganz genau ansehen. Wenn Ihnen sonst noch jemand einfällt, der nicht darauf steht, aber zu den Akteuren oder den Mitarbeitern gehört, sagen Sie mir bitte umgehend Bescheid.«

»So sehr vertrauen Sie mir? Sollte ich nicht auch auf dieser Liste stehen? Bin ich denn nicht verdächtig?«

Mathilde druckste ein wenig herum. »Sie stehen auf der Liste, und zwar ganz oben. Aber nicht, weil ich Sie wirklich verdächtigen würde« – Wie unprofessionell von mir, schoss es ihr in dieser Sekunde durch den Kopf, wie kann ich von vornherein jemanden ausschließen? Doch wenn sie ihr gesunder Menschenverstand und ihr Bauchgefühl nicht trogen, war Marta Torres nie und nimmer Santanas Mörderin.

»Marta, Sie haben sich nach Ihrem Auftritt an den Bühnenrand zurückgezogen, und wenn ich mich nicht irre, war Santana nie in Ihrer Nähe.« Mathilde biss sich auf die Lippen. Immerhin hatte Regis ein Zeitfenster bis zu einer halben Stunde geöffnet, in dem es zu der tödlichen Verletzung hatte kommen können. Sie hakte daher nach. »Sie haben Santana auch nicht schon vor der Probe gesehen?«

»Nein, nachdem wir beide uns vor dem Palais de Justice getroffen haben, war es für mich ganz schön knapp geworden. Ich kam sozusagen in letzter Minute, alle waren schon total aufgeregt. Pünktlichkeit ist mein Credo, das wissen alle. Nun, Santana war da noch nicht auf der Bühne, Franck musste sie erst herbeirufen. Ich weiß allerdings nicht, wo sie gesteckt hat. Dann waren irgendwann alle anwesend, nur der Choreograf kam noch etwas später.« Es entstand eine Pause. Dann setzte Marta wieder an. »Ich weiß nicht, ob ich es gut finden soll oder eher nicht. Franck wird weiterproben. Mit Dolcé Reinhardt statt Santana. Er sei es allen schuldig. *Eh bien*, ich warte dann auf die Liste und melde mich wieder. *Adios.*«

Mathilde murmelte vor sich hin »*The show must go on*«, fotografierte ihre Notizen ab und schickte das Foto auf das Handy von Marta Torres. Sie konnte verstehen, dass Franck Grandjean an seinem »*Son et lumière*«-Spektakel festhielt. Sicherlich waren Unmengen an Geld hineingeflossen, jetzt alles abzublasen, käme einer finanziellen Katastrophe gleich. Nun, sie würden ihre Ermittlungen wie gewohnt führen. Es würde den Probebetrieb immer nur dann stören, wenn einer der Akteure aufgrund einer Befragung vielleicht einmal ausfallen würde oder zu spät käme. Und die anderen Szenen betrafen ihre Arbeit sowieso nicht.

Noch blieb etwas Zeit, bis Rachid und Felix kämen. Mathilde umrandete auf ihrem Notizzettel den Namen Dolcé Reinhardt mit einem roten Stift. Hatte sie nicht ein ernst zu nehmendes Motiv? Eifersucht auf die gefeierte Kollegin? Rivalin? Keine Minute später trötete Mathildes Handy. Die von Marta Torres ergänzte Liste, allerdings mit dem Zusatz, sie übernehme dafür keine Garantie, es könne die eine oder andere Person auch fehlen.

Sofort glich sie die aktualisierte Liste mit ihren handschriftlichen Notizen ab. Mit den Pferden war sonst niemand angereist, die Reiter kümmerten sich selbst um ihre Tiere. Dann hatte Marta notiert: Manitas Carmona für das Catering (Gazpacho) zu Mittag (genau wie am Vortag), ein Sanitäter, Emile (wie am Vortag), die Lichttechnik und Effekte kommen erst am Abend, Maske und Kostüm erst am Aufführungstag. Darunter hatte Marta notiert, von den Akteuren für die nächste Szene sei niemand in der Nähe gewesen, Franck schätze es nicht, wenn zu viel Durcheinander herrsche.

Mathilde fragte sich, wie der Regisseur das alles unter einen Hut bekam. Schließlich bestand die Show, wie der Titel *Nemausus – une danse travers les siècles* schon verriet, nicht nur aus dem Tableau mit Martas Arie und dem wilden Flamencotanz. Die Zeitspanne reichte von der römischen Antike über Nîmes im Mittelalter, als sich hinter den Mauern der Arena eine eigene befestigte Stadt mit Häusern, Marktplatz und einer Kirche befand, bis ins Goldene Zeitalter, als die Textilindustrie die Stadt zum Blühen brachte. Zwei Drittel der arbeitenden Bevölkerung waren in diesem Bereich beschäftigt gewesen.

Auf dem Werbeplakat war Mathilde ein Foto mit Frauen in einer altmodischen Nähstube aufgefallen. Sie fragte sich allerdings, ob die Näherinnen, die lachend und mit rosigen Wangen Hosen aus Denim-Stoff fertigten, wirklich so fröhlich an ihrer Arbeit gesessen hatten. Doch wer wusste schon, dass der Begriff Denim für den robusten Jeansstoff nichts anderes war als die Verballhornung von *de Nîmes*, also aus Nîmes. Im Musée du Vieux Nîmes konnte man erfahren, wie aus dem Verweben blauer und weißer Fäden ein strapazierfähiger Stoff entstanden war, der für seine langlebige Eigenschaft geschätzt wurde. Einst für die Hirten in den Cevennen gefertigt, brachte 1870 Levi Strauss den Stoff in die USA, wo die ersten Hosen mit Nieten gefertigt wurden, um die Taschen zu verstärken. Damit trat die Jeanshose ihren Siegeszug an, der bis heute andauerte.

Für all diese Szenen aus der Geschichte von Nîmes war geprobt worden, und man hatte sich zudem einen ganz besonderen Werbegag, um auf die Show aufmerksam zu machen, einfallen lassen. Kostümierte Frauen und Männer flanierten durch die Straßen, pilgerten mit gepuderter Perücke durch die *Jardins de la Fontaine*, bekämpften sich in römischer Rüstung vor der Arena mit dem Kurzschwert oder schlenderten in bäuerlicher Tracht mit einem Korb im Arm durch die Markthalle und verteilten Handzettel.

Es klopfte kurz, und Rachid Bouraada schob sich mit bedrückter Miene herein.

»*Bonjour*, Mathilde. Ich komme gerade von der Familie Carmona.« Er seufzte tief und rieb sich mit den Handknöcheln über die rechte Schläfe. »Ich weiß nicht, wie es sich so schnell herumsprechen konnte. Ich war noch keine fünf Minuten da, und schon kamen die ersten Familienangehörigen, Freunde oder Nachbarn. Als hätte ihnen jemand geflüstert, welche Tragödie sich wirklich ereignet hat.«

»Mich wundert das nicht«, entgegnete Mathilde. »Der Zusammenhalt zwischen den *Manouches* ist einfach sehr eng und intensiv. Wahrscheinlich waren auch schon gestern alle da, um Trost zu spenden. Vielleicht spüren sie es, wenn etwas Furchtbares innerhalb der Familie passiert ist. Ein unsichtbares Band, das sie verbindet, etwas, das sich in all den Jahrhunderten, in denen sie sich immer nur aufeinander verlassen konnten, entwickelt hat.«

Rachid lächelte. »Ich schätze, die familiären Bindungen sind ähnlich wie bei uns Muslimen. Allerdings sehe ich es nicht ganz so romantisch wie Sie. Ich tippe weniger auf ein unsichtbares Band als auf eine schnelle Handyverbindung. Nun, das Wehklagen hörte man bis auf die Straße, und es kamen immer mehr Menschen, es war wie eine Flut. Die Männer haben kaum was gesagt, die Frauen, bis auf Santanas Mutter, haben geschrien und geweint. Auch das hat mich an einen muslimischen Trauerritus erinnert, inklusive Klageweiber, die der Familie das Jammern um den Toten abnehmen. Ich kam mir so fehl am Platz vor. Und das Erstaunlichste war, niemand wollte wissen, wie genau das Mädchen ums Leben gekommen ist.

Ich hatte mich schon verabschiedet, als Gino Carmona mich zur Seite nahm und wissen wollte, ob die Familie den Leichnam seiner Schwester innerhalb der nächsten drei Tage erhalten würde. Die Tradition verlange die Beisetzung am dritten Tag nach dem Tod. Erst dann hat er mich nach den genauen Todesumständen gefragt. Seine Reaktion hat mich ziemlich überrascht. Er hat nur genickt, als habe er auch nichts anderes erwartet, und ist dann zurück zu den anderen.«

Mathilde hob die Brauen. »Das ist so ganz anders als seine Reaktion, als Santana tot auf der Bühne lag. Da war er in seinem Schmerz kaum zu bändigen. Nun, was die drei Tage angeht, werde ich mich darum kümmern, dass die Leiche so schnell wie möglich freigegeben wird.«

Die beiden schwiegen einen Moment, dann sagte Mathilde mit einem tiefen Seufzer: »Eine ermordete junge Frau, ihre trauernden Angehörigen, Santanas Beerdigung. Vor der Tür tobt das pralle Leben, und unser täglich Brot ist der Tod. Doch wir sind es den Opfern schuldig, uns bestmöglich um die Aufklärung der Verbrechen zu kümmern. Also, los geht's. Wann kommt eigentlich unser Lieutenant? Für Nervennahrung ist schon gesorgt.« Sie zeigte auf die beiden Pappschachteln. »Und einen ersten Überblick über die bei der Probe anwesenden Personen habe ich auch schon angefertigt. Ich hatte gehofft, Marta Torres könnte sie ergänzen, aber bis auf Manitas Carmona kam nichts mehr dazu. Der Vater bringt täglich das Essen für die Truppe vorbei.«

»Sie haben unsere Diva auf der Liste?«

»Ja, natürlich. Allerdings schließe ich sie als Täterin aus. Sie betrat erst im letzten Moment die Bühne, wir hatten uns vor dem Gericht zufällig getroffen und beim Plaudern nicht auf die Zeit geachtet. Als Marta ankam, war Santana als Einzige der Akteure dieser Szene noch nicht anwesend. Der Regisseur hat, laut unserer Diva, nach ihr rufen müssen. Marta hat sich, nachdem sie ihre Arie beendet hatte, an den Bühnenrand zurückgezogen, hatte, soweit ich es beurteilen kann, keinerlei Kontakt zu der Tänzerin. Im Gegensatz zu fast allen anderen. Etwas abseits standen auch der Choreograf, Jean Schmitt, und Franck Grandjean. Alle anderen waren irgendwann in der Nähe unseres Mordopfers. Wenn Regis sagt, die Verletzung kann ihr bis zu einer halben Stunde zuvor beigebracht worden sein, kann sich der Kreis der Verdächtigen um die eine oder andere Person erweitern. Wir wissen zumindest, dass Santanas Vater vor Ort gewesen ist. Ob zur fraglichen Zeit, müssen wir klären. Er ist für das Catering zuständig und hat das Mittagessen vorbeigebracht.« Mathilde wedelte mit ihrer Liste.

Rachid nickte unmerklich. »Eine ganze Menge Verdächtiger. Wie sieht es mit den Motiven aus?«

Mathilde brauchte nicht lange zu überlegen. »Im Moment sehe ich da noch nichts Entscheidendes. Wir haben wahrscheinlich die große Auswahl, wenn wir nur lange genug suchen. Eifersucht, verschmähte Liebe, Geld. Zurzeit ist Dolcé Reinhardt die einzige Person, die ein Motiv haben könnte. Sie wird Santanas Rolle übernehmen. Die Show tourt vielleicht weiter, *die* Chance für eine Künstlerin, ins Rampenlicht zu rücken. Bis jetzt hätte sie den Jubel einer Jüngeren überlassen müssen.«

Es klopfte erneut, und Felix Tourrain schob mit der Hüfte die Tür auf. Er balancierte ein Tablett, auf dem eine Thermoskanne mit Kaffee, Milch und Zucker standen.

»Christine hat mich gebeten, das schon einmal mitzubringen. *Bonjour*, übrigens. Es tut mir leid, ich bin etwas spät dran. Die Sache Marcaux, der Optiker hat jetzt doch eine Aussage gemacht.«

Der rothaarige Lieutenant stellte das Tablett auf Mathildes Schreibtisch ab, brachte Kanne, Zucker und Milch an den Tisch.

»*Bonjour*, Lieutenant. Becher und Löffel sind neben dem Aktenkorb.« Mathilde nickte in Richtung des Halbschranks hinter ihrem Schreibtisch.

»*Salut*, Felix. Dann werden wir den Typen, der Marcaux erpresst hat, ja bald dingfest machen können. Hoffentlich bleibt er bei seiner Aussage.«

Felix schnupperte wie ein Jagdhund, der Witterung aufgenommen hat. »Das wird er. Und es sind *die* Typen. Diese Mitarbeiterin, Sandrine, und ihr Freund steckten dahinter. Nun, nachdem Marcaux seiner Frau sein Verhältnis gebeichtet hat, gibt es ja nichts mehr zu erpressen. Das saubere Pärchen ist zur Fahndung ausgeschrieben, ich glaube nicht, dass sie weit kommen. Ah, Stärkung, sehr gut. Was ist da Schönes drin?« Er schubste einen der Kartons an.

Das war Felix. Er funktionierte am besten, wenn er Seele und vor allem Leib mit einem ordentlichen Happen zusammenhielt, so oder so ähnlich pflegte seine Urgroßmutter zu sagen.

Grinsend zog Rachid die Schleifen von den Kartons. Sandwiches mit Tomaten, Oliven, Thunfisch und Schinken in dem einen, kleine gefüllte Pasteten in dem anderen, wanderten auf die Teller, und der starke aromatische Kaffee floss in die Becher. Die erste Besprechung im Fall Santana Carmona konnte beginnen.

Mathilde schilderte erneut die Abfolge der Ereignisse von dem Moment an, als sie Marta Torres vor dem Palais de Justice getroffen hatte, bis hin zur Feststellung des Todes durch den Notarzt und dem Abtransport der toten Tänzerin in einem Wagen der SAMU in das gerichtsmedizinische Institut.

»Regis geht von einer Art Stilett mit einer hauchdünnen dreikantigen Klinge von maximal zwölf Zentimetern Länge aus«, schloss sie.

»Wahnsinn«, entfuhr es Felix. »Dass man so was nicht merkt und dann noch mit einer solchen Verwundung herumläuft und tanzt. Das ist so abgefahren.«

»Ja, das kann man wohl sagen. Ich dachte von meinem Platz auf der gegenüberliegenden Seite der Bühne aus, die Tanzeinlage wäre beendet, das Zusammenbrechen Santanas würde zu dieser Szene gehören. Doch wie mir Marta Torres sagte, hätte der Auftritt noch gut sechs, sieben Minuten dauern sollen. Alle hätten sich gewundert, als sie plötzlich zu Boden ging. Das Ende der Szene sah sowieso ganz anders aus. Santana wäre gar nicht zu Boden gesunken, sondern von zwei Männern emporgehoben worden.«

Mit einem entschuldigenden Blick griff Felix nach dem letzten *petit pâté nîmois*, das mit einer Farce aus Schweinefleisch gefüllt war. Für einen kurzen Moment schloss er genießerisch die Augen, dann war die winzige Pastete zerkaut und heruntergeschluckt.

Rachid Bouraada ergriff das Wort und berichtete von seinem Besuch bei den Eltern, denen er die furchtbare Nachricht vom gewaltsamen Tod ihrer Tochter hatte überbringen müssen. »Das Lokal war in Kürze voll von Verwandten und Freunden«, erzählte er auch Felix. »Es war unglaublich. Und mittendrin die Eltern, fassungslos, sprachlos. Das haben dann die vielen Trauernden übernommen. Ich hatte schon befürchtet, die *Bodega Los Gitanos* platzt gleich aus allen Nähten.«

»*Bodega Los Gitanos?*« Felix pickte die letzten Krümel vom Teller. »Santana Carmona stammt aus dem Lokal? Ich war dort noch am Freitagabend mit Sabine. Eine Paella zum Niederknien, klasse Livemusik. Am gleichen Vormittag, ich war gerade von Optiker Marcaux zurück auf dem Weg ins Präsidium, hatte ich im Vorbeilaufen an der Bodega den Hinweis auf das Konzert gesehen und für uns einen Tisch reserviert. Ja, und dort auch noch eine Kleinigkeit gegessen. Ich wurde dabei zufällig Zeuge eines Riesenstreits.«

Felix legte eine seiner berühmten Kunstpausen ein und wartete ab, welche Wirkung seine Worte entfalteten.

Madame le Juge machte große Augen, und sein Chef öffnete den Mund wie ein Fisch, der nach Luft schnappt.

»Was hast du davon mitbekommen? Und wer hat gestritten? Santana?«

»Nun, ich saß draußen, das Ganze hat sich drin abgespielt. Soweit ich es einschätzen kann, waren nur der Inhaber des Lokals und seine Frau anwesend. Und bei dem Streit ging es um die Tochter.«

»Manitas und Maria Carmona, der Inhaber und seine Frau«, ergänzte Mathilde.

»Irgendwas hat ganz fürchterlich gescheppert, als würde jemand mit einem Topf oder einer Pfanne werfen, die dann auf dem Steinfußboden gelandet ist. Das hätte natürlich versehentlich passiert sein können, aber nur Sekunden später drang ein Riesengeschrei, ein Mann und eine Frau, also Manitas und Maria Carmona, wie ich jetzt weiß, von der Küche nach draußen. Im Lokal selbst war niemand. Um was es genau ging, weiß ich nicht. Allerdings denke ich jetzt, die Auseinandersetzung könnte sich um ihre Tochter Santana gedreht haben. Es ging jedenfalls um eine Show, und dass jemand weggehen wollte. Ich wollte gerade los, als ein Mann, also wohl Manitas Carmona, schrie, ›sie bleibt hier‹, und er würde sich das nicht bieten lassen. Ein Familienstreit eben, dachte ich, habe mein Geld hingelegt und bin los. Das heißt, nein, vorher kam der Wirt noch wutschnaubend raus und hat mit einem Tritt einen Stuhl in die Botanik befördert. Also könnte der Auslöser dieses Streits tatsächlich Santana Carmona gewesen sein. Aber das ist natürlich reine Spekulation.«

Doch Mathilde nickte. »Vielleicht ein Motiv! Manitas Carmona war gestern Vormittag in der Arena. Er hat das Ensemble mit einer Gazpacho versorgt.«

Allein bei dem Gedanken an die gekühlte Gemüsesuppe aus Tomaten, Weißbrot, Salatgurke, Paprika und ganz viel Knoblauch und Olivenöl lief Felix schon das Wasser im Mund zusammen. Alles püriert und dazu eine Garnitur, die *guarnición*, aus gewürfelten rohen Gemüsen. Bei der Hitze der ideale Mittagsimbiss.

Rachid riss Felix aus seinen kulinarischen Träumereien »Gehen wir die Liste durch. Irgendwo müssen wir ja anfangen.«

Mathilde meldete sich zu Wort. »Ich würde als Erstes mit Dolcé Reinhardt reden. Ich musste vorhin an den Film *Black Swan* denken, als ich mir die beiden Tänzerinnen Santana und Dolcé vorstellte. Die Geschichte ist zwar etwas anders aufgezogen, aber das Thema Eifersucht unter Tänzerinnen wäre immerhin auch ein Anfang. *Alors*, legen wir los. Felix, bitten Sie Franck Grandjean gleich um sämtliche Kontaktdaten. Jeder übernimmt einen Teil der Akteure und Personen, die bis zu einer halben Stunde vor ihrem Tod in die Nähe von Santana Carmona gekommen sind.«

Felix zog sich zurück, um zu telefonieren, und binnen weniger Minuten hatte Grandjean Felix die Namen, Adressen und Telefonnummern sämtlicher Ensemblemitglieder zugesandt und dabei die Frage angefügt, warum die Polizei dies alles brauche.

»Das ist ja eigentümlich. Er weiß offenbar noch gar nicht, dass Santana ermordet worden ist. Sonst würde er sich nämlich nicht wundern, wozu wir diese ganzen Informationen benötigen. Umso erstaunlicher, wenn man bedenkt, wie schnell sich die Nachricht im Quartier Placette ausgebreitet hat.« Rachid kratzte sich nachdenklich am Kopf. Er überflog die Liste mit den Kontaktdaten, schaute dann auf seine Armbanduhr und gab Felix ein Zeichen. »Die Proben für die Flamencoszene sind schon beendet. Wenn wir uns beeilen, ist vielleicht noch der ein oder andere Künstler vor Ort. Ich kann mir lebhaft vorstellen, dass der Tod einer Kollegin auch im Nachhinein für sehr viel Gesprächsbedarf sorgt.«

Kapitel 14

Rachid hatte sich getäuscht. Als er und Felix auf Franck Grandjean trafen, hatte der bereits eine Gruppe von Schauspielern im Kostüm römischer Legionäre in Position gebracht, und von den Tänzern und Musikern der Flamencoszene war niemand mehr da.

Der Regisseur wies die römischen Soldaten an weiterzumachen und bat die beiden Polizisten sichtlich gezeichnet in den hinteren Bereich der Bühne, wo ein schmaler Streifen Schatten einen Hauch von Abkühlung suggerierte. »Alle sind nach den Proben sofort weg. Und Marta kam heute überhaupt nicht. Ihr geht es nicht gut. Nun, wem geht es heute schon gut? Keinem von uns! Allerdings, Marta Torres ist Marta Torres, wenn sie auch mal einen Tag nicht mit uns probt, spielt das keine große Rolle. Diese Frau ist eine Urgewalt, ihre Bühnenpräsenz unfassbar und ihre Stimme unvergleichlich.«

Er schnaufte und fuhr sich mit einem nicht mehr ganz sauberen Taschentuch über die Stirn.

»Fehlte sonst noch jemand?«, fragte Rachid, während Felix fasziniert zwei Legionäre beobachtete, die sich einen Zweikampf mit dem Kurzschwert lieferten und dabei in gebückter Haltung einander umkreisten.

»Ja, aber das ist doch verständlich. Gino war nicht da und Ricardo, Santanas Verlobter. Ich kann und möchte die Familie jetzt nicht in ihrer Trauer stören. Doch ich muss natürlich irgendwann wissen, ob die beiden bei der Show bleiben oder ich sie ersetzen muss.« Er warf einen Blick auf seine Soldatentruppe, und nur mit einem Fingerzeig und einem kurzen »jetzt« ließ er zwanzig in Lederrüstungen gehüllte junge Männer eine Art Formationstanz aufführen, bei dem sie sich Schilde über den Kopf hielten und mit ihren Schwertern darauf klopften. Diesen Rhythmus begleiteten vier Frauen, gekleidet in blaue knöchellange Gewänder, die in Höhe der Taille gegürtet waren. Sie klopften im Takt auf ihre Tambourins, ihre langen blonden Zöpfe leuchteten wie gesponnenes Gold unter der Sonne von Nîmes.

»Gallische Sklavinnen«, erläuterte Grandjean, als er die neugierigen Blicke der beiden Beamten bemerkte.

»Wäre es nicht besser umgekehrt, die Römer lassen die Sklavinnen tanzen?«, fragte Felix stirnrunzelnd.

»Junger Mann, das ist ja kein Tanz im engeren Sinne, wir deuten eine Kriegsformation, einen Angriff an, und die Sklavinnen feuern die Jungs sozusagen an.«

»Cheerleader der Antike«, meinte Rachid trocken.

Grandjean nickte. »Sie haben es erfasst, *mon commandant.*«

Felix, Kenner der Antike, seitdem er mit einer Archäologin liiert war, kam die ganze Situation unwirklich vor. Erstens fand er die Szene unecht und auch albern, während die Sklavinnen ihm bekannt vorkamen. Als begeisterter Leser der unterschiedlichsten *bandes dessinées* erkannte er sofort, die Damen sahen aus wie Falbala aus einem der Comics mit Asterix und Obelix. In einer dieser Geschichten war Obelix unsterblich in die blonde Schönheit verliebt. Und zweitens war es schon erstaunlich, wie schnell man zum Tagesgeschehen übergegangen war.

Rachid kehrte zu den relevanten Fragen zurück. »Dolcé Reinhardt wird nun den Part von Santana übernehmen?«

»Ja, und sie hat ihre Sache hervorragend gemacht. Als habe sie geradezu darauf gewartet, endlich wieder in den Mittelpunkt rücken zu können. Sie ist über sich selbst hinausgewachsen.« Franck Grandjean platzte fast vor Stolz, geradeso, als habe er die Hauptrolle höchstpersönlich mit Bravour getanzt. »Doch erlauben Sie mir noch einmal die Frage, wozu brauchen Sie die Besetzungsliste mit all den persönlichen Angaben?«

Der Mann wirkte plötzlich verunsichert. »Und überhaupt, warum sind Sie hier? Und dazu noch zu zweit? Das ist doch kein Fall für die Polizei. Warten Sie, Sie wollen mir doch nicht erzählen, es sei kein Unfall gewesen, sondern …« Grandjean geriet ins

Schwitzen, wischte sich erneut mit dem Taschentuch über den Kopf und krächzte dann: »… sondern, dass Santana ermordet worden ist? *Mon Dieu.*« Er stieß die Luft aus. Die Gesichter der Ermittler waren ihm Antwort genug. Er wandte sich den probenden Schauspielern und Musikerinnen zu und klatschte in die Hände.

»Kurze Pause. Geht was trinken oder Pipi machen. Ganz gleich. In zehn Minuten seid ihr wieder da, tut mir bitte den Gefallen.«

In diesem Moment schien dem Regisseur aufzugehen, was er womöglich mit seinen lobenden Worten angerichtet haben könnte.

»Aber Sie haben nicht Dolcé in Verdacht? Ich meine, sie hat vom Tod Santanas als Einzige profitiert. O nein, das kann doch alles nicht wahr sein. Oder verdächtigen Sie alle auf der Liste? Ich glaube, mir wird schlecht. Können wir uns vielleicht setzen?«

Der schwere Mann machte den Eindruck, als sei er einer Ohnmacht nahe. Felix eilte an den Bühnenrand, wo ein Hocker und drei Stühle herumstanden. Grandjean ließ sich auf den mit Segeltuch bespannten Stuhl nieder, während Rachid sich ihm gegenübersetzte. Suchend sah sich Felix um und entdeckte eine blaue Kühltasche, in der ein paar Flaschen Wasser lagen. Er reichte Grandjean eine Flasche, die der Mann dankend annahm, jedoch nur einen kleinen Schluck trank.

»Nun, was ist passiert?«, fragte er tonlos niemand Bestimmten.

Rachid beschränkte sich auf das Wesentliche. Santana Carmona sei eine tödliche Verletzung zugefügt worden, die es ihr dennoch erlaubt hatte, mit der Probe zu beginnen.

»Monsieur Grandjean, während der Tanzszene sind zahlreiche Menschen sehr dicht an Madame Carmona herangekommen. Lediglich Marta Torres, der Choreograf und Sie standen mit Abstand zu ihr. Was ist mit der Zeit vor der Probe? Wissen Sie, ob und mit wem Ihre Tänzerin sich davor getroffen hat? Und können Sie sich ein Motiv für den Mord vorstellen?«

Grandjean war mit jedem Wort des Polizisten tiefer in sich zusammengesunken. Er nahm seine Sonnenbrille ab, die an einer dünnen Kette um seinen Hals hing. In seinen Augen schimmerten Tränen.

»Messieurs, Sie sehen mich vollkommen fassungslos. Ein Motiv? Wer soll ein Motiv gehabt haben, dieses bezaubernde Wesen zu töten?« Er hielt inne und überlegte. »Allerdings irren Sie sich in einem Punkt. Jean Schmitt und Santana betraten kurz nacheinander die Bühne. Jean stand dann etwa hier …«, er zeigte auf einen Punkt abseits der Bühnenmitte, »… und kontrollierte, ob und wie seine Tänzerinnen und Tänzer seine Anweisungen befolgen. Jean ist ein ziemlicher Pedant, aber er war sehr zufrieden gestern. Und ich habe keine Ahnung, mit wem Santana vor ihrem Bühnenauftritt gesprochen hat. Aber, soll das heißen, sie ist vielleicht vor der Probe verletzt worden?«

Rachid hatte sein kleines Notizbuch bereits gezückt und schrieb sämtliche Informationen nieder. »Es besteht die Möglichkeit, ja. Wie und wann ist Santana Carmona zu den Proben erschienen?«

»Manchmal kam sie mit ihrem Vater. Er ist fürs Catering zuständig. Maria, seine Frau, kocht vor, er bringt das Essen dann im Laufe des Vormittags vorbei. Gestern habe ich aber nur Manitas mit der Gazpacho für den Mittagstisch gesehen. Ich vermute mal, Santana war schon da. Dann kam sie meist zu Fuß, ist ja nicht weit. Manchmal war sie auch in Begleitung ihres Bruders. Mehr kann ich dazu nicht sagen. Mir schwirrt der Kopf, ich kann keinen klaren Gedanken mehr fassen, obwohl ich mich auf meine Arbeit konzentrieren sollte.« Grandjean hob flehend die Hände. »Bitte, ich muss nun weitermachen. Wenn Sie sonst keine Fragen mehr haben.«

Mittlerweile hatten sich die Legionäre und Sklavinnen wieder auf der Bühne versammelt. »Die Schauspieler für die nächste Szene stehen schon in den Startlöchern. Nîmes im Barockzeitalter. Wenn die wieder Ärger wegen der Perücken machen, dann raste ich aus.« Grandjean erhob sich von seinem Stuhl, streckte sich und schüttelte dann heftig den Kopf. »Nein, nein und nochmals nein, unter meinen Leuten ist niemand, der Santana nach dem Leben getrachtet hätte. Wir sind doch alles Kollegen, keine Steinzeitmenschen, die eine Fehde mit dem Messer austragen. Wir sind Künstler, Schauspieler, wir spielen eine Rolle.« Den letzten Satz unterstrich er mit einer theatralischen Geste. Er warf seine Arme in die Luft und ließ sie in einer Bewegung, als wolle er die ganze Erde umfassen, langsam wieder sinken.

»Monsieur Grandjean, das schließt nicht aus, dass man zum Mörder werden kann, nicht wahr? Sie können sofort mit Ihren Proben fortfahren, vorher jedoch haben wir noch ein paar Fragen.«

Unter dem eindringlichen Blick Rachid Bouraadas setzte sich der Regisseur mit einem tiefen Seufzer wieder hin und beschied mit einer Geste seinen Römern und Sklavinnen, sich noch einen Augenblick zu gedulden.

»Wie gut kennen Sie sich alle innerhalb der Showtruppe? Gab es in letzter Zeit einen Streit, Eifersüchteleien, Rivalitäten?«

Grandjean fächelte sich mit seinem Strohhut Luft zu. »Nein, nicht wirklich. Natürlich kracht es auch mal zwischen ihnen, aber alles harmlos, ganz harmlos. Wenn ein Tänzer seinen Einsatz verpasst, wenn die Musik zu schnell wird und jemand nicht in der Bewegung nachkommt. Solche Kleinigkeiten, wie sie bei jeder Probe vorkommen, aber nichts, weswegen man jemandem ein Messer ins Herz stößt. Wir sind eine große Familie.« Er seufzte tief, als wolle er sich in das Unvermeidliche fügen. »Allerdings, wie heißt es so schön, Mord kommt in den besten Familien vor. Aber ich kann Ihnen wirklich nicht weiterhelfen. Mir fällt beim besten Willen niemand ein, der ein Motiv gehabt haben könnte. Sie müssen mich nun bitte wirklich entschuldigen. In wenigen Tagen geben wir die erste Vorstellung. Und es hakt noch hier und da ein wenig.«

Er hievte sich aus dem Stuhl, sank, wie von einem leichten Schwindel erfasst, wieder zurück, um sich dann erneut herauszustemmen. Felix befürchtete schon, der leichte Stuhl könne jederzeit unter dem schweren Mann zusammenbrechen.

»Noch zwei, drei Fragen, Monsieur Grandjean. Waren Dolcé Reinhardt und Santana Carmona miteinander befreundet? Waren sie Rivalinnen? Madame Carmona war ein gutes Stück jünger als ihre Kollegin, und doch spielte sie die Hauptrolle. Und die übernimmt nun Madame Reinhardt. Seit wann war Santana eigentlich Mitglied des Showensembles? Das Mädchen war zwanzig Jahre alt. Also war sie wohl noch nicht so lange dabei wie Madame Reinhardt.

War diese Ihre Nummer eins, bevor Santana es wurde? Und zuletzt die Frage nach dem Messer. Romino Plata zieht ein Messer aus dem Gürtel in der letzten Szene.«

Grandjean rang sichtlich um Worte. »Das sind eine Menge Fragen. Aber gut. Das Messer sieht zwar aus wie ein zweischneidiger Dolch, ist allerdings nicht scharf. Er ist aus Holz, ein echtes Spielzeugding. Und bevor Sie noch fragen, nein, Romino kann ihn nicht ausgetauscht haben. Ich höchstpersönlich habe ihm das Messer in den Gürtel, das heißt, es ist eher eine Schärpe, gesteckt. In eine daran angebrachte Hülle, weil es ansonsten einfach zwischen Hemd und Schärpe durchgerutscht wäre. Und Dolcé ist seit fast zehn Jahren dabei. Sie kam mit drei- oder vierundzwanzig Jahren zur Truppe. Santana ist, war, seit dem letzten Sommer dabei. Und ja, Dolcé war die Königin der Flamenco-Auftritte. Der Tanz erfordert Disziplin, Hingabe und nicht zuletzt auch Kondition. Es tut mir leid, wenn ich das sage, aber man hat Dolcé ihre mehr als dreißig Jahre angemerkt. Mit Santana habe ich eine Tänzerin gewinnen können, die das jugendliche Feuer einfach so versprühte.« Er schnippte mit den Fingern. »Sie müssen sich einmal einen ihrer Auftritte auf Video ansehen. Sie hat den Flamenco nicht einfach nur getanzt, sie war der Flamenco. Wussten Sie, dass der Begriff Flamencos, also in der Mehrzahl, ein Synonym für die spanischen *Gitanos* ist? Ihnen, den *Gitanos*, den *Manouches*, ist der Tanz in die Wiege gelegt, was sag ich, er ist in ihrem Blut. In Dolcés wie in dem von Santana. Diese Flamme lodert in ihnen ein Leben lang. Sie wissen, dass das provenzalische Wort *flamenc* Flamme bedeutet? Wenn Dolcé eine Flamme war, dann war Santana eine Feuersbrunst. Und ja, Dolcé war traurig, dass eine Jüngere ihren Platz eingenommen hatte. Aber sie hat meine Entscheidung verstanden und akzeptiert. Sie ist für mich, für uns alle, für die Kunst, einfach ein wenig zurückgetreten. Nun, wenn das jetzt endlich alles war. Sie werden verstehen, dass wir weitermachen müssen. Ich bin es meinen Leuten schuldig, wir sind es Santana schuldig. Die Proben, die Show sind für uns die einzige Möglichkeit, mit unserem Schmerz fertigzuwerden.«

Kapitel 15

Zehn Tage zuvor

Noch diese letzte Show in Nîmes, dann wäre das ganze Spektakel nahezu beendet. Sie war seit Mai an keinem Wochenende mehr zu Hause gewesen, um wenigstens ein paar Stunden zu entspannen. Daher genoss sie ihre Auftritte in Nîmes besonders, fand nach den Proben ein wenig zu sich selbst, wenn sie in ihrem eigenen Zimmer ihren Gedanken nachhing. Mit dem Engagement im Rahmen der Festtage zu Ehren der heiligen Sara in Saintes-Maries-de-la-Mer, der *Procession des Gitans*, hatte die Saison für sie begonnen, nach *Nemausus* folgten noch ein paar unbedeutendere Verpflichtungen, die ihr Vater für sie eingefädelt hatte. Und dann? Schluss! Sie musste es nur noch ihrem Vater Manitas und der ganzen Familie, wirklich der ganzen Familie, so schonend wie möglich beibringen. Sie hatte jetzt schon einen Kloß im Hals, wenn sie nur daran dachte.

Im Oktober sollte ihre Hochzeit sein. Für ihre Mutter Maria und deren Cousine Stella, Ricardos Mutter, waren die Vorbereitungen der Höhepunkt des Jahres. Wie würden sie reagieren? Santana wollte es sich gar nicht ausmalen. Dass sie irgendwann Ricardo heiraten würde, hatte die Familie schon beschlossen, als sie beide noch Kinder gewesen waren. Und sie mochte ihn ja auch, hatte ihn sogar ein wenig geliebt. Aber das war einmal.

Nach der Probe in der antiken Arena hatte sie den weiten Rock ausgezogen, unter dem sie eine kurze Hose trug. Ihr Vater mochte das ganz und gar nicht, wenn sie ihre langen Beine dermaßen zur Schau stellte. Aber das war ihr egal. Ihr Flamenco-Rock und die Schuhe wanderten in den Rucksack, und Santana schlüpfte in bequeme Espadrilles. Von der Arena waren es nur wenige Minuten bis zur Bodega. Schon von Weitem sah sie, dass die Plätze vor dem Restaurant bis auf den letzten besetzt waren. Ihr Vater würde mit den Gästen scherzen, ihnen noch ein Dessert, einen Kaffee empfehlen, ihre Mutter und Stella hätten in der Küche alle Hände voll zu tun. Es war ein gutes Leben, ihre Eltern liebten die Bodega und ihre Arbeit. Und insgeheim hofften sie, dass sie und Ricardo, wenn sie des Tanzes und der Show müde würden, das Restaurant übernähmen.

Mit einem strahlenden Lächeln für die Gäste vor und im Lokal tänzelte sie in die Küche, begrüßte die schwitzenden Frauen mit einem Kuss und verschwand über die hintere Treppe in ihrem Zimmer, das sie mit ihrer Schwester Sara teilte. In einer halben Stunde wurde sie an der Theke erwartet, um bis um sechs dort auszuhelfen. Nach dem Mittagessen bis zum Abend war dort nicht viel los, und für Santana war es selbstverständlich, im elterlichen Betrieb, soweit es ihre Zeit erlaubte, ein wenig mitzuarbeiten.

Plötzlich wurde es ihr schwer ums Herz. Vor allem ihre jüngere Schwester Sara würde sie vermissen. Sara war so ganz anders als sie. Dem Flamenco konnte sie nichts abgewinnen. Und schon rein äußerlich glaubte man, jemand habe der Familie Carmona ein Kuckucksei untergeschoben. Saras Haare waren blond wie frisch gemähtes Stroh, und ihre blauen Augen funkelten wie Lapislazuli. Irgendwann vor zig Generationen musste es einen blonden *Gitano* in der Familie gegeben haben. Doch niemand wusste, wer er gewesen war und wann und von wo dieser Ahn hergekommen war.

Die Seite des Zimmers, wo Saras Bett stand, quoll über von Büchern, die auf Regalen, die ihr Vater gezimmert hatte, standen und lagen. Romane, Sachbücher, Gedichtbände, Sara sog alles Lesbare auf wie ein Schwamm. Sie würde als eine der wenigen in der Familie Carmona studieren. Politik. Und sie würde für die Verbesserung der Situation aller Armen dieser Welt kämpfen. Und mit der immer noch zum Teil menschenunwürdigen Situation ihrer großen Familie der Sinti und Roma und der der Flüchtlinge würde sie beginnen. Santana glaubte fest daran, dass der Traum der Vierzehnjährigen in Erfüllung gehen würde. Wie jung ihre Schwester noch war, verriet die Bettwäsche, auf der sich rosa Hello-Kitty-Kätzchen tummelten.

Zurzeit war Sara in Saintes-Maries-de-la-Mer, um dort ein wenig ihrer Großmutter Nana unter die Arme zu greifen, die sich von einem Sturz und einer damit verbundenen Hüftoperation erholte und momentan im Rollstuhl saß. Die Familie ihres Onkels, in dessen Haushalt Nana lebte, bestand seit dem Tod von Tante Azaria nur noch aus Männern, und keiner von ihnen konnte sich vorstellen, eine alte Frau zu umsorgen.

Santana hängte ihren Rock sorgfältig über die Stuhllehne, stellte die Schuhe zum Lüften auf die Fensterbank und sprang unter die Dusche. Eiskalt ließ sie das Wasser auf ihre Haut prasseln. So bekam sie den Kopf frei und konnte ihre Gedanken für das Gespräch mit ihrem Vater ordnen, einer Unterredung, der sie mit immer stärker werdenden Magenschmerzen entgegensah.

Um sich abzulenken, ließ sie noch einmal die Probe vom Vormittag Revue passieren. Franck hatte keinen guten Tag gehabt, er hatte herumgebrüllt wegen nichts und wieder nichts. Einmal hatte er ihren Tanzpartner Romino doch tatsächlich als Lahmarsch bezeichnet, nur weil der nicht schnell genug um sie herumgewirbelt war. Dabei war sie es gewesen, die ein zu hohes Tempo angegangen war. Gut, sie hatte das mit Absicht gemacht, um Dolcé zu ärgern, die dann nicht mehr mitkam und immer einen Takt hinter ihr blieb. Dolcé konnte es aber auch einfach nicht lassen. Dauernd diese kleinen Spitzen gegen sie. Sie hatte es immer noch nicht verwunden, dass Franck sie in die zweite Reihe gestellt hatte. Und dann die Blicke, die sie Ricardo zuwarf. Als wolle sie im nächsten Augenblick über ihn herfallen.

Santanas Augen tränten, sie hatte Schaum in die Augen bekommen. Dass es heutzutage noch Shampoos gab, die in den Augen brannten. Das musste Sara gehören, und sie hatte blind danach gegriffen. Sara lagen nicht nur die Armen am Herzen, sondern auch die Umwelt. Wo sie dieses unangenehme Zeug nur herhatte?

Und Ricardo wäre nicht Ricardo gewesen, wenn ihm die Avancen der alten Schachtel nicht auch noch geschmeichelt hätten. Idiot. Außerdem hatte er mal wieder für ihren Geschmack das Pferd am viel zu kurzen Zügel geritten. Permanent hatte das arme Tier sein Maul aufgerissen, so sehr hatte Ricardo an ihm herumgezerrt. Und das Gebiss war auch zu scharf. Außerdem waren die Seiten von den Sporen aufgescheuert gewesen. Das musste doch nicht sein. Scaramouche war ein top ausgebildetes Pferd. Er war mit Liebe großgezogen und für die Show vorbereitet worden. Allerdings nicht von Ricardo, sondern von dem Mann, den Santana liebte und mit dem sie einen Neuanfang wagen würde. Doch ihren Eltern das zu gestehen, wäre ganz sicher des Guten zu viel. Ihr Vater würde ihr den Hals umdrehen, wenn er davon Wind bekäme.

Keine Show mehr. Sie würde eine Flamenco-Schule eröffnen. Wie sie es leid war, unter den eifersüchtigen Augen ihres Verlobten, bald Ex-Verlobten, zu tanzen, immer diese argwöhnischen Blicke ihres Bruders im Nacken, wenn er mit seiner Gitarre ihren Tanz begleitete. Keine Anmache, keine geilen Blicke der Tänzer mehr. Heute noch hatte Michael Witherspoon auf ihrer Brust rumgetatscht, als er an ihr vorbeisteppte. Und keine neiderfüllten Augen dieser blöden Weiber mehr, die ihr nicht das Schwarze unter dem Fingernagel gönnten. Von wegen große Familie, wie Franck immer herumtönte. Ein Haufen armseliger Kreaturen, das waren sie alle, und sie konnten ihr gestohlen bleiben.

Selbstbewusst stieg Santana aus der Dusche. Sie war bereit für das Gespräch mit Manitas, dem Oberhaupt der Familie Carmona.

Keine halbe Stunde später saß Santana mit verheulten Augen an dem großen groben Holztisch, an dem ihre Mutter und ihre Tante normalerweise Gemüse schnippelten, Fisch ausnahmen, Fleisch würfelten oder Teig kneteten. Bis die ersten Gäste am Abend kamen, war es noch etwas Zeit. Die Einheimischen erschienen sowieso nie vor einundzwanzig Uhr, lediglich ein paar Deutsche, Holländer oder Engländer schafften es, bereits vor neunzehn Uhr mit knurrenden Mägen aufzutauchen.

Die Reaktion ihres Vaters hatte Santana so nicht erwartet. Sie hatte Tante Stella gebeten, sie kurz mit den Eltern alleine zu lassen. Sie wusste, ihre Mutter Maria würde zunächst sowieso zu allem schweigen.

»Papa, Maman. Ich muss mit euch reden. Ich weiß, ihr wollt nur mein Bestes.«

Schon bei diesem Satz waren die Augenbrauen ihres Vaters in die Höhe geschnellt, um sich dann misstrauisch zusammenzuziehen. All die wohlüberlegten Worte flogen aus Santanas Hirn wie ein Schwarm aufgescheuchter Fliegen. Wie konnte sie nur so naiv gewesen sein. Hallo Papa, hallo Maman, ich habe mich entschlossen, das Showleben aufzugeben. Danke für die vielen Jahre, während derer ihr mir zur Seite gestanden habt, danke für das viele Geld, das ihr in mich investiert habt, danke für die Liebe und die Geborgenheit. Doch ich muss jetzt mein eigenes Leben leben, ich möchte frei sein und das tun, was mir gefällt. Und das mit dem Mann, den ich liebe. Nein, diesen letzten Satz hätte sie niemals auszusprechen gewagt.

»Und unser Bestes ist dir nicht mehr gut genug?« Die Frage wurde mit einem lauernden Unterton gestellt.

»Papa, so habe ich es nicht gesagt und nicht gemeint. Ich wollte euch nur sagen, wie sehr ich euch liebe und für alles, wirklich alles dankbar bin, was ihr für mich getan und geopfert habt. Ich tanze seit meiner Kindheit, und ich liebe den Flamenco. Aber das Showleben, das ist einfach nichts für mich. Es engt mich ein …«

Plötzlich hatte sie nicht mehr weitergewusst. Wahrscheinlich würden die Eltern zu allem Ja und Amen sagen, wenn sie in diesem Moment verkündete: »Ich werde Ricardo heiraten, so lange wie möglich erfolgreich tanzen, irgendwann mit ihm Kinder bekommen und mich dann ganz der Arbeit in der Bodega widmen.« Doch diesen Gefallen konnte sie ihren Eltern nicht tun. Das, was sie ihnen wirklich zu sagen hatte, würde ihre Welt in tausend Scherben zerspringen lassen. Dann hatte sie all ihren Mut zusammengenommen.

»Ich werde nach Kanada gehen. Nach Trois-Rivières, gar nicht weit von Québec und Montréal. Dorthin, wo Großmutters Cousin

Diego ausgewandert ist. Ich werde eine Flamenco-Schule eröffnen, Kindern und Erwachsenen unseren wunderbaren Tanz vermitteln. Und ihr werdet stolz auf mich sein. Wir werden uns doch weiterhin sehen. Ihr kommt uns besuchen …«

»Uns?« Das Wort gezischt wie aus dem Maul einer Schlange.

»Papa, das habe ich doch nur so gesagt. Ich werde Kontakt zu Diegos Familie aufnehmen. Was glaubt ihr, wie *grand-mère* Nana sich darüber freuen wird.« Ihre Stimme war nur noch ein Piepsen. Wo war ihr Wagemut geblieben, wo ihre Entschlossenheit, wo das Feuer, das in ihr loderte?

»Warum gerade dorthin? Hättest du Montpellier, Marseille, Paris, von mir aus sogar New York gesagt. Aber Trois-Rivières? Wer hat dir diesen Floh ins Ohr gesetzt? Wer? Wer steckt dahinter? Wer hat diesen Plan ausgeheckt? Sag es uns!«

»Niemand. Es ist allein meine Entscheidung.« *Mon Dieu.* In was hatte sie sich da nur hineinmanövriert? Hätte sie doch nur Montpellier oder Paris gesagt. Von Paris ging täglich ein Flug nach Kanada. *Merde.* Doch jetzt war es zu spät. Trotzig hatte sie ihr Kinn gehoben. »Es ist allein meine Entscheidung«, hatte sie wiederholt und dabei jedes einzelne Wort betont, damit die Eltern es auch endlich begriffen. »Und es gibt nichts, was mich aufhalten kann.«

Manitas hatte genickt, ihre Mutter geschwiegen. Bis dahin hatte sie kein einziges Wort gesagt. Lediglich die weißen Handballen, in die sie ihre Fingernägel gekrallt hatte, zeugten davon, was in Maria Carmonas Seelenleben im Moment vor sich ging.

»Und das ist dein letztes Wort?«

»Ja.«

»*Eh bien!* Ich gebe dir Zeit bis zum letzten Aufführungstag von *Nemausus*, deinen hirnrissigen Plan noch einmal zu überdenken. Und wenn du dann immer noch weg möchtest, mit deiner Familie brichst, dann bist du nicht mehr unsere Tochter, dann bist du für uns gestorben, und an diesem Tag werde ich mir wünschen, du wärst wirklich tot.«

Blass und mit zusammengeballten Fäusten hatte Manitas die letzten Worte gesprochen. Dann war er aufgestanden und hatte die Küche verlassen. Zurück blieben eine vollkommen aufgelöste Maman Carmona und sie, Santana, die unter den letzten Worten ihres Vaters wie unter Schlägen zusammengesunken war.

Kapitel 16

Vor der *Petite Bourse*, einer Restaurantbar gegenüber der Arena, war am Mittag kaum ein Platz im Schatten zu bekommen. Unter den großen Sonnenschirmen genossen die hitzegeplagten Touristen und Einheimischen ein kühles Glas Bier, einen leichten Rosé oder ein eisiges Glas Wasser. Mathilde, die zu Rachid und Felix gestoßen war, ergatterte einen letzten Tisch in der Ecke, nur durch große *vases d'Anduze* mit Palmengewächsen darin von der Straße getrennt.

Während des späten Mittagsimbisses, sie hatten sich für einen *Salade de poulpe* entschieden, war der Tintenfisch in Kombination mit Tomaten und Kapern in einem zitronenfrischen Dressing doch geradezu perfekt an einem solch heißen Tag, planten sie die nächsten Schritte. Rachid hatte das Gespräch mit Franck Grandjean zusammengefasst, das Mathilde darin bestärkte, Dolcé Reinhardt so schnell wie möglich aufzusuchen. Felix hatte bereits anhand der Liste die meisten Personen, die zusammen mit Santana auf der Bühne agiert hatten, kontaktiert und den Besuch der Ermittler angekündigt. Einige von ihnen lebten für die Zeit während der Proben und der Aufführungen in Hotels oder Pensionen, andere hatten ihren Lebensmittelpunkt sowieso in Nîmes. Bis auf den Tänzer Michael Witherspoon, den zweiten Showreiter Benjamin Leroux und die beiden Tänzerinnen Penelope Garcia und Veronique Chamballe hatte Felix jeden Akteur erreicht. Am weitesten entfernt lebte Santanas Tanzpartner Romino Plata, der mit seiner Frau und der kleinen Tochter in Arles wohnte, von wo er täglich nach Nîmes zu den Proben fuhr. Mit ihm hatte sich Felix bereits für den nächsten Vormittag verabredet.

»Ganz gleich, mit wem ich gesprochen habe, alle haben schockiert reagiert. Grandjean hatte jeden von ihnen bereits über die neue Entwicklung informiert. Und keiner kann sich vorstellen, ein Ensemblemitglied könne Santana Carmona auf dem Gewissen haben. Nun, irgendjemand muss es ja gewesen sein«, meinte Felix trocken.

Die drei verständigten sich darauf, wer wem wann einen Besuch abstatten würde. Noch war es nicht mehr als eine Befragung, noch stand niemand wirklich im Fokus der Ermittlungen. Die einzigen Anhaltspunkte, die sie zurzeit hatten, waren der Streit zwischen den Eheleuten Carmona, bei dem es ganz offensichtlich um ihre Tochter gegangen war, und die in die zweite Reihe gedrängte Tänzerin Dolcé Reinhardt, die ganz sicher nicht begeistert von ihrer Degradierung gewesen war.

»Bei den vielen Personen auf unserer Liste wäre es von Vorteil, wenn wir ein, zwei Leute mehr wären. Allerdings sehe ich aufgrund der Urlaubszeit da keine große Chance. Wie weit ist eigentlich der Fall im Seniorenheim gediehen? Sollten Capitaine Taux und Coralie Mollard ihn in naher Zukunft abschließen, wäre es nicht schlecht, wir könnten Coralie hinzuziehen«, schloss Mathilde die lockere Besprechung. Sie warf noch einmal einen Blick auf die Liste, die sie selbst geschrieben hatte und die nun durch Umrahmungen von Namen, Pfeilen nach oben und unten, die mit ich, F. und R. versehen waren, und Durchstreichungen mittlerweile wie eine konstruktivistische Zeichnung der russischen Avantgarde aussah.

»Wir haben auch niemanden vergessen? Gehen wir kurz noch einmal alle durch. Felix, Sie übernehmen die Tänzer Pjotr Olschewski und Philippe Tavier, ich denke, das reicht für den Rest des Tages, zumal wir Michael Witherspoon noch nicht erreicht haben und Romino Plata erst morgen früh wieder in Nîmes ist. Rachid, wenn Sie mit Jean Schmitt, dem Choreografen, reden und mit Ricardo Bailardo, dem Verlobten von Santana. Obwohl ich kaum glaube, dass Sie ihn heute überhaupt zu greifen bekommen. Wahrscheinlich ist er bei der Familie, und wir sollten ihnen Zeit lassen, den Verlust wenigstens ansatzweise zu verarbeiten. Das gilt dann natürlich auch für Gino Carmona, den Bruder. Ich werde mich um Dolcé Reinhardt kümmern. Wenn ich Glück habe, finde ich bei ihr auch Penelope Garcia, sie wohnt zurzeit bei Madame Reinhardt. Die beiden sind so was wie Cousinen. Es fehlt noch der Musiker Amédé Gignac. Merkwürdig, von ihm habe ich keine Adresse. Felix, wenn Sie sich bitte noch danach erkundigen, oder am besten, Sie reden gleich morgen nach der Probe mit ihm. Und auch mit den Tänzerinnen Veronique Chamballe und Eleonore Rivas. Was ist eigentlich mit den Pferden? Ich gehe davon aus, dass sie nicht die ganze Zeit in der Arena herumstehen, sondern von ihren Reitern gebracht und versorgt werden. Felix, wenn Sie schon mal da sind, erkundigen Sie sich bitte bei Benjamin Leroux, sofern er da ist, danach.« Mathilde warf erneut einen Blick auf ihre Liste. »*Oh là là*, da habe ich Ihnen eine ganze Menge aufgehalst, mein lieber Felix. Ist das für Sie in Ordnung?«

»Kein Problem, Madame le Juge.«

»*Très bien*. Morgen werden wir auch die Familie besuchen. Rachid, vielleicht ist es geschickt, wenn Sie die Eltern übernehmen, während ich mich in Santanas Zimmer umsehe. Dem Vater wäre es sicher nicht recht, wenn ein Mann die Schubladen seiner Tochter durchsucht. Nun, vielleicht sind wir am Nachmittag ja schon ein wenig schlauer«, schloss Mathilde.

»Sie haben Tanya Famosa, die Frau mit den Kastagnetten, vergessen«, erinnerte Felix sie.

Mathilde seufzte. »So ein Wust an Menschen. Danke, Felix, sie ist mir glatt entgangen. Wo wohnt Madame Famosa denn? Ich möchte sie Ihnen nicht auch noch draufpacken, das ist wirklich ein wenig viel für Sie alleine.« Sie hatte ihre Liste mittlerweile schon in ihre Handtasche verfrachtet.

Felix warf einen kurzen Blick auf sein Handy mit den Informationen von Grandjean. »Ach, das ist ja ein Zufall. Tanya Famosa wohnt in Saint-Fons, Impasse du Moulin.«

»Impasse du Moulin? Das ist ein wenig außerhalb von Saint-Fons. Eine Sackgasse, die zur ehemaligen Mühle führt. Davor stehen ein paar alte Häuschen. Ich werde morgen vorbeischauen und fahre anschließend nach Hause. Dann können wir zwei Fliegen mit einer Klappe schlagen. Ich wollte noch mit Sébastien sprechen. Es ist zwar nicht seine Szene, aber vielleicht hat er bei anderen Proben Mäuschen gespielt. Und er ist ein guter Beobachter, auch wenn er die Tragweite dessen, was er gesehen hat, nicht immer erkennt. Wer weiß, vielleicht sieht er sogar mehr als andere. Sehr schön, dann ist ja alles so weit geklärt.«

In diesem Augenblick klingelte Rachids Handy. »Regis«, sagte er nach einem Blick auf das Display, nahm das Gespräch an und hörte mit gespannter Miene zu. Nach zwei Minuten verabschiedete er sich von dem Gerichtsmediziner.

»Neuigkeiten?« Felix krempelte die Ärmel seines Leinenhemdes hoch. Schweißflecken hatten sich unter den Achseln gebildet. Und dabei hatte er das sündhaft teure Hemd gerade wegen seiner Supereigenschaften bei Hitze gekauft. So etwas würde Rachid nie passieren, sinnierte er, als er seinen Chef beäugte, der wie immer wie aus dem Ei gepellt aussah. Diesem Mann konnten weder Hitze noch Kälte, weder Regen noch stürmischer Wind etwas anhaben. Die dunklen Haare saßen, schon aufgrund der wenigen Millimeter Länge, perfekt. Jeans, weißes Hemd, wenn es kühl wurde eine Lederjacke darüber, ansonsten ein eleganter Blazer, das war die Uniform des Commandant, dessen Aussehen so manches weibliche Wesen sich zweimal nach ihm umblicken ließ. Genau wie jetzt, wie Felix bemerkte, als zwei attraktive Frauen, die über den Boulevard Victor Hugo flanierten, Rachid zulächelten.

»Felix, bitte die Ohren aufsperren. Regis hat festgestellt, dass Santana keine Jungfrau mehr war.«

»Ich höre. Nun, das verwundert bei einer Frau diesen Alters nicht wirklich.«

Mathilde setzte ihre Sonnenbrille auf. »Nein, es verwundert vielleicht nicht, aber es ist trotzdem eine Tatsache, die unser Augenmerk auf die Familie richtet. Gut, die Carmonas, das sind Franzosen wie Sie und ich, voll integriert, keine Nomaden mehr. Ihre Bodega ist ein Kulturtreffpunkt, das Mädchen ist eine berühmte Flamencotänzerin, hat Auftritte überall. Doch das alles spielt keine Rolle. Als *Manouche* sollte sie unberührt in die Ehe gehen. Für mich tut sich da ein neues Motiv auf. Wir, das heißt natürlich besser Sie, Rachid, müssen mit dem Verlobten ganz offen darüber reden, ob er bereits Sex mit ihr gehabt hat. Oder gab es einen Mann vor Ricardo Bailardo? Vielleicht haben wir es ja mit einer Art von Ehrenmord zu tun.« Mathilde dachte an das, was Martin gesagt hatte. »Obwohl eine solche Tat, soweit ich weiß, unter den *Manouches* noch nicht vorgekommen ist.«

»Nein, das passt nicht zu ihnen.« Rachid hatte kurz die Augen geschlossen und nachgedacht. »Es sind andere Volksgruppen, die mit einer solchen ›Schmach‹«, er setzte das Wort mit den Fingern in Anführungszeichen, »nicht umgehen können. Denkt nur an den Mord an der jungen Pakistani in Paris im letzten Jahr. Der Bruder hat sie erschossen, weil sie sich weigerte, einen ihr vollkommen fremden, erheblich älteren Mann zu heiraten. Es hat unglaubliche Wellen geschlagen, aber in der Presse war, wenn ich mich recht erinnere, zu lesen, dass in Frankreich in den letzten dreißig Jahren zehn Morde mit diesem Hintergrund begangen worden sind. Doch ausschließen können wir es nicht. Ein Ehrenmord ist eine familiäre Angelegenheit, da kämen Vater und Bruder infrage. Sollte es schlicht und ergreifend ein Eifersuchtsdrama gewesen sein, halten wir uns zunächst an den Verlobten.«

Die Uhr in der Rotunde, die die Ecke des Gebäudes des Lycée-Alphonse-Daudet auf der gegenüberliegenden Straßenseite des Boulevard Victor Hugo bildete, schlug zwei. Ein Touristenpaar stand vor dem Gebäude und fotografierte offenbar die beiden im Relief ausgeführten allegorischen Frauenfiguren in antiken Gewändern, die die Buchstaben RF für *République Française* unterhalb der Uhr einrahmten. Die Frau imitierte laut lachend die Geste der Allegorie auf der rechten Seite, die ihre Hand, die einen Lorbeerkranz hielt, nach oben streckte.

Rachid räusperte sich. »Am Nachmittag wird Santanas Leiche der Familie übergeben. Die Beisetzung wird Freitag am frühen Nachmittag stattfinden. Ich kann mir ehrlich gesagt nicht vorstellen, dass der Bruder und der Verlobte dann noch in der Lage sein werden, am Abend bei der Show mitzuwirken.«

»Nein, wahrscheinlich nicht. Aber es wird Zeit, wenn wir mit unserem Programm heute einigermaßen durchkommen wollen. Messieurs, wir hören voneinander.« Mathilde verabschiedete sich von den beiden Männern, winkte ihnen noch einmal zu und verschwand in der Menge.

Kapitel 17

Felix freute sich wie ein kleiner Junge, als sich die Verriegelung seines Dienstwagens mit einem satten Geräusch öffnete. Erst seit wenigen Wochen standen die Fahrzeuge vom Typ Peugeot 5008 den Ermittlern zur Verfügung. Die SUV besaßen eine dezente silbergraue Lackierung, von der sich in markanten Streifen die Farben Blau und Rot abhoben. Wie drei Reißzähne, Felix empfand die Form als etwas martialisch, prangte die *Tricolore* auf den hinteren Türen. Der Wagen roch noch sauber und nach Kunststoff. Wie alle Kollegen fand auch Felix, dass es an der Zeit für die wenigstens teilweise Erneuerung des Fuhrparks gewesen war. Die neuen Peugeots sollten der Polizei auch zu einem besseren Image verhelfen, so hatte es zumindest in der Presseerklärung gestanden, als die Fahrzeuge vorgestellt worden waren. Ob ein SUV in Silbergrau tatsächlich dazu taugte? Felix war sich da nicht so sicher. Entweder man mochte die Polizei, oder man mochte sie nicht. Wie ein solcher Wagen zu einer Verbesserung des Images beitragen konnte, erschloss sich dem Lieutenant nicht wirklich. Aber es war ihm egal. Der Wagen schnurrte, die Klimaanlage funktionierte, man saß schön hoch, hatte einen guten Überblick.

Das Haus oder die Wohnung, in der Philippe Tavier lebte, lag östlich des *Bois des Espeisses*, einem Naherholungsgebiet etwa vier Kilometer nördlich des Zentrums von Nîmes. Zu Fuß bei dieser Hitze zu weit, brauchte Felix für die Strecke über die Route d'Alès zwanzig Minuten. Eine wunderschöne Lage und nicht eben die preiswerteste, wenn man in Nîmes eine Immobilie suchte, schätzte Felix.

Er stellte den Wagen auf einem ausgewiesenen Parkplatz am Rande der ausgedehnten Grünanlage ab. Von hier waren es keine zweihundert Meter bis zum Chemin du Paratonnerre, und Felix wollte die Aufmerksamkeit der Nachbarn vermeiden, wenn er mit dem dicken Polizeifahrzeug direkt vor Taviers Haustür parkte. Er wusste aus Erfahrung, dass sich die Befragten nicht selten komplett verschlossen, fühlten sie sich doch schon durch die Präsenz eines Polizeiwagens in die Enge getrieben. Außerdem hielt das gute Stück an diesem Tag vielleicht auch den einen oder anderen Dieb davon ab, sich auf dem Parkplatz am Inhalt der abgestellten Fahrzeuge zu bedienen.

Neugierig studierte Felix die Schautafel, die alles Wissenswerte über den *Bois des Espeisses* kundtat, dessen Namen sich auf das okzitanische Wort *Espés* – dichtes Gestrüpp – zurückführen ließ. Er und seine Freundin Sabine liebten die Natur, ein Ausflug in diesen Wald würde ihr ganz sicher gefallen. Von den zweiundachtzig Hektar, die der *Bois des Espeisses* umfasste, waren sechsundfünfzig der Öffentlichkeit zugänglich, während sechsundzwanzig Hektar biologische Schutzzonen auswiesen. Auf einem der Wanderwege, *Le Devois*, wurden die Besucher über die Besonderheiten des Waldes, den Kreislauf und die Nutzung des Wassers, über Flora und Fauna informiert.

Felix verließ den gut gefüllten Parkplatz, wobei er hauptsächlich französische Kennzeichen registrierte. Er konnte sich lebhaft vorstellen, was heute bei dieser Hitze im Schatten der würzig duftenden Bäume und Sträucher an den zahlreichen Picknicktischen und auf den Spielplätzen los war.

Eine Eidechse huschte unter einen Strauch, als Felix vor dem Haus mit der Nummer 32 im Chemin du Paratonnerre stehen blieb, einem einfachen eineinhalbgeschossigen Gebäude mit dunkelgrünen, geschlossenen Fensterläden, deren Farbe sich kräftig von dem rosafarbenen Putz abhob. Links und rechts der dunklen Haustür wuchsen in großen schlichten schwarzen Kübeln Buchsbäume. Aber nicht irgendwelche Buchsbäume. Auf jeder Seite ein Delfin, der kleinblättrig-grün und elegant in Form geschnitten durch einen Reifen sprang. Der übrige Vorgarten war streng symmetrisch gestaltet, ganz so, wie sich Felix einen japanischen Garten vorstellte. Alles sehr minimalistisch, geschmackvoll und *très chic*. Eine fast unsichtbare Bewässerungsanlage versorgte die Pflanzen mit dem notwendigen Nass.

In der Straße war es totenstill. Kein Laut war zu hören, kein Kindergeschrei, auch nicht aus den hinteren Gärten, die wahrscheinlich alle über einen Swimmingpool verfügten. Kein Hund, der kläffte, kein Wagen, der angelassen wurde. Vielleicht wurden die Geräusche auch einfach von der Hitzeglocke verschluckt, sinnierte Felix, ohne natürlich ernsthaft an ein solches Phänomen zu glauben. Das Haus besaß keine Klingel am Eingang, sondern an der Tür war ein schlichter schwarzer Ring aus Eisen angebracht, den er mehrfach dezent auf das Holz klopfte. Keine Reaktion. Felix klopfte wieder, dieses Mal mit deutlich mehr Nachdruck. Immer noch nichts.

Er schaute sich um. Vor der Garage stand ein dunkelroter Renault Kangoo. Wenn Tavier nicht spazieren gegangen war, was angesichts der Wetterlage und des Trainings, das er am Vormittag absolviert hatte, wohl eher nicht zu erwarten war, dann lag er vielleicht im Garten und ruhte sich aus. Felix hatte sich zwar angemeldet, aber keine feste Zeit mit dem Tänzer vereinbart. Blieb nur zu hoffen, dass der nicht ausgeflogen war und sich einfach nicht um den Besuch eines Lieutenants der *Police judiciaire* scherte. Vielleicht sollte er es im Garten probieren, doch der Zugang war ihm durch ein modernes schmiedeeisernes Tor mit engen senkrechten Streben verwehrt. Und einfach hineinspazieren ging natürlich nicht.

»Hallo, Monsieur Tavier? Ich bin es, Lieutenant Tourrain. Ich hatte angerufen.« Felix versuchte, einen Blick in den Garten zu erhaschen, doch außer den hellen Steinen, die das Schwimmbecken umrahmten, einem riesigen weißen Oleander und einem noch weißeren, sehr stylishen quadratischen Sonnenschirm konnte er nichts entdecken.

»Hallo«, brüllte er nun durch die Gitterstäbe. »Jemand zu Hause?« Wenn Tavier da war, musste er ihn jetzt aber gehört haben.

»Ja, einen Moment, ich komme ja schon. Drücken Sie doch einfach die Klinke herunter, das Tor ist doch offen.«

Felix tat, wie ihm geheißen, und betrat einen Garten, der in seiner akkuraten Eleganz den Vorgarten widerspiegelte. Allerdings nun weniger japanisch als barock. Rechts des Swimmingpools ein Meer von weißen kleinwüchsigen Rosen, umfasst von einer niedrigen Buchsbaumhecke. Auf der Terrasse eine Lounge aus weißem Rattan. Felix zog seine Sonnenbrille auf. Bei so viel Weiß schmerzten ihn ja schon die Augen. Der Mann, der zu der Stimme gehörte, die ihn zum Eintreten aufgefordert hatte, war verschwunden. Felix schüttelte den Kopf. Hatte er sich das nur eingebildet? Aber nein, kaum hatte er sich die Frage gestellt, schwebte ein dunkelhaariger Beau, gehüllt in eine Art weißes Laken, auf die Terrasse. Mit beiden Händen hielt er ein Tablett, darauf zwei Gläser, eine Schale mit Eiswürfeln und eine Karaffe mit Wasser und jeder Menge Zitronenscheiben.

»Halleluja, Sie müssen ja schon ganz vertrocknet sein, so wie Sie herumgebrüllt haben. Na, dann nehmen Sie doch Platz, *mon lieutenant.* Keine Frage, eine Erfrischung ist fällig.« Er stellte das Tablett ab und hielt Felix die Hand zur Begrüßung hin, die sich in dessen verschwitzter Hand angenehm kühl und trocken anfühlte.

Philippe Tavier war ein Mann Ende zwanzig, und soweit es Felix mehr ahnen als beurteilen konnte, von athletischer Gestalt. Er hatte wohl etwas zu lange auf das eigentümliche Gewand gestarrt, denn Tavier erklärte ihm umgehend, es handele sich um eine Tunika aus weißem Leinen nach echt römisch antikem Vorbild. Sehr bequem, sehr luftig, und man könne sich ihrer leicht entledigen. Und natürlich trage er etwas darunter, schloss er augenzwinkernd.

»Aha«, war alles, was Felix dazu sagen konnte.

»Setzen wir uns doch.« Taviers Gesicht war nun ernst. Er schenkte Wasser in die Gläser ein, hielt Felix dann die Schale mit dem Eis hin, die dieser dankend annahm. Der Tänzer betrachtete den Polizisten aufmerksam und zugleich mit einer Portion Vorsicht in seinen dunklen Augen. »Ich stand total unter Schock, als Franck uns benachrichtigt hat. Ich kann es einfach nicht glauben. Es war schon schlimm genug, wie Santana da vor allen in die Knie ging. Ich habe zuerst geglaubt, Jean, unser Choreograf, hätte die Szene spontan geändert. Aber dann hätte er sie auch ziemlich gekürzt.

Allerdings macht so etwas überhaupt keinen Sinn, wenn er uns nicht darüber informiert. Daher war uns ziemlich schnell klar, dass hier etwas ganz und gar nicht stimmte. Ich dachte an einen Herzinfarkt oder einen Schwindelanfall, aber sie war ja dann wohl, kaum, dass sie den Boden berührt hat, tot.«

Er nahm einen großen Schluck. »Und dann diese Nachricht. Ermordet, mit einem Messer. *Mon Dieu.* Aber was wollen Sie dann hier? Der Letzte, der in Santanas Nähe tanzte, war Romino, ihr Partner. Das Messer, das er im Gürtel hat, ist noch nicht einmal echt. Und warum sollte er Santana töten? Warum sollte überhaupt einer von uns Santana erstechen? Ich kann mir keinen Reim darauf machen. Und doch gibt es wahrscheinlich nur diesen Kreis an Verdächtigen.« Tavier, der mehr zu sich selbst als zu Felix gesprochen hatte, schlug die Hand vor den Mund. »*Mon Dieu*, was sage ich denn da. Wir sind doch alle keine Verdächtigen.« Er griff erneut zu seinem Glas.

Felix hatte den Mann reden lassen. »Der Stich muss nicht sofort tödlich gewirkt haben, Monsieur Tavier«, klärte er den Tänzer auf. »Wir gehen davon aus, dass man ihn Madame Carmona bis zu einer halben Stunde vor ihrem Tod zugefügt haben kann.«

Dann schwieg er und wartete gespannt auf die Reaktion des Tänzers. Tavier riss die Augen auf und knallte das Glas, das er noch immer in der Hand hielt, auf das Tablett. »Wie bitte? Wie kann man denn da noch tanzen?« Dann fügte er langsam hinzu: »Aber so war Santana, sie hätte getanzt, bis ihr das Blut aus den Schuhen gequollen wäre, so ein wenig wie bei *Cendrillon.* Sie kennen das Märchen vom Aschenputtel? Ich habe als ganz junger Mann einmal in Prokofjews Ballett vom Aschenputtel getanzt. Bevor ich mich ganz dem Flamenco hingegeben habe.« In seine Stimme schlich sich eine leichte Unsicherheit. »Aber, warum sind Sie eigentlich genau hier? Gehöre ich zum Kreis der Verdächtigen?«

»Wir sprechen mit jedem, der Santana Carmona nahestand, mit der Familie, mit Freunden, mit Kollegen.«

»Nahestand? Das Wort erscheint mir zweideutig, *mon lieutenant.* So nahe stand, um mit einem Messer zustechen zu können?«

»Auch das, Monsieur Tavier. Wie ich eben sagte, wir reden mit allen, die Madame Carmona in diesem infrage kommenden Zeitraum begegnet sind. Und wir sind auf der Suche nach dem Motiv.«

»Finde das Motiv, dann findest du den Täter, habe ich recht?« Knirschend zerbiss Tavier einen Eiswürfel.

»Ja, so in etwa.« Felix leerte bereits das zweite Glas in einem Zug, das der Tänzer ihm nachgefüllt hatte. »Wie kann ich mir eigentlich diese Tanzszene vorstellen? Jeder von ihnen nähert sich der Tänzerin in der Mitte der Bühne, das sehe ich doch richtig?«

Philippe Tavier fischte sich den nächsten Eiswürfel aus der Schale und schob ihn in den Mund. Knack. »Ja. Santana tanzte die Hauptrolle. Auch ihr Partner, Romino, besetzt letztendlich nur eine Nebenrolle. Es geht in dieser Szene um eine Art Zähmung einer Widerspenstigen, die jedoch kläglich scheitert. Der Mann versucht, die Frau für sich zu gewinnen. Sie ziert sich, lässt ihn ran, lehnt ihn ab, fordert ihn wieder auf, lässt ihn zappeln. Das ist der Tanz der beiden. Die anderen Paare, ich tanze mit Penelope zusammen, feuern diese Geschichte an. Wir Männer fordern Romino auf, nicht nachzulassen, die Frauen unterstützen Santana in ihrem Tun. Letztendlich wird eine Geschichte von Liebe und Hass erzählt. Am Ende geht Santana als Siegerin hervor. Sie weist Romino ab, lässt sich nicht von einem Mann einfangen. Wir anderen Tänzer heben sie in der Schlussszene empor, sie ist so eine Art göttliches Wesen, das sich von niemandem bevormunden lässt. Daher dachte ich zunächst, als sie zu Boden ging, Jean hätte das Konzept geändert und Romino in seinem Hass die Frau, die er liebt, getötet. Also, bildlich gesprochen, natürlich. Liebe und Hass passen zusammen, finden Sie nicht? Und können ein starkes Motiv sein. Da sollten Sie suchen. Wer hat sie so gehasst oder so geliebt, dass er töten konnte.«

Schweigen breitete sich zwischen den beiden Männern aus, das ganz plötzlich von dem satten Gesang einer Zikade unterbrochen wurde. Felix hatte bis dahin dieses Geräusch in dem properen Garten nicht vernommen. Oder er hatte es nicht wahrgenommen. Irgendwann gewöhnte man sich einfach an diese Laute, und er war selbst ganz erstaunt, mit welcher Intensität der Ton an seine Ohren drang.

»Was hat eine solche Szene eigentlich mit der Geschichte von Nîmes zu tun?«, fragte er, als die Zikade unvermittelt wieder verstummte. »Soll in *Nemausus* nicht Nîmes' Weg durch die Jahrhunderte dargestellt werden?«

»Ja, *une danse travers les siècles*. Das stimmt. Die Bilder, die die Geschichte präsentieren, dauern länger als zum Beispiel unsere Tanzszene. Wir sind im besten Sinne eine Art folkloristisches Beiwerk und peppen die ganze Geschichtsstunde meiner Meinung nach auch ganz schön auf. Von wegen Pausenfüller, wie jüngst einer geschrieben hat. Wir zeigen das, was die Leute wirklich sehen wollen, den Flamenco, die weißen Pferde der Camargue. Wir sind das Salz in der Suppe, wenn ich so sagen darf.«

Felix leuchtete die Antwort ein. »Und Ihr Verhältnis zu Santana Carmona? Wie war es geprägt?«

»Wie war es geprägt? Auf jeden Fall weder von Liebe noch von Hass. Es war einfach ein gutes kollegiales Verhältnis. Wir waren keine Konkurrenten, wenn Sie so etwas meinen. Ich bin ein Mann, und sie ist, war, eine Frau, jeder hatte seine Rolle, wir kamen uns also nicht in die Quere.« Tavier rutschte auf seinem Stuhl zurück, wobei sich die Tunika etwas nach oben schob und weiße Shorts zum Vorschein kamen.

»Im Gegensatz zu einer anderen Frau nehme ich an. Einer Kollegin, einer Konkurrentin? Wollten Sie das damit zum Ausdruck bringen?«

»Nein, eigentlich nicht. Aber jetzt, wo Sie es sagen. Wenn Neid unter Künstlern der Auslöser gewesen ist, dann muss ja wohl eine Frau dahinterstecken. Und von denen gibt es im Tanzensemble ja genug.«

»Meinen Sie jemand Bestimmtes?«

Tavier schüttelte den Kopf. »Nein. Das müssen Sie schon selbst herausfinden, wem Santana ein Dorn im Auge gewesen sein könnte. Aber soweit ich weiß, gab es das nicht. Franck hätte einem Zickenkrieg gleich ein Ende bereitet, er hätte keinen Streit und keine Gehässigkeiten geduldet.«

»Madame Carmona war eine sehr attraktive junge Frau. Sie war mit einem Cousin, dem Showreiter Ricardo Bailardo, verlobt. Sie wissen davon?«

Tavier seufzte, und der nächste Würfel krachte zwischen seinen Zähnen. »Aber ja, es verging kein Tag, an dem Ricardo nicht zweideutige Anspielungen machte. Sie wissen schon, Hochzeitsnacht und so. Im Oktober sollte es so weit sein. Wenn mich nicht alles täuscht, hat er sogar das Wort Entjungferung in den Mund genommen.« Tavier verzog das Gesicht. »Ich komme ja gut mit ihnen aus, mit unseren *Manouches*, aber das ist doch tiefstes Mittelalter, finden Sie nicht auch?«

»Dazu möchte ich mir kein Urteil erlauben.« Das dritte Glas war geleert, und ganz allmählich verspürte Felix einen gewissen Druck auf seiner Blase. »Und Sie? Santana Carmona war nicht Ihr Typ Frau?«

Philippe Tavier brach in ein herzhaftes Lachen aus. »Was wollen Sie denn damit andeuten? Ein *crime passionelle?* Wenn ich sie nicht haben kann, bekommt sie niemand? Mitnichten. Nein, Santana war überhaupt nicht mein Typ Frau. Aber ich sehe, die Karaffe ist gleich leer. Noch einen Schluck Wasser?«

»Danke, gerne. Aber wenn ich vorher Ihre Toilette aufsuchen dürfte. Ich bin es wohl nicht gewohnt, Wasser in solchen Mengen zu trinken.« Felix erhob sich von seinem Sessel.

»Na, dann kommen Sie mal mit. Ich mixe uns dann noch einen Zitronendrink.«

Als Felix das Innere des Hauses betrat, sah er sich staunend und sprachlos um. Es war unglaublich, was aus dem wahrscheinlich einst normalen Wohnraum geschaffen worden war. Die Decke war komplett aufgebrochen worden, der hölzerne Dachstuhl lag vollkommen frei. Elemente aus Glas trennten die Raumteile voneinander, in der Mitte stand ein Kamin, der von allen Seiten die Blicke auf sich zog. Modern und doch ländlich, Glas und Steinwände. Felix war begeistert und teilte dies spontan dem Tänzer mit.

»Ja, ist echt gelungen. Wir sind auch ganz stolz auf unsere Ideen. Eine befreundete Innenarchitektin hat die Pläne umgesetzt. Hier geht es zum Gästebad.«

Tavier führte Felix in einen breiten Flur. Für einen kurzen Moment hatte der befürchtet, das Klo könnte sich in den Weiten des Wohnraums befinden. Irgendwo hatte er so etwas schon einmal gesehen. Dann hätte er auf seinen Toilettengang, sosehr es ihn schmerzen würde, verzichten müssen. Aber, dem Himmel sei Dank, das Gästebad war konventionell gehalten, eingebettet in blickdichte Wände. Erleichtert kehrte er zurück. Tavier befand sich schon wieder auf der Terrasse. Beim Vorbeigehen konnte Felix der Versuchung nicht widerstehen, die Fotos auf einem Sideboard aus Teakholz zu betrachten. Es waren ausschließlich Schwarz-Weiß-Aufnahmen, und sie zeigten ein Paar. Philippe Tavier und Pjotr Olschewski.

Felix fiel es jetzt wie Schuppen von den Augen. Natürlich war Santana Carmona nicht Taviers Typ Frau, Tavier stand auf Männer, und der Tänzer Pjotr Olschewski war ganz offensichtlich sein Lebenspartner. Fast hätte er sich mit der Hand an die Stirn geschlagen. Wie hatte er das nur übersehen können? Zumindest konnte man den beiden Männern kein Eifersuchtsdrama in Bezug auf die Tänzerin anhängen. Es sei denn, einer von beiden fühlte sich auch gleichzeitig zu Frauen hingezogen. Und das müsste dann, nach allem, was Felix von Tavier gehört hatte, der Pole sein. Er würde einfach nachfragen.

»Sie haben also mein Geheimnis ergründet?« Tavier lächelte, als er Felix' Gesicht sah. »Nun, unter uns Tänzern ist man gerne auch mal schwul. Stört Sie das?«

»Nein, warum sollte es. Es schließt für mich zumindest eine Romanze zwischen Ihnen und Madame Carmona aus. Und wie sieht es bei Ihrem Partner, Monsieur Olschewski, aus?«

»Stockschwul, genau wie ich. Keine Gefahr für die Damenwelt. Wir sind seit zwei Jahren zusammen. Haben zwar nicht immer gleichzeitig ein Engagement, aber dieses Mal hat Franck uns beide gebucht.«

»Lebt Monsieur Olschewski bei Ihnen?«

»Für den Augenblick, ja. Nach der Show trennen sich unsere Wege wieder. Pjotr hat ein Appartement in Paris. Ansonsten leben wir, wenn wir unterwegs sind, wie die meisten anderen auch, in

Hotels oder Pensionen. Das hier ist ein echter Glücksfall für uns. Und wir genießen die Zeit, in der wir uns in unser wunderbares gemeinsames Heim zurückziehen können. Ah, ich glaube, da kommt er. Wenn Sie wollen, Pjotr wird Ihnen gerne ebenfalls Rede und Antwort stehen. Ich werde mich dann ein wenig zurückziehen. Ihretwegen habe ich meinen Schönheitsschlaf verpasst. Sie entschuldigen mich?«

Philippe Tavier erhob sich, verabschiedete sich von Felix und trat in den Wohnbereich, wo Olschewski gerade sein Sakko über die Stuhllehne hängte. Felix war dem Tänzer ins Haus gefolgt.

Ein Sakko, bei der Hitze. Das wäre Felix nie in den Sinn gekommen. Die beiden Männer begrüßten sich mit drei Wangenküsschen, Tavier sprach leise mit seinem Freund, winkte Felix noch einmal zu und verschwand in dem breiten Flur, der offenbar auch zu den Schlafräumen führte.

Bis auf die athletische Gestalt war der Pole ein komplett anderer Typ als Tavier. Sein Haar war hell und lockig, die Lippen voll, und die hohen Wangenknochen verrieten seine slawische Herkunft. Wie nur war dieser Mann zum Flamenco gekommen?, fragte sich Felix, als er den kräftigen Händedruck Olschewskis erwiderte.

»Ich erkenne in Ihren Augen die Frage, wie nur ist der Pole ein Flamencotänzer geworden?« Olschewskis Französisch war vollkommen akzentfrei, und beim Reden bildeten sich Lachfältchen um seine Augen. »Ich verrate es Ihnen. Meine Mutter ist Russin. Sie war Tänzerin beim Bolschoi-Theater. Ich bin also tanzend groß geworden. Ballett hat mich nicht interessiert, und der Flamenco ist auch bei uns ein äußerst reizvoller Tanz. Mit siebzehn bin ich nach Andalusien, habe gelernt und gelernt und mich verbessert, *et voilà*, jetzt kann ich es mit jedem Südeuropäer aufnehmen. Ah, ich sehe schon, Philippe hat uns mit Zitronenwasser versorgt. Setzen wir uns.«

Das Gespräch mit Pjotr Olschewski verlief fast genauso wie das mit Philippe Tavier. Der Tänzer war entsetzt über die Tat, schätzte Santana Carmona als Kollegin, konnte sich auf ihre Ermordung keinen Reim machen.

»Nun, dann danke ich Ihnen. Richten Sie Monsieur Tavier bitte meine Grüße aus.«

Felix erhob sich, um sich zu verabschieden. Interessant war dieser Nachmittag auf jeden Fall gewesen. Diese beiden Männer hatten mit der Tänzerin nichts am Hut, und der Verlobte von Santana war von der Jungfräulichkeit seiner Zukünftigen ausgegangen. Eine Frage hatte sich Felix allerdings nicht zu stellen gewagt. Verdiente man als Flamencotänzer tatsächlich so viel, um ein solches Haus in Nîmes' bester Lage nicht nur zu besitzen, sondern auch noch mit einem solchen Aufwand komplett im Inneren umzugestalten?

Kapitel 18

Das Appartement von Dolcé Reinhardt in der Rue de l'Aspic lag nur drei Gehminuten von Mathildes Wohnung in der Rue Dorée entfernt. Von der *Petite Bourse* schlenderte Mathilde über die Rue Fresques bis zur Rue des Greffes. Sie schlängelte sich an den zahlreichen Tischen und Stühlen auf der Place du Marché vorbei. So weit das Auge blickte, schien es keinen einzigen freien Platz vor oder in einem der zahlreichen Restaurants und Bistros zu geben. Die, die sich keine Mahlzeit in einem Lokal leisten konnten oder wollten, saßen auf dem Rand der *Fontaine du Crocodile*, sehr zum Ärger der Touristen, die das lebensecht aussehende Krokodil mit der messingglänzenden Nase fotografieren wollten.

Seit der Antike symbolisierte das Krokodil die Stadt Nîmes, und es gab kaum einen Platz in der Stadt, wo es nicht *en miniature* auf einem in das Trottoir eingelassenen Messingknopf bis hin zu einem lebensgroßen Exemplar aus Holz im Garten des Naturhistorischen Museums zu entdecken gewesen wäre. Zu der großen Echse gesellte sich meist die Palme, an die das Tier angekettet war, der Palmenbaum als Hinweis auf den glorreichen Ägyptenfeldzug Octavians, der spätere Kaiser Augustus, mit dem er sich die Herrschaft über das Reich der Pharaonen am Nil sicherte. Wer sich auf die Suche nach dem Krokodil in der Stadt machte, musste nur aufmerksam hinschauen und entdeckte es auf Gullydeckeln und auf Pollern, an historischen Gebäuden, als Blickfang auf den aufwendig gestalteten Portalen des *Hôtel de Ville*, in dem auch vier ausgestopfte Exemplare an der Decke aufgehängt waren.

Mathilde hatten diese schwebenden Krokodile immer leidgetan. Noch heute erzählte *grand-père* Rémy gerne die Geschichte, als sie im Alter von fünf Jahren einen Bekannten des Großvaters, der im Rathaus arbeitete, aufgefordert hatte, sie ins Wasser zu lassen, Krokodile könnten doch gar nicht fliegen.

Das in Kalkstein gemeißelte Krokodil gegenüber der *Petite Bourse* über dem Zifferblatt der Uhr am Lycée Daudet war Mathilde allerdings entgangen, bis Martin sie einmal darauf aufmerksam gemacht hatte. Die Tiere waren einfach überall. In den Kalkstein gebannt an der *Maison Carrée* und der Arena oder auf den Mauern, die den Square d'Antonin umgaben, als Zierde schmiedeeiserner Balkongitter und sogar als Schnitzerei auf der Rückenlehne des ehemaligen Sessels des Bürgermeisters.

Mathilde blieb vor einem frisch sanierten Haus in der Rue de l'Aspic stehen, hinter dessen dicken Renaissancemauern Dolcé Reinhardts Wohnung lag. Sie reckte den Hals. Ein wunderschönes kunstvoll geschmiedetes Geländer umschloss den Balkon in der ersten Etage, aber sosehr sie sich auch anstrengte, außer riesigen Schnörkeln war darin nichts zu erkennen. Im Erdgeschoss des Hauses befand sich ein Antiquariat, spezialisiert auf all das, was mit Nîmes und seiner Stierkampftradition zu tun hatte. Bücher, eine Mantilla, ein Degen, Drucke und Stiche, Gemälde und Aquarelle, verblichene Plakate mit den Daten der Feria im September.

Das Klingelschild mit den Namen Tomé in der ersten Etage und Reinhardt in der zweiten und zugleich letzten glänzte, ebenso wie ein fachmännisch angebrachtes Schild PUB, *pas de publicité*, bitte keine Werbung einwerfen. Mathilde drückte auf den Klingelknopf, zehn Sekunden später summte es, und die Tür sprang auf, als sie dagegendrückte. Auch im Inneren sah man, wie frisch und neu noch alles war. Es roch nach Farbe, nach Sauberkeit.

Mathilde stieg über eine ausgetretene Steintreppe, zumindest sie zeigte noch die Spuren des Alters, in das zweite Geschoss, wo Dolcé Reinhardt sie bereits erwartete. Die Tänzerin trug ihr langes Haar offen, war ungeschminkt und schien bis vor Kurzem noch geschlafen zu haben. Unter ihren schwarzen Augen lagen dunkle Schatten.

»Bitte, kommen Sie herein, Madame le Juge. Penelope, Madame Garcia, ist auch da. Sie wohnt während der Proben und der Aufführungen bei mir.« Sie hielt Mathilde ihre Hand hin, deren Handrücken ein langer, ehemals blutiger Kratzer verunzierte. Sie registrierte Mathildes aufmerksamen Blick. »Chouette, mein Kater. Manchmal kann er ganz schön garstig sein. Vor allem, wenn der Futternapf nicht schnell genug gefüllt wird. Ein verwöhntes Tier, mein Chouette.«

Wie auf Kommando tauchte hinter Dolcé eine goldfarbene Katze mit schwarzen Tupfen im Fell auf, die Mathilde, so schien es ihr, hochmütig anschaute. Ein solches Exemplar hatte sie noch nie gesehen, es war eher eine kleinere Raubkatze als eine normale Hauskatze.

»Eine Savannah, ein Mischling zwischen Wild- und Hauskatze. Sehr speziell, aber ich liebe ihn über alles.« Dolcé winkte einladend, und Mathilde folgte ihr in die Wohnung. Im Flur standen Kartons.

»Ich habe noch nicht einmal alles ausgepackt. Ich wohne erst seit ein paar Wochen hier, wenn Penelope weg ist, werde ich mich so richtig ausbreiten«, erläuterte die Tänzerin lächelnd. »Ich mache uns einen Eistee, wenn Sie mögen? Penelope steht wohl noch unter der Dusche. Bei der Affenhitze kann man gar nicht genug kaltes Wasser genießen, innen wie außen. Wir können übrigens alle ganz offen miteinander sprechen, Penelope und ich haben keine Geheimnisse voreinander. Unsere Mütter sind Cousinen. Nun, die Welt der Flamencotänzer ist gar nicht so groß.«

»Gerne, einen Eistee. Ich habe den Eindruck, *la canicule* macht uns in diesem Jahr besonders zu schaffen. Ich kann es einfach nur bewundern, wie Sie in dieser Bruthitze trainieren und tanzen. Wenn ich mich nur ein wenig schneller als im Schneckentempo vorwärtsbewege, fließt der Schweiß nur so aus meinen Poren.«

»Nun, unsereins ist es gewohnt. Bitte gehen Sie einfach geradeaus durch. Ich bin gleich wieder da.«

Unsereins. Wie sie das wohl gemeint hat?, überlegte Mathilde. Eine Anspielung auf ihren Beruf oder darauf, dass sie als *Manouche* eher gegen die Hitze gewappnet war als jemand wie sie, mit hellerem Teint und rotblonden Haaren?

Auch das Wohnzimmer war noch nicht endgültig eingerichtet. Auf einer modernen, weiß glänzenden Anrichte standen Kartons mit Gläsern, und an der Wand lehnte eine riesige Collage aus alten Fotografien, Bücher lagen vor einem leeren Regal. Aus dem Wohnzimmerfenster blickte man auf ein Fenster des gegenüberliegenden Hauses.

Mathilde wandte sich der Collage zu. Dolcé Reinhardt in jedem Alter. Als Baby auf dem Arm einer uralten Frau in einem schwarzen Witwenkleid. Auf dem Sofa als vielleicht Vierjährige, links und rechts eine ältere Frau mit dunklem, von Grau durchsetztem Haar und ein Mann mit einem riesigen schwarzen Schnurrbart. Dolcé mit einem jüngeren Mädchen auf einem Karussell, bei Tanzproben, bei Auftritten, bei einer Hochzeit.

Lediglich eine schmale Vitrine mit drei Glasböden war bereits bestückt worden. Ein Sammelsurium von Nippesfiguren, bunt und kitschig, eine goldfarbene Maske, vielleicht eine Erinnerung an einen Besuch in Venedig, ein Vogel, der an einer Kirsche nascht, zwei weiße Porzellankätzchen mit einem kleinen goldenen Ball zwischen sich, zierliche, fein gearbeitete Röschen in einer winzigen Vase, eine kleine Flamencotänzerin im gelben Kleid, das Haar mit einem roten Band zusammengebunden.

»*Bonjour*, Madame le Juge. Dolcé hat Sie schon angekündigt. Penelope Garcia.«

Mathilde drehte sich um. Vor ihr stand eine junge Frau mit dunkelbraunem Haar, in das sich bereits silberne Fäden spannen. Sie glich dem Mädchen auf dem Foto im Karussell. Dolcés Cousine. Sie blickte sie offen aus fast türkisfarbenen Augen an. Im Gegensatz zu der geschmeidigen schlanken Gestalt Dolcés war Penelope tatsächlich ein wenig korpulent. Oder kam dies Mathilde nur so vor, weil die Tänzerin in einen merkwürdig aufgeplusterten weißen, seidigen Overall gehüllt war, der ihr das Aussehen eines Michelinmännchens verlieh? In diesem Moment kam Dolcé mit einem Tablett mit einem Krug und drei Gläsern ins Wohnzimmer.

Obwohl die Cousinen direkt vom Tod ihrer Kollegin Santana Carmona betroffen waren, schien sich die Trauer der beiden in Grenzen zu halten. Sie wirkten entspannt, und noch keine von ihnen hatte Mathilde auf den Mord an Santana angesprochen.

Die Richterin nahm dankend das Glas mit dem Eistee entgegen, sie setzten sich, und Mathilde kam ohne Umschweife auf den Punkt. »Wie Sie bereits Monsieur Grandjean informiert hat, ist Ihre Kollegin nicht eines natürlichen Todes gestorben. Madame Carmona ist inneren Blutungen nach einer Stichverletzung erlegen. Wer könnte ihr das angetan haben? Und wie war Ihr Verhältnis zu ihr, Madame Reinhardt? Monsieur Grandjean hat der jüngeren Frau den Vorzug gegeben?«

Dolcé Reinhardt stellte das Glas, das sie eben zum Munde führen wollte, wieder hin. »Na hoppla, Sie kommen ja gleich zur Sache. Aber mir soll es recht sein. Dann haben wir das Gespräch auch schnell hinter uns. Nun, natürlich war ich nicht begeistert, und es hat mich geärgert. Aber nicht so, dass ich jemanden deswegen töte. Und nein, ich habe keine Ahnung, wer Santana so gehasst hat. Hören Sie sich mal in der Familie um, Santana war nämlich beileibe nicht das unberührte Blümchen, für das sie sich gerne ausgab. Die Kleine hatte es faustdick hinter den Ohren. Fragen Sie doch Jean Schmitt.«

»Was, Jean?« Mit aufgerissenen Augen starrte Penelope ihre Cousine an. »Das gibt's doch nicht. Wie kommst du denn auf die Idee? Santana war verlobt, im Oktober wollten sie und Ricardo heiraten. Das hast du dir ausgedacht, Dolcé.« Penelope kam aus dem Staunen nicht mehr heraus, rang um Worte. »Aber wenn das wahr ist, dann hast du natürlich recht. Heilige Maria Muttergottes. Ricardo tötet sie aus Eifersucht. Irre.«

Irre. Das dachte auch Mathilde. Bekam sie hier etwa gleich zwei Verdächtige auf einmal präsentiert?

»Madame Garcia, nun zu Ihnen.« Mathilde registrierte die Verwirrung in Dolcés Augen, als sie auf das eben Gesagte überhaupt nicht einging. »Wie war Ihr Verhältnis zu Ihrer Kollegin?«

»Das gab es nicht, also ein Verhältnis zu ihr. Wir waren Kolleginnen. Und ich erkenne neidlos an, sie war die Bessere von uns. Also nicht von Dolcé und mir, nur von mir«, fügte sie mit rotem Kopf hinzu, als sie den giftigen Blick ihrer Cousine bemerkte. »Ich habe auch keine Vorteile durch ihren Tod. Dolcé übernimmt jetzt wieder. Und das ist nur gerecht. Nicht nur wegen der ganz schön höheren Gage.«

Wenn Blicke töten könnten, würde Penelope jetzt vom Sessel fallen, dachte Mathilde. Die junge Dame war ja eine ziemliche Plaudertasche. Und mit ihren Worten machte sie ihre Cousine nicht gerade weniger verdächtig.

»Um welche Beträge geht es denn?«

»Nun, Franck würde es Ihnen sowieso sagen, dann kann ich auch offen darüber reden. Wir haben in der Zeit der Proben ein festes Gehalt. Der Unterschied zwischen dem, was Santana verdiente, und was ich bekommen habe, beträgt keine dreihundert Euro pro Woche. Nicht die Welt, aber immerhin. Allerdings ist der Showauftritt lukrativ. Pro Vorstellung wieder ein Tausender für die Hauptdarsteller der Szenen. Allerdings bin ich auf den Mehrverdienst nicht angewiesen.« Mit einer ausholenden Geste wies sie auf das gesamte Wohnzimmer »Das Appartement gehört mir. Ich habe bereits gut verdient und was auf die Seite gelegt. Mir genügt das, was ich habe, auch wenn ich im Moment meine Cousine mit durchfüttern muss.« Wieder dieser giftige Blick zu Penelope.

Mathilde ließ alles unkommentiert, machte sich im Kopf ihre Notizen. »Fällt Ihnen sonst noch jemand ein, der vielleicht nicht gut auf Santana Carmona zu sprechen war? Gab es Streit zwischen ihr und einem Kollegen, einer Kollegin?«

Dolcé Reinhardt schüttelte den Kopf. »Nicht, dass ich wüsste. Wie gesagt, fragen Sie bei Jean nach. Sie hatte was mit ihm, dafür lege ich meine Hand ins Feuer. Und zwar zu der Zeit, als sie bereits offiziell verlobt war. Wer von den beiden die Geschichte beendet hat, weiß ich allerdings nicht. Und sonst, nein, nichts. Wenn mir noch was einfällt, melde ich mich bei Ihnen.«

»Was ist mit Romino Plata? Er war Santanas Tanzpartner. War es ein enges Verhältnis zwischen den beiden?«

Dolcé schüttelte vehement den Kopf. »Nein, hätte es vielleicht werden können. Also, auf beruflicher Ebene. Aber so lange sind die beiden noch kein Team. Romino kam erst diese Saison zu uns. Er war vorher in Andalusien bei einem ähnlichen Showprojekt. Franck hat ihn abgeworben. Die erste Probe habe ich noch mit ihm absolviert. Doch er harmonierte hervorragend mit Santana. Schon alleine wegen der Größe und der Ausgewogenheit. Allerdings können Sie Romino vergessen, er ist glücklich verheiratet. Wirklich glücklich. Seine Frau hat ihm vor ein paar Wochen ein kleines Mädchen geboren, und Romino ist total verrückt nach den beiden. Nein, Santana hätte nackt vor ihm herumtanzen können, er hätte sie keines Blickes gewürdigt, geschweige denn seine Frau mit ihr betrogen. Und Santana mochte Romino. Die beiden haben sich auf Anhieb verstanden. Wie Bruder und Schwester.«

Penelope hatte die letzten Minuten schweigend in ihrem Sessel gehockt und ab und zu an ihrem Eistee genippt. Die sichtbare Verärgerung ihrer Cousine hatte sie ziemlich kleinlaut werden lassen. Doch jetzt reckte sie das Kinn.

»Was ist mit der Sache von Philippe? Meinst du nicht, Philippe könnte was damit zu tun haben?«

»Jetzt hör aber auf«, zischte Dolcé. Doch es war natürlich zu spät.

»Was ist das für eine Geschichte? Sie sprechen von Philippe Tavier, nehme ich an.«

»Lass mich erzählen«, raunzte Dolcé wütend ihre Cousine an. »Sonst gibst du noch mehr Blödsinn von dir. Und für heute reicht es.« Sie leerte langsam ihr Glas und schenkte sich langsam aus der Kanne nach, als würde sie noch um die richtigen Worte ringen.

»Was die wenigsten wissen: Philippe Tavier ist nicht irgendjemand. Sein vollständiger Name ist Philippe Rocasse-Tavier, er ist ein Comte oder so etwas. Seine Familie hat riesige Ländereien in der Vendée. Er hat noch einen jüngeren Bruder, der lebt allerdings in einer Pflegeeinrichtung. Autist. Und noch eine Schwester. Es war für die Eltern, vor allem für den Vater, schon eine Ungeheuerlichkeit, als ihr Sohn Tänzer werden wollte. Sie haben ihn dann jedoch, in der Hoffnung, er kehrt irgendwann doch noch zurück in das elterliche Schloss, übernimmt die Güter und schenkt den Taviers einen Erben, weiterhin finanziell unterstützt. Was für die Alten aber einen absoluten *faux pas* darstellt, ist die Tatsache, dass er schwul und mit Pjotr Olschewski zusammen ist. Das konnte er lange vor seinen Eltern geheim halten. Pjotr war zwar nicht sehr erbaut davon, aber er hat es akzeptiert. Philippe sagte, er muss auf den richtigen Zeitpunkt warten. Wenn seine Schwester irgendeinen Typen aus Adelskreisen heiratet und wenigstens sie den Stammbaum fortführt. Im April hat Franck eine Riesenparty geschmissen. Und alle waren eingeladen, inklusive enger Familienangehöriger. Auf die Taviers hat Franck natürlich besonderen Wert gelegt, die schwimmen nur so im Geld und haben beste Kontakte. Und um zu beweisen, wie lieb sie ihren Sohn trotz seiner Tanzerei haben, sind Monsieur und Madame natürlich angereist. Und nach ein paar Gläschen – hoppla, wie kam es nur dazu? – wanzt sich Santana an Monsieur Tavier ran und steckt ihm Philippes Geheimnis. Und das hat sie mit voller Absicht gemacht. Keine Ahnung, was sie sich davon versprochen hat. Nun, Philippe ist noch nicht enterbt, aber das Verhältnis zu seinen Eltern ist mehr als getrübt. Er hofft natürlich, dass alles wieder in die Reihe kommt. Aber dieser Tage scheint ein offizieller Brief bei ihm eingetrudelt zu sein. Keiner weiß, was drinsteht, aber Pjotr sagte, Philippe sei sehr, sehr traurig. Und du könntest in Zukunft dein Schandmaul halten, Penelope Garcia. Wegen dir steht Philippe jetzt als Verdächtiger da.«

Die Gescholtene sank in sich zusammen, und Tränen traten in ihre türkisfarbenen Augen. »Das wollte ich nicht. Philippe ist der liebste Mensch auf dieser Welt. Keiner Fliege könnte er was zuleide tun. Er ist so sanftmütig wie ein Lamm. Daher ergänzen sich die beiden auch so gut. Philippe, der Sanfte, und Pjotr mit seinem aufbrausenden Temperament. Er sagt, er stammt von Kosaken ab. Da kommt das wohl her.«

Dolcé war sprachlos. Es schien Mathilde, als müsse sie sich enorm zusammenreißen, ihrer Cousine nicht eine zu scheuern. Jetzt war nicht nur Philippe Tavier in die Reihe der Verdächtigen aufgenommen, sondern auch sein Partner Pjotr Olschewski. Beide hätten ein Motiv gehabt und die Möglichkeit, so nahe an Santana Carmona heranzukommen, um ihr das Stilett in den Leib zu rammen. Und noch eins wurde Mathilde klar. Santana Carmona war mitnichten einfach nur ein nettes, unschuldiges Mädchen gewesen.

Kapitel 19

Jean Schmitt hatte den Commandant gebeten, sich mit ihm in den *Jardins de la Fontaine* zu treffen, da er es in seiner Pension nicht aushielte. Zu klein das Zimmer, zu stickig die Luft.

Stickig war die Luft in der Parkanlage im Herzen von Nîmes tatsächlich nicht, die Rachid Bouraada durch ein großes goldverziertes schmiedeeisernes Tor betrat. Die zahlreichen Wasserbassins mit ihren Fontänen spendeten eine angenehme Frische. Er ging am Nymphäum vorbei, einem großen Bassin, in dessen Mitte eine steingewordene Nymphe thronte, zu ihren Füßen zwei pausbäckige Putten. Im letzten Sommer hatten Gärtner dort im Wasser eine Leiche entdeckt, ein Fall, der Rachid, Mathilde und Felix nicht wenig an ihre Grenzen gebracht hatte.

Die Nymphe stand symbolhaft für die Lage des Parks, war diese grüne Lunge doch um die Quelle herumgebaut, die Nîmes einstmals mit Wasser versorgt hatte und wo bereits vor dem Eintreffen der Römer die Menschen eine heilige Quelle verehrten. Noch aus der römischen Antike stammten die beiden Touristenmagneten in und oberhalb des Parks, der Tempel der Diana und die *Tour Magne*, die zwischen 1745 und 1755 mit in die barocke Park- und Gartenanlage integriert worden waren.

Rachid Bouraada und Jean Schmitt hatten sich auf einer Terrasse direkt oberhalb des Dianatempels verabredet. Schon auf der ersten Terrassenebene stieg dem Commandant der Duft der verschiedensten Kräuter in die Nase, Pflanzen, die sowohl in der Küche als auch der Medizin ihre Verwendung finden konnten und deren Namen den Besuchern auf kleinen Karten, die daneben in der Erde steckten, vorgestellt wurden. Ein Meer von winzigen blauen Blüten zog nicht nur seine Augen magisch an. Es summte und brummte, und unzählige Insekten flogen die Miniaturkelche an. *Salvia officinalis*, daneben die Übersetzung, Echter Salbei. Er mochte Salbei, am liebsten knusprig gebraten mit kleinen Sardinen, dazu ein hausgemachtes Fladenbrot. Dieses zugleich einfache wie köstliche Gericht hatte seine Mutter gerne am Wochenende zubereitet.

Jean Schmitt erwartete den Commandant auf einer Bank. Er trug eine Baseballkappe verkehrt herum auf dem Kopf, eine Sonnenbrille verbarg seine Augen. Neben ihm stand eine Flasche Wasser, der *Midi Libre* lag zusammengerollt daneben, an der Bank lehnte ein schwarzer Spazierstock mit einem silbernen Vogelkopf als Griff.

»Wussten Sie, dass Jacques Philippe Mareschal, der die Anlage hier maßgeblich mitgeplant hat, auch in Sélestat gearbeitet hat? Dort im Elsass bin ich geboren, ein nettes verschlafenes Nest, so kommt es mir heute, wo ich ein Erwachsener bin, vor. Ich kann mir nicht vorstellen, dass ich dort mit dem Mord an einer schönen jungen Frau konfrontiert worden wäre«, sagte er statt einer Begrüßung, als sich Rachid Bouraada durch seinen Dienstausweis zu erkennen gegeben hatte. Der Commandant setzte sich neben den Choreografen, der anfing, nervös den Deckel der Wasserflasche auf- und zuzuschrauben.

»Monsieur Schmitt, Sie wissen, was passiert ist, Santana Carmona …«

»Ich weiß«, schnitt ihm Schmitt das Wort ab. »Santana ist ermordet worden. Franck hat uns alle informiert. So grausam, so unmenschlich. Haben Sie denn schon einen Verdacht?«

»Nein, bisher nicht. Wir reden mit allen, die in Madame Carmonas Nähe gewesen sind. Soweit ich weiß, waren Sie zwar auf der Bühne, Sie haben schließlich diese Szene choreografiert und wahrscheinlich, wenn nötig, korrigiert, aber Sie sind dabei nicht in ihrer direkten Umgebung gewesen. Ich würde gerne von Ihnen wissen, wer aus dem Ensemble die junge Frau so gehasst haben könnte, dass sie sterben musste. Und was mich ebenfalls noch interessiert: Spielen außer dem Messer, das Monsieur Plata zückt, noch andere Waffen in dieser Szene eine Rolle?«

Jean Schmitt schob sich die Sonnenbrille auf die Kappe. Seine Augen waren gerötet. Vom Weinen? Von zu wenig Schlaf? Eine Allergie auf irgendwas, was im Park blühte?

»Messer? Eine Rolle? Sie meinen wegen Santana? Nein. Tun sie nicht. In *Carmen*, da schon. Aber Marta singt nur einzelne Arien, es gibt keine gespielte Szene aus der Oper. Während des Tanzes zwischen Santana und Romino zückt, wie Sie ganz richtig gesagt haben, Romino ein Messer, einen Dolch, und sticht auf seine Partnerin ein. Er hat den Dolch in seinem Gürtel, aber er ist eine Attrappe, nicht echt, ein Holzspielzeug.«

»Und die anderen Männer, oder auch Frauen?«

»Nein, wie ich eben sagte, ein Messer spielt keine Rolle. Allerdings kann ich Ihnen natürlich nicht auf die Bibel schwören, ob nicht jemand aus dem Ensemble ein Messer bei sich trägt. Die Reiter, um vielleicht mal einen Stein aus einem der Hufe zu kratzen, einer der Männer, um sich eine Scheibe Wurst abzuschneiden, das weiß ich doch nicht. Nur so viel, beim Tanzen ist es eher hinderlich, so etwas im Hosenbund oder unter den Röcken zu tragen.«

»Hinderlich, aber nicht auszuschließen?«

»Ja, nein, weiß der Teufel. Und nun zu Ihrer ersten Frage. Nein, Santana war ein herzensgutes junges Geschöpf. Sie war bei allen beliebt, der Tanz war ihr Leben, und niemand hätte ihr etwas Böses antun können.«

»Aber irgendjemand hat es getan.«

Schmitt zuckte mit den Schultern. Eine Geste, die sowohl hilflos als auch nachdenklich wirkte. Der Commandant streckte seine langen Beine von sich und reckte sein Gesicht der Sonne entgegen. Ihm konnte es gar nicht sommerlich heiß genug sein. Und er hatte Zeit. Denn Schmitt hatte irgendetwas auf dem Herzen. Oder er verbarg etwas darin. Das spürte er.

Eine ältere Dame mit bläulich grauen Haaren kam den Weg entlang. An einer Leine zerrte ein kleiner Hund, einem Wischmopp nicht ganz unähnlich. Sie trug ein ärmelloses Sommerkleid, allerdings dazu weiße Handschuhe, die bis weit über die Ellbogen reichten. Sie nickte grüßend und setzte ihren Weg fort, nachdem der

Hund hingebungsvoll die Beine der beiden Männer beschnüffelt hatte.

»Sonja Mannheimer«, flüsterte Jean Schmitt und stieß einen leisen Pfiff aus. »Sie muss an die hundert Jahre alt sein. Eine Legende. Sie hat mit allen gedreht, die Rang und Namen haben. Sie ist in Nîmes geboren, ich dachte allerdings, sie lebt in Paris. Nun, vielleicht ist sie ja zum Sterben nach Hause gekommen.«

Rachid Bouraada hatte zwar nicht den Eindruck, dass die alte Dame schon bereit zum Sterben war, aber es war ein sehr interessanter Aspekt. Kam man nach Hause, um zu sterben, zurück an den Ort, an dem man das Licht der Welt erblickt hatte? Er dachte an seinen Vater, seine algerischen Wurzeln. Nein, dann lieber in Nîmes den letzten Atemzug tun.

Nach der kurzen Information, wer da nun ihren Weg gekreuzt hatte, verfiel Schmitt wieder in tiefes Schweigen. Dem Commandant kam es vor, als tauche der Mann in diesem Moment in eine andere Welt ab. Auch nicht das Klingeln von Rachids Handy störte den Mann in seiner Kontemplation.

Mathilde. Rachid Bouraada stand auf und entfernte sich zwei Schritte von Schmitt, der nun doch wieder ein Lebenszeichen von sich gab. Fragend sah er mit hochgezogenen Brauen zu Rachid, als wolle er wissen, ob das nun das Ende der Befragung gewesen sei. Rachid bedeutete ihm mit einer knappen Handbewegung, noch sitzen zu bleiben. Schmitt nickte, nahm die Zeitung, rollte sie auseinander und fächelte sich ein wenig Luft zu, während Rachid Mathilde gespannt lauschte.

»Monsieur Schmitt.« Er steckte sein Handy ein und setzte sich wieder neben den Choreografen, der die Zeitung sinken ließ. Ein unsicherer Ausdruck trat in dessen Augen. »Sie haben nicht mit offenen Karten gespielt. Oder wollten Sie mir noch mitteilen, dass Sie ein Liebesverhältnis mit Santana Carmona gehabt haben?«

Jean Schmitt stieß einen tiefen Seufzer aus. Ein Seufzer der Erleichterung, der Befreiung?

»*Eh bien*, Sie wissen also Bescheid? Und ich dachte, es wäre ein gut gehütetes Geheimnis gewesen. Ja, eine Affäre, kurz und heftig.

Aber Schnee von gestern. Wissen Sie, was? Ich könnte jetzt einen Schluck vertragen. Allerdings kein Wasser. *Les Tables de la Fontaine*, kennen Sie es? Schön schattig gelegen, dort ein kühles Bier, genau, was ich jetzt brauche. Für Sie dann eben ein Wasser, oder sehen Sie das nicht so eng mit dem Alkohol?«

Schmitt war bereits aufgestanden, warf seine leere Wasserflasche und die Zeitung in einen Mülleimer, ergriff seinen Stock und ging mit schweren Schritten los. Der Commandant folgte ihm.

»Abgesehen davon, dass ich noch im Dienst bin, nein, ich sehe das nicht so eng. Ich übertreibe es nicht, aber gegen ein Glas Wein habe ich nichts einzuwenden. Bier ist nicht so mein Fall.«

Langsam gingen die beiden Männer nebeneinanderher.

»Darf ich fragen, warum Sie den Gehstock benötigen?« Rachid Bouraada hatte erkannt, dass es sich nicht um ein modisches Accessoire handelte, sondern dass Jean Schmitt auf die Hilfe des Stocks beim Laufen angewiesen war.

»Ein Verkehrsunfall vor drei Jahren. Ich bin angefahren worden. Schien- und Wadenbein mehrfach gebrochen. Operation und Reha, und das Ergebnis, ich laufe am Krückstock. Nun, ich habe den Unfall überlebt. Ist ja auch etwas. Vielleicht ein Betrunkener. Ich selbst war auch nicht nüchtern, als es passiert ist.«

»Vielleicht? Soll das heißen, die Person, die sie angefahren hat, ist unbekannt?«

Schmitt machte eine wegwerfende Handbewegung. »Ja, aber ich habe aufgehört, mir darüber den Kopf zu zerbrechen. Wie würden Sie sagen? Kismet? Wer sturzbetrunken in der Nacht an einer Landstraße entlangtorkelt, muss sich nicht wundern, wenn so etwas passiert. Lassen wir das Thema. Es ist nichts gegen die Tragödie, die Santana widerfahren ist.«

Einträchtig schweigend erreichten der Polizist und der Choreograf das Lokal. Sie hatten Glück, die Mittagessenszeit war vorbei, die Abendgäste ließen noch auf sich warten, und die, die sich ein Eis gönnten, nahmen es meist mit auf ihrem Spaziergang durch den Park. Jean Schmitt bestellte *une pression*, ein gezapftes Bier, der Commandant eine *menthe à l'eau*, ein eisgekühltes Wasser mit

Minzsirup. Die Getränke waren in kürzester Zeit auf dem Tisch. Die beiden Männer prosteten sich zu wie alte Freunde.

»Ihr Getränk erinnert mich an ein Chanson von Eddy Mitchell. Muss so Anfang der Achtziger gewesen sein. *Couleur menthe à l'eau.* Da sehen Sie mal, was ich für ein alter Sack bin. Ich bin Jahrgang 1965, wenn da eine junge Frau von zwanzig Jahren einem schöne Augen macht, da sagt man nicht Nein. Oder? Das Ganze ging keine zwei Monate. Dann hatte sie mich da, wo sie mich haben wollte. Ich habe Franck überredet, sie statt Dolcé tanzen zu lassen. Nun, das war unser Geheimnis. Ein paar heiße Nächte, ein Versprechen, und das war's.«

Er trank sein Bier nun in einem Zug leer, winkte dem Ober, ein zweites zu bringen. »In dem Lied geht es um einen Mann, der eine Frau sieht, die an einer Jukebox steht und davon träumt, ein Hollywoodstar zu werden. Und sie beachtet ihn nicht. Dann kommt ein anderer Typ in die Bar, und mit dem geht sie weg. Tja, so ist das Leben. Und einem Traum jagte auch Santana nach. Sie hat niemandem davon erzählt. Ich schätze, ich bin der Einzige, der es wusste. Vielleicht noch ihre Eltern. Sie wollte die Truppe verlassen, ihre Karriere in Frankreich an den Nagel hängen. Ich habe aber keine Ahnung, wo es hingehen sollte.« Das zweite Bier kam, Schmitt nahm einen großen Schluck. Er hustete und stellte sein Glas wieder ab.

»Wollte sie alleine weg? Oder mit Ricardo Bailardo, ihrem Verlobten?«

»Ich weiß es wirklich nicht. Irgendwie habe ich es ja auch verstanden, sie wollte etwas Eigenes auf die Beine stellen. Einen Traum verwirklichen. Nun ist er geplatzt. An dem Tag, als sie gestorben ist, habe ich noch mit ihr darüber gesprochen. Ob ihre Eltern tatsächlich Bescheid wussten, wie sie behauptet hat, keine Ahnung. Ihr Vater war auch gleichzeitig ihr Manager. Es hätte ihm das Herz gebrochen, wenn sie gegangen wäre. Nun, jetzt ist es ja auch gebrochen.«

Rachid Bouraada tupfte sich die Lippen mit einer Serviette ab. »Sie haben mit Santana Carmona gesprochen. Wann und wo?«

Das Bier hatte Schmitts Zunge gelockert. Der eben noch so schweigsame Mann war, nachdem sein Geheimnis gelüftet war, gesprächig geworden. »Ach, habe ich vergessen, das zu erzählen? Nun, kurz vor der Probe. In einer der Katakomben. Ich habe sie ermahnt, reinen Tisch zu machen. Dann rief Franck sie zu sich, das heißt, er brüllte durch die ganze Arena. Santana ist vorgelaufen, weil Marta Torres schon in den Startlöchern stand, ich bin dann langsam hinterher. Ich bin eben nicht mehr der Schnellste.« Der Choreograf verscheuchte ein Insekt, das auf einer kleinen Bierpfütze gelandet war. »Ich habe mich dann an den Bühnenrand zurückgezogen, um alle im Auge zu behalten. Welche Rolle spielt es, wo und wann ich mit Santana gesprochen habe?«

»Die tödliche Stichwunde kann Madame Carmona in einem Zeitraum von bis zu dreißig Minuten vor ihrem Tod zugefügt worden sein.«

Mit einem Knall landete Schmitts Bierglas auf dem Tisch. Er starrte sein Gegenüber an. »Also bin auch ich verdächtig? Und alle, die ihr bei ihrem Auftritt nahe gekommen sind? Doch welches Motiv sollte ich haben? Abserviert hat sie mich schon vor Monaten. Da müssen Sie also woanders suchen. Von den Katakomben bis zur Bühne brauchte Santana keine fünf Minuten. Vielleicht hat sie ja, noch bevor ich mit ihr geredet habe, jemanden getroffen. Aber das würde ja bedeuten, dass sie, als wir zusammen waren, bereits verletzt gewesen wäre?« Schmitt kippte jetzt sein zweites Bier in einem Zug hinunter. »*Mon Dieu*, kann es sein, dass sie nichts davon bemerkt hat? Ist das möglich?«

Rachid bestätigte seine Vermutung.

»Commandant, ich hätte Santana nie wehgetan. Nie, hören Sie? Ich habe sie geliebt, bis zum Ende. Sie war das Mädchen mit den Augen, die die Farbe von *menthe à l'eau* haben. Wussten Sie, dass *Manouches* auch grüne Augen haben können? Nicht nur schwarz oder braun, ja sogar blau und türkis. Man glaubt es kaum.«

Schmitts Zunge wurde immer schwerer. Erneut winkte er dem Ober.

»Meinen Sie nicht, Sie haben genug?«

Der Choreograf schüttelte den Kopf, und ganz plötzlich schossen ihm die Tränen aus den Augen. »Würden Sie mich jetzt bitte alleine lassen? Ich glaube, es ist an der Zeit, zu trauern.«

Rachid entsprach seiner Bitte. Natürlich gehörte der Mann in den Kreis der Verdächtigen. Ebenso wie Philippe Tavier oder Pjotr Olschewski, wie er von Mathilde vorhin am Telefon erfahren hatte. Und nicht nur diese drei. Auch Dolcé Reinhardt konnte nicht so einfach weggestrichen werden, und wenn Ricardo Bailardo von der Affäre seiner Verlobten Wind bekommen hatte, dann stand wohl er mit ganz oben auf der Liste. Aber Schmitt hatte recht. Es gab noch ein Zeitfenster vor seinem Treffen mit Santana, in dem sie ebenfalls ihrer Mörderin oder ihrem Mörder hätte über den Weg laufen können.

Eine Schar Tauben stob auseinander, als Rachid sich ihnen näherte. Ganz plötzlich kam ihm die Melodie des Chansons von Eddy Mitchell in den Kopf. Sie hatte tatsächlich schon etliche Jahre auf dem Buckel, war aber immer noch bei Radio Nostalgie oder einem der Sender, die auch mal in der Mottenkiste kramten, zu hören. Und irgendwie kam ihm ein Refrain in den Sinn, von dem er glaubte, er gehöre in dieses Lied.

Moi j'étais de trop. Ich war nur im Weg. Wie Jean Schmitt, nachdem Santana Carmona ihr Ziel erreicht hatte.

Kapitel 20

Die Klimaanlage hatte es endgültig aufgegeben, streiken zu wollen, und die Temperatur in der Wohnung auf angenehmen zweiundzwanzig Grad gehalten. Mathilde schleuderte die Schuhe von den Füßen, zog sich aus und nahm eine kalte Dusche. Dann schlüpfte sie in eine kurze Hose und eine ärmellose Bluse, die ihr mindestens eine Nummer zu groß war, aber bei dieser Hitze angenehm locker um ihren Körper hing. Mit einer Zigarette und einem starken Kaffee setzte sie sich an den Küchentisch und breitete ihre Notizen aus.

Felix hatte im Gespräch mit den beiden Tänzern zwar den Eindruck gewonnen, sie hätten kein Motiv, Santana Carmona zu töten, allerdings warf das, was Penelope Garcia ausgeplaudert hatte, einen ziemlichen Schatten auf Tavier und Olschewski. Durch Santanas Einmischung und Offenbarung, dass die beiden Männer ein Paar waren, hatte sie den Familienfrieden der Taviers gehörig gestört, um nicht zu sagen, sie hatte Vater und Sohn entzweit. Was es wohl mit dem offiziellen Schreiben an Philippe Tavier auf sich hatte? Auch Dolcé Reinhardt durfte nicht außer Acht gelassen werden, Penelope dagegen hatte offenbar kein Motiv, ihre Kollegin mit einem Messerstich ins Jenseits zu befördern. Und Santana war nicht die liebenswerte Jungfrau, für die man sie auf den ersten Blick halten mochte.

Von draußen drang Stimmengewirr in die Küche, die Menschen feierten das Leben. Mathildes Magen knurrte, und sie dachte an die kleinen Köstlichkeiten, die sie auf dem Heimweg aus der Weinbar *L'Estanco* mitgebracht hatte. Scharfe frittierte Zucchinibällchen und ein quasi fangfrisches, mit vielen Kräutern gewürztes Tatar vom Thunfisch. Die Vorräte von Odile würden heute Abend ebenfalls zum Einsatz kommen, denn sie erwartete noch Besuch. Eigentlich hatte Mathilde gehofft, sich noch auf ein Glas Wein mit Rachid treffen zu können, um die ersten Ergebnisse zusammenzufassen. Allerdings, wie immer, auf neutralem Boden. Spontan stellte sie sich vor, er würde ihr hier in der Küche gegenübersitzen. Doch noch nie hatte er sie in ihrer Wohnung besucht oder sie die seine aufgesucht. Mathilde schob diese persönlichen Gedanken zur Seite. Er hatte am Abend keine Zeit gehabt, sein Vater und die Hochzeit.

Rachid hatte sie nach dem Treffen mit Jean Schmitt umgehend angerufen. Schmitts Trauer um Santana erschien ihm wahrhaftig, aber das wolle nichts heißen. Ob die Trennung als Mordmotiv reiche, er habe seine Zweifel, zu lange lag diese zurück. Der Choreograf habe sich vor der Probe mit Santana getroffen, hatte dies unumwunden erzählt.

»Er hätte doch einfach schweigen können, wir hätten ihn nie verdächtigt. Niemand hat die beiden, so wie es aussieht, zusammen in den Katakomben gesehen. Für mich fühlt es sich an, als könnten wir Schmitt ausschließen. Nur weiß ich nicht, ob mein Bauchgefühl es mit ihrem aufnehmen kann«, hatte Rachid am Telefon mit seinem rauen Lachen gesagt. Ein Lachen, das Mathilde Schmetterlinge durch den Bauch hatte flattern lassen.

Sie leerte den Kaffeebecher, nahm ein kleines Glas aus dem Küchenschrank, warf zwei Eiswürfel hinein und goss sich nachdenklich etwas Wein aus dem Kühlschrank ein. Sie konnte es drehen und wenden, wie sie wollte, sie musste sich endlich eingestehen, dass sie für diesen Mann sehr viel mehr empfand als reine Freundschaft. So, nun war es raus. Nur, was sollte sie mit dieser Gewissheit anfangen? Alles so weiterlaufen lassen wie bisher? Ihm ihre Gefühle gestehen? Abwarten, bis und ob er jemals den ersten Schritt machte? Wenn er ihr gegenüber überhaupt Gefühle hegte. Mitten in einer Mordermittlung zu stecken war auf jeden Fall der denkbar ungünstigste Zeitpunkt.

»*Zut*, Mathilde, konzentrier dich auf die Arbeit. Dieser Fall ist gerade schon wieder kompliziert genug. Da solltest du deine Sinne zusammenhalten«, schimpfte sie laut vor sich hin und nahm sich wieder ihre Notizen vor. Also war Schmitt tatsächlich kurze Zeit

Santanas Liebhaber gewesen. Allerdings hatte die Liebe bei der jungen Madame wohl keine Rolle gespielt, sie hatte Schmitt schamlos ausgenutzt, um an die Stelle von Dolcé treten zu können. Und doch war Schmitt der Einzige, der sie als liebenswert bezeichnet hatte. Für alle anderen war sie einfach nur eine Kollegin, die man vielleicht geschätzt hatte, aber nicht mehr.

Sie trommelte mit den Fingern auf dem Küchentisch herum und überlegte. Wohin hatte Santana Carmona gehen wollen? Und mit wem? Mit Ricardo Bailardo? Er würde ihnen dann wohl über die gemeinsamen Pläne Auskunft geben können.

Mathilde schaute auf die Küchenuhr, die über einer alten Anrichte vor sich hin tickte. Vor zwei Stunden hatte Marta Torres angerufen und sich mit ihr im *Jardin Secrets* verabreden wollen. Da hatte sie allerdings schon die kleinen Köstlichkeiten eingekauft gehabt und daher spontan die Sängerin zu sich eingeladen. Mathilde schob ihre Notizen zusammen und packte sie in ihre Tasche. Es war Zeit, sich um das Abendessen zu kümmern.

Die Zucchinibällchen mussten noch einmal ein Fettbad nehmen, der Thunfisch appetitlich angerichtet werden. Aus Odiles Vorräten wählte sie das Entenrillettes und die *pâté de Campagne* mit den Haselnussstückchen. In der unteren Etage ihres Kühlschranks entdeckte Mathilde noch einen *Tomme de chèvre* und ein kleines Glas mit einer hausgemachten *Tapenade noire*, das sie öffnete und mit dem Ziegenkäse auf ein Holzbrett packte. Das sollte genügen. Oder war noch etwas von der Feigensalami da? Ein zweiter Blick in den Kühlschrank verriet ihr, dass aus dem Stück Salami nun ein Zipfelchen geworden war, das etwas unansehnlich und eingetrocknet auf einem Teller lag. Doch hatte sie nicht von Odile gelernt, nichts, was noch essbar war, einfach wegzuwerfen? Zusammen mit der schrumpeligen roten Paprikaschote, die ihr einsames Dasein in der Gemüseschublade fristete, würde sie die Wurst klein schneiden und morgen zum Frühstück mit einem Rührei zusammenbrutzeln.

Der jammervolle Ton aus ihrem Handy ließ sie zusammenzucken. Eine Nachricht von Felix war angekommen. Er hatte ihr vier kleine Filmsequenzen geschickt, die Franck Grandjean vom

Auftritt der beiden Reiter gemacht hatte. Dazu schrieb er: »*Bonsoir*, so, wie es aussieht, können wir die beiden Reiter ausschließen. Ich habe mir verschiedene Aufzeichnungen der Proben angeschaut, die Monsieur Grandjean mir geschickt hat. Ich hatte ihn einfach mal danach gefragt, weil es mich interessiert hat. Laut Regis hatte das Stilett keine sehr lange Klinge, es ist schlicht unmöglich, dass Bailardo oder Benjamin Leroux zugestochen haben könnten. Das wollte ich Sie schon einmal wissen lassen. *A demain.* Felix.« Dahinter prangte ein knallgelbes zwinkerndes Emoji.

Mathilde klickte die Filmchen, von denen keiner länger als eine Minute dauerte, an. Zwei Reiter näherten sich auf schnaubenden und sich um die eigene Achse drehenden Pferden dem Tanzpaar. Dabei stoben die anderen Tänzerinnen und Tänzer auseinander, ließen den Reitern genügend Raum. Tatsächlich wäre keiner von ihnen so nahe an Santana Carmona herangekommen, um sie mit einem Stilett mit kurzer Klinge zu töten. Der Abstand war, auch wenn es so aussah, als würden Reiter und Pferd die Frau aufs Engste bedrängen, einfach zu groß. Nein, Ricardo Bailardo und Benjamin Leroux konnten sie vergessen. Zumindest während dieser Aktion. Bailardo hatte immerhin ein Motiv, wenn er um ihre Nichtjungfräulichkeit wusste oder um ihren Plan, vielleicht mit einem anderen Mann ein neues Leben zu beginnen. Und wenn er sich nun seiner Verlobten in den maßgebenden dreißig Minuten doch irgendwann genähert hatte? Ein Begrüßungskuss, eine Umarmung? Bailardo war bei Weitem nicht aus dem Schneider.

Täuschte sich Mathilde, oder rief da lautstark jemand ihren Namen? Sie lauschte. Tatsächlich, mit einem Tremolo in der Stimme schallte »Mathilde« durch die altersschwachen Läden und Fenster. Mathilde öffnete das Küchenfenster und schob die Läden auseinander. Und da stand Marta Torres in wallendem farbenprächtigen Gewand mit einer Art Turban auf dem Kopf, wedelte mit einem Baguette und begehrte Einlass.

»Mathilde, Ihre Klingel funktioniert nicht.«

Sogar dieser einfache Satz klang aus Martas Mund wie ein Stück Gesang. Und in der Tat, es blieben Leute stehen und drehten sich nach ihr um. War es die auffällige Aufmachung? Hatte man sie erkannt? Mathilde schrie: »Ich öffne«, was sich nicht wie Musik anhörte, und rannte barfuß zum Türöffner. Zwei Minuten später saß Marta mit einem Glas eisgekühlten Rosé am Küchentisch.

»Ich kann es immer noch nicht fassen. Das arme Kind. Sind Sie schon etwas weiter mit Ihren Ermittlungen?«, kam die Operndiva gleich zur Sache.

Mathilde legte zwei Servietten auf den Tisch. Er war gedeckt, das Essen angerichtet, und der Duft der noch einmal kurz in heißem Öl gebratenen Zucchinibällchen war einfach verführerisch. »Marta, das muss Ihnen doch klar sein, dass ich nichts, aber auch rein gar nichts über laufende Ermittlungen erzählen werde. Allerdings hätte ich umgekehrt ein paar Fragen an Sie, aber zuerst essen wir einen Happen. Ich bin fast am Verhungern.«

Den Mord an Santana Carmona erwähnten sie eine halbe Stunde mit keinem Wort. Marta erzählte von ihrer Rolle in Verdis Oper *La Traviata* in der Arena von Nîmes, die im September auf ihrem Programm stand. »Und dann werde ich eine Pause einlegen. Ich merke, dass ich nicht mehr die Jüngste bin. Meine Stimmbänder machen mir bei großer Hitze zu schaffen. Das kannte ich bis dato gar nicht. Im Dezember bin ich dann zu Aufnahmen in Paris.« Sie tupfte sich die Lippen mit der Serviette ab, nickte, als Mathilde ihr ein weiteres Glas Wein anbot, und schob mit einem zufriedenen Gesichtsausdruck ihren Teller zurück.

»Was möchten Sie wissen, Mathilde?«

»Santana war verlobt mit ihrem Cousin zweiten Grades. Und Monsieur Bailardo ist Mitglied des Ensembles. War es eine glückliche Beziehung?«

Marta Torres überlegte einen Moment. »Ganz ehrlich, das kann ich Ihnen nicht sagen. Ich habe die beiden nur bei der Arbeit gesehen, beide professionell, diszipliniert, konzentriert. Ich kann mich nicht erinnern, sie schäkernd, Händchen haltend oder sich küssend gesehen zu haben. Und vor und nach den Proben gingen wir getrennte Wege. Also, keine Ahnung, ob es eine glückliche Beziehung war. Da müssen sie Ricardo fragen.«

»Marta, Sie sind eine gute Beobachterin. Ist Ihnen jemals aufgefallen, ob Santana vielleicht eine Affäre mit einem anderen Ensemblemitglied angefangen und auch wieder beendet hat?«

Die Diva riss ihre großen, mit dunklem Kajal theatralisch umrandeten Augen auf. »*Santa Madre de Dios!* Nein, da brauche ich gar nicht lange zu überlegen. War das so? Einer der Tänzer? Romino? Nein, der ganz sicher nicht. Der ist wirklich glücklich verheiratet, betet seine Frau und die kleine Luisa geradezu an. Ich weiß, Sie werden mir nicht sagen, um welchen Mann … Oh, nein, etwa eine Frau?«

Mathilde musste schmunzeln. »Nein, ein Mann, und Sie haben recht, ich werde darüber schweigen. Eine Sache noch. Wie eng kamen die Reiter und die Pferde mit Santana in Berührung? Ich habe zwar in ein paar kurzen Videos die Szene gesehen, aber wenn Sie mir noch etwas dazu sagen könnten?«

»Die Reiter halten genügend Abstand, immer. Das wäre ansonsten viel zu gefährlich. Die Pferde sind einiges gewohnt, top ausgebildet, die würden sogar durch einen Feuerreifen springen. Aber, es sind Tiere, Fluchttiere. Wenn ihnen doch einmal die Angst aus irgendeinem Grund im Nacken sitzt, machen sie vielleicht doch einen Satz, und schon wäre Santana unter ihren Hufen begraben. Nein, nein, da hat jeder ein Auge drauf gehabt, dass die Pferde ihr nicht zu nahe kommen. Nun, das heißt ja, dass weder Ricardo noch Benjamin infrage kommen, nicht wahr? Wissen Sie, ich habe mir natürlich auch so meine Gedanken gemacht. Sosehr ich sie schätze, aber das beste Motiv hatte Dolcé, sie ist vom Thron gestoßen worden. Nun, Sie werden es herausfinden, keine Frage.«

»Mochten Sie eigentlich Santana Carmona? Sie können offen reden, Sie sind eine der wenigen Personen, die nicht infrage kommen, die Tänzerin ermordet zu haben.« Mathilde stellte die Teller und Schalen in die Spüle und nahm eine weitere Flasche Wein aus dem Kühlschrank. Dazu stellte sie ein Tellerchen mit *rochers coco*, die sie im Feinkostladen *Le Comptoir de Mathilde* besorgt hatte, nur zwei Häuser entfernt von Dolcé Reinhardts Wohnung in der Rue de l'Aspic, einem Laden, dessen süßen Verführungen Mathilde nur selten widerstehen konnte.

Marta Torres schob sich eine der kleinen Kokosmakronen in den Mund und kaute genüsslich. »Eine gute Frage«, antwortete sie schließlich. »Es tut mir unendlich leid, dass sie tot ist, und was ihre Familie nun durchmacht, ich mag gar nicht daran denken. Aber mochte ich sie? Ich glaube, dazu kannte ich sie zu wenig. Sie war nicht nur diszipliniert, sie war auch von sich überzeugt. Aber ist das negativ? Ich meine, nein. Nur wenn man von sich überzeugt ist, an sich glaubt, schafft man es bis auf die Spitze des Olymp. Von dem hat sie Dolcé verstoßen. Aber es war an der Zeit, dass eine Jüngere ihn erklimmt. Nun, das beantwortet aber nicht Ihre Frage. Sie war mir gegenüber immer sehr zuvorkommend, vielleicht eher scheu. Aber eine Sache habe ich ihr übel genommen, ja, das war kein feiner Zug von ihr.« Martas Brauen zogen sich zusammen, und ihre Augen funkelten.

»Wissen Sie, dass Philippe Tavier und Pjotr Olschewski ein Paar sind? Was ist dabei? Nichts! Nur, dass der alte Tavier ein Comte mit einem Dünkel ist, der ins vorletzte Jahrhundert gehört, genau wie seine Einstellung zu vielen Dingen. Franck hat eine große Geburtstagsparty gegeben, Philippes Eltern waren anwesend, und Santana hatte nichts Besseres zu tun, als Monsieur Rocasse-Tavier zu berichten, wie sehr die beiden Männer sich doch liebten. Irgendwann hätte der alte Tavier es vielleicht sowieso erfahren, aber auf diese Weise … Wissen Sie, was der Mann gemacht hat? Er hat Philippe enterbt. Erst jüngst. Also, natürlich kann er das von Rechts wegen nicht komplett, das Noterberecht sorgt dafür, dass Philippe einen Anteil erhalten wird. Aber das ist nicht das Schlimmste, er hat ihn als seinen Sohn sozusagen verstoßen. Ist das nicht unfassbar? Nur weil dieses dumme Mädchen seinen Mund nicht halten konnte. Nun, wenn ich also rückblickend vielleicht doch ein Urteil fällen sollte, das war nun kein sympathischer Zug an ihr. Ansonsten war sie, ich sagte es schon, freundlich und aufmerksam. Sie hatte Temperament, war impulsiv, an diesem Tag offensichtlich besonders. Aber sind das Temperament, eine gewisse Form der Heißblütigkeit, das Impulsive nicht auch unsere typischen Charaktereigenschaften?«

Marta gönnte sich nach ihrer langen Rede einen weiteren *rocher coco* und einen Schluck des leicht prickelnden Rosés.

»Mit uns meinen Sie die *Manouches*? Sich selbst als Sintiza?«

»Nun, eine halbe Sintiza. Mein Vater war ein normaler Spanier.« Sie setzte das normal mit den Fingern in Anführungszeichen. »Aber ich habe mehr von meiner Mutter. Mathilde, haben Sie sich schon einmal intensiver mit den *gens du voyage*, wie all die Sinti und Roma, die *Manouches*, die *Tziganes* und *Gitanos* vom französischen Staat offiziell genannt werden, beschäftigt? Nein? Ich werde Ihnen ein wenig darüber erzählen. Ich glaube, dieses Wissen ist wichtig, wenn Sie mit der Familie sprechen oder sogar innerhalb der Familie ermitteln. Wenn es nicht zu viel verlangt ist, würde ich gerne einen Kaffee dazu nehmen.«

Mathilde warf ihre Kaffeemaschine an, und bald zog der Duft kräftig gerösteter Bohnen durch die Küche.

»Nehmen wir die Roma in Frankreich. Manche sind integriert, leben seit Generationen hier, in festen Häusern, gehen einer regulären Arbeit nach. Sichtbar für Frankreich und die Welt wurde dieses Volk dann allerdings nach dem Beitritt osteuropäischer Länder zur EU. Zu Tausenden kamen sie aus Bulgarien, Rumänien oder Kroatien. Sie sind gekommen in der Hoffnung auf ein besseres Leben, und dann stranden sie irgendwo, keine Arbeit, keine Wohnung. Es ist ein Elend. Und was tut man dagegen? Nichts! Man schickt sie zurück. Erinnern Sie sich daran, was unser ehemaliger Staatspräsident Sarkozy gesagt hat? Ihre Lager seien Zonen der Rechtlosigkeit. Die Präfekten wurden angewiesen, systematisch wilde Siedlungen zu räumen, allen voran Roma-Camps. Das ging so weit, dass Frankreich wegen seines Umgangs mit den Roma von der Europäischen Kommission ermahnt werden musste. Und die Diskussion um die Roma ist natürlich Wasser auf die Mühlen der FN, der Front National. Und die, die nicht abgeschoben werden oder freiwillig gehen, leben im Schatten oder sind bestenfalls einigermaßen integriert. Wobei sie, wie ich sagte, den Unterschied zwischen dem Wir und dem Ihr auch manchmal geradezu kultivieren, um die eigene Identität zu wahren. So gilt die Heirat innerhalb der Gemeinschaft als wünschenswert. Siehe Santana und Ricardo. Waren Sie schon einmal am 24. Mai in Saintes-Maries-de-la-Mer? Tausende kommen hier zusammen, um Sara, der Schutzpatronin des Fahrenden Volkes zu huldigen. Großfamilien mit mehreren Hundert Menschen, stellen Sie sich das mal vor. Ich war einmal dabei. Es ist unglaublich. Überhaupt ist die Familie ihnen das Wichtigste.«

Mathilde hatte voller Spannung zugehört. Sie nutzte den Moment, als Marta Torres noch ein Kokoskonfekt in den Mund schob, um eine Frage zu stellen. Wie eine aufmerksame Schülerin hob sie leicht die Hand. »Dazu habe ich eine Frage. Wir reden also hier von verschiedenen Roma, denen, die schon lange hier leben, und denen, die aus Osteuropa zugewandert sind. Doch Roma ist doch eine Bezeichnung, die unsere Roma eigentlich gar nicht schätzen, oder irre ich mich?«

»Nein, da haben Sie vollkommen recht. Fragen Sie einmal Ihren Freund Martin. In Deutschland werden die Begriffe Sinti und Roma benützt, das ist den Mitgliedern dieses Volkes bei uns viel zu verallgemeinernd, um nicht zu sagen herabsetzend, man fühlt sich dadurch, als wären alle in einen Topf geworfen worden, obwohl jede Gruppe ihre speziellen Eigenheiten besitzt. Hier in Südfrankreich leben die *Manouches*, sie haben mit den Roma eigentlich nichts gemein, sie gehören zu der Familie der Sinti. Es ist eine Gruppe, und trotzdem muss man sie unterscheiden, die französischen *Manouches*, die deutschen Sinti oder die *Gitanos* in Spanien und Portugal.«

»Ich kenne es gar nicht anders«, sagte Mathilde. »Und von daher gesehen, habe ich mir noch nie groß Gedanken darüber gemacht. Für mich sind sie einfach *Manouches*.«

Marta lächelte. »Das ist doch auch gut so. Sie sind Teil dieses Landes, nicht mehr und nicht weniger. Allerdings haben auch sie das Bedürfnis, sich abzugrenzen, und zwar ganz besonders von den Roma-Zuwanderern aus dem Osten. Die *Manouches* legen großen Wert auf ihre französische Staatsbürgerschaft und sehen keine Ähnlichkeiten mit den Zuwanderern.«

»Also ist dieser Oberbegriff der *gens du voyage*, des Fahrenden

Volkes, nicht sehr glücklich, er schert alle über einen Kamm, ob sie nun sesshaft sind oder nicht?«

Marta schüttelte den Kopf. »Nein, damit sind tatsächlich nur die gemeint, die nicht sesshaft sind. Allerdings ist die Mehrzahl von ihnen ebenfalls schon seit Generationen in Frankreich, und sie befürchten, dass durch die Zuwanderer der Platz für sie noch weniger wird. Auch wenn sie mit ihren Wohnwagen irgendwo dauerhaft stehen, müssen sie trotzdem das *Carnet de Circulation* mit sich führen.«

Mathilde schüttelte missmutig den Kopf. »Wenn man bedenkt, wie lange es gedauert hat, diese unsägliche Kontrolle abzuschaffen, mehrmals jährlich bei der Polizei erscheinen zu müssen, um sich einen Stempel in seinem *Carnet* abzuholen. Aber gehen wir noch einmal zurück zur Stellung der Familie. Wie ist das mit den Eheschließungen? Welche Rolle spielen die Männer, die Väter? Ich habe nicht den Eindruck, dass Frauen wie Sie, Dolcé Reinhardt oder auch Santana Carmona unterdrückt werden oder wurden. Sie haben sich alle für einen künstlerischen Beruf entschieden, üben ihn frei aus.«

»Nun, das Künstlertum liegt uns im Blut. Denken Sie an die Artisten, die zahlreichen Musiker, die auf der ganzen Welt die Musik der *Gitanos* spielen. Django Reinhardt, auch ein *Manouche*, wie auch Biréli Lagrène aus dem Elsass. Ich liebe die beiden. Mehr an Rhythmus geht doch kaum. Wie beim Flamenco.« Marta lächelte versonnen. »Nun, und die Familie ist das höchste Gut. Wo findet man heute noch drei oder sogar vier Generationen unter einem Dach? Die Alten werden noch geachtet, werden zu Hause versorgt, bis sie tot sind. Und Konflikte werden intern gelöst, so weit wie möglich, natürlich. Das werden Sie wahrscheinlich noch zu spüren bekommen, falls der Mord an Santana etwas mit der Familie zu tun hat.«

»Das kann ich mir lebhaft vorstellen. Es wäre ja nicht das erste Verbrechen im Umfeld der *Manouches*, und wir hatten immer schon das Problem, auf unsere Fragen eine ehrliche Antwort zu bekommen«, brummte Mathilde und schielte nach ihren Zigaretten. Jetzt nach einem kleinen Dessert und drei Gläsern Wein wären sie der krönende Abschluss. Doch Marta in der Küche mit ihrem Qualm zu belästigen, kam natürlich nicht infrage.

»Dolcé und Santana haben schon recht liberale Elternhäuser genießen können«, knüpfte Marta an ihre Ausführungen an. »Mittlerweile gibt es sogar Familien, die die Heirat mit einem *Gadjé*, also einem Nicht-Sinti, zwar nicht unbedingt favorisieren, aber tolerieren. Ich bin da die große Ausnahme, meine Mutter hat einen geheiratet, und sie ist prompt von der Familie verstoßen worden, ihr Mann hat sie verlassen, und ich war für alle ein Bastard. So waren diese Zeiten. Und die Väter der Familie sind immer noch die Patriarchen. Allerdings ist das nicht unbedingt nur ein Phänomen in unseren Kreisen.« Sie lächelte schmerzhaft. »Ehemänner und Väter gebärden sich nicht selten wie kleine oder auch größere Herrscher, manchmal sogar wie Tyrannen. Meine Mutter hat nie viel darüber gesprochen, aber auf meinen Großvater traf wohl letztere Bezeichnung zu. Nun, meine liebe Mathilde, es ist schon ganz schön spät geworden. Ich hoffe, ich habe Sie mit dem Thema nicht überstrapaziert.« Marta erhob sich. »Und danke für Ihre Gastfreundschaft. Wenn Sie in irgendeiner Form meine Hilfe benötigen, die Hilfe einer Sintiza, dann lassen Sie es mich bitte wissen.«

Mathilde war erstaunt, wie spät es tatsächlich schon war. Die Zeit war wie im Fluge vergangen. »Ich habe zu danken, es war ein so kurzweiliger Abend. Und Ihre Informationen zum Thema *Manouche* habe ich bereits verinnerlicht. Und danke für Ihr Angebot. Es könnte in der Tat hilfreich sein.«

»Ich danke Ihnen. Wer hätte gedacht, dass uns ein solcher *danse macabre* wieder zusammenführt.«

»Merkwürdig, Rachid hat es genauso genannt. Obwohl, wenn man es genau nimmt, ist es ja kein Tanz der Toten, sondern am Ende des Tanzes hatten wir eine Tote.«

»Nun, wenn, dann mitten im Tanz. Kennen Sie das Lied von Schubert, dem deutschen Komponisten? Das fällt mir gerade ein. *Der Tod und das Mädchen.*« Marta Torres' Stimme erfüllte sofort die Küche, und Mathilde überkam eine Gänsehaut, als sie dem Lied lauschte, die Worte aber nicht verstand.

Vorüber, ach, vorüber. Geh, wilder Knochenmann. Ich bin noch jung, geh, Lieber, und rühre mich nicht an.
Gib deine Hand, du schön und zart Gebilde. Bin Freund und komme nicht zu strafen. Sei guten Muts, ich bin nicht wild, sollst sanft in meinen Armen schlafen.

»Wunderschön und grausam, nicht wahr? Ein junger Mensch, der so einfach aus dem Leben gerissen wird. Angeblich sanft. Nun denn.«

Sie seufzte, als ein lautes Kläffen plötzlich von draußen in die Küche drang. Die beide Frauen zuckten zusammen.

»Ah, Roberta führt Fifinette noch ein wenig aus, ich hatte mit Roberta verabredet, dass sie mich gegen halb elf bei Ihnen abholen soll. Auf sie ist wirklich Verlass. Dann noch eine gute Nacht, und machen Sie den Mörder bald dingfest. Nicht, dass er noch mehr von uns Künstlern im Visier hat.«

Die letzte Bemerkung Martas war ganz sicher scherzhaft gemeint gewesen, doch Mathilde überkam eine leichte Gänsehaut. Noch gingen sie von einer reinen Beziehungstat aus, aber wenn dem nicht so war?

Die beiden Frauen umarmten sich zum Abschied, und kurz darauf hörte Mathilde die zugleich volltönende wie auch gurrende Stimme von Marta Torres, als diese ihren kleinen Hund überschwänglich begrüßte.

Mathilde setzte sich mit einem letzten Schluck Wein an den Küchentisch. Noch einmal sah sie sich die Videos mit dem Auftritt der Reiter und ihrer Pferde an.

»Wenn es davon ein Video gibt, muss es auch von anderen Szenen welche geben«, überlegte sie laut und wählte die Nummer von Grandjean. Der schlief hoffentlich noch nicht, und in der Tat nahm der Regisseur das Gespräch sofort an. Mathilde entschuldigte sich für die späte Störung.

»Ah, Madame le Juge, ich hoffe, Sie teilen mir jetzt mit, dass Sie den Mord an Santana aufgeklärt haben.«

»Nein, leider nicht. Ich habe lediglich eine Bitte an Sie. Lieutenant Tourrain hat mir die Filme mit den Reitern weitergeleitet.

Haben Sie auch von den anderen Szenen Aufzeichnungen? Dann wäre ich Ihnen sehr verbunden, wenn Sie mir diese auf mein Handy schicken.«

»Natürlich, ich nehme mit meinem *portable* immer wieder die einzelnen Teile des Auftritts auf, um sie mir anzuschauen und Fehler oder Unstimmigkeiten zu entdecken. Allerdings sind sie von vorgestern, aber der Ablauf ist immer der gleiche, insofern können Sie sich gut ein Bild von allem machen. Insgesamt sind es drei kurze Aufnahmen. In ein paar Augenblicken sind sie bei Ihnen. *Bonne chance*, Ihnen und Ihrem Team. *Et bonne nuit.*«

Eine Minute später gab Mathildes Handy einen zirpenden Laut von sich. Die Filmchen waren da. Doch die erhoffte Erkenntnis blieb aus. Auf den Videos war genau das zu sehen, was Mathilde mit eigenen Augen während der Probe gesehen hatte. Die Tänzerinnen und Tänzer näherten sich Santana Carmona, die Musiker blieben auf Abstand. Schade, sie hatte sich mehr davon erhofft.

Kapitel 21

Sie hätte Penelope mit bloßen Händen erwürgen können. Ihre Cousine war, sie suchte nach dem richtigen Wort, ja, sie war *une tête de linotte*, ein echtes Spatzenhirn. Wobei ein Spatz wahrscheinlich noch ein größeres Hirn hatte als diese dämliche Plaudertasche. Was hatte sie noch gegenüber der Richterin gesagt? »Pjotr mit seinem aufbrausenden Temperament? Er sagt, er stammt von einem Kosaken ab?«

Na, der hatte sie aber hinterher den Kopf gewaschen. Penelope war tief beleidigt abgezogen. »Bei dir bleibe ich keine fünf Minuten länger. Ich suche mir was anderes. Und ich werde es Papa und Maman sagen, wie du mich behandelst. Und dann kannst du dich auf was gefasst machen. Du hast doch selber ein Hirn, kaum größer als eine Erbse. Wie sonst hättest du es einfach hingenommen, dass dich Grandjean so mir nichts, dir nichts gegen Santana ausgetauscht hat, obwohl du immer noch die bessere Tänzerin bist?«

Für diese Worte hätte Dolcé ihre Cousine umarmen können, aber Penelope wäre nicht Penelope gewesen, wenn sie nicht hinzugefügt hätte: »Obwohl deine Arme auch schon mal weniger wabbelig waren und dein Hintern nicht ganz so fett.«

Dann hatte dieses freche Früchtchen eine Tasche mit etwas Wäsche und Klamotten zum Wechseln gepackt, Dolcé einen vernichtenden Blick zugeworfen und die Tür hinter sich zugeknallt. Keine Ahnung, wo sie hinwollte, Dolcé vermutete, dass sie in die Pension marschierte, in der einige der Kollegen untergebracht waren. Wenn sie da überhaupt ein Zimmer bekam. Wahrscheinlich würde es in der Nacht an der Tür klingeln, und sie käme mit einem schlechten Gewissen wieder zurückgekrochen, wohl wissend, dass ihre Eltern diesen ersten Showauftritt nur genehmigt hatten, da Dolcé sie bei sich beherbergen und ein Auge auf sie halten würde. Der Schlüssel, den sie ihr gegeben hatte, lag noch auf der Kommode im Flur.

»Du bist so ein Satansbraten«, fluchte Dolcé Reinhardt vor sich hin. »Am liebsten würde ich deine Eltern anrufen, damit sie dich umgehend wieder nach Hause beordern.« Doch nur Chouette hörte ihr zu, und dem war es egal. Nachdem er seinen Napf geleert hatte, interessierte den großen Kater nur seine Siesta, und die wollte er jetzt halten. Er stolzierte ins Schlafzimmer, sprang aufs Bett und schlief ein. Dolcé schloss die Tür hinter ihm.

Aber in einem Punkt hatte ihre kleine Cousine recht. Sie hätte sich zur Wehr setzen sollen, als man ihr Santana vor die Nase gesetzt hatte. Es war ihr lange schleierhaft gewesen, wie sie das geschafft hatte, so einfach an ihr vorbeizuziehen. Gut, sie, Dolcé, hatte bei einer ersten Probe gepatzt, war total aus dem Rhythmus gekommen. Romino, der bereits gesetzt war, wirbelte viel zu schnell um sie herum, und sie hatte Mühe, mit diesem Tempo mitzuhalten. Vielleicht war das der entscheidende Augenblick gewesen, hatte sie gedacht. Sie stand mit ihren dreiunddreißig Jahren doch immer noch auf dem Höhepunkt ihres Könnens. Oder? Aber irgendwann mussten sich die Alten den Jungen geschlagen geben, hatte sie sich getröstet. Aber dass sich Santanas steile Karriere über den Weg des Betts von Jean Schmitt entwickelt hatte, das war einfach eine Ungeheuerlichkeit.

Dolcé stellte sich vor den Wandspiegel mit der barocken Rahmung. Er sollte ins Schlafzimmer, stand aber noch an der Wand hinter dem Esszimmertisch. Sie ging etwas in die Knie, um ihre Oberarme zu beäugen. Tatsächlich, die Haut war ein wenig schlaff, dafür waren ihre Beine noch schlank und muskulös, wie sie zufrieden feststellte, als sie ihren weiten, knielangen Rock ein Stück nach oben raffte. Und was war das mit ihrem Hintern? Sie drehte sich um, zog den Rock bis zur Hüfte hoch und warf einen Blick über ihre Schulter. Da gab es nichts zu beanstanden, zumindest wirkte ihr Po in dem cremefarbenen Minislip prall und gut bemuskelt.

»Miststück, komm du mir bloß heim«, rief sie laut in Richtung Flur. Aber was sollte sie sich jetzt aufregen? Es war ein wunderbarer Tag, Santana war aus den Füßen, sie übernahm wieder die Hauptrolle, die ihr eigentlich schon immer gehört hatte, ja, ihr geradezu auf den Leib geschneidert war. Und Romino würde einfach ein ganz klein wenig langsamer herumwirbeln. Wo war eigentlich das Problem? Penelope hatte der Richterin, ohne es zu wollen, gleich mehrere Verdächtige geliefert. Aber war das, was die Polizei wohl als Motiv bezeichnen könnte, überhaupt eins?

Der alte Tavier würde sich schon daran gewöhnen, einen schwulen Sohn zu haben. Philippe würde trotzdem genug erben, um nie mehr einen Finger krumm machen zu müssen, und auch wenn Pjotr vielleicht ein Hitzkopf war, dann hätte er mit seinem Rachefeldzug ganz bestimmt nicht bis zu der vorvorletzten Probe gewartet. So ein Hitzkopf handelt jetzt und gleich und nicht Wochen später. Also waren beide aus dem Schneider. Und das Verhältnis Santanas mit Schmitt war Schnee von gestern. Der alte Zausel hatte sie bis zum Schluss geliebt, dessen war sich Dolcé sicher. Nie hätte er ihr ein Haar gekrümmt.

Ihre Laune war in kürzester Zeit von *superschlecht* auf *geradezu hervorragend* geklettert. Und sie würde Penelope verzeihen. Sie warf die CD mit der Aufnahme von 1964 in Paris ein, als die Callas in *Carmen* brillierte. Die Qualität der Aufnahme ließ etwas zu wünschen übrig, doch die Stimme der Callas machte alles wieder wett. Dolcé hörte in sich hinein und kam nicht umhin, bewundernd festzustellen, dass Marta der großen Diva weder in Stimmgewalt noch Gesangstechnik nachstand. Sie musste Marta Torres unbedingt einmal sagen, welch große Ehre es für sie war, mit ihr aufzutreten. Sie trällerte mit, als José sang: »*La fleur que tu m'avais jetée, dans ma prison m'était restée. Flétrie et séche, cette fleur, gardait toujours sa douce odeur …*« Dolcé war genau an der Stelle, an der diese Blume immer noch ihren süßen Duft bewahrte, als es an der Wohnungstür klopfte.

Beschwingt von der Musik und ihrer Cousine schon längst vergebend – wie langweilig es ohne Penelope doch war –, tänzelte sie durch den Flur und öffnete schwungvoll die Tür.

Aus dem CD-Player klang die schmerzerfüllte Stimme der Callas. »*Va, je te hais! Adieu, mais adieu pour jamais!*« Geh, ich hasse dich! Adieu, du siehst mich nimmermehr!

Kapitel 22

Mathilde hatte verschlafen und eilte im Laufschritt zum Palais de Justice. Auf halbem Weg hielt sie an. *Zut.* Rachid und sie hatten sich vor der Bodega der Familie Carmona verabredet. Wahrscheinlich wartete er schon auf sie. Sie bog ab und kam fünf Minuten später außer Puste und verschwitzt vor dem Lokal an. »Wegen Trauerfall geschlossen« stand auf der Tafel, auf der unter normalen Umständen denen, die einen Blick auf das Speiseangebot werfen wollten, der Mund wässrig gemacht wurde. Ein Zettel mit demselben Inhalt war mit Klebestreifen an der geschlossenen Eingangstür befestigt. Weit und breit war kein Rachid Bouraada zu sehen.

Mathilde schaute auf ihre Uhr. Noch drei Minuten. Normalerweise war der Commandant überpünktlich und musste meist auf sie warten. Sie drückte die Türklinke herunter. Abgeschlossen. Eine Klingel war nirgendwo zu sehen.

»Ich hatte schon befürchtet, ich käme nicht rechtzeitig. Es tut mir leid, warten Sie schon lange?«

Mathilde fuhr zusammen. Rachid. Als er sie ansprach, presste sie gerade ihre Nase an die große Fensterscheibe und versuchte, einen Blick in das Lokal zu werfen. Sie hatte ihn überhaupt nicht kommen gehört.

»Ah, *bonjour*, Rachid, nein, ich bin auch eben erst gekommen.«

Sie schüttelten sich die Hände. Rachid konnten die bereits jetzt schon hohen Temperaturen einfach nichts anhaben. Seine Hand war trocken, die von Mathilde, wie sie selbst bemerkte, feucht, ihre Füße schwitzten trotz der offenen Schuhe, und die Bluse klebte ihr am Körper, während Rachids Hemd trocken und duftig frisch an seinem Träger saß.

»Mein Vater hat mich etwas aufgehalten.« Rachid schmunzelte. »Er führt sich auf, es ist unglaublich. Er hat mir ein paar Bilder geschickt, und ich sollte ihm jetzt und gleich mitteilen, welches Hochzeitsoutfit ich für ihn wählen würde. Sie werden es nicht glauben, von einem weißen Jabador mit goldenem Kragen bis zu einem Smoking war alles dabei. Ich weiß, es ist frech von mir, aber ich musste schon lachen, als ich seinen Favoriten gesehen habe. Kennen Sie den Film *Le Rendez-vous* mit Omar Sharif? Der kam in die Kinos, da waren wir beide noch nicht geboren. Sharif heiratet Anouk Aimee, also im Film. Und dessen Outfit gefällt meinem Vater am besten.«

Mathilde versuchte, sich an den alternden Omar Sharif zu erinnern. »So ganz von der Hand zu weisen ist es nicht, da besteht schon eine gewisse Ähnlichkeit. Ihr Vater ist ein immer noch sehr attraktiver Mann. Und wozu haben Sie ihm geraten?«

»Zu Omar Sharif.« Rachid grinste, wurde jedoch sofort wieder ernst. »Der Verlobte wird auch da sein. Er und Santanas Bruder nehmen an der Show nicht mehr teil. Grandjean hat mich vorhin angerufen. Die beiden haben ihm ihre Entscheidung gestern Abend mitgeteilt. Einen neuen Gitarristen könne er sofort auftreiben, mit dem Reiter sei es etwas schwieriger. Ich muss gestehen, es hätte mich schon sehr gewundert, wenn die beiden einfach so weitergeprobt hätten, als wäre nichts geschehen.«

In diesem Augenblick hielt ein Motorroller vor dem Lokal. Der Sturzhelm hing am Lenker. Es war Ricardo Bailardo. Er fuhr sich mit der Hand über das gegelte schwarze Haar. Statt einer Begrüßung sagte er mit Blick auf die Eingangstür: »Geschlossen? Warten Sie, ich ruf Manitas an.« Er zog sein Handy aus der Hosentasche und drückte auf eine Taste. »Manitas, ich bin's. Zusammen mit den Flics. Ja, sie stehen hier vor der verschlossenen Tür. Lass uns rein.« Er steckte das Handy wieder ein und nickte. »Gleich.«

»Wie geht es Ihnen, Monsieur Bailardo?«

Mathilde und Rachid kannten die ganze Palette an Reaktionen, die Familienmitglieder oder Freunde von Mordopfern zeigten. Diese gespielte Ruhe gepaart mit einer gewissen Kaltschnäuzigkeit gehörte dazu. Es war die Phase des noch nicht Wahrhabenwollens, so hatte es Felix einmal genannt.

Der junge Mann zuckte mit den Schultern. »Ich werde nicht bei der Show reiten. Es macht keinen Sinn ohne Santana. Ich glaube es erst, wenn ich sehe, wie der Sarg in der Erde verschwindet. Kennen Sie dieses Gefühl? Sie sind in einem Albtraum gefangen, kommen nicht raus. Genauso fühle ich mich. Wir wollten heiraten. Unser gemeinsames Leben, es war alles geplant.« Bailardo hatte seinen Blick auf einen Punkt am Himmel geheftet, an dem außer einem weißen Kondensstreifen nichts zu sehen war.

Ein Schlüssel drehte sich im Schloss, die Tür zur Bodega öffnete sich. Mit geschwollenen Augenlidern trat Gino Carmona vor die Tür und umarmte seinen Fastschwager. Mit einer Handbewegung bat er die beiden Ermittler und seinen Freund herein.

»Meine Eltern sind oben im Wohnzimmer. Gibt es schon irgendeinen Anhaltspunkt darüber, welches Schwein meiner Schwester das angetan hat?«

»Wir stehen erst am Anfang, Monsieur Carmona«, antwortete Rachid ruhig.

»Wir verlassen uns auf Sie, sonst ...« Wie ein Stier vor der Muleta baute sich Gino vor Mathilde und Rachid auf, die Hände zu Fäusten geballt.

»Monsieur Carmona, es gibt kein *sonst*. Lassen Sie uns unsere Arbeit machen. Wir setzen alles daran, den Mörder Ihrer Schwester zu finden. Wichtig ist im Moment nur, dass Sie, die Familie und Freunde uns alles sagen, was unsere Ermittlungen weiterbringt.« Mathildes Stimme war sanft, duldete jedoch keinen Widerspruch.

Gino Carmona legte seine aggressive Haltung ab, drehte sich um und ging durch den Schankraum. »Papa, Maman, die Flics.«

Rachid und Mathilde ließen es dabei bewenden, als »die Flics« bezeichnet zu werden. Sie folgten Gino in das abgedunkelte Wohnzimmer, hinter ihnen Ricardo Bailardo.

Manitas Carmona erhob sich zur Begrüßung schwer vom Sofa. Dunkle Schatten lagen unter seinen Augen. Santanas Mutter blieb auf einem Esszimmerstuhl, der weit vom Sofa entfernt stand, sitzen. Die Wände des Wohnzimmers waren geradezu mit Fotos tapeziert. Familienbilder, manche aus einer anderen, früheren Zeit. Bunt gekleidete Frauen an einem langen Tisch, Männer mit Gitarren, alle mit runden Hüten auf dem Kopf und stattlichen Schnurrbärten. Im Hintergrund erkannte Mathilde tatsächlich einen Wagen mit Deichsel, neben dem zwei Pferde grasten. Doch die meisten Fotos zeigten Santana, offensichtlich der ganze Stolz der Familie.

»Setzen Sie sich, bitte.« Carmona zog zwei Stühle heran und zeigte darauf, während sich Bailardo in eine Ecke auf einen Sessel lümmelte. Die familiäre Wurzel war durchtrennt, schoss es Mathilde durch den Kopf.

»Werden Sie ihn kriegen? Den, der meiner Tochter das angetan hat?« Maria Carmonas Stimme war brüchig wie trockenes Laub. Aus dem Ärmel ihrer Weste zog sie ein Taschentuch und rieb sich die Tränen fort. Ihr Mann legte ihr eine Hand auf den Arm, den sie ruckartig wegzog.

Mathilde und Rachid sprachen der Familie noch einmal ihr Beileid aus, dann ergriff Mathilde das Wort. »Madame Carmona, ich würde mir gerne Santanas Zimmer ansehen.«

Maria Carmona erhob sich sofort, fast hatte es den Eindruck, sie wolle dem Zimmer, den Männern, den Fragen entfliehen.

»Kommen Sie. Darf ich dabei sein?«

Mathilde nickte. Im Hinausgehen hörte sie, wie Rachid die ersten Fragen stellte.

Maria Carmona, ganz in Schwarz gekleidet, ging gebeugt wie eine uralte Frau vor Mathilde her und stieg am Ende des Flurs eine kurze Treppe nach oben. An einer blau gestrichenen Tür blieb sie stehen und legte die Hand auf die Klinke. Sie zögerte.

»Ich war nur einmal kurz in ihrem Zimmer, seitdem sie tot ist. Aber ich spürte ihre Anwesenheit schon nicht mehr. Wir haben sie auch nicht im Haus aufbahren lassen. Sie ist in der Friedhofshalle. Ich könnte es nicht ertragen, ihre Leiche hier zu haben, auch wenn es Tradition ist. Das ist nicht mehr meine, unsere Santana. Ihre Seele ist schon davon, was bleibt, ist eine Hülle.«

Mathilde schien es, als hätte Santanas Mutter mehr zu sich selbst als zu ihr gesprochen. Mit einer energischen Geste schob sie die Tür auf und ließ Mathilde eintreten. Ein leichter Duft von Vanille stand im Raum, der, wie Mathilde erstaunt feststellte, offenbar von zwei Personen bewohnt worden war.

»Sie hat das Zimmer mit Sara, ihrer kleinen Schwester, geteilt«, erklärte Maria Carmona, die Mathildes Blick richtig gedeutet hatte. Sie blieb unschlüssig in der Tür stehen.

»Wo ist Sara jetzt?«

»In Saintes-Maries-de-la-Mer. Bei meiner Schwiegermutter, ihrer Großmutter. Ich kann hier nicht weg, und Nana hat gerade eine Hüftoperation überstanden. Sie sitzt noch im Rollstuhl, und Sara geht ihr während der ersten Wochen der Sommerferien zur Hand. Nana kann noch nicht einmal zur Beerdigung kommen. Sara wird bei ihr bleiben müssen, sie will von niemand Fremdem betreut werden. Sie ist eben alt und etwas wunderlich, verstehen Sie?«

Mathilde nickte.

»Ich lasse Sie doch lieber alleine. Ich ertrage es nicht, hier zu sein. Ich bin nebenan im Schlafzimmer, wenn Sie eine Frage haben … Ich muss mich einen Moment hinlegen.« Maria Carmona warf Mathilde einen gleichwohl entschuldigenden wie verzweifelten Blick zu und zog sich zurück.

Die Seite, die Sara bewohnte, war so grundlegend verschieden von der, die Santana ihr Eigen genannt hatte. Bei der jüngeren Schwester türmten sich Bücher, wohin man blickte. Und diese in französischer, englischer und deutscher Sprache. Werke über die Verfolgung von Juden, Roma und Sinti, kritische Studien zur Flüchtlingspolitik, philosophische Abhandlungen zum Thema Menschenrechte. Schwere Kost für eine … wie alt mochte Sara sein? Mathilde entdeckte zwischen zwei dicken Wälzern ein Foto, das zwei junge Frauen zeigte. Santana und Sara, die ihrer Schwester ähnelte und doch ganz anders aussah. Blond, die Haare jungenhaft kurz, vier, fünf Jahre jünger als Santana. Die Augen waren leicht zusammengekniffen, als blinzle sie in die Sonne oder als verzichte sie, trotz Kurzsichtigkeit, auf eine Brille.

Mathilde wandte sich dem Bereich der Tänzerin zu. Im Kleiderschrank farbenfrohe Röcke, Pullover, Blusen, Kleider. Nur zwei der Kleider schienen reine Flamencokleider zu sein. Auf dem Boden des Schranks Schuhschachteln, auf der oberen Ablage Schals, ein Strohhut. Auch die kleine Kommode gegenüber dem Bett offenbarte Mathilde nichts. Wäsche, Hygieneartikel. Sie faltete Stück für Stück auseinander. Es gab nichts in dieser Kommode, was ihr und den Ermittlungen irgendwie weitergeholfen hätte. Das Leben von Santana Carmona hatte sich, soweit die Hinweise in ihrem Zimmer, ausschließlich um den Tanz gedreht. An der Wand Poster von Flamencotänzern, Fotos von sich bei ihren Auftritten.

Das Möbelstück, das Sara als Bücherregal diente, war bei Santana vollgestellt mit Nippesfiguren, Flamencotänzerinnen aus Porzellan, Reitern aus Keramik, einem Wandteller, den zwei Schimmel und ein Flamingo zierten, zwei winzigen Kastagnetten an einem rosafarbenen Band, einem Esel, dessen Satteltaschen mit getrockneten Blüten gefüllt waren. Rosenblüten, wie Mathilde erkannte.

Und nirgendwo ein Foto ihres Verlobten Ricardo Bailardo. Merkwürdig. Wenn sie, Mathilde, kurz vor der Hochzeit mit wem auch immer stehen würde, ganz sicher hätte sie das Foto ihres Liebsten in ihrem Zimmer neben ihrem Bett stehen. Fotos von ihm oder mit ihm zusammen. Aber hier, nichts.

Sie wandte sich wieder dem Bücherregal von Sara zu. Zwischen einem Faksimilenachdruck des *Code civil* und einem Roman von Victor Hugo, *Les miserables*, war ein Fotoalbum gepresst. Mathilde zog es heraus. Private Fotos von der ersten bis zur letzten Seite. Babyfotos der drei Carmona-Sprösslinge, Großeltern, Picknick am Strand, Schulfreunde, Santana beim Tanzen, Gino mit der Gitarre, Sara, die der Kamera den Rücken kehrte, sich dabei umdrehte und dem Fotografen die Zunge herausstreckte.

Mathilde konzentrierte sich auf die Fotos mit Santana. Sie hatte als Kind mit dem Tanzen begonnen, stolz stand sie mit ihren kleinen schwarzen klobigen Schuhen auf der Bühne. Santana inmitten von Freunden, ein hübscher Junge mit dunklem lockigen Haar, der hinter ihr stand und seinen Kopf auf ihre Schulter legte, während sie mit der Hand über seinen Schopf fuhr, Santana mit drei Freundinnen, die sich an den Händen fassten und ins Bild zu springen schienen, Santana, die ihre kleine Schwester liebevoll von hinten umarmte und dabei einen Kussmund machte. Ein Mädchen wie viele andere auch, fröhlich und unbeschwert, lebensfroh und voller Zuversicht in die Zukunft blickend, so zumindest die Aussage der ganzen Fotoserie.

Nach einem letzten prüfenden Blick, der das gesamte Reich der beiden Schwestern einschloss, nahm sie das Album mit nach draußen und schloss die Tür hinter sich. Gegenüber lag wohl das elterliche Schlafzimmer. Mathilde vernahm das leise Weinen Maria Carmonas. Sie klopfte an die nur angelehnte Tür.

»Einen Augenblick, ich komme.«

Mit geschwollenen Augen und aufgelöstem Haarknoten trat Santanas Mutter aus dem Schlafzimmer. »Santana hatte keine Geheimnisse vor uns, ich kann mir also nicht vorstellen, dass Sie irgendetwas entdeckt haben, was Sie weiterbringt. Ich habe nie in den Sachen meiner Kinder geschnüffelt, wenn Sie also etwas gefunden haben …«

»Madame Carmona, wenn Sie damit ein Tagebuch meinen, nein, etwas in der Form hat Ihre Tochter nicht in ihrem Zimmer aufbewahrt. Aber darf ich dieses Album mitnehmen?«

»Und was nutzt Ihnen das? Bringt es Sie näher an die Antwort auf die Frage, wer meiner Tochter das angetan hat?«

Mathilde zuckte hilflos mit den Achseln. »Nein, im Moment nicht. Aber …«

»Entschuldigen Sie«, unterbrach Maria sie. »Ich fühle mich so nutzlos. Ich hätte sie besser verstehen müssen, ihr zur Seite stehen sollen. Wenn Sie glauben, das Album könne Ihnen etwas nutzen, dann nehmen Sie es mit.«

Mathilde verstaute das Buch in ihrer großen Tasche. »Wie meinen Sie das? Ihr zur Seite stehen?«

Maria Carmona lehnte sich mit dem ganzen Körper an die Wand, als befürchte sie, vor Mathildes Augen zusammenzubrechen.

»Santana wollte weg. Nach Kanada. Ich habe nicht verstanden, warum. Sie hat es uns vor ein paar Tagen gebeichtet. Und so, wie sie sich benommen hat, gab es an diesem Plan, dieser Entscheidung nichts zu rütteln. Mein Mann ist zugleich Santanas Manager gewesen, er hat sämtliche Engagements für sie ausgehandelt. Natürlich war er nicht begeistert. Ich natürlich auch nicht. Wir waren sogar strikt dagegen. Es gab einen Streit, mit ihr, zwischen meinem Mann und mir.«

»Wusste sonst noch jemand von Santanas Absichten?«

Maria Carmona schüttelte den Kopf. »Ich weiß es nicht. Hätte jemand davon gewusst, er hätte uns doch Bescheid gesagt. Heilige Maria Muttergottes. Ich glaube, auch Ricardo hat nichts davon geahnt. Die beiden wollten im Oktober heiraten. Und wenn sie es ihm gesagt hat? Dass sie womöglich eine Zukunft ohne ihn plant? Würde das nicht bedeuten, Ricardo …? Nein, das kann nicht sein! Er hat sie geliebt! Und wer tötet, was er liebt?« Sie schlug sich die Hand vor den Mund. »Was sage ich da? Natürlich tötet man auch, wenn man liebt. Wenn man liebt und vielleicht nicht wiedergeliebt wird.«

Sie riss sich von der Wand los, an der sie wie ein Schatten geklebt hatte, bereit, die Treppe hinunterzustürzen und den Verlobten ihrer Tochter zur Rede zu stellen, befürchtete Mathilde.

In diesem Augenblick drang lautes Geschrei von unten in die obere Etage.

»Raus hier, oder …«

Nach dem *oder* vernahm Mathilde Rachids beruhigende sonore Stimme. Die beiden Frauen sahen sich an, dann rannte Maria Carmona ins Erdgeschoss, Mathilde folgte ihr. Irgendetwas, was Rachid oder sonst wer über Santana gesagt hatte, musste das Missfallen und den Zorn ihres Vaters hervorgerufen haben. Noch ehe Mathilde das Wohnzimmer erreicht hatte, stand Rachid bereits zum Abmarsch bereit. Er nickte ihr kurz zu und hob beschwichtigend die Hand. Alles klar, wir ziehen uns zurück, signalisierte er damit. Sie verstand. Wutschnaubend wie ein gereizter Stier stand Manitas Carmona in der Tür, sein Kopf glühte dunkelrot. Gino hingegen war bleich wie ein Leichentuch. Er hatte seine Hand auf die Schulter des Vaters gelegt, hielt ihn zurück. Ricardo Bailardo komplettierte das Trio, auch sein Gesicht war von einer ungesunden Röte überzogen, in seinen Mundwinkeln hatten sich Speichelbläschen gebildet. Mathilde schien es, dass der junge Mann nur mühsam seine Rage zügeln konnte.

»Was ist hier los?«, schrie Santanas Mutter die drei Männer an.

»Nichts ist hier los. Der Scheißflic soll sofort unser Haus verlassen. Ich lasse die Ehre unserer Tochter nicht beschmutzen.«

Maria Carmona blickte verständnislos in die Runde, während sich Mathilde schon denken konnte, welches Thema Rachid angesprochen hatte. Er war ihr zuvorgekommen. Gerne hätte sie darüber unter vier Augen mit Maria gesprochen, die Frage gestellt, ob ihre Tochter ein Verhältnis mit einem anderen Mann gehabt hatte, mit dem sie womöglich ihr altes Leben hatte hinter sich lassen wollen. Aber vielleicht war es genau so der beste Weg gewesen. Maria Carmona hätte mit der Liebe einer Mutter, die alles versteht und verzeiht, reagiert, während die Männer ihrem Zorn und ihrem Frust lauthals freien Lauf gelassen hatten. Und vielleicht bot ihnen genau ein solcher Ausbruch die Chance, einem Mordmotiv und damit einem Täter auf die Spur zu kommen.

»Es ist besser, Sie gehen jetzt«, sagte Maria Carmona ruhig und bestimmt. »Ganz gleich, was Ihr Kollege vorgetragen hat, wir werden uns darüber zuerst in der Familie unterhalten.«

Sie öffnete die Tür zur Diele, die in den Gastraum des Restaurants führte, und geleitete Rachid und Mathilde ohne ein weiteres Wort hinaus. Hinter ihnen schloss sie ab. Egal, was nun gesagt oder beraten werden würde, es blieb innerhalb der Wände der *Bodega Los Gitanos*.

»*Oh là là*, was haben Sie den Männern gesagt? Haben Sie sich über die offenen Fragen zum Liebesleben Santanas ausgelassen?«, fragte Mathilde und zündete sich eine Zigarette an.

Rachid schnaubte durch die Nase. »Ein Stich ins Wespennest ist gar nichts dagegen. Ich fasse kurz zusammen: Die Eltern wussten davon, dass sich ihre Tochter selbstständig machen wollte. Sie hatte tatsächlich vor, nach Kanada zu gehen. Das war auch Thema des Streits zwischen den Eheleuten, den Felix gehört hat. Weder der

Bruder noch der Verlobte hatten davon eine Ahnung. Bailardo ist fast in Ohnmacht gefallen, als er von den Plänen erfuhr. Er ist natürlich sofort über den Vater hergefallen, warum man ihn nicht darüber informiert habe, er hätte ein Recht gehabt, über jeden Schritt seiner Verlobten informiert zu werden. Carmona konnte ihn kaum beruhigen. Er habe die Show in Nîmes abwarten wollen und gehofft, seine Tochter würde die irrwitzige Idee fallen lassen und Vernunft annehmen. Endgültig ausgerastet ist Bailardo, das müssen Sie bis ins Obergeschoss gehört haben, als ich andeutete, die junge Frau sei nicht als Jungfrau gestorben. Der Vater ist mir fast an die Gurgel, Gino Carmona musste dazwischengehen. Keine Ahnung, ob er davon gewusst hat. Wir müssen abwarten, bis sich die Gemüter in der Familie wieder beruhigt haben. Auf jeden Fall war Bailardo tatsächlich absolut fassungslos, oder er ist ein begnadeter Schauspieler.«

Mathilde pustete den Rauch in die sie umhüllende Hitzeglocke. »Es kann natürlich auch sein, dass der Verlobte bereits Sex mit ihr gehabt hat, das könnte seine heftige Reaktion durchaus ebenfalls erklären. Wäre er jetzt damit rausgerückt, wer weiß, was der Vater und der Bruder mit ihm veranstaltet hätten, wenn sie erfahren, dass Bailardo die Ehre von Tochter und Schwester beschmutzt hat.« Sie drückte die Zigarette in der kleinen Aschenbecherdose, die sie immer in ihrer Tasche dabeihatte, aus, legte den Stummel hinein und klappte sie zu. »Wir können keinen der drei Männer als Verdächtigen ausschließen. Bailardo hat sich zwar Santana nicht während der Tanzszene nähern können, aber vielleicht vorher, ebenso der Vater, als er das Essen gebracht hat. Aber wann soll er die Tat begangen haben? Gino war auf der Bühne, sie tanzt dicht an ihm vorbei, wie man in den Aufzeichnungen von Grandjean sehen kann. Doch der Mann hatte beide Hände an der Gitarre. Doch auch hier, was ist mit ihm vor dem Auftritt? Hat er seine Schwester abgepasst?«

»Wann soll er das gemacht haben?«, fragte Rachid. »Nachdem sie Schmitt verlassen hat und zu ihrem Auftritt eilte? Da waren schon alle versammelt. Warten Sie, ich rufe Grandjean an.«

Rachid erreichte Franck Grandjean innerhalb weniger Sekunden. »Monsieur Grandjean, eine Frage. Wann kommen die Musiker auf die Bühne? Immer? Danke, das hilft uns weiter. Nein, es tut mir leid, es gibt noch keine Neuigkeiten. *Au revoir.*«

Nachdenklich steckte er sein Handy wieder ein. »Der junge Carmona und Gignac, der Mann mit der Klarinette, sind immer die Ersten, sagt Grandjean. Sie spielen sich warm. Und das an jedem Probentag. Das bedeutet, diese beiden können wir ausschließen, sie hätten überhaupt nicht die Möglichkeit gehabt, Santana Carmona vor dem Treffen mit Schmitt abzufangen. Zeitlich einfach nicht machbar. Damit scheiden der Bruder und der Klarinettist für mich aus. Fassen wir noch einmal zusammen, welchen Rahmen uns Regis gesteckt hat. Vom Betreten der Bühne bis zum tödlichen Zusammenbruch vergingen etwas mehr als fünf Minuten, von Schmitt bis zur Bühne brauchte sie vielleicht drei Minuten, runden wir insgesamt grob auf zehn bis zwölf Minuten auf, schließlich hat sie sich noch mit dem Choreografen unterhalten, dann bleiben uns weniger als zwanzig Minuten, in denen sie ihrem Mörder begegnet sein kann. Was sind das eigentlich für Aufnahmen, von denen Sie gesprochen haben?«

»Kurze Filmchen, die Grandjean mit dem Handy von den Proben gemacht hat, leider aber keins vom Tattag. Ich schätze aber, die Choreografie ist keinen großen Änderungen unterworfen, so, wie es sich auf den Aufzeichnungen der Vortage abspielt, wird es wohl auch am Mordtag gewesen sein.«

»Nur, dass da am Ende keine tote Tänzerin auf der Bühne lag«, meinte Rachid trocken. »Irgendwie kommen wir nicht voran. In der Bodega sitzen, sehen wir nun vom Bruder ab, zwei Verdächtige, doch wie soll sich die Tat abgespielt haben? Kommen wir auf die zwanzig Minuten vor dem Treffen mit Schmitt zurück. Bailardo ist bei seinem Pferd? Das wird Felix uns sagen können. Manitas Carmona? Gino haben wir von der Liste gestrichen. Er hat außerdem von den drei Männern am wenigsten ein Motiv, wenn wir davon ausgehen, dass er nichts von den Plänen seiner Schwester wusste. Der Vater hat angedeutet, seine Tochter habe Frankreich nicht alleine verlassen wollen. Was sagt die Mutter dazu?«

Mathilde schüttelte den Kopf. »Ich weiß nicht, ob wir den Vater tatsächlich zu den Verdächtigen zählen können. Gerade er hätte doch unzählige Möglichkeiten gehabt, seine Tochter, die unter seinem Dach lebt, zu töten.«

»Das stimmt schon. Doch vielleicht hat sie ihn an diesem Tag bis aufs Messer, entschuldigen Sie den Ausdruck, Mathilde, gereizt, und er hat im Affekt gehandelt. Eine Mordtat, die er unter normalen Umständen niemals verübt hätte.«

Mathilde seufzte. »Normale Umstände«, wiederholte sie resigniert. »Und was die Mutter angeht, sie hat nichts dazu gesagt, wir sind gar nicht so weit gekommen, uns darüber zu unterhalten. Als der Krawall unten losging, stürzte sie sofort los. Aber wenn der Vater es ahnte, hat die Mutter es doch bestimmt auch gewusst, vielleicht sogar, wer diese geheimnisvolle Person ist. Vertraut man sich seiner Mutter in einer solch wichtigen Entscheidung an? Oder musste Santana befürchten, dass Maria sofort zu ihrem Vater rennt und ihm alles brühwarm erzählt? Vielleicht hat sie noch am ehesten mit ihrer Schwester geredet. Ich kann mir gut vorstellen, dass zwischen den beiden ein enges Verhältnis bestand.«

»Santana hat eine Schwester?«, fragte Rachid erstaunt.

Mathilde biss sich auf die Lippen. »Ja, die beiden haben sich sogar noch das Zimmer geteilt. Es gibt einige Fotos. Santana allein, am Meer, beim Tanz, ein paar Bilder mit Freunden und der Familie, aber die meisten Fotos zeigen sie mit ihrer Schwester. Sie ist ein paar Jahre jünger und ein ganz anderer Typ. Ich würde sagen, sehr ernsthaft, sehr erwachsen. Sie interessiert sich, soweit ich das beurteilen kann, für Politik, soziale Missstände. Im Moment ist sie bei der Großmutter in Saintes-Maries-de-la-Mer. Die alte Frau ist gerade erst aus dem Krankenhaus gekommen und wird, wie Sara, die Schwester, nicht zur Beerdigung erscheinen können. Es muss ein furchtbares Gefühl für das Mädchen sein.« Mathilde schaute auf die Uhr. »Wir haben noch nicht einmal die Adresse der Großmutter, so hopplahopp sind wir aus dem Haus. Ich werde danach fragen, und dann sollten wir uns mit dem Mädchen unterhalten. Ich kann nur ahnen, wie eng das Verhältnis zwischen den beiden war, und vielleicht weiß Sara mehr über die Person, mit der Santana womöglich nach Kanada wollte.«

Rachid nickte zustimmend, als in diesem Augenblick sein Handy klingelte.

»Felix. Was gibt's?« Der Commandant lauschte kurz und drückte die Verbindung wieder weg. Sein Gesicht war ernst. »Ich befürchte, unseren Besuch in Saintes-Maries-de-la-Mer müssen wir etwas verschieben. Wir haben eine zweite Leiche.«

Kapitel 23

Zur gleichen Zeit, als Rachid und Mathilde vor der *Bodega Los Gitanos* eingetroffen waren, hatte Felix seine erste Gesprächspartnerin im Visier. Noch vor allen anderen hatte sich Veronique Chamballe auf der Bühne eingefunden und ein paar Tanzschritte vollführt, als Felix auftauchte. Misstrauisch schielte die Tänzerin mit den tizianroten Haaren in seine Richtung, unterbrach ihr Aufwärmtraining und steuerte auf ihn zu. Giftig fragte sie, was er auf der Bühne zu suchen habe, er störe sie beim Training. Und überhaupt, wer er denn sei?

»Lieutenant Felix Tourrain, *Police judiciaire*, ich bin mit den Ermittlungen im Fall Santana Carmona betraut. Sind Sie immer schon so früh da, also vor den anderen? Sie tanzen doch zusammen, dachte ich, müssten Sie dann nicht auf Ihre Partner und die anderen Tänzerinnen warten?« Felix brach der Schweiß aus, als er entdeckte, dass Madame Chamballe auch noch dicke Wollstrümpfe unter dem Rock trug. Wahrscheinlich um die noch kalte Muskulatur nicht zu strapazieren, folgerte er, und hatte das Gefühl, kratzige Wolle an seinen eigenen Waden zu spüren.

»So, so, der Lieutenant ist mit den Ermittlungen betraut. Sie ganz alleine? Schaffen Sie das denn?«, fragte die Tänzerin spöttisch. Und fügte hinzu: »Wussten Sie nicht, dass der frühe Vogel bekanntlich den Wurm fängt?«

»Wie meinen Sie das?« Felix war rot geworden. Ganz schön frech. Die Antwort der Tänzerin überraschte ihn dann doch.

»Grandjean ist normalerweise der Erste, der hier auftaucht. Jetzt kann er sich, ohne dass eine Santana um mich herumwuselt, ganz auf meine Vorzüge konzentrieren. Und wer weiß, vielleicht bin ich ja dann bald seine Nummer eins.«

Felix war sprachlos. Wie naiv konnte man denn sein? Hatte hier nicht gerade jemand ein Tatmotiv frank und frei herausposaunt?

Veronique tänzelte um ihn herum und brach in ein herzhaftes Lachen aus. »Lieutenant, was glauben Sie denn? Ich wärme mich einfach nur auf, es ist reiner Zufall, dass außer uns beiden noch niemand da ist. Und noch steht Dolcé vor mir. Aber etwas merkwürdig ist das schon. Wo bleibt denn der Rest der Truppe? *Eh bien*, Gino und Ricardo werden wohl ersetzt werden müssen, ich kann mir nicht vorstellen, dass die beiden dabeibleiben. Ist doch auch zu schlimm, was passiert ist. Haben Sie schon eine Ahnung, was genau geschehen ist?«

»Dazu kann ich Ihnen nichts sagen, wir sind ja noch am Ermitteln. Wie war eigentlich Ihr Verhältnis zu Madame Carmona?«

»Sie wollen wissen, ob ich vielleicht ein Motiv hatte, sie zu töten? Nein, ganz sicher nicht. Wir sind uns hier zum ersten Mal begegnet, unsere Wege hätten sich sofort wieder getrennt, und eifersüchtig war ich auch nicht. Ich habe ein Engagement bei einer deutschen Tanztruppe in Düsseldorf angenommen. Mein Freund arbeitet dort. Also, kein Interesse, Santana ein Leid zuzufügen. Und bevor Sie meine Freundin Eleonore belästigen. Wir beide sind gemeinsam zur Probe gekommen, also, ich hätte garantiert bemerkt, wenn sie Santana erstochen hätte. Und umgekehrt gilt dasselbe. Wie sagt man, wir geben uns gegenseitig ein Alibi, auch wenn wir es nicht nötig haben. Ah, endlich kommt mal jemand für den Rhythmus. Tanya, du bist meine Rettung. Leg schon mit den Kastagnetten los. Ist Amédé auch schon da?«

Tanya Famosa, mutmaßte Felix, als eine hochgewachsene Frau Mitte dreißig auf der Bühne erschien. Sie trug ein pinkfarbenes Kleid, das in Höhe der Knöchel in zwei weiten Volants endete. Felix fühlte sich an einen Flamingo erinnert. Der lange Hals, der leicht nach vorne geneigte Kopf, die markante Nase, der etwas arrogante Gesichtsausdruck. Aber insgesamt eine wunderschöne Frau, wenn man einen eher herben Typ bevorzugte, schloss er seine Betrachtung.

»Aber ja, ich habe ihn ja immer im Schlepptau.« Tanya lachte und klapperte auch schon mit ihren Kastagnetten, zuerst in Höhe ihrer Hüften, dann immer weiter nach oben, bis sie die hölzernen kleinen Instrumente rasant über ihrem Kopf bewegte. Dabei wiegte sie sich mit geschlossenen Augen nur leicht hin und her. Felix hatte sie, bis auf ein Nicken mit dem Kopf in seine Richtung, kaum eines Blickes gewürdigt. Binnen eines Sekundenbruchteils hatte Veronique Chamballe mit ihren Füßen den Rhythmus aufgenommen. Felix sah den beiden Frauen fasziniert zu. Von der Tänzerin würde er wahrscheinlich nichts mehr erfahren, und Tanya Famosa wollte Madame le Juge heute einen Besuch abstatten.

Ein Mann um die fünfzig mit wettergegerbtem Gesicht und einem streng nach hinten gebundenen Zopf in Jeans und einem an diesem Ort merkwürdig anmutenden blauen Hawaiihemd mit dem Motiv eines Sonnenuntergangs und riesiger Palmen trat auf ihn zu. Unter den linken Arm hatte er einen länglichen Kasten geklemmt, in der rechten hielt er eine Gitarre an ihrem Hals.

»Polizei, vermute ich.« Er legte die Gitarre auf einen Hocker, der in der Nähe stand, und stellte den schwarzen Kasten daneben. Dann hielt er Felix die Hand hin. »Amédé Gignac. Wir sind noch vollkommen erledigt. Unfassbar, Santana tot. Ob die Show so stattfinden wird wie geplant? Auch wenn Franck es vorhat, ich wage es zu bezweifeln.« Er seufzte, während er Felix' Hand schüttelte wie einen Pumpschwengel.

»Lieutenant Felix Tourrain. Sie sind einer der Musiker?«, fragte er überflüssigerweise und zeigte auf die Gitarre.

»Ja, eigentlich spiele ich die Klarinette. Sie ist in dem Koffer da. Aber Franck hat mich angerufen. Gino fällt für die Show aus. Santanas Bruder. Ist ja nur allzu verständlich. Ich übernehme die Gitarre, ich spiele beide Instrumente, bis Franck einen Ersatz hat. Ich kann ja nicht beide Instrumente gleichzeitig bedienen. Ricardo wird auch nicht mehr auftreten. Da wird es für Grandjean etwas schwieriger. Kurzfristig einen so guten Reiter zu finden, wird nicht einfach sein. Es ist ja nicht nur der Reiter, das Pferd muss ebenfalls showtauglich sein. *Mon Dieu*, ist das eine schlimme Geschichte. Für uns alle, falls das ganze Engagement platzt, aber vor allem für Santana, natürlich«, fügte er mit entschuldigendem Blick hinzu. »Ich gehe allerdings davon aus, dass Grandjean gegen einen solchen Ausfall versichert ist.«

»Glauben Sie tatsächlich, die gesamte Show könnte ins Wasser fallen, nicht nur alleine diese Szene?«

Gignac schüttelte den Kopf. »Aber nein, nur unsere Szene. Bei all den anderen gibt es keine Ausfälle. Wäre doch furchtbar für die Kollegen, wenn alles abgesagt werden würde. Nein, ich gehe davon aus, dass er jeden einzelnen Part irgendwie abgesichert hat. *Nemausus* ist einer der Höhepunkte des Jahres für uns Künstler. Da verzichtet man nur ungern drauf. Tanya und ich könnten es ja noch finanziell verkraften.«

Felix besann sich darauf, weswegen er eigentlich hier war. »Sie sind der Partner von Madame Famosa? Wie standen Sie eigentlich zu Santana Carmona?«

»Darf ich ganz offen sein? Nun, was frage ich, das erwarten Sie ja wohl von uns. Tanya und ich sind uns darüber einig, dass sie nicht das unschuldige Ding war, für das sie sich gerne ausgegeben hat. Die Kleine hatte es faustdick hinter den Ohren. Es geht sogar das Gerücht um, sie hätte mit Jean Schmitt geschlafen, um die Rolle zu bekommen, die eigentlich Dolcé zustand. Aber, das ist nur ein Gerücht. Da müssten sie Jean selbst fragen. Ansonsten war sie eine der besten Flamencotänzerinnen, die ich je gesehen habe. Ich bin mit Tanya seit sieben Jahren zusammen. Glücklich zusammen. Das junge Gemüse interessiert mich nicht, außerdem war sie verlobt, und Ricardo hätte mir ein paar aufs Maul geben, wenn ich seine Verlobte angebaggert hätte.«

Der Musiker zog einen grün schimmernden Ring aus seiner Hosentasche und stülpte ihn über seinen Daumen. Er griff zur Gitarre, stellte ein Bein auf den Hocker und begann, mit dem Plektrum eine Seite zu bearbeiten, ohne eine Melodie oder irgendein Riff zu spielen.

»Wo bleibt denn bloß der Rest der Truppe?« Suchend schaute sich Gignac um.

Ja, wo blieben die anderen? Auch Felix stellte sich diese Frage. Die Kastagnetten klapperten, Veronique Chamballe stampfte auf den Boden, Gignac entlockte der Gitarre ein paar Töne. Ansonsten lag eine schon fast gespenstische Stille über der Arena, die plötzlich von einem lauten Wiehern durchbrochen wurde.

»Na wenigstens Benjamin und Zodiaque sind da«, brummte der Musiker und zupfte unverdrossen und, wie es Felix schien, planlos weiter. »Heute kommen alle wohl irgendwie nicht in die Gänge. In zehn Minuten geht es offiziell mit den Proben los. Franck wird toben. Wo bleiben Dolcé und Penelope?«, rief er Tanya zu, die kurz pausierte, nach einer Wasserflasche griff und einen Schluck trank, während sich die Tänzerin die wollenen Wadenwickel von den Beinen rollte.

»Keine Ahnung, die werden schon gleich auftauchen. Dolcé wird ja wohl kaum ihren ersten Auftritt als erste Tänzerin versäumen. Und Romino kann sich mal wieder nicht von seiner kleinen Familie trennen.«

Die beiden Tänzer, die Felix bereits kennengelernt hatte, und ein dritter Mann sprangen lachend auf die Bühne, als ob einer von ihnen gerade einen guten Witz erzählt hätte. Der dritte Mann musste Michael Witherspoon sein. Tavier und Olschewski winkten Felix wie einem alten Bekannten zu. Er registrierte, wie Witherspoon den beiden eine Frage stellte. Dann hob auch dieser die Hand zum Gruß. Die linke Hand, wie Felix registrierte. Konzentriert wandte er sich wieder dem Musiker zu.

»Nur eine Frage noch, Monsieur Gignac. Sind Sie gestern zusammen mit Madame Famosa gekommen?«

Gignac legte die Gitarre zurück auf den Hocker und lächelte spöttisch. »Ja, nach einer Nacht voller Leidenschaft sind wir gemeinsam aufgebrochen, kamen gemeinsam hier an und waren gleichzeitig auf der Bühne. Ich musste Tanya nur einen winzigen Augenblick aus den Augen lassen, als sie aufs Klo ging. Reicht die Zeit für ein kleines Pipi aus, Santana umzubringen?«

Felix schwieg, und Gignac wurde rot. »Tut mir leid, das war höchst unpassend, was ich da gesagt habe. Franck hat uns gesagt, dass Santana nicht unbedingt auf der Bühne tödlich verletzt worden sein muss. Ich wüsste auch nicht, wer diesen tödlichen Stich so unbemerkt hätte vollführen können. Also bitte, vergessen Sie, was ich da eben gesagt habe. Tanya und ich kamen gemeinsam in die Arena, vor den Toiletten für uns Künstler hielt sie an, schickte mich weiter, ich ging zur Bühne, Tanya kam keine fünf Minuten später. Aber als ich Sie am WC verlassen habe, war weit und breit nichts von Santana zu sehen. Und weder Tanya noch ich haben ihr etwas Böses gewünscht, geschweige denn, böse Gedanken in die Tat umgesetzt. Im Grunde genommen kannten wir das Mädchen ja überhaupt nicht. Kollegen, eine Zweckgemeinschaft, wenn Sie so wollen, waren wir.«

Felix notierte sich die wenigen Hinweise, die er bekommen hatte, nachdem Gignac ihm noch einmal entschuldigend zugenickt hatte und sich zu den drei Tänzern gesellte. Den Weg zu Tanya Famosa konnte sich Madame le Juge wohl sparen.

Michael Witherspoon löste sich aus der Gruppe und trat auf Felix zu.

»Wie ich hörte, sind Sie der ermittelnde Beamte. Michael Witherspoon. Ganz schön viele Verdächtige für einen einzelnen Mann.« Er lächelte ein Zahnpastalächeln und hielt Felix die Linke hin, die dieser ergriff.

»Lieutenant Felix Tourrain. Sind Sie alle Verdächtige?«

»So habe ich das natürlich nicht gemeint. Fassen Sie es als einen misslungenen Scherz auf. Wir sind keine Mörder, also auch keine Verdächtigen, oder?«

Anfangs hatte Felix den leichten Akzent nicht bemerkt, doch nun hatte sich der englische Akzent in Witherspoons Worte geschlichen.

»Sie kannten Santana Carmona näher?«, fragte er.

»Wie man es nimmt, wie man sich halt so kennt. Gemeinsam geprobt, mal auf ein Glas zusammengesessen. Aber sie war nicht mein Typ, wenn Sie das meinen. Ganz und gar nicht.«

»Warum nicht?«

Witherspoon kratzte sich nachdenklich mit der linken Hand, wie Felix erneut beobachtete, am Ohr. Der Mann war eindeutig Linkshänder. Und was hatte Regis gesagt? Die Tat war von einem Rechtshänder begangen worden.

»Ich weiß es noch nicht einmal. Sie war verlobt, von so jemand lasse ich sowieso die Finger. Und erst recht, wenn sie aus einer solchen Familie kommt. Ich glaube, ihr Bruder und ihr Verlobter hätten mich auseinandergenommen. Nun, wenn es das war. Franck ist im Anmarsch. Die Proben …« Mit einem kurzen Nicken drehte er sich um und gesellte sich zu seinen Kollegen.

»Ja, sind denn hier alle verrückt geworden?« Tobend walzte Franck Grandjean auf die Bretter, die angeblich die Welt bedeuteten. Direkt dahinter eine Tänzerin im dunkelblauen Rock und einem engen hellen Body. Grandjean fuchtelte mit den Armen, sein Hemd war, wie Felix bemerkte, falsch zugeknöpft. »Romino ist wenigstens schon mal unterwegs. Eleonore? Hat jemand Eleonore gesehen?«

»Was schreist du denn hier so rum. Ich bin doch da.« Die zierliche Frau mit dem weiten blauen Rock stemmte die Arme in die Hüften und wäre beinahe von Grandjean zu Fall gebracht worden, als der sich mit weit ausgebreiteten Armen umdrehte.

»Ah, ja, Eleonore, meine Liebe. Wie schön. Dann los, los, die, die da sind, fangen schon einmal an. Marta wird uns nicht beehren. Amédé übernimmt die Gitarre, Klarinette fällt weg. Wo bleiben Dolcé und Penelope? Verdammte Scheiße, was ist mit dem zweiten Reiter? Benjamin wollte doch für einen Ersatz sorgen. Oder sind Sie das etwa?«

Mit einer Mischung aus Freude und Skepsis steuerte der schwere Mann auf Felix zu. Der trug das Hemd, das ihm Sabine in Tarascon bei *Souleïado*, dem Geschäft für provenzalische Mode und Lebensart, ausgesucht hatte und das mit seinem Blümchenmuster auf dunkelrotem Hintergrund durchaus zum typischen Outfit eines südfranzösischen Reiters gepasst hätte.

»Äh, nein, Lieutenant Felix Tourrain, ich ermittle.« Felix fehlten doch glatt die Worte. Für einen Reiter hatte man ihn noch nie gehalten. Er fühlte sich geschmeichelt. Reiten war für ihn ein Sport, eine Kunst, an die er sich nie heranwagen würde. Zu großen Respekt hatte er vor den unberechenbaren Vierbeinern. Erst bei ihrem letzten Fall hatte er sich mit einem talentierten Springpferd oder, besser gesagt, seiner toten Reiterin, beschäftigen müssen. Diese

Tiere waren groß und ihr Fluchtinstinkt nicht zu unterschätzen. Ehe man sich versah, wollten sie aus irgendeinem Grund losstürmen.

Nur zu gut erinnerte sich Felix an den Tag, als seine Cousine einen Reitkurs auf einem Ponyhof gemacht hatte. Seine Mutter hatte ihn einfach mit angemeldet, damit in den Ferien bloß keine Langeweile aufkäme. Schon beim Auskratzen der Hufe hatte ihn eines dieser struppigen Tiere schräg angeblickt, und zack, war der Huf, Gott sei Dank klein und unbeschlagen, auf seinem Oberschenkel gelandet. Den Abdruck hatte man Tage danach noch gesehen. So weit seine Erfahrung mit Pferden.

»Ja gut, meine Leute haben Ihre Fragen beantwortet? Dann muss ich Sie bitten, uns unser Training aufnehmen zu lassen. Ja?«

Felix überlegte kurz und sah keinen Grund, der Anweisung des Regisseurs nicht Folge zu leisten. Der schrie noch einmal nach Penelope und Dolcé, verteilte seine Akteure auf der Bühne und gab das Startsignal. Felix hielt ihn noch ein letztes Mal von seiner Arbeit ab. »Eine Sekunde noch. Ich werde mit dem Reiter sprechen müssen. Können Sie auf dessen Auftritt, sagen wir, in den nächsten zehn Minuten, verzichten?«

»Ja, ja, machen Sie nur. Mit einem Gaul kommen wir auch nicht weit. Wie soll ein einzelner Reiter diese ganze Meute in Schach halten? Sagen Sie Benjamin, nein, richten Sie es ihm von mir aus, ich erwarte so schnell wie möglich einen Ersatz für Ricardo. Und verdammt und zugenäht, ich brauche Dolcéeeeeee.«

Felix machte sich aus dem Staub. Grandjean war offensichtlich mit seinen Nerven am Ende. Auf gut Glück ging er in die Richtung, aus der er das Wiehern zu hören geglaubt hatte. Und da stand er, Zodiaque, in einer der Katakomben, fuß-, nein hufläufig, keine hundert Meter vom Bühnengeschehen entfernt. Das auch in Felix' Augen wunderschöne dunkelbraune Pferd stand mit aufmerksamem Blick da und wartete auf den Wink seines Reiters für den folgenden Einsatz. Das Zaumzeug verschmolz farblich mit dem Fell, sodass man auf den ersten Blick denken musste, der Reiter benutze weder Halfter noch Trense. Der Sattel war einer der typischen Sättel, unter denen man eines der Pferde aus der Camargue oder eines der Tiere, die ihren Einsatz bei den Stierkämpfen hatte, kannte. Vorne und hinten hochgezogen, sodass man tief und sicher darin saß, die Steigbügel sahen aus wie kleine Körbchen. Als Zodiaque Felix entdeckte, wackelte er mit den Ohren und schnaubte.

»Alles gut, mein Großer. Gleich geht's los.«

Der junge Mann, der abwartend neben dem Pferd stand, schien Felix kaum älter als achtzehn oder neunzehn Jahre. Das riesige Pferd schnaubte leise, als verstünde es die Worte seines Herrn.

»Benjamin Leroux? Ich bin Felix Tourrain von der *Police judiciaire*. Ich ermittle im Fall der ermordeten Santana Carmona.« Zögernd blieb er in einem Abstand von gut fünf Metern stehen. Nicht, dass das Tier sich erschreckte und einen Satz nach vorne machte.

»Kommen Sie ruhig näher, streicheln Sie ihm über die Nase. Er mag das, und dann sehen wir, ob er Sie riechen kann oder nicht«, fügte Leroux schmunzelnd hinzu.

»Und wenn er mich nicht riechen kann? Wird er mich dann beißen, Ihr Zodiaque?«

»Aber nein, dazu ist er zu gut erzogen. Na los, trauen Sie sich.«

Felix ging auf das Pferd zu, das seine sanften dunklen Augen auf ihn richtete. Vorsichtig streckte er die Hand aus und fuhr sanft über die samtene Nase. Zodiaque schnaubte leise.

»Er mag Sie. Sehen Sie, war doch gar nicht schlimm. Wenn Sie hier auftauchen, bedeutet das wohl, dass es noch nicht Zeit für unseren Auftritt ist. Was sagt Franck? Geht es überhaupt weiter, oder vergeuden wir hier nur unsere Zeit?«

»Im Moment beginnt er mit den Proben. Allerdings wartet er wohl darauf, dass Sie einen zweiten Reiter und sein Pferd beibringen, jetzt, wo Ricardo Bailardo ausfällt.«

»Wen wundert's. Wenn man meine Verlobte umgebracht hätte, würde ich mir den Auftritt auch schenken. Wer kann und will denn in so einer Situation sich vor fröhlich johlendem Publikum produzieren, wenn er gerade seine Zukunft verloren hat. Ich bestimmt nicht.«

Bei Benjamins Worten stand das Pferd ruhig da, wie in Stein

gemeißelt. Nur ab und zu wedelte es mit dem Schweif, um ein lästiges Insekt zu verscheuchen.

»Was ist das für eine Rasse? Das ist ja kein normales Carmargue-Pferd?«

»Nein, Zodiaque ist ein PRE, *Pura Raza Española*. Ein Spanier. Er ist allerdings hier geboren und ausgebildet. Sieben Jahre ist er nun schon alt, mein Goldstück.« Zärtlich klopfte der junge Mann den Hals des Pferdes, das ihm in die langen hellbraunen Haare prustete.

»Haben Sie ihn ausgebildet? Und was ist mit dem Pferd von Monsieur Bailardo, ist das ebenso so schön und freundlich wie Zodiaque?«

Benjamin Leroux lachte stolz. »Ja, kann man wohl sagen. Ricardos Pferd und Zodiaque sind Vollbrüder, gleiche Mutter, gleicher Vater. Eigentlich heißt Zodiaque Impertus, das hat mir nicht gefallen. Scaramouche, so ruft Ricardo sein Pferd, ist zwei Jahre älter.«

»Und beide Pferde sind so gut ausgebildet, dass sie, wenn Sie es nicht wollen, Santana nicht zu nahe kommen würden?«

Leroux' Lächeln verschwand. »Nein, es wäre zu gefährlich für die Tänzer. Und wenn Sie es genau wissen wollen, auch wenn wir ihr zu nahe gekommen wären, glauben Sie mir, einfach so ein Messer zu zücken und zuzustechen, ist unmöglich. Das Ding müsste eine Klinge von mindestens vierzig Zentimetern haben. Ich habe es mir genau durch den Kopf gehen lassen. Niemals sind Ricardo oder ich so dicht an Santana dran gewesen. Wobei es Santana wahrscheinlich noch nicht einmal etwas ausgemacht hätte. Sie liebt diese Pferde. Sie ist, war, eine ausgezeichnete Reiterin. Hat sie auf unserer *manade* gelernt. Thibault sagte noch letzte Woche, eine Reiterin mit so viel Gefühl fürs Pferd sei ihm noch nie begegnet. Sie hat auch Ricardo oft begleitet und uns beim Training zugeschaut. Sie war eine tolle Frau. Und die Pferde liebten sie.«

Tränen traten nun in die Augen des jungen Mannes, und er schwieg verlegen.

Felix ließ den kurzen Augenblick der Verlegenheit verstreichen, dann nahm er den Faden wieder auf. »Ricardo, der Verlobte, und

Sie, Sie sind befreundet? Sie haben sich demnach wohl regelmäßig auch auf der *manade* getroffen. Hat Monsieur Bailardo Ihnen gegenüber einmal erwähnt, ob es einen Streit zwischen ihm und seiner Verlobten gab? Oder haben Sie mitbekommen, dass es sonst irgendwelche Auseinandersetzungen zwischen Madame Carmona und sonst wem aus der Truppe gegeben hat?«

Leroux, der sich wieder gefangen hatte, überlegte nicht lange. »Nein, nichts dergleichen. Wir sind Kollegen, aber er hätte mir wohl nicht sein Herz ausgeschüttet. Es ist allerdings ein offenes Geheimnis, dass Dolcé nicht gerade glücklich war, die Hauptrolle an eine Jüngere abtreten zu müssen. Aber das hat sie eigentlich ganz gut weggesteckt. Und ganz ehrlich, wenn ich Dolcé wäre und hätte meine Rivalin töten wollen, dann aber auf intelligentere Weise. Weit weg von so vielen eventuellen Zeugen. Ich hätte sie vergiftet. Frauen morden doch meist mit Gift, stimmt's?«

Noch immer stand Zodiaque ruhig. Felix musste sich eingestehen, dass ihn dieses Pferd beeindruckte. Immer wieder spitzte es die Ohren in die Richtung, aus der gerade die Worte kamen, fast, als lausche es dem Gespräch. Seine dunklen Augen waren wie zwei tiefe Seen. Ob Pferde dem Menschen in die Seele schauen konnten?

»Darf ich?« Er hatte die Hand bereits ausgestreckt.

»Klar doch, er liebt es, wenn man ihm Aufmerksamkeit und ein paar Streicheleinheiten schenkt.«

Felix klopfte den Hals des Braunen, dessen Mähne auf der anderen Seite wie ein wallender Vorhang hing.

»Wer züchtet solche tollen Exemplare? Sie?«

»Nein, ich habe ihn als Zweijährigen gekauft. Ich arbeite für den Züchter, seitdem ich fünfzehn bin. Zusammen mit Thibault bilde ich die Pferde aus. Auch das von Ricardo. Thibault Paille ist der Sohn von Serge. Die *manade* Paille. Pferde für den Stierkampf, für Shows, aber auch für Freizeit und Sport. Wir sind ja nicht die einzigen Reiter in *Nemausus*. In den Römerszenen spielen sie mit, es gibt zwei weitere vor einer Kutsche, und dann natürlich eins, das zusammen mit einem Jungstier in einem Bild, das der Feria gewidmet ist, auftaucht. Bis auf die Kutschpferde sind sie alle bei Serge und Thibault trainiert worden. Wir hängen an den Tieren, als wären es unsere Kinder. Es gibt nichts, um das wir uns nicht kümmern würden. Vom gerissenen Zaumzeug, dafür bin ich meist zuständig …«, Benjamin grinste, »… bis hin zu einem lockeren Hufeisen. Serge ist ein Pferdeflüsterer. Es gibt kein Pferd, das er nicht versteht, und egal, wie schwierig es ist, nach weniger als einem Tag ist es ein ausgeglichenes, aufmerksames und händelbares Tier geworden, und das alles ohne Gewalt und harsche Worte. Es gibt nur einen Einzigen, der noch besser ist als Serge. Thibault. Wenn er …«

Benjamin kam nicht so weit, Felix die wundersamen Dinge über Thibault Paille und dessen Zugang zum Wesen des Pferdes zu verkünden. Ein Schrei ließ die beiden Männer zusammenfahren.

»Was ist denn da schon wieder los? Ich befürchte, der Schrei kam von Franck und hat Zodiaque und mir gegolten. Wird aber auch so langsam Zeit, nicht wahr, mein Alter? Kommen Sie mit, und schauen Sie genau hin, wie wenig ich tun muss, damit Zodiaque so fein auf meine Hilfen reagiert. Und dann werden Sie auch sehen, wie weit wir von den Tänzern entfernt sind.«

Er ergriff die Zügel und führte den Spanier, der nun doch aufgeregt tänzelte, durch den Gang in Richtung Bühne. Doch keine ausgelassene Musik erwartete sie, kein Klang der Kastagnetten, kein Stampfen von Absätzen auf dem Holzboden. Wie erstarrt stand die ganze Gruppe um Franck Grandjean geschart. Irgendetwas stimmte hier nicht. Veronique und Eleonore fielen sich in die Arme, Witherspoon ließ sich auf einen Stuhl sinken, während Tavier und Gignac Tanya Famosa links und rechts stützten.

»Was ist hier los?« Ein mehr als ungutes Gefühl beschlich Felix.

»Penelope.« Grandjean war neben ihn getreten und zitterte am ganzen Körper wie Espenlaub.

»Was ist mit Penelope Garcia?«

»Wie? Was soll mit ihr sein? Nichts. Sie hat angerufen. Dolcé, ihre Cousine. Sie ist tot. Penelope hat sie gefunden. Ein Arzt ist schon da. Ich habe ihr gesagt, sie soll die Polizei benachrichtigen.«

Anklagend sah er Felix an. »Wo sind Sie denn, wenn man Sie mal wirklich braucht? *Mon Dieu.* Und nun?«

Felix zog sein Handy aus der Hosentasche und wählte Rachids Nummer.

Kapitel 24

Vier Wochen zuvor

Die Festivitäten in Saintes-Maries-de-la-Mer standen ganz im Zeichen des Pferdes. Seit mehr als zwanzig Jahren waren diese Tage dem Geschöpf gewidmet, das wahrscheinlich jedermann mit den Weiten der Camargue verband. In den Straßen, Arenen, auf den Plätzen, im sumpfigen Umland, es gab keinen Ort, an dem nicht den weißen Königen der Camargue gehuldigt wurde. Die Buchhandlungen boten Literatur rund um das Pferd und das Reiten an, vom Roman über das Sachbuch bis hin zum Malbuch für die Kleinsten. Das Kino zeigte ausschließlich Filme, in denen, wer sonst, das Pferd der Hauptdarsteller war.

Die Stadt vibrierte unter dem Rhythmus der Hufe. In den Straßen bezauberten Gruppen mit folkloristischen und sevillanischen Tänzen, die Feria-Umzüge zogen Alt und Jung an, Arleserinnen präsentierten sich in ihrer traditionellen Tracht mit weitem Rock, Schultertuch und Kopfputz zu den Klängen der *Arlesienne* von Georges Bizet. Was sagte man noch über die Frauen aus Arles? Die Arleserin ist frei, leuchtend und verkörpert die provenzalische Frau, die farbenfroh und voller Lebensfreude ist. Spielerisch flanierten sie an den *Gitanos* vorbei, die mit Gitarre und Akkordeon aufspielten.

Zuschauermagnet war auch das beliebte *Roussataïo. Gardians*, die Hirten der Pferde- und Stierherden, begleiteten unter dem Applaus der Zuschauer ihre Stutenherde mit Fohlen durch den Ort bis in die Freiheit auf den weitläufigen Weideflächen. Und Südfrankreich wäre nicht Südfrankreich, wenn nicht die Veranstaltungen bis in die tiefe Nacht gedauert hätten. Das nächtliche Lichterspektakel *Une nuit en Camargue* war legendär, doch der Höhepunkt des mehrtägigen Festes war zweifellos die große Show in der Stierkampfarena, in der alles, was im Pferdetheater Rang und Namen hatte, sein Können, seine Kunst zeigte.

Freiheitsdressuren, die Hohe Schule der Reitkunst, *Doma vaquera*, Akrobatik auf dem Pferd, Arbeit mit dem Pferd, es gab keinen Bereich, in dem nicht die Besten der Besten den Zuschauern frenetischen Jubel und stehenden Applaus entlockten. Von der *ANDJAÏ Company*, einer clownesken Nummer, über das *Camarkas*-Reitertheater bis hin zu den faszinierenden Darbietungen der *Alma Vaquera* von Denis Marques und Lorenzo, dem Superstar der Reiterszene, der in Saintes-Maries-de-la-Mer geboren war, für den Pferdefreund blieb kein Wunsch offen. In diesen Tagen konnten die Menschen in die einzigartige Kultur der Camargue, der Pferde, Stiere und Menschen, die sie zu dem reichen Erbe gemacht hatten, eintauchen.

Mit wachsender Unruhe beobachtete er das Treiben bei den Vorbereitungen zum Pferdeumzug durch die Straßen von Saintes-Maries-de-la-Mer. Einzelne Reiter, Männer wie Frauen, die einen in der Tracht der *gardians*, die Frauen in rüschenbesetzten Kleidern, andere schlicht in Reithosen oder Jeans und T-Shirt. Eine Gruppe aus Spanien erregte besondere Aufmerksamkeit auf ihren feurigen dunklen Pferden. Die Männer trugen schwarze Hosen und Oberteile und einen ebensolchen runden Hut, die Frauen saßen zumeist in farbenfrohen Röcken zu Pferd oder in weit geschnittenen Hosen und weißen Blusen.

Lautes Gelächter drang an seine Ohren, Scherze, Komplimente. Lässig ritt eine junge Frau an ihm vorbei, vor sich im Sattel ein Kleinkind in der dunklen Tracht der Männer. Die etwas größeren Kinder saßen stolz auf ihren Ponys und Pferden, grüßten wie die Erwachsenen in die Menge und freuten sich über die Bravorufe der Menschen, die die Straße säumten. Von allen Seiten erscholl Musik und Gesang, der Geruch von gebratenem Fleisch und frittierten *Churros* stieg in seine Nase.

Ein etwas ungestümes Pony trabte an ihm vorbei, wurde aber sofort von seinem vielleicht achtjährigen Reiter wieder gebändigt, mit hocherhobenem Kopf drehte er vor ihm eine Pirouette, mit einer Hand locker den Zügel haltend, die Hand grüßend an seinem kleinen Hut. Diese Kinder wurden, wie sagte man so schön, im Sattel geboren, sogen die Stallluft bereits mit der Muttermilch auf.

Aber irgendetwas war nicht so, wie es hätte sein sollen. Er ahnte es schon seit Längerem, er hatte ihn auch schon darauf angesprochen. Doch außer einem Lächeln, einem Kopfschütteln und einer Antwort, die ihn eigentlich hätte beruhigen sollen, hatte es keine Reaktion gegeben.

Und jetzt saß sie tatsächlich im Sattel hinter ihm. Santana. Er musste sich zusammenreißen, die beiden nicht sofort vom Pferd zu holen. Was hatte er sich nur dabei gedacht? Es gab Hunderte von Mädchen, die sonst was dafür gegeben hätten, mit ihm gemeinsam zu Pferd diesem Spektakel beizuwohnen. Aber nein, es musste die da sein. War damit nicht irgendwann Streit vorprogrammiert? Mehr als Streit? Ein Eifersuchtsdrama?

Mit glänzenden Augen und hocherhobenen Hauptes saß er im Sattel, ein ganzer Mann, und ein gut aussehender noch dazu. Wo war nur die Zeit geblieben? Und sie? Sie schmiegte sich an ihn, hatte ihm einen Arm um die Taille gelegt, während der andere locker zur Seite hing. Die Blume in ihrem Haar korrespondierte mit der Farbe ihres dunkelroten Rocks, über der weißen Bluse hatte sie einen filigranen Umhang aus dunklen Perlenschnüren drapiert. Ihre Füße klopften rhythmisch an die linke Flanke des Pferdes.

Hatte sie ihn entdeckt? Warf sie ihm da einen siegesbewussten, hochmütigen Blick zu? Er drehte sich um und verschwand in der Menge. Bevor er sich noch vergaß.

Kapitel 25

Felix, Mathilde und Rachid trafen zeitgleich vor dem Haus in der Rue de l'Aspic ein. Penelope Garcia hatte mittlerweile auch Mathilde informiert, nachdem sie die Visitenkarte der Richterin auf der Kommode in der Diele entdeckt hatte. Rachid hatte umgehend die Spurensicherung angefordert. Das, was Penelope unter hysterischem Schluchzen zu berichten wusste, ließ keinen anderen Schluss zu, als dass Dolcé Reinhardt einem Gewaltverbrechen zum Opfer gefallen war.

Die Haustür stand sperrangelweit auf, und die ersten Schaulustigen hatten sich bereits vor dem Haus eingefunden. Felix verscheuchte sie, so gut es ging, konnte jedoch einige Personen nicht davon abhalten, mit dem Handy Fotos von dem alten Gebäude zu machen. Marius würde den Bereich um den Eingang absperren müssen, sonst lief man heutzutage sogar noch Gefahr, dass Gaffer bis in die Wohnung des Opfers vordrangen.

»Felix, du wartest bitte auf Marius. Er kann mit dem Wagen hier nicht rein, die Straße ist zu eng. Und halte uns weiterhin das neugierige Pack vom Hals.« Den letzten Satz hatte Rachid laut herausgeschrien. Tatsächlich zeigten sich einige Passanten davon beeindruckt und verließen eilig den Ort des Geschehens.

Hinter der Eingangstür zu Dolcés Wohnung erahnte man bereits das gesamte Ausmaß der grausigen Tat. Die Frau lag keine drei Meter von der Tür entfernt auf dem Rücken. Alles Leben war aus ihr gewichen. Bleich und mit aufgerissenen Augen starrte Dolcés toter Blick an die Decke. Um sie herum ein Meer von Blut, das auch ihre Bluse getränkt hatte. Blutige Spuren führten von der Leiche zum Wohnzimmer, aus dem ein lautes Weinen und beruhigende Worte drangen.

»Vielleicht hat der Täter die Wohnung erst gar nicht betreten, hat Madame Reinhardt, die ihm die Tür geöffnet hat, sofort getötet und ist wieder verschwunden«, meinte Rachid nach einem ersten kurzen Blick. Dann zog er Handschuhe und Schuhüberzieher aus seiner Jacke und reichte Mathilde je ein Paar. »Mehr habe ich nicht dabei, Marius kann Felix, falls er sein Arbeitszeug vergessen hat, aushelfen.«

Die beiden zogen die dünnen Plastikteile über Hände und Schuhe und drückten sich an der Wand vorbei in Richtung Wohnzimmer. Penelope lag zusammengerollt auf dem Sofa, vor ihrer Brust lag die große Katze und schmiegte sich an die Tänzerin. Neben der jungen Frau saß ein älterer Mann und hielt ihr die Hand, vor ihm auf dem Boden eine altmodische Arzttasche aus dunklem Leder.

»Da sind sie ja endlich.« Die Tänzerin hob den Kopf und schüttelte die Hand des Mannes ab, der sich erhob und vorstellte. Die Katze sprang vom Sofa und verzog sich in einen Korb, der unter dem Fenster stand.

»Docteur Rossi. Meine Praxis ist im Nachbarhaus. Ich habe die Schreie dieser jungen Dame gehört und bin sofort rüber. Grauenhaft, ganz grauenhaft. Die Frau in der Diele scheint mir erstochen worden zu sein. Zwei sehr gezielte Stiche in die Brust und in den Hals.«

»Zu dieser Einschätzung konnten Sie so schnell gelangen?« In Rachids Stimme schwang eine Portion Skepsis mit.

»Junger Mann, glauben Sie, ich halte nur den Damen das Händchen und kuriere leichte Schnupfen? Ich war als Arzt 1993 in Srebrenica. Was ich da gesehen habe … Glauben Sie mir, ich kann so etwas verdammt schnell einschätzen.« Der Arzt klang in keiner Weise beleidigt, sondern eher müde. »UN-Sicherheitszone. Dass ich nicht lache. Nachdem Srebrenica in die Hände der bosnischen Serben gefallen war, wurden schätzungsweise achttausend Zivilisten grausam ermordet. Da ist ein Stich in den Hals noch ein gnädiger Tod gewesen. Nun, ich werde mich dann mal weiter um die Lebenden kümmern. Für die Toten sind Sie und mein Kollege von der Gerichtsmedizin zuständig. Falls Sie da einen guten Mann suchen, mein Studienkollege Alain Regis ist einer von ihnen.«

»Habe ich da eben meinen Namen gehört?« Regis kam zusammen mit dem Team der Kriminaltechnik an. »Rossi, altes Haus, was machst du denn hier? Versuchst du dich auf deine alten Tage noch mal als Anwalt der Toten?«

Wie das Team der Spurensicherung war der Mediziner in einen weißen Overall gehüllt, der nur sein Gesicht freiließ. Mit einem strahlenden Lächeln trat er auf Rossi zu. »Deine Einschätzung?«

»Stichverletzung in Brust und Hals. Sie ist sehr schnell verblutet. Schön, dich mal wieder zu sehen, Alain, weniger schön die Umstände. Ich lass euch dann mal eure Arbeit machen. Madame hat ein Beruhigungsmittel bekommen, ist aber ansprechbar.« Penelope lag jetzt schlaff mit geschlossenen Augen auf dem Sofa. »Vielleicht morgen Abend auf ein Glas in Joes Bar?«

»Bin dabei.«

Docteur Rossi nickte Mathilde und Rachid zu, warf einen letzten Blick auf Penelope und verließ die Wohnung, in der die Kriminaltechniker mit ihrer Spurensuche begonnen hatten.

»Konzentrieren wir uns auf Madame Garcia. Alles andere werden wir im Detail später von Regis und Marius erfahren. Das heißt, Felix, bleib du in der Nähe von Marius, und halt schon mal die Ohren offen.«

Felix erbat sich einen Papieroverall und beobachtete jeden Schritt der Experten, während der Gerichtsmediziner die Leiche einer ersten Begutachtung unterzog.

»Madame Garcia, Penelope, wollen wir uns vielleicht ins Schlafzimmer zurückziehen? Dort können Sie sich ausruhen und wir uns ein wenig unterhalten.« Und vor allem würde sie nicht den grausamen Anblick in der Diele vor Augen haben. »Fühlen Sie sich dazu in der Lage? Sollen wir vielleicht jemanden anrufen, jemanden, der Sie abholt, sich um Sie kümmert?« Mathildes Stimme war sanft, und die junge Frau reagierte sofort auf die freundlichen Worte. Erneut quollen ihr die Tränen aus den Augen.

»Ja, bitte. Michael Witherspoon. Haben Sie bitte ein Taschentuch, ich muss ja grässlich aussehen.«

Rachid reichte ihr eines seiner blütenweißen Stofftaschentücher, die er immer irgendwie parat hatte. Penelope wischte sich übers Gesicht und hielt ihm dann das mit Wimperntusche und Kajal verschmierte Taschentuch hin, das er zurück in seine Hosentasche beförderte. Dann stemmte sie sich von der Couch und begleitete die beiden Ermittler in Dolcés Schlafzimmer, wo sie erneut in Tränen ausbrach. Wortlos reichte Rachid ihr wieder das Taschentuch.

»Penelope, was ist geschehen?«

Die junge Frau schniefte und setzte sich aufs Bett, während Mathilde und der Commandant davor stehen blieben.

»Als Sie gestern gegangen sind, hatten wir noch einen ziemlichen Streit. Dolcé hat mir Vorhaltungen gemacht. Gut, irgendwie habe ich ja die beiden Jungs richtig verdächtig gemacht. Aber das wollte ich doch gar nicht. Ich war wütend und bin weg. Ich hatte keine Lust mehr auf ihr Gemaule. Zuerst wollte ich eigentlich wieder zurück, aber ich hatte den Schlüssel vergessen. Und klingeln wollte ich nicht, da hätte sie wieder gemeckert, weil ich eben den Schlüssel vergessen hatte. Heilige Maria Muttergottes, was sage ich denn da? Und wenn sie gemeckert hätte, wäre doch nicht schlimm gewesen, ich wäre bei ihr gewesen, dann wäre das doch nicht passiert. Oder?« Sie putzte sich die Nase. »*Mon Dieu*, nein, dann wäre ich jetzt vielleicht auch tot! Aber warum ist sie denn tot? Wer war das?«

Penelopes Augen bekamen einen glasigen Blick, und Mathilde beeilte sich, ihr ein Glas Wasser einzuschenken. Eine volle Flasche und ein Glas standen auf dem Nachttisch neben dem großen Bett.

»Hier trinken Sie. Ganz langsam, nur in kleinen Schlückchen«, ermahnte sie die Tänzerin. »Sie haben also das Haus verlassen. Wo sind Sie hin?«

»Ich bin einfach so herumgelaufen. Hab eine Kleinigkeit gegessen, bin wieder gelaufen, habe ein paar Klamotten anprobiert. Dann wollte ich zurück, doch der Schlüssel.« Sie schniefte und fuhr sich mit der Hand unter die Nase. »Ja, und irgendwo musste ich ja bleiben, in der Nacht. Ich bin zur Pension, in der Michael wohnt. Wir haben zusammen gegessen, er hat mir angeboten, bei ihm zu übernachten. Ja, und dann haben wir ein wenig, na ja, Sie wissen schon, und nach dem Frühstück hat er noch irgendwas zu erledigen gehabt, bevor er zur Probe wollte. Ich bin heim, um Dolcé abzuholen, wir sind immer um die Zeit zusammen los. Ich habe unten geklingelt, hat aber niemand geöffnet. Zufällig kam Madame Tomé aus dem Haus, ich konnte rein, bin nach oben. Zuerst dachte ich, die Tür sei zu. Ich habe geklopft, und dabei habe ich gemerkt, dass sie das gar nicht war, also zu. Ich habe Dolcé gerufen, damit sie nicht erschrickt, wenn ich plötzlich dastehe, und die Tür aufgeschoben. Und dann habe ich nur noch geschrien. Docteur Rossi muss mich gehört haben, und als es klingelte, habe ich automatisch auf den Türöffner gedrückt. Ohne zu gucken, wer da steht. Dolcé hat eine Kamera installieren lassen, aber die ist noch nicht angeschlossen. Mein Gott, sie hat einfach ihren Mörder reingelassen. Warum denn das, man lässt doch seinen Mörder nicht ins Haus. Oder hat sie ihn etwa gekannt?«

Penelope riss entsetzt die Augen auf. Genau diese Frage stellten sich Mathilde und Rachid natürlich auch.

»Penelope, wir müssen auch die nächsten Angehörigen Ihrer Cousine benachrichtigen.«

»Angehörige?« Die junge Frau zerknüllte das Taschentuch in ihrer Hand. »Da gibt es niemanden. Nur mich und meine Eltern. Dolcé hat sonst niemanden mehr. Ja, die Familie ist groß, aber die nächsten Angehörigen, das sind wir.« Sie brach in lautes Schluchzen aus.

»Penelope, sollen wir auch Ihre Eltern anrufen? Sie können nicht in der Wohnung bleiben.« Mathilde hatte sich neben die Tänzerin gesetzt und legte ihr beruhigend die Hand auf den Arm.

»Nein, nicht meine Eltern. Ich werde sie informieren, aber sie leben in Perpignan. Michael soll mich abholen.«

Es kratzte an der Tür zum Schlafzimmer, und lautes Miauen war zu hören.

»Madame Garcia, wo war eigentlich Chouette, als Sie in die Wohnung kamen?« Rachid öffnete die Tür, und der Kater trat majestätisch ins Zimmer. Vor dem Bett verharrte er einen Augenblick, dann sprang er mit einem Satz auf das Kopfkissen. Dabei hätte er mit dem Schwanz fast das Wasserglas auf dem Nachttisch heruntergefegt.

»Er war hier im Schlafzimmer eingesperrt. Er hat geschrien wie am Spieß. Dass das niemandem aufgefallen ist. Aber vielleicht hat er auch erst damit angefangen, als er mich gehört hat.« Nachdenklich warf sie einen Blick auf den Kater. »Wenn du nur reden könntest. Vielleicht weißt du ja, wer Dolcé das angetan hat.«

Kapitel 26

Michael Witherspoon war fünfzehn Minuten, nachdem Rachid ihn benachrichtigt hatte, da, um Penelope Garcia abzuholen. Felix hatte die junge Frau samt Katzenkorb nach unten gebracht, wo sie dem Tänzer in die Arme gefallen war. Dabei fiel Felix auf, dass dem Daumen von Witherspoons rechter Hand das obere Glied fehlte. Kein Wunder, dass er alles mit der Linken machte.

Der Tänzer bestätigte das, was Penelope über den Ablauf des Vortages ausgesagt hatte, soweit es sein Zusammensein mit Penelope Garcia betraf. Er versprach, die junge Frau nicht aus den Augen zu lassen, und murmelte zum Abschied, das wäre es ja wohl jetzt mit der Show gewesen, nun, da auch Dolcé tot sei.

Am Tatort gab es nichts mehr zu tun, die Spurensicherung war dabei, ihr Handwerkszeug einzupacken, und Regis wie immer nicht zu einer Einschätzung der Todesumstände bereit. Aber er versprach, sofort mit der Leichenschau zu beginnen. Anwesende seien nicht notwendig, damit meinte er Mathilde, Rachid oder Felix, die Polizeischüler, die eigentlich der Untersuchung eines nicht eindeutigen Herzinfarkts hätten beiwohnen sollen, würden sicher ein Mordopfer mit Stichverletzung spannender finden. Den Herzinfarkt würde seine neue Mitarbeiterin ganz sicher mit Freuden übernehmen.

Die wenigen Meter zum Palais de Justice legten die drei Ermittler gemeinsam zurück. Felix ließ es sich nicht nehmen, in der *Boulangerie* am Ende der Straße drei üppig belegte Sandwiches zu besorgen, damit man sich während der Besprechung auch, wie er sagte, über Wasser halten könne.

Vom Büro aus benachrichtigte Mathilde zuerst Franck Grandjean. Sie stellte ihr Telefon auf laut. Die Erschütterung über den

Mord an Dolcé war dem Regisseur anzuhören. Nicht nur war seine jetzt erste Besetzung der Hauptrolle nicht mehr am Leben, sondern er sah sich nun auch gezwungen, wie er Mathilde mit bebender Stimme erklärte, diesen Teil der Show jetzt endgültig zu streichen.

»Wir sind es den beiden toten Frauen schuldig. Wir können nicht einfach so weitermachen, als wäre nichts geschehen. Schon nach Santanas Ermordung hatte ich große Bauchschmerzen, doch, wie heißt es so schön: *The show must go on*. Wir haben unsere Verpflichtungen gegenüber dem Ensemble und unserem Publikum. Aber hier hört nun alles auf. Wissen Sie, Madame le Juge, was mir die ganze Zeit im Kopf herumgeht? Wenn wir nun einfach alles weiterlaufen lassen, dann müsste ich nach einer neuen Besetzung suchen. Wäre diese Person überhaupt ihres Lebens sicher? Hier treibt doch ein perfider Mörder sein Spiel, der es auf die Darstellerinnen der Hauptrolle abgesehen hat. Wäre Eleonore oder Penelope, nun Penelope doch eher nicht, die Nächste gewesen? Nein, das kann und will ich nicht verantworten. Nun …«, er schnaufte tief, »… dann werde ich die Entscheidung meinen Leuten nun verkünden müssen. Gott sei Dank ist alles abgesichert. Höhere Gewalt, verstehen Sie? Ich muss es nur noch meiner Versicherung erklären, dann fällt mein Team wenigstens finanziell nicht in ein Loch. *Au revoir,* Madame le Juge.«

Mathilde hatte keine Möglichkeit gehabt, zu irgendetwas, was Grandjean gesagt hatte, Stellung zu beziehen. Sie drückte auf den kleinen roten Hörer.

Felix hatte derweil drei Papierservietten auf dem Tisch verteilt und die belegten Baguettes daraufgelegt. Die Kaffeemaschine verströmte bereits den Duft des aufgebrühten Kaffees.

»Im ersten Moment ist der Gedanke geradezu verlockend, jemand habe es sich zur Aufgabe gemacht, die Riege von Grandjeans Hauptdarstellerinnen zu eliminieren. Zwei Frauen innerhalb von wenigen Tagen erstochen. Ob Madame Chamballe oder sonst wer tatsächlich die Nächste gewesen wäre?« Felix knabberte bereits an seinem Brot.

»Dann könnten wir den Täterkreis auf die Nachfolgerinnen einschränken«, sagte Rachid. »Das erinnert mich an einen alten Film mit Alec Guinness. Er spielt mehrere Hauptrollen zugleich. Es geht darum, dass er am Ende einer Reihe von Erben steht und nach und nach sich jeden vom Hals schafft, der ihm beim Erben im Wege steht. Also müssten wir ans Ende der Besetzungskette schauen. Das wäre, wenn ich es richtig verstanden habe, Penelope Garcia. Eine ideale Verdächtige. Sie tötet ihre Cousine und verlässt das Haus, um dann zurückzukehren und die Leiche zu finden.«

»*Adel verpflichtet*, so heißt der Film«, ergänzte Felix, der ein begeisterter Cineast war. »Ein echter Klassiker.« Eine Tomate flutschte aus seinem Sandwich und landete auf der Serviette. Mit einer eleganten Bewegung beförderte er sie in den Mund. »Aber das meinst du jetzt nicht im Ernst«, fragte er kauend und schluckte die Tomate hinunter. »Ich meine, dass es Penelope Garcia gewesen sein könnte, weil sie am Ende der Kette steht.«

Rachid lachte. »So ganz ernst meine ich das nicht. Wir warten ab, wann Dolcé Reinhardt getötet worden ist, dann hat Madame Garcia wahrscheinlich sowieso ein Alibi.«

Mathildes Handy schmetterte die *Marseillaise*. Sie schob Felix ihr Baguette hin und nickte aufmunternd, als dieser sie fragend ansah. »Nehmen Sie nur, bei der Hitze habe ich kaum Hunger.« Sie wandte sich dem Anruf zu. »Madame Garcia. Wie geht es Ihnen?«

Die Stimme der jungen Tänzerin drang gedämpft und zugleich voller Aufregung aus dem Hörer bis an die Ohren der beiden Polizisten. Mathilde stellte wieder auf laut.

»Madame le Juge, ich habe nachgedacht. Irgendetwas hat nicht gestimmt in Dolcés Wohnung. Und jetzt ist es mir wieder eingefallen. Sie müssen sich sofort darum kümmern. Es fehlt etwas, das muss ein Raubmord gewesen sein. Ich weiß, dass es verdammt wertvoll war. Und ich habe Dolcé noch gefragt, warum sie es einfach so da rumstehen lässt. Es ist weg, ich sage Ihnen, es ist weg. Der Mörder hat es mitgenommen. Hören Sie? Sind Sie noch dran?«

»Ja, ich bin noch da. Um welchen Gegenstand handelt es sich denn?«

»Eine Flamencotänzerin aus Porzellan. Dolcé hat sie von einem Verehrer geschenkt bekommen. Schon vor ewigen Zeiten. Die Figur ist in Deutschland hergestellt worden, fragen Sie mich nicht, wo. Ich weiß nur, dass Dolcé sagte, sie hätte sich geärgert, als sie sie bekommen hat, aber jetzt wäre sie locker zigtausend Euro wert. Bei einer Versteigerung in London seien solche Figuren verkauft worden, die hätten so viel gebracht. Unten auf dem Porzellan war etwas aufgedruckt. Ich glaube, damit verewigt sich der Hersteller auf dem Porzellan. Aber ich kann mich nicht erinnern, wie es ausgesehen hat.«

»Madame Garcia, gibt es ein Foto von der Tänzerin? Und wo stand sie?«

»Im Schlafzimmer, auf dem Nachttisch. Und als wir reinkamen, habe ich gleich bemerkt, dass etwas anders ist. Das war die fehlende Figur. Und ob es ein Foto davon gibt, weiß ich nicht. Aber sie hat ein schwarzes Kleid an mit einer roten Schärpe. Ich weiß ja noch nicht einmal, ob sie wirklich sooo wertvoll war, wie Dolcé immer behauptet hat. Zumindest hat sie damit angegeben, dass ihr jemand so etwas Wertvolles sozusagen einfach mal als kleine Aufmerksamkeit geschenkt hat. Oh, nein, wie gemein von mir, so etwas zu sagen. Sie hat die kleine Tänzerin auf jeden Fall geliebt.«

»Und Sie wissen nicht, von wem sie sie hatte?«

»Nein. Sie hat ein halbes Jahr in Deutschland gearbeitet. Dabei hat sie wohl diesen reichen Typen kennengelernt. Es war wohl so was wie ein Abschiedsgeschenk. Mehr weiß ich beim besten Willen nicht.«

Mathilde bedankte sich und beendete das Gespräch.

»Es gab und gibt jede Menge Porzellanmanufakturen.« Felix hatte umgehend im Internet geforscht und war fündig geworden. »Seht hier, und ganz besonders in Deutschland.« Er hielt sein Handy hoch. »Es kommt wahrscheinlich darauf an, aus welcher Zeit solche Objekte stammen. Diese Figur aus Meißen zum Beispiel ist im 18. Jahrhundert gefertigt worden. Sie hat bei einer Auktion in München zweihundertzwanzigtausend Euro gebracht. Allerdings sind sie genauso auch noch im 20. Jahrhundert hergestellt worden, dann sind sie wohl nicht so kostbar.« Er hatte einen Harlekin und eine Schäferin herausgesucht, offenbar ein typisches Motiv, das eine lange Zeit nachgefragt wurde.

Rachid stieß einen Pfiff aus. »Und wie wir wissen, lassen sich solche Schätze locker auf dem Schwarzmarkt verkaufen. Bringen dann vielleicht nicht eine ganz so hohe Summe, aber es wird sich schon ein Käufer finden. Dumm, dass wir kein Foto haben, wir geben die Information trotzdem an die OCBC weiter, wenn jemand davon Kenntnis hat, dann unsere Zentrale zur Bekämpfung des illegalen Handels mit Kulturgütern. Wer weiß, vielleicht taucht ein solches Stück ja demnächst schon in ihrer Datenbank auf.«

»*Ouha*, und ich hatte geglaubt, seit dem letzten Fall könnte es kaum noch komplizierter werden.« Felix seufzte. »Zwei tote Tänzerinnen, davon, wie es aussieht, eine Opfer eines Raubmords. Zu Anfang jede Menge Verdächtige in Fall eins, dann werden es immer weniger, und trotzdem haben wir keine Spur. Und die Motive, die wir bisher hervorgekramt haben, überzeugen auch nicht unbedingt.«

Mathildes Baguette war nun ebenfalls in Felix' Magen verschwunden, während Rachid genüsslich das letzte Stück seines Sandwichs in den Mund schob. »Fassen wir mal unsere einzelnen Ergebnisse zusammen, sonst verlieren wir noch ganz den Überblick«, sagte er und zückte sein Notizbuch, während Mathilde den karierten Block, der immer zum Niederschreiben ihrer Gedankengänge in der Nähe lag, vor sich aufschlug.

»Vielleicht sollten wir uns mal ein *tableau blanc* anschaffen. Wenn ich uns so sehe, meint man, Ermittler aus der Zeit eines Arsène Lupin wären am Werk. Wir könnten alles aufschreiben und wieder wegwischen«, konstatierte sie trocken und legte ihren Kugelschreiber bereit.

»Dann aber bitte eines aus Glas. Guillaume vom Drogendezernat hat eine riesige Glastafel, die man auf Rollen überallhin fahren kann. Ich muss sagen, allein das sieht schon verdammt professionell aus. Da halten wir mit unseren Kritzeleien auf Papier nicht mit.« Felix grinste. »Aber wichtig ist, was dabei herauskommt. Und unsere Ergebnisse können sich sehen lassen. Bis jetzt jedenfalls.«

»Und daran wird sich auch nichts ändern. Also, was haben wir?« Rachid kehrte zur eigentlichen Ermittlungsarbeit zurück.

»Santana Carmona, sie stirbt während der Proben an einer Stichverletzung, die zu inneren Blutungen geführt hat. Diese kann ihr, laut Einschätzung der Gerichtsmedizin, bis höchstens eine halbe Stunde zuvor zugefügt worden sein. Wer war anwesend beziehungsweise in der Nähe des Opfers und vor allem, wer hatte auch ein Motiv? Marta Torres, sie schließen wir aus. Dolcé Reinhardt, tanzte sehr nahe an ihr, hätte ein Motiv, ist jetzt allerdings ebenfalls tot. Ergebnis von Regis steht noch aus, aber offensichtlich ebenfalls Tod durch Stichverletzung. Romino Plata, ganz eng an Santana dran, aber null Motiv, zumindest ist uns keins bekannt. Wo war er zum Zeitpunkt von Madame Reinhardts Ermordung? Es wäre gut, wenn wir wenigstens eine grobe Einschätzung von Regis hätten, wann sie ermordet worden ist. Mathilde, Ihnen kann unser Doktor doch nichts abschlagen. Wollen Sie es nicht einfach versuchen, vielleicht ist er ja schon zu einer Auskunft bereit.«

Mathilde sah skeptisch auf ihre Armbanduhr. »Das ist selbst für meine Verhältnisse verdammt früh, aus Regis etwas herauszukitzeln. Aber Sie haben recht, er hat garantiert schon mit der Leichenschau begonnen.« Sie wählte Regis' Nummer. Der Mediziner verbat sich normalerweise Anrufe während seiner Arbeit, aber bei Mathilde hatte er bisher immer eine Ausnahme gemacht. Und so auch heute.

»Sie können von Glück sagen, Mathilde, dass ich noch keinen Schnitt gesetzt habe. Die Leutchen scharren schon mit den Hufen. Bin gespannt, was sie aushalten. Ein Kandidat, ich weiß nicht, warum, aber irgendwie erinnert er mich an Tourrain, hält sich schon die ganze Zeit ein Taschentuch mit Menthol vor die Nase, obwohl noch gar nichts zu riechen ist.«

Felix rollte mit den Augen, was der Mediziner natürlich nicht sehen konnte. Umso erheiternder war sein nächster Satz. »Und Sie brauchen gar nicht so zu schauen, Felix. Sie sind einer der wenigen, der mir tatsächlich umgekippt ist. Doch nun zum Wesentlichen. Madame Reinhardt ist gestern zwischen siebzehn und einundzwanzig Uhr gestorben. Genauer kann ich es Ihnen erst sagen, wenn ich mit meiner Arbeit fertig bin. So viel schon vorab: Es sind zwei Stiche erkennbar, einer in die Brust, ein zweiter, der tödliche, in den

Hals. Sie ist sehr schnell verblutet, binnen weniger Minuten. Bei einer oberflächlichen Betrachtung der Wunden gehe ich davon aus, dass ein Messer mit mittlerer Klingenbreite benutzt wurde, über die Länge der Klinge kann ich noch keine Aussage treffen. Es sieht wohl nach einem Messer aus, wie es in jedem Haushalt zu finden ist. Hat sich Marius schon gemeldet? Hat er ein Tatwerkzeug gefunden?«

»Nein, er und sein Team waren noch am Tatort, als wir weg sind. Wir warten auf die Ergebnisse. Ihnen schon mal vielen Dank, Regis. Wenn wir Sie nicht hätten.«

»Mathilde, Sie würden ja sowieso keine Ruhe geben. Ich werde mich mit Ihrem Großvater in Verbindung setzen und meine Bestellung durchgeben. *À bientôt.* Ich melde mich, sobald ich mehr weiß.«

Mathilde schmunzelte. Der Deal war Ehrensache. Ein paar Flaschen Rotwein wanderten vom Château de Boncourt in den Keller des Gerichtsmediziners. Und die kamen von Herzen.

»Zwischen siebzehn und einundzwanzig Uhr also. Dann mal weiter mit unseren Überlegungen. Jean Schmitt, ihn haben wir bei Santana Carmona ausgeschlossen. Welches Interesse sollte er am Tod von Dolcé Reinhardt haben? Oder Bailardo, die Carmonas? Gino können wir wohl aus der Reihe der Verdächtigen am Mord an Santana ausschließen, und ich lehne mich mal aus dem Fenster, ich glaube, ebenso können wir Manitas Carmona von der Liste streichen. Dann Penelope, sie hat angeblich das Haus verlassen und ist erst am Morgen zurückgekehrt. Welches Motiv hätte sie in den beiden Fällen? Keins bei Santana, sie würde nie die Erstbesetzung werden, es sei denn, wir orientieren uns an Alec Guinness, und das ist mehr als unwahrscheinlich. Mord im Affekt nach dem Streit mit ihrer Cousine? Möglich, aber die Lage der Leiche lässt nur den Schluss zu, dass sie jemand von der Wohnungstür aus getötet hat. Penelope also eher unwahrscheinlich. Eine der anderen Tänzerinnen? Auch hier sehe ich kein Motiv für die beiden Morde, ebenso wenig bei den beiden Musikern Tanya Famosa und Amédé Gignac.«

»Die beiden sind übrigens ein Paar und haben den gestrigen Abend zusammen verbracht«, meldete sich Felix. »Beide sind auch ein gutes Stück von Santana entfernt gewesen, letztlich wie Gino

Carmona auch, also während der Tanzproben. Bei Gino besteht immer noch die Möglichkeit, dass er seine Schwester vorher gesehen hat, genau wie bei ihrem Vater. Daher würde ich die beiden noch auf unserer Liste lassen.«

»Wir drehen uns im Kreis. Diese verflixte halbe Stunde. Du hast natürlich recht, Felix, diese Möglichkeit besteht, wie für alle anderen auch. Nur fehlt mir bei den beiden ein wirklich nachvollziehbares Motiv. Wie leider bei den meisten anderen auch.« Rachid schloss die Augen und schüttelte resigniert den Kopf. »Nun, du hattest heute Vormittag ja das Vergnügen, Veronique Chamballe und Eleonore Rivas kennenzulernen. Wie war dein Eindruck? Und was ist mit dem zweiten Reiter, Benjamin Leroux?«

»Veronique Chamballe hat, zumindest was die berufliche Seite angeht, null Motiv. Persönliche Animositäten? Angeblich keine. Ebenso wenig die Letzte im Bunde, Eleonore Rivas. Außerdem sind die beiden Frauen gemeinsam zur Probe erschienen, eine gibt der anderen ein Alibi, also sind die zwei Damen aus dem Schneider. Benjamin Leroux hat meiner Meinung nach am allerwenigsten mit den beiden Morden zu tun. Er macht sein Pferdeding, weicht Zodiaque nicht von der Seite. Alles andere interessiert ihn nicht.«

Rachid nickte, und Mathilde notierte alles gewissenhaft auf ihrem Block. »Bleiben noch die drei Tänzer.«

»Pjotr Olschewski und Philippe Tavier, ein Paar und ziemlich sauer auf Santana. Doch reicht das als Motiv aus? Sollten wir dort noch einmal nachhaken? Immerhin hat Santanas Geplapper dazu geführt, dass sich Tavier von seinem sehr wohlhabenden Vater entfremdet hat.«

»Das schon. Aber du hattest doch jetzt nicht den Eindruck, als du mit ihnen gesprochen hast, dass dies Tavier und Olschewski emotional sehr belastet. Die beiden wirkten doch auf dich sehr entspannt.«

Felix nickte. »Das schon. Aber es sind Showleute. Wie Bühnenschauspieler. Wer weiß, was sie einem vorgaukeln können. Allerdings bleibt Tavier auch nach dem Bruch mit dem Vater ein großes Vermögen. Also deswegen Santana töten? Ganz ehrlich, je mehr ich darüber nachdenke, desto unwahrscheinlicher kommt mir das vor. Und Olschewski? Wäre ich Taviers Partner, hätte ich eher den Alten um die Ecke gebracht, bevor der sein Testament ändern kann. Und leicht reizbar scheint der Pole ja zu sein, wenn man dem Geplauder von Madame Garcia Glauben schenken darf.«

»So ganz unrecht hast du da nicht, Felix«, grinste Rachid. »Trotzdem. Wir knöpfen uns die beiden Jungs noch einmal vor. Sie sind die Einzigen mit Motiv. Geld geht immer. Bleibt noch Michael Witherspoon.«

»Witherspoon ist Linkshänder. Ihm fehlt sogar ein Stück vom rechten Daumen. So hätte er noch nicht mal, selbst wenn er die Polizei hätte in die Irre führen wollen, ein Stilett halten und zustechen können«, wusste Felix beizusteuern.

»Und wenn er gemeinsame Sache mit Penelope gemacht hat?« Mathilde klickte die Mine ihres Kugelschreibers rein und raus. »Wegen der wertvollen Porzellanfigur? Und beide hoffen nun, dass der Mord an Dolcé dem Mörder von Santana untergeschoben wird?«

Sie hatte das Naheliegende ausgesprochen. War der Mörder von Santana auch wirklich für diese Tat verantwortlich, oder gab es zwei verschiedene Täter?

»Daran habe ich auch schon gedacht, Madame le Juge«, bestätigte Felix ihre Überlegung. »Betrachten wir unsere Ergebnisse im Fall Santana Carmona noch einmal ganz nüchtern. Wir hatten jede Menge Verdächtige, nur sind sie uns allesamt mehr oder weniger abhandengekommen, ebenso wie die Motive. Dann kurz darauf der Mord an Dolcé Reinhardt. Zwei Opfer, deren Tode auf den ersten Blick zusammenhängen, doch auf den zweiten gibt es einfach zu viele Unterschiede, um von nur einem Täter auszugehen. Santana Carmona, getötet mit einem Stilett, gestorben inmitten einer Vielzahl von Menschen, die fast alle die Möglichkeit hatten, die Tat zu begehen. Dolcé Reinhardt, getötet in ihrer Wohnung, nachdem sie dem Täter geöffnet hat. Hier wurde zweimal zugestochen. Um auf Nummer sicher zu gehen? Ist das überhaupt bei Santana der Fall? Hat der Täter tatsächlich die Absicht gehabt, sie zu töten, hat er vielleicht in unbändiger Wut im Affekt zugestochen? Beide Opfer haben ihre Mörder gekannt, davon kann man auch bei Dolcé Reinhardt ausgehen. Denn nur, wer sie kennt, weiß auch um die wertvolle Porzellanfigur, wenn diese der Grund für den Mord gewesen sein sollte.«

»Fragen wir Penelope Garcia, wer noch von dem kostbaren Objekt wusste. Das heißt, noch ist nicht geklärt, ob die Figur wirklich so kostbar ist. Vielleicht hat derjenige, der sie Madame Reinhardt geschenkt hat, ihr auch einen Bären aufgebunden? Oder sie hat eine ähnliche Figur irgendwo zu einem hohen Preis gesehen und sich dann eingebildet, auch ihre wäre so kostbar.« Rachid hatte Felix' Ausführungen mit gelegentlichem Kopfnicken begleitet.

»Wenn wir nicht immer mit diesen unsäglichen *wenn, wäre* und *würde, aber* und *vielleicht* leben müssten«, stöhnte Mathilde. »Wir leben in einer Welt des Konjunktivs. Und diese ganzen Spekulationen nützen uns nichts. Wir bleiben zunächst bei der Annahme, dass es einen Zusammenhang zwischen den beiden Morden gibt, immerhin gehörten die beiden Tänzerinnen demselben Ensemble an. Im Fall Dolcé Reinhardt fangen wir jetzt bei null an. Es gibt drei Optionen: ein Raubmord, ein Mord in direktem Zusammenhang mit dem Tötungsdelikt an Santana Carmona mit einem einzigen Mörder oder ein Trittbrettfahrer, der den ersten Mord nutzte, um ihn dem ersten Täter in die Schuhe zu schieben. Warten wir ab, was die Obduktion und die Ergebnisse der Kriminaltechniker ergeben. Ich werde, wie geplant, Madame Famosa einen Besuch abstatten, auch wenn sie nicht oben auf unserer Liste steht. Und noch fehlt uns die Aussage von Sara, der kleinen Schwester. Vielleicht ist sie die Person, die uns einen konkreten Hinweis auf jemanden geben kann, der Santana gehasst hat, und auf die Person, mit der ihre Schwester nach Kanada wollte.«

Mathilde sah auf die Uhr. »Ich schlage vor, Sie, Felix, reden noch einmal mit Tavier und Olschewski. Sprechen Sie Tavier auf den Zwist mit seinem Vater an, und fragen Sie nach den Konsequenzen, die der Streit für ihn hat. Wir kennen die Geschichte ja nur vom Hörensagen. Vielleicht ist sie nur halb so dramatisch, und damit fiele ein Motiv für den Mord an Santana Carmona weg. Für eine

Fahrt nach Saintes-Maries-de-la-Mer ist es schon zu spät. Wir kündigen uns für morgen früh bei Sara und ihrer Großmutter an.«

Rachid und Felix nickten zustimmend. Mathilde lehnte sich in ihrem Sessel zurück und fuhr sich mit einer müden Geste über die Haare. »Es ist so zermürbend. Zwei Tote, jede Menge Personen, die sie kannten, und doch niemand, der im Moment wirklich verdächtig ist oder ein belastbares Motiv hätte. Und der einzige Zeuge für den Mord an Dolcé Reinhardt ist ein Kater. Zumindest ein Ohrenzeuge. Was meinen Sie, wie tickt so eine Katze? Ich habe nur Erfahrungen mit Hunden. Und ich befürchte, wenn ich heute ein Mitglied meiner Familie umbringe, würden Henri und Babou mich morgen genau so liebevoll und fröhlich begrüßen wie immer. Haben Katzen eine andere, sensiblere Wahrnehmung? Dann könnten wir nämlich Penelope für die Tat ausschließen, so, wie der Kater sich an sie gekuschelt hat.«

»Ich habe keine Ahnung von Tierpsychologie. Ich kann mich gerne bei Sabine erkundigen. Ihre Eltern haben zwei Perserkatzen. Ich weiß nur, dass sie ziemlich faul sind, und wer ihnen das Futter gibt, ist ihr bester Freund. Allerdings hatten wir das noch nie, ein Kater als Ohrenzeuge. Versuchen wir es doch mit einer stimmlichen Gegenüberstellung«, schloss Felix die Besprechung mit einem Scherz, der bei allen nicht so recht zünden wollte.

Kapitel 27

Mathilde hatte die Eltern Carmona darüber informiert, dass sie zusammen mit dem Commandant am nächsten Tag Sara aufsuchen wolle. Sie stellte es den beiden frei, während der Befragung anwesend zu sein. Sara gehörte nicht zum Kreis der Verdächtigen, doch Mathilde war es wichtig, dem Mädchen in dieser Situation eine Stütze aus dem engsten Kreis der Familie anzubieten. Doch Maria Carmona teilte ihr mit, dies sei nicht nötig, Sara sei ein starkes Mädchen, viel zu sagen habe sie wahrscheinlich sowieso nicht, und man sei in Nîmes mit den Vorbereitungen zur Beerdigung Santanas beschäftigt. Sie habe mit Sara telefoniert. Ihre Tochter sei zwar sehr traurig darüber, nicht bei der Beerdigung dabei sein zu können, doch der Großmutter gehe es zu schlecht. Jetzt, da sie vom Tod ihrer Enkelin erfahren habe, sei sie geradezu zusammengebrochen und brauche Saras volle Unterstützung.

Mathilde war gespannt auf die Begegnung mit Sara Carmona. Sie schien eine wirklich außergewöhnliche junge Frau zu sein. Belesen, politisch interessiert und zugleich mit einem ausgeprägten Familiensinn. Sie musste an sich selbst in diesem Alter denken. Sara schien ihr nicht unähnlich zu sein.

Gemütlich fuhr Mathilde in Richtung Saint-Fons. Sie war eine gute Stunde zu früh dran, an der Verabredung mit Tanya Famosa hatte sie festgehalten, obwohl nach Felix' Ansicht alles dafür sprach, dass weder die Musikerin noch ihr Partner Amédé Gignac für den Mord an Santana Carmona infrage kamen. Vielleicht konnte ein Gespräch mit den beiden sie wenigstens im Fall der ermordeten Madame Reinhardt weiterbringen.

Je näher sie Saint-Fons kam, desto staubiger wurde die Straße.

Die Weinfelder links und rechts lagen in sattem Grün, die schwarzen Schläuche, aus denen das Wasser tröpfelte oder regnete, wanden sich wie Schlangen entlang der Weinstöcke. Das einzige Geräusch, das sie, außer dem Brummen ihres Cabrios, hörte, war der heisere Schrei eines Raubvogels über ihrem Kopf, der sie ein Stück des Weges begleitete.

Rachid hatte sie eben benachrichtigt, dass er bereits die Kollegen in Paris vom OCBC über den Kunstdiebstahl informiert habe, doch ohne ein Foto oder wenigstens eine genauere Beschreibung konnten sie nicht mehr tun, als Datum, Adresse und die ungefähren Angaben in ihre Datei mit geraubten Schätzen einzuspeisen. »Wir sollen uns auf den gängigen Versteigerungsportalen umschauen. Vielleicht würde das Stück angeboten. Wenn wir mehr hätten, sollten wir uns wieder melden«, hatte er mit Resignation in der Stimme das Telefonat beendet.

Der Gedanke an die Porzellanfigur aus Deutschland ließ Mathilde seitdem keine Ruhe mehr. Irgendetwas stimmte an dieser Geschichte nicht. Nur, was war nicht in Ordnung? Es musste mit dem, was Penelope gesagt hatte, zusammenhängen. Oder? Dolcé hat von einem Verehrer während eines Engagements in Deutschland eine Porzellanfigur geschenkt bekommen. Angeblich sehr kostbar, ein sechsstelliger Eurobetrag. Und diese hatte auf dem Nachttisch gestanden und war nun verschwunden. Vielleicht vom Mörder mitgenommen, vielleicht sogar der Grund für diesen Mord.

Mathilde fuhr den Wagen an den Seitenstreifen. Sie musste nachdenken und in ihrem Gedächtnis kramen, und dazu brauchte sie eine Zigarette. Bereits nach dem ersten Zug war die Welt um sie herum zwar verqualmter, aber ihr Kopf umso freier. Sie hatten einen wichtigen Punkt übersehen. Penelope hatte von einer Flamencotänzerin gesprochen, hatten sie das überhaupt berücksichtigt? Felix hatte bei seiner Suche Tänzerinnen gefunden in Reifröcken mit gepuderten Perücken auf dem Kopf, Miniaturschönheitsflecken im Gesicht. Diese waren, wenn sie aus der frühen Produktion einer Porzellanmanufaktur stammten, sehr viel Geld wert. Doch wie verhielt es sich mit einer modernen Figur?

Flamenco tanzte man seit dem 19. Jahrhundert. Aber war er da schon so berühmt, dass man die Tänzerinnen in Porzellan erschuf? Felix hatte von Meißen gesprochen. Meißen in Deutschland. Und wenn sie nicht selbst groß im Nebel herumstochern wollte, so war sie schließlich nur noch drei Kilometer vom Quell des Wissens entfernt. Martin würde ihr weiterhelfen können. Ein Kulturhistoriker kannte sich auch mit solchen Dingen aus, so Mathildes unerschütterlicher Glaube in Martin Endress' Wissensschatz.

Sie rauchte ihre Zigarette fertig, stopfte den Stummel in den mal wieder fast überquellenden Aschenbecher ihres Wagens und startete. Keine zweihundert Meter später bremste sie scharf ab. Steinchen spritzten auf. Das war's. Sie hatte es gewusst, an dieser Geschichte stimmte etwas nicht. Mathilde kramte ihr Handy aus der Tasche und wählte die Nummer von Marius. Der Kriminaltechniker nahm das Gespräch sofort an.

»*Bonjour, Madame Impatience.* Sie werden sich noch ein wenig gedulden müssen. Mein Bericht geht aber spätestens morgen Vormittag an Sie und Rachid raus.«

»*Bonjour,* Marius, entschuldigen Sie, aber ich habe nur eine einzige Frage und eine winzige Bitte. Sie haben auch Fotos vom Wohnzimmer und vom Schlafzimmer gemacht. Gibt es eins von der schmalen Vitrine, rechts vom Fenster, mit dem ganzen Nippes drin? Wenn ja, schicken Sie es mir bitte auf mein Handy? Vielen Dank, Marius.«

Eine Minute später summte es, und das Foto war da. Mathilde schloss die Augen und versuchte, sich ganz genau an den Inhalt der Vitrine zu erinnern, als sie Dolcé Reinhardt aufgesucht hatte. In der mittleren Reihe hatte es gestanden, ganz vorne, links davon eine kleine Vase mit Rosen, rechts zwei weiße Katzen mit einem Ball zwischen den Tatzen. Und dazwischen das Objekt, das auf den Aufnahmen der Kriminaltechnik jetzt fehlte, während die kleine Flamencotänzerin im gelben Kleid noch da war. Doch konnte diese nicht die von Penelope beschriebene Figur im schwarzen Kleid mit roter Schärpe sein. Sie hatte eine Figur beschrieben, die so nicht in der Vitrine stand, sondern angeblich auf dem Nachttisch. Allerdings war, wenn ihr Gedächtnis sie nicht im Stich ließ, eine Porzellangruppe, die ehemals in der Vitrine stand, jetzt nicht mehr da, und die hatte absolut nichts mit der von Penelope beschriebenen verschwundenen Figur gemein. Sehr verworren. Doch was hatte Penelope mit diesem Hinweis auf eine gestohlene Tänzerin bezweckt?

Fünf Minuten später parkte Mathilde ihr Cabrio vor Martins Haus. Das windschiefe Tor zum Garten stand weit offen.

»Martin? Bist du da?«

Was war das denn? Ihr Freund hatte sich eine Hängematte zugelegt, die er zwischen die Stämme des alten Maulbeerbaums und einer Steineiche gespannt hatte. Auf den Maulbeerbaum, der in diesem Jahr Unmengen der kleinen kissenförmigen roten Früchte trug, war Martin besonders stolz. Er repräsentierte eine längst vergangene Zeit, in der in dieser Gegend Seidenraupen gezüchtet worden waren, deren Leib- und Magenspeise die Blätter des Baumes waren. Schon lange vergangen war die Tradition der Seidenspinnerei, doch noch so mancher Maulbeerbaum schmückte die Parks und Gärten.

Die Hängematte war leer, auf dem Terrassentisch standen ein halb volles Weinglas und ein Teller mit einem Rest Brot, ein untrügliches Zeichen, dass Martin zu Hause war. Mathilde ging zur Hängematte und schaukelte sie hin und her. Eine tolle Idee, wenn man Bäume mit einem starken Stamm hatte. So etwas würde sie auch anschaffen. Oder besser gleich zwei. Genügend Bäume gab es im Park von Château de Boncourt ja.

»Mathilde, hättest du dich angemeldet, hätte ich mit dem späten Mittagessen auf dich gewartet.« Martin fasste sie um die Schultern und drückte ihr einen Kuss auf die Wange, als sie sich umdrehte.

»*Salut*, Martin, es war eine spontane Entscheidung, noch kurz bei dir haltzumachen. Eigentlich bin ich auf dem Weg nach Hause mit einem kleinen Abstecher zu Tanya Famosa und Amédé Gignac. Die beiden wohnen am anderen Ende von Saint-Fons. Kennst du sie zufällig?«

»Die beiden Musiker? Ja, sie sind mal bei Lolotte aufgetreten. Sie hatte die Idee, am Abend ihre Gäste im Bistro mit ein wenig Musik zu verwöhnen. Aber sie hat es schnell wieder aufgegeben.

Keine Ahnung, warum. Vielleicht haben die Musiker, gemessen an dem, was sie eingenommen hat, zu hohe Gagen gefordert. Aber die beiden waren nicht schlecht. Kastagnette und Klarinette, nicht wahr? Eine tolle Kombination, die hatte was. Ich sehe ihn oder sie oder beide gemeinsam manchmal beim Bäcker oder Metzger. Aber ich würde sagen, sie führen ein eher zurückgezogenes Leben. Was ist mit ihnen? Besuchst du sie wegen des neuen Falls mit der toten Tänzerin? Aber natürlich. Sind sie zusammen mit ihr aufgetreten?«

»Ja. Sind sie. Ich habe nur ein paar Fragen an sie. Und an dich auch. Wir haben eine zweite Leiche …«

»*Oh là là.* Und sie hat mit eurem Fall zu tun?«

»Ja. Es handelt sich um eine weitere Tänzerin aus dem Showensemble von *Nemausus.* Die Nachfolgerin von Santana Carmona. Mehr kann ich dir nicht sagen. Allerdings müssen wir auf die Szene, in der sie getanzt hätte, verzichten. Der Regisseur hat sie, nachdem jetzt auch seine zweite Hauptdarstellerin tot ist, ersatzlos gestrichen. Nun, das war unter diesen Umständen sicher das Beste. Hast du ein Glas Wasser für mich?« Mathilde verspürte plötzlich großen Durst. Sie schielte auf das Weinglas auf dem Tisch, doch das war keine gute Idee. Sie war schließlich noch beruflich und vor allem mit dem Auto unterwegs, und die Hitze erforderte genügend Flüssigkeit für den Körper, und damit war kein Alkohol gemeint.

Martin verschwand im Haus und kam mit einer Flasche Wasser und zwei Gläsern zurück. »Nun, was liegt an?«

Er goss die Gläser voll, und Mathilde leerte das ihre in einem Zug.

»Du kennst dich doch in jedem Bereich der Kunst und des Kunsthandwerks aus, mein lieber Martin. Ich brauche zwei Auskünfte von dir. Was könnte eine Flamencotänzerin aus Porzellan, die höchstwahrscheinlich in Deutschland gefertigt wurde, wert sein?«

»Und zweitens?« Martin sah Mathilde neugierig an.

»Dazu später. Zuerst die Tänzerin.«

Martin ging wieder ins Haus und kehrte mit seinem Tablet zurück. »Das haben wir gleich.« Er tippte ein Weilchen auf der Tastatur herum. Dann drehte er den Bildschirm zu Mathilde. »Also, Flamencotänzerinnen in Porzellan sind gar nicht so alt. Das Genre Tanz ist zwar schon sehr früh in Porzellan und Keramik gebannt worden, aber der Flamenco, das heißt, eine Tänzerin oder ein Tänzer, die gibt es nämlich auch, sind erst eher im späten 19. Jahrhundert in Mode gekommen. Und irgendwann wurden sie zur Massenware, bis heute. Am interessantesten ist noch ein solches Stück.« Martin klickte die vielen bunten folkloristischen Figuren weg und zeigte Mathilde eine Porzellanfigur, bei der auch sie auf den ersten Blick erkannte, dass es sich um besondere Qualität handelte.

»Das ist eine Spanische Tänzerin aus Meißner Porzellan, also etwas wirklich Besonderes. Paul Scheurich hat sie entworfen, einer der bedeutendsten Porzellanplastiker in der ersten Hälfte des 20. Jahrhunderts. Schau nur, allein dieses Blumenmuster am Saum, und wie sie den Fächer und die Kastagnetten hält.«

»Und was ist sie wert?« Mathilde goss sich ein weiteres Glas Wasser ein.

»Tausendzweihundert Euro, für den Preis ist sie versteigert worden. Wieso möchtest du das wissen? Hast du eine zu verkaufen?«, fragte Martin scherzhaft.

Mathilde grinste. »Aber nein, nie würde ich mich von der neckischen Spanierin trennen. Aber im Ernst, wirklich keinen Cent mehr?«

Martin schüttelte den Kopf. »Leider kann ich nicht mit einem höheren Betrag dienen.«

»Ich frage, weil die Cousine des zweiten Mordopfers uns sagte, eine solche Figur sei aus der Wohnung des Opfers gestohlen worden, und dieses Objekt sei sehr kostbar gewesen. Sie sprach von einem sechsstelligen Eurobetrag. Also, entweder belügt sie uns, oder ihre Cousine hat jahrelang geglaubt, sie hüte eine Kostbarkeit, ohne dass das gute Stück jemals so viel wert war. Sag mal, würdest du, wenn die Figur, sagen wir, ein- oder zweihunderttausend Euro wert wäre, diese auf deinen Nachttisch stellen, über den jedes Mal ein Riesenkater springt, wenn er in dein Bett will und du so Gefahr läufst, dass er sie runterfegt und in tausend Stücke zerbricht?«

Martin sah sie erstaunt an. »Nein, natürlich nicht, ich würde sie hüten wie meinen Augapfel. Sie vielleicht sogar in einen Tresor stellen.«

»Aber wenn du sie immer wieder betrachten willst, vielleicht auch in eine Vitrine?«

»Klar, auch in eine Vitrine.«

»Martin, nun bin ich auf der Suche nach einem weiteren Porzellanobjekt. Einem Vogel. Etwa so groß.« Mathilde schloss die Augen und hielt ihre beiden Zeigefinger etwa zwanzig Zentimeter auseinander. »Er sitzt auf einem weißen Baumstamm, unten ranken sich bunte Blumen hoch, an dem Stamm hängt eine Frucht. Der Vogel hatte grau-weißes Gefieder, ich würde sagen, es ist ein Papagei, vielleicht ein Kakadu. Ein Bein hebt er hoch, und mit seiner Kralle umfasst er eine weitere Frucht, in die er gerade so mit leicht geneigtem Köpfchen hineinbeißen will.« Mathilde öffnete ihre Augen wieder. »Kannst du damit was anfangen?«

Martin antwortete nicht, sondern tippte erneut wie wild auf der Tastatur herum. »Kändler, Meißen, solche Figuren hat er im 18. Jahrhundert geschaffen, er war einzigartig darin. Allerdings war es meist ein Paar, zwei gleiche Vögel in unterschiedlichen Haltungen, aber zusammengehörig. Die sind schon ein wenig mehr wert als deine Tänzerin. Allerdings, wenn du hier wirklich nur von einem Stück redest und das zweite fehlt, ist der Wert nicht mehr ganz so hoch. Kann aber auch sein, dass es zu dem Vogel, den du beschrieben hast, nie ein Pendant gegeben hat. Warte, ich schau mal nach, ob ich einen Wert ermitteln kann.« Er tippte und wurde fündig. »Vielleicht kein sechsstelliger Betrag, aber zwanzig- bis dreißigtausend Euro kann so ein Objekt je nach Zeitstellung und Zustand bringen.«

»*Merci*, Martin, damit hast du mir schon sehr weitergeholfen.« Mathilde sah auf ihre Uhr. »Ich muss leider weiter. Ich werde dir bald sagen, warum ich das alles wissen wollte. Es dreht sich wie gesagt um die aktuellen Fälle, oder den Fall, je nachdem.« Sie stand auf und drückte ihm drei Küsschen auf die Wangen. »Was macht eigentlich die verschwundene Quelle? Immer noch weggehext, oder sprudelt sie wieder? Odile hat mir davon erzählt. Sie wollte sich eigentlich ein Fläschchen sichern. Sie war total enttäuscht, dass es nichts mehr gibt.«

Martin lachte. »Du wirst es nicht glauben. Ein Streich von ein paar Halbstarken, denen Aristide die Meinung gegeigt hat, weil sie die Nachtruhe der Bewohner von Saint-Fons permanent mit ihren knatternden Mopeds gestört haben. Die Jungs haben an der Stelle, an der das Wasser zutage tritt, wie die Biber einen Damm gebaut. Er ist nicht sichtbar, wenn man den Deckel öffnet. Und sie sind so geschickt vorgegangen, haben den Damm noch mit Zement und was weiß ich gesichert und davor Lehm geschichtet. Das Wasser ist nur noch in den Schacht getröpfelt und dann versickert, der Rest hat sich einfach einen anderen unterirdischen Weg gesucht. Hugues, der Sohn von Patrick, dem Hausmeister in der *mairie* und der Schule, hat seinem Vater alles gestanden, nachdem der Junge sturzbetrunken zu Hause aufgetaucht ist und mit der Stilllegung der Quelle geprahlt hat. Er hat den Schlüssel aus der *mairie* entwendet. Patrick muss ihm echt die Ohren lang gezogen haben. Der andere war Lolottes Neffe, und der Dritte macht Ferien bei seinem Großvater. Er scheint der Anstifter gewesen zu sein. Er sagte, hier wäre nichts los, er wollte mal ein wenig Action nach Saint-Fons bringen. Also nix Spuk oder Zigeunerfluch. Sie sprudelt wieder, die Quelle und die Kasse für den Ausbau unseres Museums. Und Odile kann sich ihr Fläschchen bald abholen. Aber wirklich, Hut ab, es war eine kleine Meisterleistung der drei, eine Art Miniatura-Assuan-Staudamm.« Er grinste.

Unseres Museums. Mathilde lächelte. Martin war schon mehr ein Einheimischer in Saint-Fons als so mancher andere Bewohner des kleinen Ortes.

Bevor sie ins Auto stieg, rief sie Rachid an.

»Rachid, schicken Sie bitte zwei Leute los, und lassen Sie Penelope Garcia in Gewahrsam nehmen. Ich weiß nicht, ob sie für den Mord an ihrer Cousine verantwortlich ist, aber sie hat offenbar nach der Tat eine wertvolle Porzellanfigur mitgehen lassen.«

»Die, von der sie behauptet hat, sie sei gestohlen worden?«, fragte der Commandant ungläubig. »Was macht denn das für einen Sinn?«

Mathilde seufzte. »Das weiß ich auch noch nicht so ganz genau. Aber es handelt sich auch nicht um eine Tänzerin, sondern um einen Papagei aus dem 18. Jahrhundert.«

»Ein Papagei?«

»Ein Papagei!«

»Ich bin gespannt auf die Geschichte. Allerdings werde ich zuerst einmal dafür sorgen, dass uns Madame Garcia nicht entwischt.«

Keine fünf Minuten später erreichte Mathilde am Ende eines unbefestigten Weges das Haus von Tanya Famosa und Amédé Gignac. Bewundernd sah sie sich um. Das Zuhause der beiden war eine umgebaute Mühle. Eine hohe Hecke aus rot leuchtenden Red-Robin-Büschen umgab das Grundstück.

»Kommen Sie bitte rein. Hier draußen ist es ja immer noch unerträglich heiß.« Amédé Gignac war nicht zu sehen, er stand auf der anderen Seite der dichten Hecke, hatte Mathilde aber bereits erspäht. »Caya und ich haben Sie bereits erwartet.«

Caya? Mathilde war sich sicher, sich nicht verhört zu haben. Also war Tanya Famosa tatsächlich ein Künstlername. Sie schob das hölzerne Gartentor auf und fand sich auf einem Kiesweg, aus dem das Unkraut, das gesprossen war, grau und tot hervorlugte, wieder.

»*Bonsoir*, Monsieur Gignac. Ich werde Sie beide nicht lange aufhalten. Ich habe nur ein paar Fragen. Sie haben ja bereits mit Lieutenant Tourrain gesprochen. Doch leider haben wir nun noch ein zweites Opfer zu beklagen.«

Der Musiker schüttelte Mathilde die Hand. Sein Gesicht verzog sich zu einer unglücklichen Grimasse. »Wir können es einfach nicht fassen. Zuerst Santana und nun Dolcé. Das hat doch Methode. Direkt nacheinander die beiden wichtigsten Tänzerinnen der Show. Wer wäre als Nächste dran gewesen? Es war nur richtig von Franck, unseren Part komplett rauszunehmen. Wir hätten uns nicht wohlgefühlt, vor einem fröhlichen Publikum aufzutreten, jetzt, wo unsere Herzen bluten.« Er schlug sich mit der geballten Faust dorthin, wo er sein Herz vermutete. »Kommen Sie bitte rein. Eine Erfrischung wird uns allen guttun.«

So ganz nahm Mathilde Gignac die Geste nicht ab, immerhin

hatte er aus seinen Vorbehalten gegenüber Santana Carmona keinen Hehl gemacht. Aber vielleicht waren Künstler so. Exaltiert und immer ein wenig theatralisch.

Sie musste sich ducken, so niedrig war der Durchgang ins Innere der Mühle. In diesem alten Gemäuer brauchte man keine Klimaanlage. Die dicken Steinwände und die winzigen Fenster hielten die Hitze fern. Das Untergeschoss bestand aus einem einzigen großen Raum mit offener Küche und einem großen Kamin auf der gegenüberliegenden Seite. Eine Holztreppe führte nach oben zu den Schlafräumen.

Tanya Famosa löste sich von der Küchentheke, wo sie eben in einem schlanken Glaskrug gerührt hatte. »Kalter Pfefferminztee mit Zitrone, ich hoffe, Sie mögen ihn«, sagte die Frau statt einer Begrüßung.

Sie trug staubige Halbstiefel und eine kurze Hose, die Bluse war unter der Brust zusammengeknotet, die Haare steckten unter einem Kopftuch. »Entschuldigen Sie bitte meinen Aufzug, aber ich habe versucht, unseren Garten in etwas zu verwandeln, was er einfach nicht sein möchte, ein Ziergarten. Er besteht darauf, ein Wildgarten zu sein, noch nicht einmal den Bauerngartenstatus hat er akzeptiert.« Sie lachte laut und fröhlich.

»*Bonsoir*, Madame Famosa. Oder ist Famosa Ihr Künstlername?«

»Ah, hat mein Mann Ihnen schon das Geheimnis verraten. Ja, Tanya Famosa ist in der Tat mein Künstlername. Meine Urgroßmutter hieß Tanya, und Famosa gefiel mir einfach. Für Sie Caya Gignac, geborene Cayetana Ribeira. Aber was plaudern wir hier und scherzen, als wäre nichts geschehen. Zwei Kolleginnen tot, einfach so ihrer Zukunft beraubt. Das ist so unfassbar tragisch. Bitte, wollen wir uns setzen?«

Sie wies auf eine marokkanische Sitzgruppe mit bunten Kissen, hinter der eine Vielzahl von Fotos, die auf eine breite Leinwand aufgezogen waren, aus dem Leben des Künstlerpaares erzählte. Links und rechts davon standen zwei Kommoden, auf der einen Gläser und Flaschen mit Spirituosen, auf der anderen die schon bekannten Porzellanfiguren – eine Flamencotänzerin im gelben Rüschenkleid, ein Eselchen vor einem Karren, eine Schale in Form einer Zikade, in der ein goldener Ohrring lag. Kleine Accessoires, wie Mathilde sie aus dem Zimmer Santanas und dem Appartement Dolcés bereits kannte.

Kurz ließ sie ihren Blick über die Fotowand schweifen. Aufnahmen der Musikerin im Teenageralter auf der Bühne, die Kastagnetten in einer anmutigen Bewegung über ihrem Kopf, strahlend mit einem Rosenstrauß auf einer Bühne, ein Hochzeitsfoto von Amédé und Cayetana, sie ganz klassisch in Weiß, er im dunklen Anzug, das Künstlerpaar während eines Auftritts, zusammen mit Freunden an einer langen Tafel, sich fröhlich zuprostend.

Mathilde setzte sich und nahm dankbar das Glas mit dem eisgekühlten Tee an.

»Hmm, wirklich sehr erfrischend. Und wunderschön haben Sie es hier. Ich kenne die Mühle, aber als ich sie das letzte Mal wahrgenommen habe, erschien sie mir sehr baufällig und heruntergekommen.«

»Ich habe sie von einem Onkel geerbt. Er starb kinderlos. Wir haben sie im letzten Jahr renoviert und wohnen hier seit März, nein, seit Anfang April. Der Aufwand hat sich wirklich gelohnt, nicht wahr, *Chérie?*«

»Ja, mehr als gelohnt«, bestätigte Gignacs Frau. »Hier können wir endlich durchatmen, sind angekommen. Wir sind viel gereist, müssen Sie wissen. Und die letzten Jahre haben wir fast nur im Ausland verbracht. Doch allmählich kommen wir zur Ruhe. Und da kam uns natürlich dieses Engagement sehr recht. Wir haben alte Freunde und Kollegen wiedergetroffen und werden das Leben nun endlich in vollen Zügen genießen. Mit der geerbten Mühle war noch eine ordentliche Geldsumme verbunden«, verkündete die Musikerin ganz offen. »Doch Sie sind nicht hier, um mit uns über das Landleben und unsere Mühle zu plaudern, Madame le Juge.«

»Leider nein. Monsieur Gignac, Sie haben sich gegenüber Lieutenant Tourrain sehr offen geäußert, dass Sie Madame Carmona für ein, nun, wie soll ich sagen, ein ziemliches Früchtchen gehalten haben. Sie hat den Weg nach oben also durch das Bett von Jean Schmitt gemacht?«

Tanya Famosa antwortete anstelle ihres Mannes. »Allerdings, das hat sie. Und hätte mein Amédé mehr Einfluss, hätte sie es bei ihm probiert. Gott sei Dank ist er ja nur ein einfacher Klarinettist.« Bei diesen Worten lächelte sie ihren Ehemann liebevoll an. »Ansonsten hatten wir nichts gegen sie. Sie war eben ein junges Ding, das seinen Weg machen wollte. Die einen wählen ihn so, die anderen wählen ihn so.«

»Und der Verlobte, was hat er dazu gesagt? Dieses Gerücht muss ihm doch zu Ohren gekommen sein.«

Das Paar schüttelte den Kopf.

»Ich glaube nicht, dass Ricardo etwas davon gewusst hat. Der Junge trägt sein Herz auf der Zunge. Er hätte wahrscheinlich rasend vor Eifersucht alles kurz und klein geschlagen und Jean ein paar aufs Maul gegeben. Aber ein heimtückischer Mord wäre ganz gewiss nicht sein Ding. Wir haben uns auch schon den Kopf darüber zerbrochen, wer dem Mädchen das angetan haben könnte. Aber …« Amédé Gignac hob hilflos die Hände.

»Und Dolcé Reinhardt? Haben Sie sich über den Mord an ihr auch schon Ihre Gedanken gemacht?« Mathilde nickte, als Madame Gignac einen fragenden Blick auf das leere Glas warf. Sie füllte nach, ein paar Tropfen spritzten auf das gepunzte Blech des runden orientalischen Tischs.

»Ihr Tod lässt uns genauso ratlos zurück. Wir kannten sie ja kaum, genau wie die anderen Ensemblemitglieder. Unsere Kontakte beschränkten sich auf die Arbeit. Ein, zwei persönliche Treffen, aber sonst … Franck und Jean kennen wir seit Jahren, mit Michael sind wir zusammen in London aufgetreten. In dem Musical *Gipsy* im Savoy Theatre. Und Marta kennen wir seit *Carmen* in der Met 2017. Alle anderen haben wir hier zum ersten und hoffentlich nicht zum letzten Mal getroffen.«

»Bis auf Santana und Dolcé«, fiel die Musikerin ihrem Mann ins Wort. »Aber es ist schon eine tolle Truppe, die Franck auf die Beine gestellt hat. Er wird auch weiter mit uns zusammenarbeiten und plant bereits einen nächsten Event. Wir sind gespannt, wen er als erste Tänzerin gewinnen kann. Dolcé war ja so etwas wie die

Grande Dame des Flamenco. Ich persönlich habe nicht verstanden, warum man Santana den Vorzug gegeben hat, bis uns klar war, dass Jean etwas damit zu tun hatte. Ob das Morden nun aufhört, wo Franck diesen ganzen Part aus dem Programm genommen hat?«

Mathilde blieb eine Antwort schuldig. Was hätte sie auch sagen sollen? »Madame, Monsieur, eine letzte Frage, reine Routine. Können Sie mir sagen, wo Sie sich gestern zwischen siebzehn und einundzwanzig Uhr aufgehalten haben?«

Das Paar zeigte sich über diese Frage nicht im Mindesten erstaunt.

»Ich war den ganzen Tag hier, leider kann meine Frau das erst ab, wann bist du nach Hause gekommen, *Chérie?*«

»Gegen sechs. Und ja, da hast du dich mit einer Brombeerhecke herumgestritten. Ich war zuerst bei Docteur Valmer, dann bei meiner Schneiderin in Nîmes, ein neues Kleid für die nächsten Auftritte. Esmeralda war um halb fünf fertig, ich habe noch ein wenig eingekauft und mich dann auf den Heimweg gemacht. Unterwegs habe ich noch im Gartenmarkt haltgemacht und drei Sack Pflanzerde gekauft, der Boden ist hier sehr, sehr arm an Mineralien.« Sie zögerte einen Augenblick. »Darf ich fragen, wie Dolcé zu Tode gekommen ist?«

Mathilde stellte ihr Glas ab. »Madame Reinhardt ist ebenfalls erstochen worden.«

Tanya Famosa unterdrückte einen Schrei. »Erstochen! Und niemand hat etwas bemerkt? Amédé, wir sollten uns einen Hund anschaffen. Hier würde uns auch niemand hören, wenn wir um Hilfe schreien. Wenn etwas passiert, bekommt keiner etwas mit. Ich habe mich schon immer gefragt, warum Dolcé wie eine Einsiedlerin leben wollte.«

»Wie eine Einsiedlerin?« Mathilde zog erstaunt die Augenbrauen hoch.

»Ja, in diesem Häuschen vor Caveirac. Kein Nachbar weit und breit. Es war eines der wenigen privaten Treffen mit dem Ensemble. Dolcé hatte uns alle vor etwa drei Monaten eingeladen, damit wir uns kennenlernen. Das muss noch vor dem Geburtstagsfest von

Franck gewesen sein. Damals war noch nicht ganz sicher, ob Franck Romino Plata gewinnen kann.«

»Da wohnte Madame Reinhardt nicht mehr. Sie hat vor ein paar Wochen ein Appartement mitten in Nîmes bezogen.«

Die Eheleute schauten sich erstaunt an.

»Davon hat sie, soweit ich weiß, niemandem erzählt«, wunderte sich Amédé Gignac. »Das ist ja merkwürdig. Sie hat doch sonst nichts für sich behalten.«

»Nun, ihr Mörder muss gewusst haben, wo er sein Opfer finden kann«, meinte seine Frau mit düsterer Stimme. »Nicht wahr, Madame le Juge?«

Mathilde ersparte sich eine Antwort. »Dann will ich Sie nicht weiter behelligen, Madame, Monsieur.« Sie erhob sich, dabei fiel ihr Blick erneut auf die bunte Fotowand.

»Ah, da sehe ich ja Marta Torres. Man spürt sogar auf dem Foto ihre unglaubliche Präsenz. Das ist in der Met, und das sind Sie beide, nicht wahr?«

»Ja, da vorne rechts. Beim Schlussapplaus darf jeder mal nach vorne rücken. Es waren zwei wunderbare Wochen. Schade, dass man das Rad der Zeit nicht zurückdrehen kann. Ich würde sofort wieder nach New York. Dafür könnte ich mich sogar einmal ganz kurz von unserem wunderbaren Zuhause trennen.«

Die Stimme der Musikerin klang wehmütig. Mathilde bedankte sich und verabschiedete sich von dem Künstlerpaar. Sie musste sich eingestehen, dass sie nichts erfahren hatte, was ihre Ermittlungen weiterbringen könnte.

Kapitel 28

Odile empfing Mathilde, obwohl sie sich erst vor ein paar Tagen gesehen hatten, wie den sprichwörtlich verlorenen Sohn, oder in diesem Falle, die verlorene Tochter. Sie schickte sie umgehend auf die Terrasse hinter dem Schloss, wo bereits der Tisch opulent gedeckt war. Drei verschiedene Teller und Bestecke deuteten auf ein ausgiebiges Menü hin. Allein der Anblick des Tischs mit den einfachen geschliffenen Gläsern, den liebevoll drapierten Servietten und den Teelichten in dunkelblauen Gläsern ließ Mathilde in Vorfreude das Wasser im Mund zusammenlaufen.

Rémy kam gerade vom Spaziergang mit den Hunden zurück und umarmte seine Enkelin. »Wir haben uns ja seit einer gefühlten Ewigkeit nicht mehr gesehen. Martin ist ja öfter hier als du. Ich glaube, er macht einen Kochkurs bei Odile.« Er grinste verschmitzt, während sich Henri und Babou an Mathildes Beine drängten, ihre Art, ihr mitzuteilen, wie sie sich freuten und natürlich auf einen Leckerbissen warteten.

»Geht schon mal vor, Jungs, ihr wisst ja, wo eure Leckerchen sind.« Die Labradore verstanden und rannten los. Binnen Sekunden würden sie vor der Küchenschublade des alten Tellerschranks sitzen, wo Kauknochen und getrocknete Hühnermägen auf sie warteten.

Rémy de Boncourt goss sich und Mathilde ein Glas Weißwein ein. Er hielt das Glas gegen die Sonne und drehte es hin und her. »Er funkelt wie Gold. Du schmeckst das ganze Land darin, alles, was uns ausmacht, die Erde, die Sonne, die Steine. Es ist ein Privileg, ihn ernten und reifen lassen zu dürfen. Dessen musst du dir immer bewusst sein, Mathilde.« Er prostete seiner Enkelin zu und nahm einen Schluck.

Mathildes Großvater, der nach dem tödlichen Flugzeugabsturz ihrer Eltern und dem Tod seiner Frau seine Enkelin mithilfe von Odile großgezogen hatte, war der Mensch, dem Mathilde ihre gesamte Einstellung zum Leben zu verdanken hatte. Ihre Liebe zum Terroir, zu ihrer Familie, ihren Gerechtigkeitssinn ohne Wenn und Aber, ihre Loyalität, aber auch ihre Starrköpfigkeit und die Gewissheit, sich auf ihr Bauchgefühl verlassen zu können.

»Wo stecken Vivienne und Sébastien? Haben die Hunde heute etwa frei?«

Rémy seufzte. »Henri ist mittlerweile doch viel zu alt für so einen Blödsinn. Und du kennst doch Babou. Wenn der eine Hasenfährte aufgenommen hat, ist er nicht mehr zu bremsen. Gestern hat sich Sébastien die Schlafmaske seiner Mutter über die Augen gezogen.« Der alte Mann brummte verständnislos, doch dann überzog ein kleines Grinsen sein wettergegerbtes Gesicht. »Ich habe ihm noch gesagt, die Sonnenbrille würde es doch auch tun. Aber du kennst ja unseren Sébastien. Er will es einfach wissen, da ist er wie alle de Boncourts, stur wie ein Esel. Nun, er ist also mit dieser Maske blind wie ein Maulwurf los, und es kam, wie es kommen musste, Babou hat eine Spur erschnüffelt und dachte nicht mehr daran, sein blindes Herrchen brav durch die Felder zu führen. Schon am ersten Graben ist er drüber, und Sébastien lag drin. Einer der Arbeiter von Eglantine hat ihn gehört und nach Hause gebracht. Babou kam mit hängenden Ohren und ohne Beute hinterher. Der Junge hat sich Gott sei Dank nichts getan. Heute ist er mit Vivienne nach Nîmes. Er übernachtet bei seinen Freunden, und seine Mutter hat ein Rendezvous, frag mich nicht, mit wem.«

Mathilde musste laut lachen, als sie sich das ganze Szenario vorstellte. Aber da hatte *grand-père* Rémy recht. Sébastien war auch mit seiner Behinderung ein unglaublich selbstbewusster und selbstständiger junger Mann geworden, obwohl ihn seine Mutter jahrelang geradezu in Watte gepackt hatte. Erstaunlich, dass sie ihm nach den beiden Morden nicht das Proben für die Show untersagt hatte. Doch mittlerweile hatte sich Vivienne der Dickköpfigkeit ihres Sohnes wohl geschlagen gegeben. Mathilde konnte sich lebhaft vorstellen, wie fuchsteufelswild Sébastien auf ein solches Verbot reagiert hätte.

»Wie schön für ihn. Eigentlich wollte ich noch mit ihm reden. Aber das hat Zeit.«

»Wegen deines neuen Falls, der toten Tänzerin in der Arena?«

Mathilde nickte. »Sébastien ist ein guter Beobachter, wenn er nicht gerade eine Schlafmaske vor den Augen hat.«

Ihr Großvater unterbrach sie. »Wenn du meinst, er könnte bei den Proben dieser Flamencotänzer dabei gewesen sein, täuschst du dich. Der Betreuer der Komparsen aus Sébastiens Wohngruppe, Roger, wollte das nicht. Irgendwas mit zu großer Reizüberflutung, die für manche der jungen Leute nicht so gut sein soll. Sie hätten dann wohl ein Problem damit, sich auf ihre Rolle zu konzentrieren. Sébastien war sauer, aber er hat es gleich akzeptiert und sich daran gehalten.«

»Gut, dann kann ich mir das Gespräch sparen. Roger wird wissen, was er tut. Allerdings spätestens, wenn die Show vor Publikum läuft, sind die Reize doch da? Aber es wundert mich schon, dass Sébastien sich so schnell gefügt hat.« Ein wenig Misstrauen schwang in Mathildes Stimme mit. »Aber zu einem ganz anderen Thema. Odile bringt Martin das Kochen bei? Das hat er mir gar nicht erzählt. Ich war eben noch da. Und in der alten Mühle hinter Saint-Fons. Wusstest du, dass sie restauriert und wieder bewohnt ist?«

Rémy schüttelte den Kopf. »Nein, ich komme da nie vorbei. Ich weiß nur, dass der alte Gignac einen Neffen hatte, der sie geerbt hat. Und eine Menge Geld dazu. Er war ein ziemlicher Geizhals, keiner wusste, dass er so viel Geld unter seiner Matratze gehortet hat.«

»Tatsächlich? Unter der Matratze?«

»Ja, unglaublich. Der Neffe kann von Glück sagen, dass die Zugehfrau eine so ehrliche Haut ist. Es müssen weit über zweihunderttausend Euro gewesen sein. Man sagt, der Alte habe das Geld bei Pferdewetten über die Jahre gewonnen. Das war wohl die große Leidenschaft dieses Eigenbrötlers. Ah, da kommt Odile. Hopp, mach dich nützlich.«

Odile hatte ein Drei-Gänge-Menü gezaubert, das jeder Sterneküche, so die Überzeugung von Mathilde und Rémy, alle Ehre gemacht hätte. Und zu jedem Gericht hatte Rémy den passenden Wein herausgesucht. Die kleinen mit Fischfarce gefüllten Tomaten und Zucchini zergingen auf der Zunge, die Entenfilets in einer Soße aus Crème fraîche und Bleu d'Auvergne waren eine Offenbarung und die Weinbergpfirsiche in einem Sirup aus Weißwein und Vanille zum Niederknien, wie Mathilde satt und zufrieden kundtat.

Niemand bemerkte, wie allmählich der Gesang der Zikaden verstummte, bis nur noch ein einzelnes Exemplar im Maulbeerbaum auf sich aufmerksam machte, um dann ebenfalls einzusehen, dass es Zeit zum Ausruhen war. Ein letztes Glas, eine letzte Zigarette, und bis dahin war kein Wort mehr über Mathildes aktuellen Fall gesprochen worden. Sie war unendlich dankbar für diese Atempause. Als sie kurz vor Mitternacht todmüde in ihrem lavendelduftenden Bettzeug versank, galt ihr letzter Gedanke dem Bewusstsein, wie glücklich sie sich doch schätzen konnte, in ihrer liebevollen Familie aufgefangen zu werden.

Am nächsten Morgen brach Mathilde frühzeitig vom Château auf. Rachid erwartete sie mit den Ergebnissen der Kriminaltechnik und dem Obduktionsbefund von Alain Regis. Penelope Garcia saß mittlerweile in Untersuchungshaft. Sie hatte sich ohne großen Protest mitnehmen lassen, beteuerte jedoch unter Tränen, nichts mit dem Tod ihrer Cousine zu tun zu haben.

Felix hatte den beiden Tänzern Tavier und Olschewski erneut einen Besuch abgestattet. Beide hatten ein Alibi für die Zeit, als Dolcé Reinhardt ermordet worden war, sie hatten bei den Nachbarn beim Barbecue gesessen. Und auch für den Mord an Santana Carmona rückten sie in weite Ferne. Der Brief, in dem Philippe Tavier mitgeteilt worden war, er sei enterbt, war mittlerweile Makulatur. Philippes Mutter hatte ein Machtwort gesprochen. Besitz und Vermögen stammten aus ihrer Familie, und sie hatte mit Scheidung gedroht, wenn Philippes Vater nicht endlich einlenkte und seinen Sohn so akzeptierte, wie er war, und zudem auch die Verbindung mit Pjotr Olschewski guthieß. Und all das hatte sich vor dem Mord an Santana ergeben, also kein Grund für einen der beiden, die Tänzerin zu töten. Zwei Verdächtige weniger.

Um halb neun traf sie zeitgleich mit Felix im Polizeipräsidium ein. In dem Großraumbüro, das Mathilde durchquerte, saßen die meisten Polizisten vor ihren Bildschirmen, überhaupt, Bildschirme, wohin man blickte, auf den Schreibtischen, an den Wänden. In Rachids Büro, ihm als leitendem Polizeibeamten stand noch ein separater Arbeitsbereich zu, schien die Zeit stehen geblieben zu sein. Der Schreibtisch zwar chromglänzend, doch nur ein einziger Computerbildschirm, ein Whiteboard an der Wand und ein Holzschrank mit ebensolchem Rollladen, so altmodisch, wie Mathilde ihn schon lange nicht mehr gesehen hatte. Und dazu der Blick auf die Kollegen im Großraumbüro. Mathilde wäre permanent abgelenkt von ihrer Arbeit, gestand sie sich ein. Sie war froh, dass ihr Arbeitsplatz inmitten der Altstadt von Nîmes lag und das Palais de Justice eine, wie sie fand, gelungene Kombination aus dem altehrwürdigen Gebäude des 19. Jahrhunderts und dem modernen Anbau bildete.

Dagegen war das *Hôtel de Police* in der Avenue Pierre Gamal ein seelenloser Zweckbau aus Glas und Beton, der 2004 fertiggestellt worden war. Integration in das Stadtgefüge und die Funktionalität des Gebäudes waren damals die Schlagworte gewesen, mit denen die Planungen publik gemacht worden waren. Also irgendwie nichts wirklich Besonderes. Sagten das nicht alle Architekten, die öffentliche Bauten entwarfen, von sich, dass dies ihr Ansinnen sei? Es war kein Wunder, dass Rachid, Felix und sie ihre Besprechungen lieber in Mathildes gemütlichem Büro abhielten.

Mathilde informierte die beiden Polizisten über ihren eher unergiebigen Besuch beim Ehepaar Gignac, und nach dem nun ausführlichen Bericht von Felix über das Gespräch mit den beiden Tänzern schlossen sie diese endgültig aus dem Kreis der Verdächtigen aus.

»Dann hören wir uns jetzt an, was Penelope Garcia uns zu sagen hat. Ihre Anwältin ist übrigens vor einer halben Stunde hier angerückt.« Rachid Bouraada winkte eine junge Polizistin heran und bat sie, Madame Garcia und ihre Anwältin in sein Büro zu bringen.

»Ich kann mir nicht helfen, aber es fällt mir schwer, in ihr die Mörderin ihrer Cousine und vielleicht auch Santanas zu sehen.« Mathilde trat zum Fenster und blickte auf eine eintönige Häuserfront. Wie anders war doch die Sicht, die sie aus ihrem Büro genießen durfte. Hier der umgesetzte Nullachtfünfzehn-Entwurf eines Städteplaners, da das seit Jahrhunderten bestehende kolossale Bauwerk der römischen Arena.

»Mir geht es ebenso. Das ganze Szenario stimmt einfach nicht. Nehmen wir einmal an, sie hätte die wertvolle Figur stehlen wollen, und ihre Cousine erwischt sie dabei, dann müsste die Leiche im Wohnzimmer liegen oder mit dem Rücken zur Haustür. Nein, Dolcé Reinhardt hat die Tür geöffnet, jemand ist auf sie zugegangen und hat sie, aus welchem Motiv auch immer, getötet.«

»Commandant, Madame Garcia und Maitre Jannot.«

Eine sichtlich angegriffen aussehende Penelope Garcia musste von ihrer Anwältin regelrecht in das Büro geschoben werden. Die Rechtsanwältin begrüßte die drei Anwesenden mit Handschlag und drängte ihre Klientin dann einfach zu einem Stuhl. Penelope Garcia nahm widerstrebend Platz, Maitre Jannot setzte sich daneben. Die Anwältin hatte die sechzig bereits überschritten, ihr Auftreten und ihre Miene spiegelten Kompetenz und Einsatz wider.

»Na, dann legen Sie mal los, was haben Sie meiner Mandantin denn vorzuwerfen?«, fragte sie mit rauchiger Stimme.

Mathilde wandte sich an die junge Tänzerin, die wie ein Häufchen Elend auf ihrem Stuhl hockte.

»Madame Garcia. Sie müssen mir vorab einmal eine Sache erklären. Warum haben Sie überhaupt angerufen, um uns mitzuteilen, eine wertvolle Figur sei aus dem Schlafzimmer ihrer Cousine gestohlen worden? Hätten Sie den Mund gehalten, wir wären Ihnen wahrscheinlich nie auf die Schliche gekommen. Erst durch die Erwähnung einer angeblich gestohlenen Porzellantänzerin sind wir nämlich darauf gekommen, dass in Wirklichkeit etwas ganz anderes aus dem Besitz von Madame Reinhardt verschwunden ist. So ist es doch?«

Maitre Jannot öffnete den Mund, schloss ihn wieder und sah ihre Mandantin fassungslos an. Diese wurde noch bleicher, als sie schon war, und brach in lautes Schluchzen aus. Aus der Handtasche der Anwältin wanderte ein Papiertaschentuch zu Penelope, die sich die Nase putzte und dann fast erleichtert nickte.

»Danke, Maitre Jannot. Ich habe Sie vorhin angelogen. Ich habe überhaupt gelogen. Ich weiß ja auch nicht, was mir da in den Sinn gekommen ist. Ich habe geglaubt, ja, ach, ich habe gar nichts geglaubt. Es war eine Kurzschlusshandlung. Und weil ich befürchtet habe, Sie …« Penelope Garcia sah entschuldigend zu Mathilde, »… würden bemerken, dass etwas fehlt, schließlich waren Sie ja schon einmal in Dolcés Wohnung, habe ich vorgebaut und wollte irgendwie von dem Vogel ablenken.«

»Von welchem Vogel ist denn da die Rede? Kann mich mal jemand aufklären?« Die Anwältin warf Penelope einen verärgerten Blick zu.

»Nun, das Ganze hat sich offenbar wie folgt abgespielt«, fuhr Mathilde fort. »Wenn ich falschliege, unterbrechen Sie mich einfach. Ist das in Ordnung für Sie, Madame Garcia?«

Die junge Tänzerin nickte.

»Angeblich soll eine sehr wertvolle Porzellanfigur einer Tänzerin auf dem Nachttisch in Madame Reinhardts Schlafzimmer gestanden haben. Ein wenig merkwürdig, nicht wahr? Wenn man bedenkt, dass der Kater sie mit einem Satz herunterwerfen könnte? Mit dieser Figur wollten Sie jedoch ablenken. Es gibt tatsächlich eine kleine Porzellantänzerin in der Sammlung ihrer Cousine, doch die hat keinen großen materiellen Wert, vermute ich einmal.«

Wieder nickte Penelope Garcia. Ihre rechte Hand hielt das Taschentuch umklammert, als könne der Papierfetzen ihr Halt geben.

»Was jedoch von Wert ist, das haben Sie gestohlen. Einen Papagei, hier kann ich nur vermuten, aus Meißen?«

»Ja, Meißner Porzellan«, hauchte Penelope Garcia. Erneut stiegen ihr Tränen in die Augen. »Dolcés kostbarster Besitz. Und ich habe ihn einfach gestohlen. Es tut mir so leid. Ich gebe ihn ja zurück.«

Maitre Jannot, die sich vom ersten Schock erholt hatte, tätschelte ihrer Mandantin beruhigend die Hand.

»Mir ist tatsächlich erst aufgefallen, dass in der Vitrine etwas fehlt, als Sie, Madame Garcia, uns über einen Diebstahl informiert haben. Nun, das war Ihr Pech. Hat Ihre Cousine Sie dabei erwischt?«

»Nein, nein. Dolcé war schon tot, ich schwöre es. Es war, wie ich sagte. Ich kam zurück, die Tür war angelehnt, ich ging rein. Da lag sie. Tot. Und alles voller Blut. Ich muss von Sinnen gewesen sein. Ich bin ins Wohnzimmer, weil ich mir Sorgen um Chouette gemacht habe, und habe den Kater gesucht. Er war im Schlafzimmer eingesperrt. Und ich habe geschrien und geschrien. Und dann, als ich den Vogel in der Vitrine gesehen habe, habe ich einfach zugegriffen. Ja, einfach so. Ohne zu überlegen, und habe ihn in meine Tasche gesteckt. Dann kam auch schon Docteur Rossi. Und dann war es so, wie Sie sagten. Ich habe Angst bekommen, Sie könnten sich an den Vogel erinnern, er ist ja schon sehr auffällig zwischen alldem anderen Kram. Und wollte von ihm ablenken. Aber ich habe Dolcé nicht getötet. Ich war die ganze Zeit mit Michael zusammen, er kann das bestätigen. Und welchen Grund sollte ich denn gehabt haben? Vielleicht hat der Mörder ja einen Hass auf Tänzerinnen, und deshalb mussten Santana und Dolcé sterben. Es gibt doch solche Perversen. Oder? Die einen ermorden Prostituierte, die anderen Tänzerinnen.«

Penelopes Stimme klang zunehmend hysterisch, und Maitre Jannot bat mit allem Nachdruck um Beendigung der Befragung. »Sie sehen doch, wie es meiner Mandantin geht. Und die Bestätigung des Alibis habe ich bereits von Monsieur Witherspoon erhalten. Sie waren ja so liebenswürdig, Commandant Bouraada, mir den ungefähren Zeitpunkt der Ermordung Madame Reinhardts mitzuteilen. Und daher werde ich meine Mandantin nun mitnehmen. Und die Sache mit dem Papagei ist ja nun auch geklärt. Dafür wird sich Madame Garcia auch verantworten, aber nicht bei der Mordkommission. *Au revoir,* Madame le Juge, Messieurs.«

»Nun, das ist schon eine kuriose Geschichte, vielleicht hat Madame Garcia sogar deswegen den Diebstahl gemeldet, weil ihr Unterbewusstsein sie dazu gedrängt hat. Ich meine, weil sie vielleicht sogar darauf gehofft hat, dass man sie entlarvt. Weil sie sich nicht getraut hat, den Diebstahl zu gestehen«, tat Felix, nachdem die Tänzerin und ihre Anwältin gegangen waren, seine Überlegungen kund.

»Das mag durchaus sein«, stimmte ihm Rachid zu. »Nur sind wir in unseren Mordfällen damit kein Stück weitergekommen. Wir können allerdings Madame Garcia für den Mord an ihrer Cousine ausschließen.«

Es klopfte kurz an der Bürotür, und der Leiter der Kriminaltechnik kam herein.

»Sehr schön, dann habe ich ja alle beisammen, denen ich etwas zu berichten habe«, sagte er zufrieden lächelnd. »Hier ist alles noch einmal schriftlich.« Marius legte eine Mappe auf Rachids Schreibtisch. »Ich kann es allerdings kurz machen. Das Opfer hat dem Mörder die Tür geöffnet. Die Lage lässt keinen anderen Schluss zu. Dolcé Reinhardt hat noch zwei Schritte rückwärts gemacht, dann muss der Täter so nahe an sie herangekommen sein, dass er zustechen konnte. Sie ist in die Knie gegangen und nach hinten gekippt. Habt ihr schon das Obduktionsergebnis?«

Mathilde und die beiden Polizisten verneinten.

»Nun, wir haben keine Tatwaffe gefunden. Madame Reinhardt wohnte noch nicht sehr lange in diesem Appartement. Einige Kisten waren noch nicht einmal ausgepackt. Unter anderem Küchenutensilien. Ein vollständiger Messerblock steht auf der Küchenarbeitsplatte, diverse Messer haben wir auf dem Boden eines Kartons unter Töpfen und Pfannen gefunden. So wie es aussieht, hatte der Täter seine Waffe dabei.«

»Genau wie bei Santana Carmona«, murmelte Mathilde. »Der Unterschied ist, dass sie innerlich verblutet ist und Madame Reinhardt geradezu in ihrem Blut schwamm.«

Kurz breitete sich Schweigen im Büro aus, dann fuhr Marius fort. »Es gibt keine Spuren, die wir einem Täter zuordnen könnten. Er muss die Wohnung nach dem Mord direkt wieder verlassen haben. Die Auswertung des Computers und des Handys von Madame Reinhardt wird noch etwas dauern. Mehr habe ich leider nicht für euch. Nicht den kleinsten Hinweis auf einen Mörder.« Er hob entschuldigend die Achseln.

»In der Tat, viel ist das wirklich nicht. Und eine Verdächtige, die Cousine, mussten wir eben laufen lassen. Kein wirkliches Motiv und dazu noch ein Alibi«, seufzte Felix. »Vielleicht hilft uns ja das Obduktionsergebnis weiter.«

Als hätte der Gerichtsmediziner das Seufzen des Lieutenant gehört, klingelte Rachids Telefon. »Du hast einen guten Draht zu unserem Doktor, Felix«, verkündete er schmunzelnd und nahm das Gespräch an.

»*Bonjour*, Regis. Ja, Madame le Juge ist auch hier. Was gibt es Interessantes?« Der Commandant lauschte, während Mathilde, Felix und Marius gespannt warteten. »*Merci*, ich werde das Ergebnis gleich weitergeben. *Au revoir.*«

Rachid räusperte sich. »Regis hat den Todeszeitpunkt eingegrenzt. Madame Reinhardt ist zwischen siebzehn und neunzehn Uhr getötet worden. Der Täter ist Rechtshänder. Der Stichkanal in Brust und Hals legt nahe, dass er zwischen einem Meter siebzig und einem Meter achtzig groß ist. Bei der Waffe handelt es sich nicht, wie bei Madame Carmona, um eine Art Stilett, sondern um ein Messer mit einer circa zweieinhalb Zentimeter breiten und maximal zwanzig Zentimeter langen Klinge, Regis sagte, Typ normales Küchenmesser. Das sind für den Moment die wichtigsten Fakten«, schloss er seinen knappen Bericht.

»Und wie Marius schon sagte, offensichtlich kein Messer aus dem Besitz des Opfers. Erstens fehlt im Messerblock keins, und zweitens ist der Täter auch nicht weiter in das Appartement vorgedrungen. Aber wer bitte schleppt ein Küchenmesser von dieser Größe mit sich herum? Ein Metzger oder vielleicht ein Koch?«, sprach Felix das aus, was die anderen dachten.

»Bei Koch fallen mir nur die Eltern Carmona ein. Aber das erscheint mir schon ein wenig weit hergeholt.«

»Es sei denn, sie halten Dolcé Reinhardt für den Tod ihrer Tochter verantwortlich. Ein Racheakt.«

»Gut, überprüfen wir umgehend, wo sich die Eltern und auch der Bruder und der Verlobte während der Tatzeit aufgehalten haben. Felix, kümmerst du dich bitte gleich darum.«

Felix nickte, verließ das Büro und kehrte keine Minute später wieder zurück. »Das war eine kurze Angelegenheit. Die Familie saß in diesen zwei Stunden mit Verwandten und Freunden in der Einsegnungshalle des Friedhofs und hielt Totenwache. Dafür gibt es mindestens zwanzig Zeugen.«

»Nun, ich muss dann mal wieder los«, verabschiedete sich Marius. »Sollten wir noch etwas finden, eine kleine Morddrohung unter Madame Reinhardts E-Mails beispielsweise, melde ich mich natürlich umgehend. Macht's gut, *et bonne chance.*«

Zurück ließ der Kriminaltechniker drei ratlose Ermittler. Vielleicht würden sie wenigstens ein paar Antworten auf ihre Fragen bei Sara Carmona finden, so die Hoffnung. Während sich Mathilde und Rachid auf den Weg nach Saintes-Maries-de-la-Mer machten, entschloss sich Felix, der *manade Paille* bei Arles einen Besuch abzustatten. Es interessierte ihn mittlerweile wirklich, wie mit den Pferden gearbeitet wurde, und schließlich hatte das Gespräch mit Benjamin Leroux ja ein abruptes Ende gefunden.

Kapitel 29

»Wenn man sich einmal an Ihren Fahrstil gewöhnt hat, macht es eigentlich Spaß, mit Ihnen im Cabrio durch die Gegend zu fahren.« Rachid lehnte sich entspannt zurück.

Mathilde fuhr zügig, immer ein klein wenig über der erlaubten Höchstgeschwindigkeit und mit dem richtigen Riecher für die zahlreichen Blitzapparate auf der Landstraße. Es war vollkommen windstill, und die Sonne brannte von oben herab auf ihre Köpfe.

»Ich habe im Handschuhfach eine Kappe, wenn es Ihnen zu heiß auf dem Kopf wird.«

»Nein, ist schon okay. Sie kennen mich doch, Hitze und Sonne machen mir nichts aus.«

Mathilde hatte sich ein Kopftuch umgebunden, das im Nacken geknotet war.

»Sie erinnern mich an Grace Kelly in einem Film mit Cary Grant. Ich glaube, es ist *Über den Dächern von Nizza*. Mit diesem Kopftuch und der Sonnenbrille, meine ich.« Rachid geriet plötzlich ins Stocken. Konnte man eine Frau einfach so mit einer anderen vergleichen?

Mathilde lachte. »Danke für das Kompliment. Ich kenne den Film. Grace Kelly ist darin einfach hinreißend. Ist sie die Diebin, oder ist Cary Grant der Dieb? Das bekomme ich im Moment nicht zusammen?«

»Grant ist eigentlich ein Dieb, aber in Nizza hat er sich nichts zuschulden kommen lassen. Es ist irgendeine Frau, die seine Arbeitsweise imitiert, glaube ich, mich zu erinnern. Es gibt natürlich ein Happy End. Seine Unschuld stellt sich heraus, und er beginnt mit Grace Kelly ein neues Leben. Und wenn sie nicht gestorben sind …«

»… dann leben sie noch heute«, ergänzte Mathilde lächelnd. Doch sofort wurde sie wieder ernst. »Ein Traumpaar. Und beide mittlerweile verstorben. Aber apropos Diebstahl. Was ist dieser Penelope nur in den Kopf gekommen? Ich komme einfach über diese naive Geschichte nicht hinweg. Ich hoffe für sie, die Richter fällen ein einigermaßen mildes Urteil.«

Mathilde klappte die Sonnenblende herunter. Sie passierten den *Parc naturel régional de Camargue.* Rechts von ihnen lag der Étang de Scamandre, ebenfalls ein ausgewiesenes Naturschutzgebiet, und links, inmitten der Camargue, der Étang de Vaccarès, ein flaches Salzwassergewässer, das die Menschen vor allem wegen seiner riesigen Flamingopopulation anlockte. Bis nach Saintes-Maries-de-la-Mer waren es nur noch wenige Kilometer.

Rachid nickte zustimmend. »Mir geht es ebenso. Diese Sache ist zwar geklärt. Aber das war's auch schon. Mit den beiden Morden sind wir, außer einige Verdächtige ausschließen zu können, kein Stück weitergekommen.« Er ließ seinen rechten Arm aus dem offenen Seitenfenster baumeln und atmete tief ein. »Eigentlich ist diese Landschaft viel zu betörend, um sich über Morde zu unterhalten. Schauen Sie, da.«

Er wies auf eine Herde Stiere, die ruhig auf einer weitläufigen Weide stand und an dem kargen Gras knabberte. Weiß glänzend hoben sich ihre langen gebogenen Hörner von den schwarzen Leibern ab. Auf einer mit niedrigen Büschen bestandenen Fläche daneben grasten die kleinen zähen Camarguepferde. Ein paar dunkle Fohlen tollten dazwischen herum, auf einem der Tiere saß ein Vogel und pickte im Fell des Pferdes, das dies gelassen geschehen ließ.

»Das nenne ich mal eine Win-win-Situation«, bemerkte Rachid schmunzelnd. »Der kleine Kerl findet Nahrung, und das Pferd wird von lästigen Parasiten befreit. Es liegt ein solcher Frieden über alldem. Ich würde gerne mal die Landschaft zu Pferd erkunden. Hätten Sie nicht auch Lust dazu?«, fügte er zu Mathildes Erstaunen hinzu. Es fiel ihr schwer, den freudigen Eifer in ihrer Stimme ein wenig zu dämpfen.

»Und wie. Ich bin schon lange nicht mehr geritten. Ich hatte als Kind ein Pony. Es ist schon lange tot. Und eigentlich hatte ich immer mal vor, wieder mit dem Reiten anzufangen. Man verlernt es ja nicht. Nur fehlte mir bisher die Zeit. Das heißt, es fehlte vielleicht auch der nötige Ansporn. Aber bei dieser Einladung kann ich nicht widerstehen. Und Sie, sind Sie schon einmal geritten?«

»Sagen wir mal so, ich bin schon mal auf ein Pferd gestiegen, und es hat mich durch die Gegend getragen. Aber die Tiere, die man hier mieten kann, sind doch sicherlich ganz brav. Also, nein, ich kann nicht reiten, aber ich traue es mir zu, mit Ihnen einen Ausritt durch die Camargue zu wagen.«

»Sobald wir diesen verflixten Fall gelöst haben. Hoffen wir nur, dass uns nicht das Ungeheuer von Vaccarès begegnet, sonst fliegen wir schneller aus dem Sattel, als uns lieb ist.« Mathilde schob ihre Sonnenbrille auf das Kopftuch und sah Rachid düster von der Seite an. »Mit dem ist nämlich nicht zu spaßen.«

»Wollen Sie mir etwa Angst einjagen?« Rachid lächelte. »Ich habe schon von der Bestie gehört. Sie soll halb Ziege, halb Mensch sein.«

»Genau. *La Bèstio dóu Vacarès*, wie die Provenzalen sagen. Ein Wesen, das der heidnischen Glaubenswelt entsprungen ist. Ich liebe diese Geschichten. Odile hat mich als Kind damit versorgt. Soweit ich weiß, hat das Wesen bisher noch niemandem etwas zuleide getan. Es jagt den Menschen, die es sehen, einfach nur einen Schrecken ein. Also mir erscheint der Begriff Bestie nicht angebracht. Es ist einfach ein Fabelwesen, und es gehört wie die Pferde und die Stiere zu dieser Region, sie sind der Herzschlag der Camargue.« Mathilde presste die Lippen zusammen und nickte zur Bekräftigung ihrer Worte. »Oh, schauen Sie mal da, diese *cabanes*. Sie sind neu erbaut, und genau in der Form wie die alten Hütten dahinter. Wahrscheinlich als Ferienhäuschen für die Touristen.«

Tatsächlich standen auf einem kleinen Parkplatz vor den vier weißen Häusern Autos mit ausländischen Kennzeichen. Die *cabanes* genannten Unterkünfte beherbergten einst vor allem die *gardians*, die Hirten der Pferde und Stiere, aber auch Fischer und Schäfer.

Die Gebäudeform sollte an einen Bootsrumpf erinnern, das steile Reetdach besaß eine aufgesetzte Haube aus Lehm. So einfach wie genial war der hintere Teil des Hauses immer gegen die Richtung des kalt und stürmisch blasenden Mistral konzipiert. Weiß gekalkt und mit kleinen Fenstern ausgestattet, hielten sie die sommerliche Hitze ab.

»Es ist schon eine einzigartige Gegend. Wo sonst noch findet man dieses intensive Bewahren alter Traditionen«, stellte Mathilde einmal mehr fest. Stolz regte sich in ihr und dieses Glücksgefühl, in einer solch wunderbaren Region leben zu dürfen.

»Wir sind gleich da. Allerdings etwas zu früh. Wollen wir noch schnell einen Kaffee trinken?«, schlug sie vor. »Ich bin zwar schon längere Zeit nicht mehr hier gewesen, aber die unzähligen Cafés und Bistros wird es ja noch geben. Wir parken einfach in der Nähe des Hauses der Großmutter und gehen dann von dort zu Fuß.«

Doch so einfach, wie Mathilde es sich vorgestellt hatte, war es nicht. Der kleine Ort platzte aus allen Nähten. So erstaunlich wenig Verkehr auf der Landstraße geherrscht hatte, so voller Touristen war Saintes-Maries-de-la-Mer an diesem Wochen- und Ferientag. Seit Jahrzehnten übte der Ort eine große Faszination auf die Besucher aus aller Herren Länder aus. Seine Lage in der Camargue, dazu ein Zugang zum Meer und seine Historie als Wallfahrtsort zogen Urlauber, Künstler und Aussteiger zu Tausenden an, und trotz der Massen, die im Juli und August den kleinen Ort bevölkerten, hatte Saintes-Maries-de-la-Mer für die meisten nichts von seinem Charme verloren.

Im Schneckentempo passierten sie die ersten Meter nach dem Ortsschild. »Sehen Sie, *Crin Blanc*. Da auf dem Rond Point. Ich liebe diese Geschichte, so traurig sie auch ist.«

Auf der Verkehrsinsel verkörperte ein weißes Pferd aus hellem Stein inmitten hoher Gräser den Hengst, der in der Geschichte von Albert Lamorisse von einem Jungen gezähmt wird, und, als man das Pferd von dem Kind trennen will, verschwinden beide in der Weite des Meeres.

Endlich fand Mathilde einen Parkplatz drei Straßen von der

Rue Sadi Carnot entfernt, in der Saras Großmutter lebte. Gekonnt quetschte sie den Wagen in die kleine Lücke. Sie ließen sich von den Urlaubern durch die Fußgängerzone treiben, bis Mathilde an der Place des Remparts einen freien Tisch mit Stuhl entdeckte und sicherte. Rachid erbat sich eine zweite Sitzgelegenheit vom Nachbartisch, und wenige Minuten später standen zwei kleine starke Kaffee und eine Karaffe Wasser mit Gläsern vor ihnen.

»Jetzt bleiben uns noch genau sieben Minuten«, errechnete Rachid und rührte Zucker in seinen Kaffee. »In zehn Minuten werden wir erwartet.«

Mathilde wedelte ein paar Krümel von der Tischplatte. »Wissen Sie, von was ich immer stärker überzeugt bin, je länger ich darüber nachdenke?«, fragte sie und nippte an dem heißen Kaffee.

»Ich kann es mir denken. Und ich schätze mal, mir geht es genauso. Die beiden Morde haben etwas gemeinsam und sind doch unterschiedlich. Wir haben es mit zwei Tätern zu tun.«

Mathilde nickte bestätigend. »Einen Raubmord im Fall Dolcé Reinhardt können wir ja nun vergessen. Die Frage, ob es einen Zusammenhang zwischen den beiden Morden gibt, ist offen. Aber es gibt zwei Täter, davon bin ich überzeugt. Zwei tote Tänzerinnen, beide getötet mit einem Messer. Das sind die Gemeinsamkeiten. Die Unterschiede, eine stirbt an ihrem Arbeitsplatz, die andere zu Hause. Die eine wird mit einem Stilett verletzt, verblutet innerlich. Eine Tat im Affekt, nicht wirklich mit dem Wunsch zu töten, wie Felix angemerkt hat? Diese Frage ist berechtigt. Ganz anders die Sachlage bei Dolcé Reinhardt. Ein Küchenmesser, zweimal gezielt eingesetzt. Mit der festen Absicht zu töten? Ich würde sagen, ja. Ich frage mich, ob dieser zweite Mord vielleicht nicht geschehen wäre, wenn es den ersten nicht gegeben hätte.« Mathilde leerte ihre Tasse und füllte ein Glas mit Wasser.

Rachid rieb sich mit dem Zeigefinger über die Nasenwurzel und knüpfte an Mathildes Überlegungen an. »Ein Mord im Affekt, Santana, ein Mord mit Kalkül, Dolcé. Über die erste Tatwaffe ist niemals etwas verlautbart worden. Bekannt ist lediglich, dass das erste Opfer erstochen worden ist. Gehen wir also einmal davon aus, dass die zweite Tat geplant war, der Mörder das Messer nur aus dem Grund mit sich geführt hat, Madame Reinhardt zu töten, dann gibt es nur ein Motiv, abgrundtiefer Hass auf die Tänzerin. Allerdings, wo mag der Grund für so viel Hass liegen? Eifersucht? Unerwiderte Liebe? Eine seelische Verletzung? Rührt er aus der Vergangenheit? Eine aktuelle Geschichte? Hat die Person erst unter dem Eindruck des Mordes an Santana getötet, wie Sie vorhin angedeutet haben?«

Mathilde legte das Geld für die beiden Kaffee in die kleine Schale, in der die Rechnung lag. »Wenn dem so war, können wir davon ausgehen, dass diese Person wahrscheinlich ein Alibi für Mord Nummer eins hat. Also müssen wir nur noch die mit Alibi berücksichtigen, und schon haben wir Dolcés Mörder. Allerdings sind das gefühlt fast alle Beteiligten«, seufzte sie. »Dann wollen wir mal. Ich setze meine ganzen Hoffnungen jetzt auf Sara Carmona.«

Von der Place des Rempart bis in die Rue Sadi Carnot war es ein Fußweg von drei Minuten. Um Mathilde und Rachid pulsierte das Leben. Sie wichen Kindern mit riesigen Eistüten aus und jungen Mädchen, die Arm in Arm und ihre Smartphones vor den Gesichtern die Welt um sich herum vergaßen. Wortfetzen in allen Sprachen drangen an ihre Ohren.

»Wie muss es hier erst während der Wallfahrt und der Feria zugehen?«, fragte Rachid.

»Na, zumindest während der Wallfahrt zu Ehren der Schwarzen Sara im Mai ist wenig von den Touristen zu sehen. Da ist der ganze Ort fest in der Hand der *gitanes*. Und ich glaube nicht, dass es ihnen gefällt, von Touristen begafft zu werden. Die Wallfahrt ist eine ernste religiöse Angelegenheit. Wie die Wallfahrt nach Mekka. Nehme ich mal an.«

»Da haben Sie vollkommen recht. Da verbittet man sich auch neugierige Zuschauer. Allerdings war ich noch nie da.«

»Wussten Sie, Rachid, dass der Marienkult während der Französischen Revolution verboten war? Und damit natürlich auch die Wallfahrt. Und dass erst in der ersten Hälfte des 19. Jahrhunderts der Ort seinen Namen bekam?«

»Nein, ich dachte, er hätte schon immer so geheißen.«

»Da sehen Sie mal, Reisen mit Mathilde de Boncourt bildet.« Mathilde strahlte.

»Und wussten Sie, dass Vincent van Gogh eine ganze Reihe von Bildern hier gemalt hat? Falls nicht, auch mit Rachid Bouraada unterwegs zu sein, erweitert den geistigen Horizont«, gab er schmunzelnd zurück. »Die alten *cabanes*, an denen wir vorbeigekommen sind, hat er verewigt. Und die Boote am Strand. Mein Vater hat einen Druck davon im Wohnzimmer hängen. Und ob Sie es glauben oder nicht. Wenn er mal auf einem Flohmarkt ist, schaut er in jeden Karton und in jede Kiste, ob da nicht ein kleines Meisterwerk auf seine Entdeckung wartet.«

»Dass Ihr Vater ein Schatzsucher ist, kann ich mir denken. Da kann er sich mit Martin zusammentun. Vielleicht stöbern die beiden ja mal einen echten van Gogh auf. Wenn man bedenkt, dass er zu Lebzeiten so gut wie nichts verkauft hat. Ich liebe seine Bilder.«

Der Augenblick der Leichtigkeit verflog, als sie vor ihrem Ziel angelangt waren. Keine fünf Minuten später mussten die Untersuchungsrichterin und der Commandant auf dem Absatz kehrtmachen, ohne Sara Carmona auch nur zu Gesicht bekommen zu haben. Ein Bär von einem Mann, Saras Onkel, wie sich herausstellte, hatte ihnen die Tür geöffnet und rundweg erklärt, seine Schwiegermutter fühle sich schlecht und wolle niemanden im Haus. Und Sara sei nicht ansprechbar. Die ganze Arbeit mit der Großmutter und dem Haushalt, dazu der Tod ihrer Schwester haben sie vollkommen erledigt. Das Mädchen brauche seine Ruhe. Und außerdem habe sie auch keine Lust, mit den Flics zu reden, Rechtsverdreher und Schergen eines politischen Systems, das die Rechte der Armen und Minderheiten mit Füßen trete, wären sie. Das seien nicht seine Worte, sondern die seiner Nichte, man solle ihre Einstellung respektieren.

Und schon war die Tür wieder zu. Zwar wurde ihnen nach mehrfachem Klopfen wieder geöffnet, doch da half auch nicht der Hinweis, man habe es mit Saras Eltern so verabredet, und Sara habe dem Gespräch zugestimmt.

»Was gestern war, war gestern, was heute ist, ist heute«, war die philosophisch anmutende Antwort des Onkels, und die Tür schloss sich erneut.

»Da fällt mir nichts mehr ein. Den Haushalt für die Großmutter, Onkel und Cousins kann sie machen. Da sollten die Männer dem Mädchen vielleicht mal ein wenig Erholung gönnen. Unfassbar«, echauffierte sich Mathilde.

»Es macht keinen Sinn, sich darüber aufzuregen. Sie wollen das Mädchen nur schützen. Ich denke, in ein paar Tagen ist sie so weit. Und wir können sie nicht zwingen, mit uns zu reden. Bis dahin konzentrieren wir uns auf den Mord an Dolcé Reinhardt«, beschwichtigte Rachid.

»Nein, natürlich können wir sie nicht zwingen. Aber ich hatte mir erhofft, endlich durch dieses Gespräch mit unseren Ermittlungen ein Stück weiter zu kommen. Wenn wir nicht wissen, mit wem Santana weggehen wollte, fehlt uns ein wichtiges Glied in der Kette.«

»Aber nur im Fall Carmona.«

»Sie haben natürlich recht, Rachid. Es ärgert mich einfach, dass wir den Weg umsonst gemacht haben.« Mathilde zog ihre Zigarettenschachtel aus der Handtasche und zündete sich eine Zigarette an. »Haben Sie die Musik im Haus gehört? Wenn das mal nicht Marta war. Ihre Stimme ist unverwechselbar.« Sie zog zweimal an ihrer Gauloise, runzelte die Stirn, dann lächelte sie breit. »Ich habe da so eine Idee. Wenn wir nicht ins Haus dürfen, wie wäre es, wenn wir Marta Torres schicken, sie ist über jeden Zweifel erhaben. Vielleicht spricht das Mädchen ja mit ihr. Und sie hat angeboten, wenn wir mit der Familie nicht weiterkommen, uns zu unterstützen.«

Rachid presste die Lippen zusammen. »Hm, das mag sein, allerdings ist mir nicht ganz wohl dabei, eine Zivilistin mit einer solchen Aufgabe zu betrauen, auch wenn Madame Torres sicher ganz besondere Eigenschaften besitzt. Aber wir könnten sie zusammen mit Coco losschicken. Eine weltbekannte Opernsängerin und eine junge Frau, nur wenige Jahre älter als Sara. Sie hat das mit den Schülern im Château des Cigales auch sehr gut hinbekommen, die jungen Leute fassen schnell Vertrauen zu ihr. Ich werde bei Capitaine Taux nachhören, ob Coco abkömmlich ist. Was halten Sie davon?«

Mathilde drückte ihre Zigarette aus und beförderte sie in den nächsten Mülleimer. »Eine sehr gute Idee. Ich kann mir nicht vorstellen, dass die Eltern dagegen einen Einwand erheben. Im Gegenteil. Auch für sie ist Marta eine Respektsperson, der man Zuneigung und Vertrauen entgegenbringt. Und hinter Marta fällt Coco noch nicht einmal auf.« Sie schmunzelte bei dem Gedanken, wie die Operndiva im wallenden Gewand das Haus betrat, die zierliche junge Polizistin im Schlepptau.

Eine Viertelstunde später konnten Mathilde und Rachid für den außergewöhnlichen Einsatz grünes Licht geben. Rachid hatte Coco Mollard genau instruiert, Mathilde mit Marta Torres die geplante Vorgehensweise besprochen. Die Sängerin verschaffte sich den Zutritt ins Haus, und Coco sollte den Rest übernehmen. Es gab im Grunde genommen nur drei Fragen zu klären. Hatte Santana vor, die Verlobung mit Ricardo zu lösen, wer wusste davon, und gab es einen anderen Mann in ihrem Leben?

Rachid hatte noch vorgeschlagen, mit Mathilde auf die Ankunft der beiden Frauen zu warten, doch Coco hatte abgewinkt und erklärt, sie werde das schon hinbekommen. Sie sei mit dem Fall vertraut, Felix habe sie immer auf dem Laufenden gehalten. Das sei doch hoffentlich in Ordnung gewesen? Und ihre Instruktionen habe sie ja nun von ihm höchstpersönlich bekommen. Sie würde Marta Torres gleich einsammeln und sich sofort auf den Weg machen, vielleicht könne sie schon bald ihre Ergebnisse präsentieren.

Rachid hatte sich ein Schmunzeln nicht verkneifen können. So mochte er seine Mitarbeiter, engagiert und mit Kopf und Herz dabei.

»Ich kann mir unsere junge Kollegin lebhaft vorstellen.« Mathilde erinnerte sich genau an die erste Begegnung mit der Polizistin, als diese noch ihren Dienst an der Seite von Dédé Borie, *Brigadierchef principal* der *Police municipale* von Montauban-sur-Vidourle versehen hatte. Schon während der Ermittlungen im Fall der mysteriösen Todesfälle im *Temple de la lumière* hatte sie das Team aus Nîmes tatkräftig unterstützt und im Anschluss alles dafür getan, nach Nîmes versetzt zu werden, um so oft wie möglich mit Rachid Bouraada zusammenarbeiten zu können. »Sie hat wahrscheinlich schon mit den Hufen gescharrt, um wieder in Ihrem, unserem Team mitarbeiten zu können. Ich vermute einmal, Sie haben das Scharren gehört.«

»Nicht nur gehört, sondern auch erhört. Ich schätze, sie wird einen guten Job machen.«

Mathilde und Rachid schlenderten zum Wagen und machten sich auf den Weg zurück nach Nîmes. Während der Fahrt gingen sie die Namen der Personen durch, die bereits im Zusammenhang mit Santana Carmona befragt worden waren. Sie mussten einfach wieder bei null anfangen, um ein Motiv für den Mord an Dolcé Reinhardt zu finden. Penelope Garcia und Michael Witherspoon konnten ausgeschlossen werden, beide hatten ein Alibi, Grandjean hatte mit dem Tod der Tänzerin seine letzte Hauptdarstellerin verloren, und dieser Teil der Show war komplett abgesagt worden. Also profitierte aus dem Ensemble niemand. Ein Verbrechen aus Leidenschaft kam für Olschewski und Tavier ganz sicher nicht infrage. Einig waren sich Mathilde und Rachid darüber, dass sie ab jetzt von zwei Mördern ausgehen sollten, sei es nun im Fall Reinhardt eine Art Trittbrettfahrer oder ein Täter, der mit dem Fall Santana Carmona nicht im Mindesten etwas zu tun hatte. Das hieß, das gesamte Umfeld Dolcé Reinhardts musste neu beleuchtet werden.

»Ich werde mich morgen noch einmal in ihrer Wohnung umsehen, vielleicht finden wir irgendeinen Hinweis auf was weiß ich. Wenn wir Glück haben, hat Marius etwas auf dem Computer oder Handy von Madame Reinhardt für uns entdeckt. Ich weiß nicht, ob es diese brütende Hitze ist, aber dieser Fall zehrt ganz schön an meinen Kräften.«

»Dann sollten wir für heute Schluss machen. Würden Sie bitte etwas langsamer fahren?«

»Habe ich einen Blitzer übersehen?«, fragte Mathilde und bremste ab.

»Nein, und wenn, Sie haben sich ja ausnahmsweise mal unterhalb der Höchstgeschwindigkeit bewegt. Ich möchte Sie zu einem kleinen Ausflug einladen. Folgen Sie nun einfach meinen Anweisungen. Biegen Sie in hundert Metern rechts ab.« Rachids Stimme klang streng und stand im klaren Gegensatz zu dem breiten Lächeln auf seinem Gesicht. Nach wenigen Kilometern ahnte Mathilde, wohin die Reise sie führte.

Kapitel 30

Felix war das Gespräch mit Benjamin Leroux nicht aus dem Kopf gegangen. Der Tod von Santana Carmona war ihm sichtlich nahegegangen, und er hatte auch kein einziges negatives Wort über sie verloren. Im Gegenteil, Santana schien es dem jungen Mann angetan zu haben. Und wenn Benjamin Leroux nun der Mann war, mit dem die Tänzerin den Rest ihres Lebens verbringen wollte, für den sie ihren Verlobten verlassen hätte? Nur, warum hätte Leroux sie dann töten sollen? Auf diese Frage gab es nur eine Antwort. Wenn, dann aus Eifersucht. Tatsächlich war es doch so, dass Bailardo keine Ahnung davon gehabt hatte, dass Santana ihn, hier fügte Felix in Gedanken »angeblich« hinzu, verlassen wollte, ebenso wenig wie die Eltern. Vielleicht hatte es sich die Tänzerin anders überlegt, Benjamin den Laufpass gegeben, und der hatte, in seiner Ehre verletzt und voller Wut, zugestochen. Was, wenn sich die beiden bereits vor der Probe getroffen hatten? Eine Begrüßung, eine Umarmung, Santana teilt ihm ihre Entscheidung mit, und schon zückt er das Messer. Wie hatte Regis das Mordwerkzeug noch genannt? *Misericordia.* Barmherzigkeit. Doch dann hätte er sein Pferd alleine lassen müssen. Oder hatte Ricardo es in Obhut gehabt? Und wenn er doch vom Pferd aus zugestochen hatte? Von wegen, so dicht ritt man nicht heran. Vielleicht hatte er es doch vor allen Augen getan, auch wenn es so gut wie unmöglich war. Diese Männer waren Akrobaten zu Pferd. Felix wusste keine Antworten auf seine Fragen. Doch wer konnte schon in die Köpfe rasend Eifersüchtiger schauen? Es gab Eifersuchtsdramen, die sich in belebten Fußgängerzonen oder Hotelfoyers abspielten. Warum also nicht inmitten einer Theaterprobe. Je mehr Menschen drum herum, desto weniger haben etwas bemerkt und desto größer wird der Kreis der Verdächtigen!

Felix fuhr auf gut Glück ohne eine Terminabsprache los. Die Pferdezucht von Serge Paille befand sich in der Nähe von Arles, einen Kilometer vor dem kleinen Ort Fourques in Höhe des Ancien Chemin de Bellegarde. Am Weg wies ein großes Schild auf die *manade* hin. Pferdeköpfe prangten in den oberen Ecken, in der Mitte das Kreuz der Camargue, das *Croix camarguaise*, das, was die wenigsten wussten, erst seit 1924 das Symbol für die Camargue war. In der Dreiheit seiner Zeichen verkörperte es die Tugenden Glaube, Hoffnung und Liebe. Dabei erinnerte das Kreuz mit den drei Zacken an den Trident der *gardians*, der Anker stand für die Hoffnung und die Fischer der Camargue, während das Herz, die Liebe, an Maria Magdalena, Maria Kleophae und Maria Salome erinnerte. In Saintes-Maries-de-la-Mer mit dem Schiff angekommen, waren sie von der Schwarzen Sara durch deren Betteln versorgt worden.

Links und rechts der staubigen Zufahrt erstreckten sich Weideflächen, so weit das Auge reichte. Felix schätzte, dass sie sich bis zum Canal Philippe-Lamour ausbreiteten. Pferde weideten auf den gelben Flächen, darunter mindestens fünf Fohlen, deren dunkles Fell sich von dem weißen Haarkleid ihrer Mütter unterschied. Andere dösten stehend oder lagen im Schatten der wenigen größeren Sträucher. Felix fuhr durch ein breites Holztor. Rechts lag eine kleine Stallung mit drei Fenstern zum Hof, links eine Scheune, daneben das Wohnhaus der Familie, ein weiß getünchtes eingeschossiges breit gelagertes Gebäude.

Kaum hatte Felix einen Fuß auf den Grund und Boden der Pailles gesetzt, kam auch schon ein riesiger Hund auf ihn zugeschossen. Ein schwarzer Beauceron, ein wachsamer Geselle, wie Felix wusste. Seine Cousins in den Pyrenäen besaßen solche Tiere zum Schutz ihrer Schafherden. Der Hund setzte sich vor Felix hin und ließ nicht erkennen, ob er ihm nun freundlich gesonnen war.

»Na, mein guter Junge. Wo hast du denn deinen Chef gelassen?« Felix blieb stehen und schaute sich suchend um. Sicher war sicher.

»Oscar, hierher, lass den Mann.« Die Stimme kam aus der Scheune, der Hund erhob sich, drehte sich um und trabte wedelnd in die Richtung seines Herrn.

Felix hatte erwartet, dass es auf einer *manade* laut zugehen würde. Schnaubende Pferde, brüllende *gardians*, bellende Hunde, Motorengeräusche von Treckern. Aber nichts dergleichen. Die Hitze hatte sich wie ein Mantel über den Hof gelegt. Sogar die Zikaden, sonst allgegenwärtig, schienen eine Siesta zu halten. Er ging zur Scheune, aus der ein Mann trat, der sich die Hände an einem Tuch abwischte. Der Mann war um die fünfzig, schätzte Felix, groß und athletisch. Am auffallendsten jedoch waren seine blonden Haare und die blauen Augen, die aus dem braun gebrannten wettergegerbten Gesicht blitzten. Er streckte Felix die Hand hin.

»Serge Paille. Monsieur Cotignac? Sie sind etwas früh dran. Sagten Sie nicht, Sie kommen gegen sechzehn Uhr? Ich werde Benjamin Bescheid sagen, dass er die Stute für Sie von der Weide holt. Eigentlich wollte mein Sohn sie Ihnen vorführen, aber der kommt erst gegen drei zurück. Aber Sie haben eine gute Wahl getroffen. Es ist wirklich ein bildschönes Tier.«

Felix schlug in die schwielige Hand ein. Der Typ erinnerte ihn an Robert Redford in diesem Pferdefilm. Redford, in der Rolle eines Pferdeflüsterers, sollte sich um ein Problempferd kümmern und verliebte sich in die Besitzerin. Oder so ähnlich. Er hatte ihn damals als Mädchenfilm eingestuft, und tatsächlich hatten ihn alle Mädchen aus seiner Klasse gesehen und um Redford getrauert.

»Nein, leider bin ich nicht hier, um mir ein Pferd anzuschauen. Lieutenant Felix Tourrain von der *Police judiciaire* in Nîmes. Ich ermittle in den beiden Mordfällen Santana Carmona und Dolcé Reinhardt. Ich wollte noch einmal mit Ihrem Mitarbeiter Benjamin Leroux über Madame Carmona reden.«

Das strahlende Lächeln auf dem Gesicht des *manadiers* verschwand und machte einer ausdruckslosen Miene Platz.

»Benjamin ist in der Scheune und kümmert sich um das Sattelzeug. Warum wollen Sie mit dem Jungen sprechen? Für Benjamin lege ich meine Hand ins Feuer, niemals würde er einem Lebewesen auch nur ein Haar krümmen.« Die Besorgnis in Pailles Stimme war nicht zu überhören.

»Monsieur Paille, ich möchte nur mit ihm reden. Es liegt kein Verdacht gegen ihn vor.« Noch nicht, dachte Felix bei sich, doch nach seinen Worten verschwand das Stirnrunzeln wieder von Pailles Gesicht. Sichtlich entspannt erkundigte er sich bei Felix, ob dieser Reiter sei.

»Nein, ich habe sogar ziemlichen Respekt vor den Tieren. Aber ich habe Ihren Mitarbeiter im Umgang mit Zodiaque gesehen. Das hat mir sehr imponiert. Vielleicht freunde ich mich ja doch noch mit den Pferden an. Sie haben hier eine wirklich schöne Anlage. Und riesig ist sie. Wie viele Pferde haben Sie?«

»Im Moment sind es mit den Fohlen dreiundfünfzig. Wir haben ganz schön was zu tun. Mit fünf Stuten züchten wir, die meisten Pferde gehen in den Verkauf. Wir bilden auch aus und bieten Wanderritte und Ausflüge in die Camargue an.« Während der ganzen Zeit saß der Hund neben Paille, der ihm die Hand auf seinen breiten Schädel gelegt hatte.

»Und mit wie vielen Leuten bewirtschaften Sie die *manade?*«

»Mit meinem Sohn, Benjamin und noch drei weiteren Mitarbeitern. Als mein Schwiegervater noch lebte, waren es ein paar mehr, da er noch Stiere gezüchtet hat. Wir haben uns jetzt auf die Pferde konzentriert. Der Großvater meines Schwiegervaters, Maximilien Paille, hat den Hof gegründet.«

»Ach, dann haben Sie den Namen Ihrer Frau angenommen, damit die Tradition gewahrt bleibt?«

Paille nickte. »Ja. Meine Frau ist allerdings tot. Sie ist bei der Geburt von Thibault gestorben.«

Beide Männer schwiegen einen Moment.

»Nun, dann wollen wir mal.« Pailles Stimme klang rau. »Benjamin, komm mal raus, hier ist Besuch für dich«, schrie er in Richtung Scheune. »Sie brauchen mich wahrscheinlich nicht mehr?« Er hob schon die Hand zu einem Abschiedsgruß.

»Eine Frage habe ich noch, Monsieur Paille. Sie und Ihr Sohn kannten Santana Carmona? Sie hat hier reiten gelernt, sagte Monsieur Leroux.«

Paille nickte. »Natürlich kannten wir sie. Anfangs kam sie mit, wenn Ricardo trainierte. Sein Pferd ist aus unserer Zucht, und es gibt keinen besseren Trainer als Thibault. Dann hat sie sich selbst mal auf ein Pferd gewagt. Mein Sohn hat ihr unsere Candice hingestellt und sie einfach draufgesetzt. Das Mädchen hatte Talent. Wofür sich andere monatelang abrackern, das hat sie in einer Woche geschafft. Sie ritt wie der Teufel. Schade um sie, ein tolles Mädchen. Und hübsch war sie. Benjamin, wo bleibst du denn?«, brüllte Paille jetzt, denn noch immer war von dem jungen Mann nichts zu sehen.

»Bin ja schon da.« Benjamin trat aus dem Gebäude und beschirmte die Augen gegen die Sonne. »Der dämliche Strass an den Stirnbändern ist schon wieder ab. Dass die Mädchen immer meinen, sie könnten nur auf Pferden, die wie Zirkusgäule herausgeputzt sind, reiten. Ach, Sie sind es, Lieutenant Tourrain. Sie wollen zu mir?«, fragte der junge Mann erstaunt, als er Felix erkannte.

»Ich schau gleich danach. Die Reitstunde fängt um sechs an, bis dahin glitzert das Zaumzeug wieder«, brummte der *manadier*. »*Au revoir*, Lieutenant.«

»*Au revoir*, Monsieur Paille. Vielleicht melde ich mich demnächst für eine erste Reitstunde an.« Felix hatte diesen Plan spontan gefasst.

»Tun Sie das. Wir haben wirklich brave Pferde. Sie brauchen also keine Angst zu haben.« Mit diesen Worten verschwand Serge Paille in der Dunkelheit der Scheune.

»Wollen wir uns vielleicht in den Schatten setzen?« Felix zeigte auf zwei Plastikstühle, die am Rand eines Reitplatzes unter einem Sonnenschirm standen.

»Können wir. Da sitzen normalerweise immer die Mütter und gucken ihren Töchtern zu. Und geben Kommentare ab. Ganz schön nervig. Und die meisten von den Hühnern lernen es nie.«

»Im Gegensatz zu Santana«, begann Felix sein Gespräch.

Benjamin ließ sich auf den Plastikstuhl fallen. Felix wischte von seinem Stuhl Staub und Haare und setzte sich Benjamin gegenüber.

»Ja, sie war echt eine Wucht. Ein Naturtalent, aber das habe ich

Ihnen ja schon gesagt. Eine super Frau, aus ihr hätte eine Reiterin werden können, die bei jeder Show die Blicke auf sich zieht. Nun, was wollen Sie noch von mir?«

Benjamin klang eher interessiert als besorgt, konstatierte Felix.

»Wir haben uns bereits über das Verhältnis zwischen Madame Carmona und ihrem Verlobten Monsieur Bailardo unterhalten. Ihnen sind keine Unstimmigkeiten aufgefallen, sagten Sie. Und doch war es so, dass Santana die Verlobung lösen wollte, um mit jemand anderem das Land zu verlassen. Wer könnte dieser jemand gewesen sein?«

»Wie, was, wer soll das gewesen sein? Keine Ahnung. Warten Sie, man munkelt, sie hätte mal was mit Jean Schmitt gehabt. Vielleicht mit ihm?« Doch dann schüttelte Benjamin den Kopf. »Nein, niemals. Was hätte der alte Zausel ihr zu bieten gehabt? Ehrlich, ich habe keine Ahnung. Und ich bin es ganz sicher auch nicht gewesen. Das würde mir Gabrielle ganz schön übel nehmen. Gabrielle ist meine Freundin, und sie reitet auch einen Stiefel, das kann ich Ihnen sagen. Ganz anderer Typ als Santana, aber meine große Liebe. Also, sollten Sie mich in Verdacht gehabt haben, dass ich mit ihr habe durchbrennen wollen, sind Sie an der falschen Adresse.«

Felix gab sich geschlagen. Benjamin Leroux konnte er wohl tatsächlich abhaken. Spontan kam ihm ein neuer Gedanke. Serge Paille sah für sein Alter verdammt gut aus. Wenn sein Sohn nur ein wenig von ihm hatte, sah er auch nicht schlecht aus. Wahrscheinlich ein ganz anderer Typ als Bailardo. Und Santana hatte viel Zeit mit ihm verbracht. Bei der Reiterei musste man sich wahrscheinlich nicht nur auf sein Pferd verlassen können, sondern auch auf den, der einem das Reiten beibrachte.

»Und Thibault Paille? Madame Carmona und er haben die Liebe zum Pferd und zum Reiten geteilt.«

»Hä, na und? Die hat sie ja dann wohl auch mit Ricardo geteilt. Was wollen Sie denn damit sagen?«

Felix schwieg und sah Benjamin ausdruckslos an.

»Wollen Sie etwa unterstellen, Thibault sei der Mann, mit dem sie wegwollte?« Benjamin lachte laut auf. »Niemals. Das können Sie vergessen. Nie würde Thibault die *manade* verlassen. Das hier …«, der junge Mann breitete die Arme aus, »… ist sein Leben. Nein, der Gedanke ist geradezu lächerlich. Die *manade* ist sein Leben«, wiederholte er inbrünstig. »Und ihr gehört seine ganze Liebe. War's das? Ich habe noch eine Menge zu tun.« Er stand auf und blieb abwartend stehen, während sich Felix langsam erhob. »Aber was soll die Frage überhaupt? Ich verstehe nicht so richtig, was Sie überhaupt wollen. Sie suchen doch den Mörder von Santana. Machen Sie lieber mal damit voran. Denn wenn Thibault tatsächlich so verrückt gewesen wäre, mit ihr das Land verlassen zu wollen, hätte er sie ja wohl nicht getötet. Oder?«

»Das kann ich Ihnen nicht sagen. Hätte er denn die Möglichkeit dazu gehabt? War er in der Arena an diesem Vormittag, als Santana Carmona starb?«, fragte Felix gelassen, wohl wissend, mit dieser Frage Benjamins Ärger noch weiter zu entfachen.

»Sie spinnen doch total. Thibault ist der beste Kumpel, den man sich nur vorstellen kann. Suchen Sie Ihren Täter woanders. Und lassen Sie das bloß nicht Serge wissen. Der würde das nicht wirklich gut finden, was Ihnen da so im Kopf herumschwirrt, um es mal sehr vorsichtig auszudrücken. Klar?«

»Klar. Aber das beantwortet meine Frage nicht. Hat Ihr Kumpel Thibault auch mal in der Arena vorbeigeschaut? Einfach nur, um mal zu sehen, wie die Pferde, die er ausgebildet hat, sich so präsentieren?«

Benjamin Leroux wurde rot und biss sich auf die Lippen. Er rang ganz offensichtlich mit sich. »Ja, hat er«, sagte er ruhig. »Aber an dem Tag, als Santana ermordet wurde, habe ich ihn nicht gesehen. Und als ich zurück zur *manade* kam, war er da und hat trainiert. Wann also bitte soll er da gewesen sein? Also, wie gesagt, machen Sie sich an die Arbeit, und suchen Sie weiter.«

Felix zuckte mit den Schultern. »Danke, Monsieur Leroux. Und keine Sorge, wir suchen, bis wir finden.«

Leroux drehte sich abrupt um und ließ Felix grußlos stehen. Benjamin konnte von seiner Verdächtigenliste gestrichen werden. Aber was war mit Thibault Paille? Den hatte bisher niemand auf dem

Schirm gehabt. Allerdings, warum auch? Er trottete zurück zu seinem Wagen und machte sich auf den Rückweg. Vielleicht hatten Madame le Juge und Rachid von Sara Carmona etwas über den geheimnisvollen Mann in Erfahrung bringen können. Und wer weiß, vielleicht hatte ja auch er soeben eine ganz neue Spur aufgetan.

Kapitel 31

»Ich war seit ewigen Zeiten nicht mehr hier.«

Mathilde steuerte ihren grünen Peugeot in eine enge Lücke zwischen einem uralten *Deux Chevaux* mit Faltdach und einem Familien-Volvo mit bunten Aufklebern auf der Heckklappe. Auf dem Parkplatz stand ein Fahrzeug neben und hinter dem anderen, im Schatten der Bäume campierten einige Urlauber mit ihren Campingmobilen. Vor einem Wohnwagen saß ein älteres Ehepaar und spielte Karten. Und als wären sie aus dem Nichts einfach hierherversetzt worden, reckten sich die beiden antiken Monumente aus römischer Zeit inmitten des staubigen Platzes nur wenige Meter vom Parkplatz entfernt.

Sie waren ehedem vor den Stadtmauern von Glanum errichtet worden, einer Ansiedlung, die von der Keltenzeit bis in die römische Epoche besiedelt gewesen war. Heute waren die Reste der antiken Stadt ausgegraben, archäologisch erforscht und zu besichtigen. An den nördlichen Hängen der Alpillen gelegen, wussten die Menschen schon vor Hunderten von Jahren, wo es sich angenehm leben ließ, als sie ihr Oppidum gründeten, aus dem im 3. vorchristlichen Jahrhundert ein griechisches Handelszentrum – Glanum – wurde. Im 1. Jahrhundert vor Christus übernahmen es die Römer samt den vorhandenen Heiligtümern, die unter anderem den Göttern Epona, Göttin der Pferde, Merkur, Gott der Reisenden und der Diebe, und seiner Begleiterin Rosmerta gewidmet waren. Zur Zeit des Augustus errichtete man eine große Anzahl stattlicher Architekturen, unter anderem den Triumphbogen, vor dem Mathilde und Rachid nun bewundernd standen. Im Jahre 260 zerstört, wurde Glanum aufgegeben, seine Bewohner besiedelten in der Folgezeit die Gegend des heutigen Saint-Rémy-de-Provence.

»Sabine hat doch hier im Frühjahr den Triumphbogen auf Schäden hin untersucht. Felix hat es erwähnt.« Mathilde setzte ihre Sonnenbrille auf und band das Kopftuch ab. Sie streckte die Hand aus und legte sie auf das Relief. »Das sind gallische Gefangene, schauen Sie, sie werden von den Römern in Ketten abgeführt. Warum nur erinnert mich das schon wieder an unseren Job? Genau wie das Mausoleum. Hier erinnert man an glorreiche Siege und zahlreiche Beute und Gefangene, da das Andenken an die Toten.«

Die beiden spazierten weiter zum Mausoleum.

»Ob es in der Umgebung dann auch einen Friedhof gab?« Neugierig schaute sich Rachid um. Doch außer dem antiken Bauwerk gab es sonst keinen Hinweis auf einen Begräbnisort. Er zückte sein Handy und gab einige Stichworte ein. »Ah, da haben wir es ja. Hier gab es tatsächlich einen Friedhof, eine Nekropole. Und dies ist ein Gedenkbau, errichtet von drei Brüdern mit dem Nachnamen Julius, errichtet für ihre Eltern.« Sie umrundeten das Mausoleum, während Rachid die Reliefszenen am Mausoleum erläuterte. »Hier sehen wir eine Schlacht zu Pferde, ein Krieger mit Trophäen, im Süden die Jagd nach dem Kaledonischen Eber und zuletzt eine Szene aus dem Trojanischen Krieg, der Kampf um den Leichnam des Patroklos.«

»Wer weiß, wie lange diese Reliefs überhaupt noch zu sehen sind. Es ist wie an der Abteikirche von Saint-Gilles. Die Gesichter der Dargestellten werden immer weniger, die Gewänder immer flacher. Und irgendwann ist alles weg«, stellte Mathilde mit einer gewissen Melancholie fest.

»Das ist das Leben, nichts ist für die Ewigkeit.«

»Es war zumindest mal für die Ewigkeit gedacht«, erwiderte Mathilde. »Überlegen Sie mal, wie lange diese beiden Monumente schon hier stehen. Und ganz sicher ist der ganze Umweltdreck schuld daran, wenn sie nach und nach vergehen. Wir sorgen dafür, dass in kurzer Zeit das, was Jahrhunderte überdauert hat, einfach weg ist. Da haben Vincents Bilder mehr Glück. Sie hängen in den klimatisierten Ausstellungsräumen der Museen. Es war eine ganz wunderbare Idee von Ihnen, mich hierherzulotsen. Wollen wir weiter?«

Die beiden ließen die antiken Monumente hinter sich und schlenderten ein Stück entlang der Route de Mausanne, um nur wenige Minuten später nach rechts in die Allee Saint-Paul einzubiegen, an deren Ende sich der letzte Zufluchtsort Vincent van Goghs befand. Die ehemalige Abtei Saint-Paul-de Mausole, eine Gründung im 11. Jahrhundert, war im Jahre 1117 nach dem benachbarten Mausoleum der Julier benannt worden. Bereits 1605 richteten die Franziskaner, die das Kloster übernommen hatten, dort ein Asyl ein, das nach der Französischen Revolution in eine private Nervenheilanstalt umgewandelt wurde, und bis heute widmete man sich hier der Behandlung psychisch Kranker. Zu seiner Berühmtheit gelangte das Kloster jedoch durch seinen wohl bekanntesten Bewohner, den Maler Vincent van Gogh, der hier vom 3. Mai 1889 bis zum 16. Mai 1890 lebte und in dieser Zeit eine Vielzahl von Gemälden schuf.

Sobald Mathilde und Rachid das eiserne Tor hinter sich gelassen hatten und auf das Kloster zugingen, schien es, als seien sie von Zeit und Ort außerhalb der Mauern abgeschnitten. Eine unglaubliche Ruhe wohnte der Stätte inne. Es grüßte sie die bronzene Statue des Künstlers mit einem Arm voll Sonnenblumen, während links und rechts des Weges große Reproduktionen der Bilder van Goghs in der Sonne leuchteten. Mathilde blieb vor einem Bild mit Schwertlilien stehen, die genauso unterhalb des Plakats in der Realität wuchsen, nun leider jedoch bereits verblüht waren.

»Ich kann mich einfach nicht sattsehen an diesen Farben. Es ist das unglaublichste Blau, das man sich nur vorstellen kann. Und dieses Gelb.« Sie wies auf ein ährenwogendes Feld. »Er hat die Farben nicht einfach nur auf die Leinwand gebracht. Er hat sie eingefangen und in seinen Bildern wieder zum Leben erweckt. Wie alles flirrt. Fast hat man den Eindruck, in seinen Bildern ist Bewegung. Was glauben Sie, Rachid, war van Gogh verrückt?«

Rachid überlegte kurz. Dann schüttelte er den Kopf. »Wahrscheinlich nicht verrückter als ein Künstler heutzutage, der Hundedreck in Dosen abfüllt. Allerdings erheblich genialer, jedenfalls, was meinen Kunstgeschmack angeht«, antwortete er grinsend.

»Und über Geschmack, vor allem, wenn es sich um die Hinterlassenschaft von Hunden handelt, kann man trefflich streiten«, fing Mathilde den Ball auf, den Rachid ihr zugeworfen hatte. »Dass er sich das Ohr abgeschnitten hat und letztendlich wohl durch die eigene Hand starb, ist für mich auch kein Beweis, dass er nicht klar im Kopf gewesen sein soll. Er war einfach ein verzweifelter, getriebener Mensch, unser Vincent.«

Plötzlich hielt sie inne, zog aus ihrer Hosentasche ein Papiertuch und bückte sich. Neugierig beobachtete Rachid, was Mathilde da so trieb, konnte sich allerdings keinen Reim darauf machen. Dann hielt sie ihm das Taschentuch hin. »Stellen Sie sich vor, ich wäre fast draufgetreten, ist sie nicht wunderschön?«

Auf dem Papier krümmte sich eine dicke orangefarbene Raupe mit gelben und grünen Punkten.

»Glauben Sie, sie ist das Ergebnis einer Seelenwanderung? Vincent höchstpersönlich?« Rachid konnte nur mit Mühe ein Lachen unterdrücken, als er Mathildes todernste Miene sah.

»Spotten Sie nicht. Denken Sie an unseren Fall im Lichttemplerorden. Die glaubten daran, und man weiß ja nie. Nein, im Ernst …«, sagte sie dann grinsend, »… ich finde sie wirklich sehr schön. Vincent hätte sie auch gefallen. Und ich möchte nicht, dass sie unter irgendwelchen Füßen zerquetscht wird.« Sie zeigte auf eine Gruppe Besucher, die sich von der Kirche aus näherte. Sie setzte die Raupe unter eine Zypresse und gab ihr noch den guten Rat, in die Richtung zu kriechen, aus der ihr keine Gefahr drohe.

»Also, ich würde sagen, sie hat geschaut wie Vincent auf diesem Selbstporträt mit der Pfeife und dem Verband am Ohr.« Jetzt gluckste Rachid vor Vergnügen.

Mathilde war sprachlos. Das hatte sie noch nie erlebt, dass der Commandant so aus sich herausging. Doch sie genoss es, sein amüsiertes entspanntes Gesicht zu sehen und sein erfrischendes Lachen zu hören.

»Raupen haben gar keine Ohren, wussten Sie das nicht? Nun, was glauben Sie, wie war das mit dem Ohr? Ich habe gelesen, es könnte vielleicht sogar van Goghs Malerkollege Gauguin gewesen sein, der an ihm herumgeschnippelt hat. Da war die Rede vom Ohrläppchen. Wir müssen unbedingt Regis danach fragen, ob die Entfernung des ganzen Ohres nicht sogar zum vollkommenen Verbluten geführt hätte.«

Die Worte, die Mathilde eben noch heiter-ironisch zum Besten gegeben hatte, führten die beiden Ermittler augenblicklich wieder zurück in die Realität. Ganz Polizist antwortete Rachid, es gebe für diese Theorie keinen Beweis, genauso wenig wie dafür, ob van Gogh selbst mit der Pistole auf sich geschossen oder ein Bauernjunge den Schuss abgegeben habe.

Diese Geschichte kannte auch Mathilde, die im Rahmen ihres Jurastudiums ein Referat darüber verfasst hatte. »Das war zwei Monate, nachdem er die Anstalt hier verlassen hat und in die Nähe von Paris zurückgekehrt war. Er soll sich auf einem Feld bei Auvers-sur-Oise in den Oberkörper geschossen haben. Dreißig Stunden später war er tot, mit siebenunddreißig wahrscheinlich durch die eigene Hand gestorben. Übrigens im selben Alter wie Christian Montcouquiol. Nur, dass El Nimeño sich aufgehängt hat«, schloss Mathilde traurig.

»Sie glauben also nicht an einen Mord an van Gogh oder ein Unglück?«

»Nein. Die Waffe, mit der er sich angeblich erschossen haben soll, wurde in den Neunzehnhundertsechzigern von einem Bauern tatsächlich auf dessen Land in Auvers gefunden. Einen Lefaucheux-Taschenrevolver Kaliber 7,0 Millimeter. Und so, wie sie aussah, hatte sie schon einige Jahrzehnte in der Erde gelegen. Sie hat keine sehr große Feuerkraft, diese Waffe, daher soll die Kugel von der Rippe abgeprallt und tiefer in den Körper gelangt sein. Sie konnte nicht entfernt werden. Das war es dann.«

»Ich glaube, mich zu erinnern, dass die Waffe versteigert worden ist.«

Mathilde nickte. »Ja. Sie hat ein ordentliches Sümmchen gebracht. Bei Drouot in Paris. Um die hundertsechzigtausend Euro. Vielleicht sogar ein wenig mehr. Was allerdings nicht der höchste Preis ist, den jemals eine Tatwaffe erzielt hat.«

»Lassen Sie mich raten. Sie sprechen von dem Revolver, mit dem Abraham Lincoln erschossen wurde?«

»Nein. Diese Deranger ist im Ford Theatre, in dem das Attentat verübt worden ist, zu bestaunen. Nein, die teuerste Waffe stammt ebenfalls aus Frankreich. Es handelt sich um die Pistole, mit der Paul Verlaine vor fast hundertfünfzig Jahren seinen Dichterkollegen und Liebhaber Arthur Rimbaud töten wollte. Bei *Christie's* in Paris blätterte jemand weit mehr als vierhunderttausend Euro hin.«

»Vollkommen verrückt«, war Rachids einziger Kommentar. Sie standen jetzt am Ticketschalter, an dem er zwei Eintrittskarten löste.

Eine Stunde schlenderten Mathilde und Rachid durch das Klostergebäude. Im Garten des Kreuzgangs waren Rabatten angelegt, in denen die Farben Rot und Rosa dominierten. Ein Ort der Ruhe und der Kontemplation. Schweigend, höchstens flüsternd flanierten sie durch den gewölbten Kreuzgang, besichtigten die Räume und blieben an den vielen Schautafeln, die über das Leben und das Werk Vincent van Goghs informierten, stehen. Sie erfuhren, dass der Maler sein eigenes Atelier im Sanatorium gehabt hatte und als einziger Patient das Gebäude verlassen durfte. Einhundert Zeichnungen und mehr als einhundertfünfzig Gemälde entstanden in dieser doch sehr überschaubaren Zeit. Schwertlilien und Olivenbäume, Zypressen und Felder bannte er auf die Leinwände, all das, was er in dieser Zeit außerhalb und innerhalb der Klostermauern entdeckte.

Das karge Schlafzimmer des Künstlers berührte Mathilde besonders. Auf einer Staffelei vor dem Fenster stand eine Gemäldereproduktion, die einen Mäher auf einem wogenden goldgelben Feld darstellte. Über dem Feld hing eine gleißende Sonne, die alles zwischen sich und dem Feld überstrahlte. Neben dem Bett an der Wand erinnerte ein zeitgenössisches Porträt mit Fellmütze und verbundenem Ohr an den Maler.

»Ich glaube fast, seine Anwesenheit zu spüren. Überlegen Sie nur, Rachid, über diese ausgetretenen roten Terrakottafliesen ist Vincent gegangen. Hier hat er gestanden und aus dem Fenster geschaut. Da das Feld vor Augen gehabt. Schade, heute ist es ein Garten und sieht ganz anders aus. Ich würde es schön finden, wenn die Besucher genau das sehen könnten, was Vincent gesehen hat. Hier steht, er hat die Ansicht vierzehn Mal gemalt. Und kein Bild sieht aus wie das andere.«

Nach ein paar Minuten des andächtigen Schweigens kehrten sie zurück zum ehemaligen Kapitelsaal, in dem eine Boutique untergebracht war, in der man vom Regenschirm mit dem Motiv der blauen Schwertlilie bis hin zu Büchern über van Gogh alles Wissenswerte und auch Kitschige zu Vincent erstehen konnte. Außergewöhnlich waren die hier ausgestellten Werke der Galerie *Valetudo*, die 1995 im Angedenken an van Goghs Traum, eine Künstlervereinigung in Südfrankreich zu gründen, entstanden war. Hier zeigte man Werke von Patienten, die in der Einrichtung behandelt wurden. Während sich Rachid die ausdrucksstarken Gemälde anschaute, suchte sich Mathilde eine Biografie über Vincent van Gogh mit zahlreichen Bildern heraus.

»Wollen wir uns noch ein wenig draußen umschauen?«, schlug sie vor und klemmte sich die Papiertüte mit dem Buch unter den Arm. »Ich habe in Erinnerung, dass hinter der Kirche ein Lavendelfeld ist. Vielleicht ist es ja noch nicht abgeerntet.«

Sie spazierten um die Kirche herum und hatten Glück. Sanft wogten die kräftigen lilafarbenen Blüten in der leichten Brise, die allerdings nicht für Abkühlung sorgte, es aber schaffte, den unvergleichlichen Duft des Lavendels zu transportieren. Daneben war ein Feld mit Iris angelegt. Die wenigen Schwertlilien, die noch blühten, besaßen die blauviolette Farbe, die niemand besser als van Gogh einzufangen gewusst hatte.

»Ein Traum«, seufzte Mathilde.

»Die Bank dahinten liegt ein wenig im Schatten. Von dort aus können wir den Anblick genießen.« Rachid wies auf eine Steinbank, von der sich soeben ein älteres Paar erhob. Die Bank war schmal, und die beiden mussten eng zusammenrücken. Mathilde packte ihr Buch aus und blätterte in den Abbildungen.

»Sehen Sie nur. Genau von hier hat er den Garten mit Blick auf die Kirche gemalt. Hier genau muss er gesessen haben.«

»Oder gestanden. Vor seiner Staffelei«, meinte Rachid schmunzelnd ob des Eifers, mit dem Mathilde auf Spurensuche ging. »Ich glaube, die zwei Stunden, die wir hier abschalten konnten, haben uns gutgetan. Allerdings muss ich gestehen, ich bin jetzt auf das gespannt, was Coralie hoffentlich erreicht hat.«

Vorbei die kurze Atempause, der Alltag hatte Mathilde und Rachid wieder.

Sie nickte. »Ja, auch wenn man sich frei machen möchte, es gelingt nur für kurze Zeit, vor allem, wenn man so wenig vorankommt wie wir im Moment. Und nichts passt zusammen. Welche Art von Messer Vincent oder von mir aus auch Gauguin wohl benutzt hat? Bis heute gibt es keine Antwort auf die Frage, ob van Gogh beide Male selbst Hand angelegt hat, oder ob ein Freund, ein unbekannter Junge ihm die Verletzung am Ohr, den tödlichen Schuss beigebracht haben. Rätsel, die wahrscheinlich nie gelöst werden. Wir haben zumindest eine akribische Gerichtsmedizin, die die Tatwaffen bestimmen kann: ein Stilett, das nicht einen Blutstropfen hinterlässt, und ein Küchenmesser, das den Tatort wie ein Schlachtfeld aussehen lässt. Doch leider verrät uns keine der Tatwaffen den Täter.«

»Beide Opfer zeigen keinerlei Abwehrspuren«, führte Rachid Mathildes Betrachtungen fort. »Und nicht nur das. Santana Carmona hat noch nicht einmal etwas bemerkt. Wie können wir uns diesen Ablauf vorstellen? Geht sie an ihrem Mörder vorbei, wendet sich zu ihm um, steht vor ihm? Zu welchem Zweck hatte der Täter überhaupt ein Stilett dabei? Zwei Waffen, zwei unterschiedliche Vorgehensweisen, eine Tat geplant und eine im Affekt, ergo zwei Täter«, resümierte er dann.

»Wenigstens diese Erkenntnis. Es bleibt uns nichts übrig, als abzuwarten. Ich denke, Coralie wird erfolgreich gewesen sein. Hätte Sara auch ein Gespräch mit ihr abgelehnt, sie hätte sich schon längst gemeldet.« Mathilde hatte während ihres Gesprächs weitergeblättert und das Kunstbuch so gehalten, dass Rachid mitschauen konnte. Sie ließ ein letztes Mal die Seiten flink durch ihre Finger gleiten. Dann schlug sie es geradezu liebevoll zu und strich über die Vorderseite des Einbands, der van Goghs Zimmer in Arles zeigte. Das goldbraune Holzbett, darauf die rote Decke, die beiden Stühle mit Binsengeflecht, der schlichte Tisch mit Waschgarnitur und Glasflasche, Bilder, Garderobenhaken und ein Handtuch an der Wand, das Fenster ohne Aussicht.

»Warten Sie …« Rachid, der den aufgeblätterten Seiten aufmerksam gefolgt war, bat Mathilde, das Buch noch einmal zu öffnen. »Da war ein Gemälde, das ich mir gerne genauer anschauen würde. Wohnwagen und Pferde. Können Sie es bitte noch einmal suchen?«

Mathilde tat, wie ihr geheißen, und hatte das gewünschte Bild gleich gefunden. »Oh, es passt in unsere Ermittlungen, das heißt, es passt in die Welt, in der wir ermitteln. *Camp Tzigane avec des roulottes.* Rast der Zigeuner mit Wagen, es hängt in Paris im Musée d'Orsay. Er hat es in der Nähe von Arles gemalt. Ein Foto mit einem solchen Motiv hängt im Wohnzimmer der Familie Carmona. So romantisch es heutzutage wirken mag, diese Menschen hatten es nie leicht im Alltag. Ob sie zufrieden mit diesem Leben waren? Ihre Unabhängigkeit ging ihnen über alles. Was denken Sie, Rachid?«

»Ich weiß es, ehrlich gesagt, nicht. Sie waren nicht wohlgelitten, man wollte sie nicht in den Dörfern und Städten haben, man hat sie ausgegrenzt, und wenn etwas passiert ist, gab man ihnen die Schuld. Und daran hat sich bis heute leider nichts geändert.«

Mathilde stimmte dem nachdenklich zu. »Doch dieses Gemälde strahlt eine große Ruhe aus. Offenbar ging es dieser Familie in dem Augenblick, den van Gogh für uns eingefangen hat, gut. Sehen Sie, der kleine Kerl da.« Sie tippte mit dem Finger auf das Kind am rechten unteren Bildrand, als im selben Moment auch Rachid seine Hand danach ausstreckte. Für einen Moment lag seine Hand auf der von Mathilde. Sie sah ihn an.

»Unser Picknick im Frühling, es ist ausgefallen, wollen wir es nachholen?«

Rachids Frage kam unvermittelt. Schmetterlinge stoben durch Mathildes Bauch, und ihr Herz machte einen Sprung.

»Sehr gerne. Und wenn Sie bitte einen solchen Wagen für uns organisieren wollten, inklusive Pferd. Ich vermute nämlich, Odile wird uns so viel Proviant mitgeben, dass ein normaler Picknickkorb nicht ausreicht«, antwortete sie mit einem strahlenden Lächeln. »Sobald wir unsere Mörder haben.«

»Dann sollten wir uns aber ins Zeug legen. Und ich wollte Sie noch etwas fragen. Hätten Sie Lust, mich auf die Hochzeit meines Vaters mit Carla zu begleiten?«

Mathilde glaubte für einen Augenblick, ihr Herz würde aussetzen. Sie räusperte sich und erwiderte schlicht: »Sehr gerne. Ich freue mich darauf.«

In diesem Augenblick klingelte Rachids Handy.

»Coco?«, flüsterte Mathilde.

Er schüttelte den Kopf und lauschte. Nach wenigen Sekunden verzog sich sein Gesicht zu einem breiten Grinsen. »Ich sag Madame le Juge Bescheid. Vielen Dank.« Langsam steckte er das Handy in die Jackentasche.

»Sie schmunzeln. Sind wir ein Stück weitergekommen. Gibt es gute Neuigkeiten?«

»Wie man's nimmt. Nein, unser Fall hat mit dem Anruf nichts zu tun. Halten Sie sich fest, Mathilde.« Seine Augen blitzten vor Vergnügen, und er konnte sich nur mit Mühe beherrschen, nicht laut loszulachen. »Es geht um Sébastien. Man hat ihn aufgegriffen.«

»Aufgegriffen? Wie meinen Sie das?« Natürlich hatte Mathilde bemerkt, wie der Commandant mit den Lachtränen zu kämpfen hatte. Also war nichts Dramatisches passiert.

»Sébastien stand als blinder Bettler gegenüber der Markthalle. Er ist einer Frau aufgefallen, die selbst eine Tochter mit Downsyndrom hat. Sie hat ihn wohl angesprochen, und er hat ihr gesagt, seine Familie habe ihn ausgestoßen, nachdem er erblindet sei, und jetzt müsse er sich so sein Brot verdienen. Die Dame war entsetzt und hat sofort die Polizei alarmiert. Sébastien wollte zuerst nicht mit, das sei Freiheitsberaubung. In kürzester Zeit scheint sich eine Menschenmenge versammelt zu haben. Wie Brigadier Faulquemont sagte, hat Sébastien es genossen, so im Mittelpunkt zu stehen. Erst als die Dame auch noch eine Anzeige gegen die barbarische Familie aufgeben wollte, hat sich Sébastien zu erkennen gegeben. Er sei der

Cousin von Mathilde de Boncourt, und wenn er schon mit einem Polizisten mitgehen würde, dann nur mit Commandant Rachid Bouraada, einem seiner besten Freunde. Faulquemont hat Vivienne informiert, und sie hat Sébastien abgeholt. Ich brauche Ihnen nicht zu sagen, dass er wieder sein ganzes Talent gezeigt hat und darauf bestand, mit der Hand auf der Schulter seiner Mutter blind wie ein Maulwurf durch Nîmes zu marschieren.«

Rachid brach nun in schallendes Gelächter aus, und die Tränen traten ihm in die Augen. Mathilde stellte sich die Situation bildlich vor. Ihr Cousin in einen Sack gehüllt, die dunkle Brille auf den Augen, vor sich wahrscheinlich eine kleine Schale, in die die Passanten ihr Geldstück hineinwerfen konnten.

»Wissen Sie, wie viel er eingenommen hat? Hat es sich wenigstens gelohnt?«, fragte sie trocken.

»Keine Ahnung. Wir werden es erfahren, wenn wir zurück sind. *Alors,* machen wir uns auf den Weg.«

Das Handy klingelte erneut. Rachid warf einen Blick aufs Display und nickte Mathilde zu.

»*Salut*, Coralie. Sie haben Neuigkeiten für uns? Sehr schön. Wir treffen uns in einer Stunde im Büro von Madame le Juge. *À bientôt.*«

Kapitel 32

Coralie hatte Marta Torres vom Hotel abgeholt, keine halbe Stunde nachdem sie den Auftrag erhalten hatte, sich mit der Operndiva nach Saintes-Maries-de-la-Mer zu begeben, um dort Sara Carmona zu befragen.

»Wie geht es Ihrer Mutter, Coralie?«

»Gut. Ich bin so froh, dass sie nun mit Papas Cousine zusammen in der Seniorenresidenz lebt. Da ist sie rundum versorgt. Sie hat wieder solche Freude am Leben gefunden. Angeblich ist sie die Initiatorin von Rollatorenrennen. Ich besuche sie jede Woche, und stellen Sie sich vor, Marta, vor zwei Wochen hat sie mich doch glatt wieder heimgeschickt. Lotto- und Bingo-Nachmittag.« Coco lachte bei der Erinnerung daran befreit.

Die junge Polizistin und die Operndiva kannten sich ebenfalls seit den Ermittlungen in der alten Templerburg.

»Sie hatten angeboten, gegebenenfalls vermittelnd die Ermittlungen zu unterstützen, sagte der Commandant. Inwiefern?«

Marta Torres lehnte sich im Beifahrersitz zurück. Der Gurt lag ihr fast am Hals, und es war erstickend heiß im Wagen.

»Puh, funktioniert die Klimaanlage nicht?«

»Doch, eigentlich schon. Aber Sie haben recht. Ganz schön warm hier drin.« Coco beugte sich nach rechts und drehte an einem Knopf.

»Vorsicht, da läuft eine Katze über die Straße. Hören Sie auf, an den Knöpfen herumzuhantieren. Sagen Sie mir, was ich machen soll, und konzentrieren Sie sich auf die Straße«, sagte Marta streng.

Coco lief rot an. »Hier, drehen Sie so lange, bis der kleine Zeiger bei der Sechzehn steht, dann dürften wir etwa einundzwanzig

Grad haben. Hat eben schon ein paar Jährchen auf dem Buckel, der Kleine. So, zurück zu meiner Frage.«

Jetzt saßen sie noch keine zehn Minuten im Wagen, und sie hätte fast eine Katze überfahren, während einer weltberühmten Operndiva der Schweiß im Gesicht stand.

»Nein, Marta, in die andere Richtung, den Knopf, in die andere Richtung.«

Endlich schien die Klimaanlage sich daran zu erinnern, was ihre Aufgabe war, und kühlere Luft erfüllte allmählich das Innere des Wagens.

»Ah, sehr gut. Nun, wo waren wir stehen geblieben. Was ich zu den Ermittlungen beitragen kann, hatten Sie gefragt. Nun, wenn es Ihnen der Commandant noch nicht explizit gesagt hat, ich bin eine Sintiza. Das sollte uns bei meinen *Verwandten* …«, sie setzte das Wort in Lufthäkchen, »… doch die Türen öffnen. Hoffen wir jedenfalls. Und dann sind Sie an der Reihe. Ich lenke die ältere Generation ab, wir plaudern ein wenig, ich gebe ein paar Schwänke aus meinem Leben zum Besten, vielleicht trällere ich auch ein wenig, und in der Zeit können Sie sich die Kleine vorknöpfen. Dafür sind Sie ja ausgebildet, nicht wahr?«

Coco musste wider Willen lachen. Es war ein total verrückter Plan. Aber er würde funktionieren, sonst hätten sich Madame le Juge und der Commandant nicht drauf eingelassen.

»Ja, dafür bin ich ausgebildet. Ich verstehe es, in die Seelen der Menschen zu schauen. Also, aus kriminalistischer Sicht. Und wenn Sara Carmona etwas über das Verhältnis ihrer Schwester zu einem Mann weiß, bekomme ich es heraus. Hoffe ich jedenfalls.«

»Das schaffen Sie, Kindchen«, verkündete Marta wohlgelaunt und im Brustton der Überzeugung.

Während der Fahrt berichtete die Sängerin der Polizistin aus ihrer Sicht von den Geschehnissen, vom Auftauchen der Flamencotänzerin auf der Bühne bis hin zu ihrem tödlichen Zusammenbruch.

»Wir standen, ach was, wir stehen ja alle immer noch unter Schock. Und nun auch Dolcé Reinhardt. Es war nur richtig, das

Showbild aus dem Programm zu nehmen«, schloss sie ihre Ausführungen. »Und wenn ich mir das Hirn zermartere, ich habe nicht die geringste Ahnung, wer die beiden Tänzerinnen so gehasst haben könnte, um ihnen das anzutun.«

Als Coralie und Marta durch die Fußgängerzone von Saintes-Maries-de-la-Mer zum Haus der Großmutter von Sara Carmona gingen, blieb die Operndiva nicht unerkannt. Schon ihre extravagante Kleidung zog die Blicke auf sich. Sie trug einen bunten weiten, längs gestreiften Jumpsuit und auf dem Kopf einen dunkelroten Strohhut. Obwohl sie eine Sonnenbrille vor den Augen hatte, dauerte es keine Minute, bis ein älterer Herr auf sie zusteuerte und sie mit *La divina* ansprach. Er zog einen Stadtplan von Saintes-Maries-de-la-Mer aus seinem Rucksack und bat Marta, ihm darauf ein Autogramm zu geben. »Für Paolo.«

Marta erfüllte geduldig weitere Autogramm- und Selfiewünsche, denn kaum hatten die ersten Verehrer sich um sie geschart, zogen diese eine Traube von Menschen nach.

»So, ihr Lieben, es tut mir leid, aber ich habe noch eine Mission zu erfüllen«, tat sie dann doch nach einer Weile kund. Coralie war mittlerweile weiterspaziert und stand nun vor einem Eiscafé, in dem sie sich eine knusprige Waffeltüte mit Meloneneis bestellt hatte.

»Ich wusste ja, dass Sie berühmt sind; aber wenn ich beispielsweise Jean Dujardin in einer Fußgängerzone über den Weg laufen würde, ich glaube, ich würde glatt an ihm vorbeirennen, ohne ihn zu erkennen.« Coco verputzte ihr Eis in Rekordgeschwindigkeit, denn bereits nach wenigen Sekunden schmolz die süße Masse, und Meloneneis lief ihr übers Handgelenk.

Marta war geschmeichelt. »Dann hoffen wir, dass meine Berühmtheit auch dort zur Geltung kommt, wo sie jetzt gebraucht wird. Hier, nehmen Sie, solche Erfrischungstüchlein habe ich immer dabei.«

Sie holte aus ihrer großen geflochtenen Handtasche eine kleine Tüte, riss sie auf und zog mit spitzen Fingern ein nach Zitrone duftendes gefaltetes Papiertüchlein heraus, das Coralie dankbar annahm. Wenig später standen sie vor dem Haus, dessen Zutritt

Mathilde und Rachid verweigert worden war. Als ob man die beiden Frauen bereits erwartet hätte, stand die Haustür weit offen.

Marta ließ ihre wohltönende Stimme erschallen. »Hallo, jemand zu Hause? Hier sind Madame Torres und Lieutenant Coralie Mollard. Huhu.«

Mit einem breiten Lächeln erschien der Hausherr, ein Riese mit schwarzem, nach hinten gegeltem Haar und einem Schnauzbart, der perfekt in Form gezogen war.

»Madame Torres, Marta Torres, welche Freude, Sie in unserem bescheidenen Heim zu sehen. Sie können sich nicht vorstellen, mit welcher Sehnsucht Sie meine Mutter erwartet. Wir fühlen uns geehrt, eine der Berühmtesten unter uns in unserem Haus begrüßen zu dürfen. Treten Sie ein. Ich bin Saras Onkel und ebenfalls einer der größten Bewunderer Ihrer Kunst.«

Von Coralie war nicht die Rede, und so schob Marta die junge Polizistin einfach vor sich in den Hausflur, in dem es nach Kaffee duftete.

»Bitte sehr.« Der Schnauzbärtige wies auf eine Tür am Ende des Flurs. Dann wandte er sich erstmals an Coralie. »Sara erwartet Sie im Garten. Wieder aus der Haustür raus. Links hinter dem roten Tor geht's in den Garten. Es hat uns größte Überredungskunst gekostet, sie davon zu überzeugen, überhaupt mit Ihnen zu reden. Ich weiß ja nicht, was es bringen soll, und ich weiß auch nicht, ob sie immer noch bereit ist, den Mund aufzumachen. Aber versuchen Sie Ihr Glück. Das Kind steht unter Schock. Schließlich hat man ihre große Schwester ermordet. Also, gehen Sie behutsam mit ihr um, sonst lernen Sie mich kennen. Klar?«

»Keine Sorge. Ich habe lediglich ein paar Fragen. Und sollte sich Sara nicht in der Lage fühlen, mit mir zu sprechen, dann sind Sie uns gleich wieder los.«

Der Onkel rang sichtlich mit sich. »Lassen Sie sich Zeit, haben Sie Geduld mit ihr. Marta Torres als Gast in unserem Haus zu haben, ist ein Geschenk.«

Der Plan hat sich also bis jetzt ausgezahlt, dachte Coco und lächelte in sich hinein. So schnell wollte man den Opernstar also dann doch nicht gehen lassen, auch wenn man dafür einen längeren Aufenthalt einer Polizistin auf sich nehmen musste.

»Na, gehen Sie schon, Coco. Ich freue mich, Ihre Mutter kennenzulernen. Ich habe Ihr auch etwas ganz Besonderes mitgebracht. Eine CD mit der Aufnahme von …«

Den Rest des Satzes hörte Coco schon nicht mehr. Forsch war Marta einfach vorangegangen, hatte die Tür geöffnet und war hinter ihr, den Onkel im Schlepptau, verschwunden. Sie fand Sara in einem Korbstuhl, der seine besten Zeiten hinter sich hatte, am Ende des schmalen Gartens, den man offenbar schon vor Jahren seinem Schicksal überlassen hatte. Der Oleander hätte einen ordentlichen Schnitt vertragen, und die Pflanzen, die einst in sehr schöne Tontöpfe gepflanzt worden waren, kümmerten vertrocknet vor sich hin. Das Mädchen hatte den Kopf über ein Buch gebeugt.

»*Salut*, Sara, ich bin Coralie. Ich würde mich freuen, wenn du – darf ich *du* sagen? – ein wenig Zeit für mich hättest und mit mir reden würdest.« Coco blieb ein paar Meter vor dem Mädchen stehen und schirmte ihre Augen gegen die Sonne ab, um Saras Reaktion besser beurteilen zu können.

»Von mir aus. Ich weiß, wer Sie sind. Meine Mutter hat gesagt, ich muss mit Ihnen reden. Noch mal käme ich nicht damit durch, die Leute von der Polizei einfach vor der Tür stehen zu lassen. Und Sie haben sich Verstärkung mitgebracht? Ganz schön raffiniert, ein wahrer Schachzug, um mich mattzusetzen, nicht wahr? Marta Torres öffnet Ihnen Tür und Tor. Meine Oma ist schon total aus dem Häuschen.« Sie klappte das Buch zu, legte es neben sich auf den Boden und stand auf.

»Hier, nehmen Sie den Stuhl, ich setze mich auf die Kiste.« Sie ging betont langsam zum hinteren Ende des Gartens und kam mit einer Holzkiste zurück. *COINTREAU Liqueur Angers France* stand in verblichenen Buchstaben, aber immer noch gut lesbar, auf der Seite. Sie drehte sie um und setzte sich. Coco warf einen Blick auf das Buch. Mona Chollets *Beauté fatale*.

»Interessant?« Coco zeigte auf das Buch.

»Ja, schon. Es ist einfach zum Kotzen, der Schönheitskult der

Frauen geht so weit, dass sie tatsächlich anfangen, irgendwann ihren Körper zu hassen. Das ist doch pervers. Und sie beschreibt es sehr gut.«

Coco betrachtete Sara genauer. Dieses Mädchen besaß eine ganz außergewöhnliche Schönheit. Ob sie sich dessen bewusst war?

»Sara, ich möchte dich und deine Familie nicht unnötig belasten. Ich kann mir vorstellen, wie du dich fühlst.«

»Ach, ja? Können Sie das? Hat man Ihnen schon einmal jemanden weggenommen, den Sie geliebt haben? Auf eine so unendlich grausame Art und Weise? Ich glaube, nicht. Also, reden Sie nicht so daher. Sie können es sich nicht vorstellen.«

Coco schwieg einen Moment, dann sagte sie leise: »Doch, ich weiß, wie das ist. Mein Freund ist letztes Jahr ermordet worden. Man hat ihn erschlagen.«

»*Merde.* Es tut mir leid, Coralie.« Saras Stimme, die eben noch voller Wut und Aggression gewesen war, klang nun mitfühlend. »Also, was wollen Sie genau wissen? Nur eins schon vorab, ich hab null Ahnung, wer es gewesen sein könnte. Und Dolcé hab ich so gut wie nicht gekannt. Über sie brauchen Sie mich erst gar nicht auszuquetschen.« Sara streckte ihre langen Beine aus, stützte sich mit den Armen auf der Holzkiste ab, streckte ihr Gesicht in die Sonne und schloss die Augen.

»Santana war mit Ricardo verlobt, die beiden wollten demnächst heiraten. Hat deine Schwester mit dir über ihre Gefühle gesprochen? Hat man sie in diese Verbindung gezwungen? Wollte sie aus ihr ausbrechen?«

Sara öffnete die Augen und sah Coco ruhig aus smaragdgrünen Augen an. »Das haben Sie ganz klar erfasst. Ausbrechen, das ist genau das richtige Wort. Aus den Konventionen, aus ihrem ganz persönlichen Gefängnis. Und ich habe sie bestärkt darin. Nachdem Santana tot war, habe ich mir Stunde um Stunde den Kopf zerbrochen, wer das getan haben könnte. Für mich lag der Verdacht nahe, dass Ricardo etwas davon mitbekommen und meine Schwester aus Eifersucht getötet hat. Aber er wusste nichts davon, verstehen Sie? Santana hätte nie mit ihm vorher darüber gesprochen.

Sie wollte einfach gehen und das Weitere dem Schicksal überlassen. Die einzigen Personen, denen sie sich anvertraut hat, waren Jean, meine Eltern und ich. Jean ist der Choreograf, Santana hatte mal was mit ihm. Jean war schon lange nicht mehr ihr Geliebter, warum sollte er sie jetzt töten? Also Ricardo und Jean scheiden aus. Blieben noch meine Eltern, doch nie und nimmer hätten Papa oder Maman auch nur die Hand gegen uns erhoben. Mein Vater hat ganz sicher eine Riesenszene gemacht, aber mehr auch nicht. Und Ricardo hätte er auch nichts geflüstert. Damit hätte er gewartet, bis Santana das Land verlassen hätte. Und der Mann, mit dem sie weggehen wollte, hat meine Schwester geliebt wie, wie, ach, ich finde keinen Vergleich. Vielleicht wie Orpheus Eurydike, die er aus dem Hades geholt hat. Er hätte sein Leben für sie gegeben. Die beiden hatten große Pläne für ihr gemeinsames Leben. Ja, die hatten sie. Und nun, alles verloren.«

Ein Zittern hatte sich in die Stimme des Mädchens geschlichen, und jetzt liefen ihr Tränen übers Gesicht.

»Sara, wer war der Mann, mit dem deine Schwester wegwollte?«

»Thibault. Thibault Paille, der Sohn des Pferdezüchters. Er ist selbst ein Pferdeflüsterer, er hatte Santana Reitunterricht gegeben, und die beiden haben sich ineinander verliebt. Unsterblich ineinander verliebt, wie man so schön sagt. Nur, dass das mit dem unsterblich nicht so ganz hingehauen hat. Thibault hat einen Vertrag bei *Chorus Equorum*, das ist so eine Pferdeshow, Zirkus und Artistik vom Feinsten. Sie sitzen in Montréal in Kanada. Thibault sollte dort mit der Ausbildung der jungen Pferde beginnen. Nicht, dass er das in der *manade* seines Vaters nicht auch machen würde, aber dort in Montréal herrschen die allerhöchsten Ansprüche an die Ausbilder und Reiter. Die sind auf Thibault aufmerksam geworden. Ein supergut bezahlter Job. Er hatte sogar schon ein kleines Haus für sich und Santana in Aussicht. In Trois-Rivières. Und ein Makler war bereits auf der Suche nach einer passenden Location für die Tanzschule, die meine Schwester eröffnen wollte. Ich war die Einzige, der sie davon erzählt hat. Dann hat sie sich Jean anvertraut, aber ohne Thibault zu erwähnen. Jean sollte, falls nötig, beruhigend auf Papa einwirken.

Das ist alles, was ich Ihnen zu der ganzen Geschichte sagen kann. Ich hätte das auch Ihren Kollegen sagen können, aber irgendwie, ach, ich weiß nicht, ich hatte einfach keine Lust, mit Flics über meine tote Schwester zu reden. Können Sie das verstehen?«

Coco musste lächeln, sie war doch selbst ein solcher Flic. Aber in ihren an den Knien zerrissenen Jeans, den abgelatschten Sneakers und dem ärmellosen Kapuzenpulli mit dem Totenkopf aus rosafarbenen Pailletten hatte sie Sara Carmona offensichtlich davon überzeugt, dass man ihr vertrauen konnte.

»Sara, ich danke Ihnen. Sie sind ein sehr außergewöhnliches Mädchen, wenn ich das so sagen darf. Und ich wünsche Ihnen, dass Sie genau da ankommen, wo Sie sich hinträumen.«

»Ich träume mich in den Elysee-Palast, ich möchte die erste Präsidentin Frankreichs werden. Und dann werde ich alle alten Zöpfe abschneiden. Das wird meine Revolution.« Sara sagte dies voller Ernst und mit entschlossener Miene.

»Das habe ich mir fast gedacht«, antwortete Coco mit demselben Ernst. »Nur eins noch. Wie, glauben Sie, hätte Thibault Paille reagiert, wenn Santana ihm gesagt hätte, sie würde doch nicht mit ihm nach Kanada gehen, sie bliebe in Frankreich, bei ihrem Verlobten, bei ihrer Familie?«

»Dafür gibt es null Anhaltspunkte«, erwiderte das Mädchen schroff. »Und wann hätte sie ihm das sagen sollen?«

»Nach dem Streit mit Ihren Eltern? Vielleicht ist Ihre Schwester in sich gegangen und hat ihren Entschluss, mit Thibault das Land zu verlassen, bereut? Vielleicht wollte sie das Ihren Eltern nicht antun? Nun, was hätte Thibault dazu gesagt?«

»Es hätte ihm das Herz gebrochen. Und an einem gebrochenen Herzen stirbt man ja wohl eher selber, als dass man jemanden sterben lässt.« Nach kurzem Zögern fügte Sara ein leises »Oder?« hinzu, ein Wort voller Zweifel, voller Verzweiflung.

Kapitel 33

Coco informierte umgehend den Commandant von dem positiven Ergebnis ihres Gesprächs mit Sara Carmona, ohne jedoch ins Detail zu gehen. Und nun erwartete Rachid Bouraada sie und Felix im Büro der Richterin.

Sie musste Marta Torres regelrecht von dem Gespräch mit der Großmutter und dem Onkel loseisen. Die Einladung zu Kaffee und Kuchen hatte sie freundlich ausgeschlagen, Marta klargemacht, dass es allmählich Zeit war, nach Nîmes zurückzukehren. Saras »Oder« klang in ihr nach. Dieses Mädchen, das so fest an die Liebe zwischen ihrer Schwester und dem jungen *manadier* glaubte, hatte sich dem leisen Zweifel, den Coco gesät hatte, nicht entziehen können.

Auf dem Weg zu Cocos Wagen kamen sie an der Kirche Notre-dame-de-la-Mer vorbei, die mit ihrer zweigeschossigen Glockenarkade alle anderen Gebäude überragte. Vor dem Eingang der Kirche hielten zwei Frauen in langen bunten Röcken Marta und Coco irgendwelche Karten entgegen. Die Sängerin winkte freundlich, aber entschieden ab, und die beiden *Manouches* versuchten ihr Glück bei einem Touristenpaar, das den Inhalt seines grünen Reiseführers studierte.

»Haben wir vielleicht noch ein paar Minuten Zeit? Ich würde gerne Sara besuchen.«

Für einen Moment war Coco irritiert, kamen sie doch gerade von Sara Carmona. Doch dann fiel ihr ein, dass Marta Torres natürlich die Schwarze Sara meinte, die Schutzheilige der *gens du voyage*, deren Statue in der Krypta unter der Kirche Besucher aus aller Welt anzog.

»Natürlich, die Zeit haben wir. Ich komme mit.«

Die beiden Frauen betraten die Kirche, deren Innenraum Coco kleiner vorkam, als das Gotteshaus von außen mit seinen wehrhaften Mauern wirkte. Direkt umfing sie angenehme Kühle und Stille. Marta Torres steuerte direkt auf die Krypta unter dem Chor zu. Links und rechts standen Tische, auf denen Kerzen in allen Größen brannten, die man für einen oder mehr Euro erwerben konnte. Marta warf einen Geldschein in eine Kasse und zündete eine große bunte Kerze an, die sie mit einem leisen Murmeln zu den anderen stellte.

Derweil hatte sich Coco bereits der Statue der Heiligen genähert. In mehrere Schichten glänzender und farbenfroher Gewänder gehüllt, lugte der kleine Kopf Saras daraus hervor. Marta trat neben Coco, schloss die Augen und schickte ein Gebet zur Schutzheiligen. Coco fragte nicht nach, um was die Sängerin gebeten hatte. Beim Verlassen der Krypta bemerkte sie zahlreiche Dankestafeln an der Wand, kleine Gemälde, auf denen den drei Marien und Sara für irgendwelche Wundertaten gedankt wurde.

Sie ließen die mächtigen Mauern der Kirche hinter sich, und, als würden sie eine andere Welt betreten, empfing sie wieder der Lärm der Stadt und die außergewöhnliche Hitze des Sommertages.

Nach wenigen Minuten hatten sie Cocos Wagen erreicht und fuhren zurück nach Nîmes. Links und rechts der Straße dominierten zunächst noch Hotels, meist flache, weiß verputzte Gebäude, die sich der Landschaft auf angenehme Weise anpassten, und Reitställe, die Ausflüge zu Pferd in die Camargue anboten. Vorbei ging es am *Parc ornithologique* von Pont-de-Gau, in dem sich die Besucher bei Wanderungen mit der heimischen Vogelwelt vertraut machen konnten, und den weitläufigen Grünflächen und Weiden.

»Und Sie haben rein gar nichts gehört, was uns weiterbringt? Oder haben Sie nur über Musik und so geredet?«, fragte Coco und wich einem Brett aus, das unvermutet auf der Fahrbahn lag.

Die Sängerin schüttelte den Kopf und drehte erneut an den Knöpfen, von denen sie hoffte, sie stünden in enger Verbindung mit der Klimaanlage, die schon wieder nichts außer heißer Luft produzierte.

»Nein, das Gespräch war wie das, was aus der Düse da rauskommt. Nicht mehr als laue Luft. Allerdings hatte ich auch nicht den expliziten Auftrag, zu ermitteln«, fügte Marta Torres leicht indigniert hinzu. »Ich sollte Ihnen Tür und Tor öffnen. Sie können sich nicht vorstellen, in welchem Gemütszustand sich die arme alte Frau befindet. Gesundheitlich geplagt, und der Verlust ihrer Enkelin ist für sie immer noch nicht so richtig fassbar. Fast hatte ich den Eindruck, sie schiebt diese Wahrheit ganz weit von sich weg. Immer, wenn ich auf Santana zu sprechen kam, weinte sie sofort. Ich habe ihr gesagt, was für eine talentierte und schöne Tänzerin ihre Enkelin gewesen sei. Und das hat dann fast zum Zusammenbruch der alten Frau geführt. Ich habe mich nicht wohl in meiner Haut gefühlt. Daher habe ich es vorgezogen, aus meinem Leben zu erzählen, einige Noten anzusingen. Es hat sie strahlen lassen, und es war gut so.«

»Entschuldigen Sie, Marta, ich habe es nicht so gemeint. Natürlich sollten Sie die Großmutter nicht ausquetschen. Sie weiß ja von nichts. Es hätte ja nur sein können, dass sie irgendetwas zum Gemütszustand ihrer Enkelin sagt, was beispielsweise ihre Verlobung angeht. Großmütter erfahren manchmal mehr als Mütter.«

»Das mag sein, aber sie hat keine Ahnung. Sie freute sich sehr auf die Hochzeit, Verwandte aus aller Welt wurden erwartet, und auch ihre Schwester, die mit ihrer Familie in Argentinien lebt, wäre gekommen. Sie ist zweiundneunzig, und wer weiß, ob sie sich jemals wiedersehen werden, jetzt, wo es keine Vermählung gibt.« Marta seufzte und ließ das Beifahrerfenster herunter. Doch außer einem Schwall heißer Luft, der sofort den kleinen Wagen erfüllte, passierte nichts.

»Puh, was bin ich froh, in meine klimatisierten Räume zurückzukehren. Und Sie wollen mir wirklich nicht sagen, was Sie von Sara erfahren haben?«

Marta Torres gab nicht auf, sie hatte schon dreimal nachgehakt, doch Coco schwieg wie ein Grab.

»Marta, ich wiederhole mich nur ungern, aber das geht nicht. Laufende Ermittlungen.«

»Ja, ja. Das kenne ich aus dem Fernsehen. Trotzdem, bringt das, was Sie gehört haben, Sie weiter?«

»Meine Lippen sind versiegelt, *Madame Curieuse.*«

»Ich und neugierig? *Coquine.* Frechdachs«, gab Marta mit einem schelmischen Lächeln zurück. »Aber Sie halten mich auf dem Laufenden?«

»Versprochen.« Coco hatte ihr erstes Ziel erreicht und parkte direkt vor Martas Hotel. Die Diva warf der jungen Polizistin zum Abschied eine Kusshand zu und verschwand in ihrer Luxusherberge.

Eine Viertelstunde später, sie hatte mit ihrem Wagen drei Runden durch das unterirdische Parkhaus drehen müssen, bis sie eine Lücke entdeckt hatte, stürmte Coco ins Palais de Justice. Sie war gespannt, was die Kollegen mit dem, was sie von Sara erfahren hatte, anfingen. Sie hoffte aus tiefstem Herzen, der Commandant würde sie losschicken, um Thibault Paille ein wenig auf den Zahn zu fühlen.

»He, Coco, warte, ich komme mit.« Mit schnellen Schritten eilte Felix Tourrain hinter seiner Kollegin her. In seiner Rechten trug er eine kleine Kühltasche, die er schwenkte. »Ich habe uns Eis mitgebracht. Beeilen wir uns, sonst ist es gleich weggeschmolzen. Hast du was Interessantes im Gepäck?«

Coco grinste. Felix konnte nicht ohne Nahrung sein. Vom Sandwich über Schokoladeneclair bis zum Eis, er schaufelte alles in sich hinein. »Interessantes? Mal schauen. Und du?«

Felix grinste zurück. »Na, vielleicht.«

Mathilde und Rachid erwarteten die beiden Polizisten bereits im Büro.

»*Salut,* ihr zwei. Eis? Sehr schön. Madame le Juge und ich haben gerade gesagt, eine Abkühlung wäre jetzt prima. Wir hatten zwar eher an ein Bad im Meer gedacht, aber das ist fast genauso gut.«

Felix verteilte die vier Becher, und im Nu waren die Kugeln vom Zitronensorbet weggelöffelt. Mathilde lehnte sich an die Fensterbank.

»Der Commandant und ich waren heute wenig erfolgreich, aber das wissen Sie ja bereits. Im Haus der Großmutter hat man uns abgewimmelt, im Fall von Santana Carmona stecken wir zurzeit fest, es bleiben kaum noch Verdächtige. Und es fehlt uns ein Motiv. Und da, wo wir so etwas wie ein Motiv hatten, mussten wir die infrage kommenden Verdächtigen wieder ausschließen. Mithilfe von Marta Torres ist es unserer Coralie allerdings gelungen, mit Sara Carmona zu reden. Gute Arbeit, Coralie. Glauben Sie, dass uns das Gespräch weiterbringt?« Mathilde schmunzelte, als Coco Mollard mit hochrotem Kopf eifrig nickte. »Doch dazu gleich. Der Fall Dolcé Reinhardt. Hier fangen wir bei null an. Felix hat es bereits zur Sprache gebracht. Wir gehen von einem zweiten Täter aus. Coralie, Sie sind auf dem Laufenden? Nein? Nun, wir haben ein ähnliches Vorgehen, und doch ganz anders. Auch hier weder Motiv noch greifbare Verdächtige. Die Unterschiede: Tatwaffe und Vorgehensweise. Ein Stilett, ein Küchenmesser, ein Mord sozusagen en passant und ein gezielter Angriff. Das ist alles, was wir nach Tagen der Ermittlungsarbeit vorzuweisen haben. Zugegebenermaßen nicht viel. Coralie, wir sind also gespannt, was das Gespräch mit Sara Carmona zutage gefördert hat.«

Coco Mollard hatte entspannt auf ihrem Stuhl gesessen und doch ihrem Auftritt entgegengefiebert. Das, was sie hatte, konnte sich einigermaßen sehen lassen, zumindest bescherte es ihnen einen weiteren Verdächtigen, den noch niemand auf dem Schirm hatte. Gelassen zog sie ihr Notizbüchlein aus der Tasche und blätterte es auf.

Felix rutschte derweil unruhig auf seiner Sitzgelegenheit hin und her. Er räusperte sich, sagte aber nichts, dann zog er einen Stift, der auf dem Tisch lag, heran und drehte ihn zwischen Zeige- und Mittelfinger.

»Sag mal, Felix, was ist denn mit dir los? Du scharrst mit den Füßen wie ein Pferd mit seinen Hufen kurz vor dem Start zu einem Rennen. Wie ich dich kenne, hast du auch etwas mitgebracht. Lassen wir erst Coco zu Wort kommen, und dann bist du dran«, ermahnte Rachid lächelnd seinen Kollegen, um so für die notwendige Ruhe während Coralies Ausführungen zu sorgen.

»Das mit den Pferden hast du schon mal ganz passend gesagt«, grinste Felix und verschränkte die Arme im Nacken. »Entschuldige, Coco. Ich bin ganz Ohr.«

Misstrauisch sah Coco zu Felix. »Wie meinst du das *mit den Pferden?*«

»Ach, nichts. Los, erzähl.«

Rachid und Mathilde schauten sich ratlos an. Was war denn mit den beiden los?

»Nun, wir hatten Glück. Marta hat den Türöffner erfolgreich gespielt, und Sara war bereit zu sprechen. Ich hatte sogar den Eindruck, sie war erleichtert, sich ihr Geheimnis von der Seele reden zu können.« Coco gab das Gespräch wieder und schloss mit den Worten: »Es gibt zwar keinen konkreten Verdacht gegenüber Thibault Paille, aber ausschließen können wir den jungen Mann nun auch nicht mehr.«

Noch bevor Rachid und Mathilde reagieren konnten, meldete sich Felix zu Wort. »Nun, ich habe mich ebenfalls ein wenig umgeschaut. Eigentlich hatte ich mir Benjamin Leroux noch einmal vorknöpfen wollen. Ich hatte dieses merkwürdige Gefühl, dass ihm Santana Carmona nicht ganz gleichgültig war. So ganz hatte mein Eindruck zwar nicht gestimmt, also, er war nicht verliebt in sie, er hat sie einfach nur gemocht. Allerdings hat der Sohn seines Arbeitgebers …«, er nickte Coco zu und reckte den Daumen seiner rechten Hand in die Höhe, »… Thibault Paille viel Zeit mit ihr verbracht, und ich habe mir die Frage gestellt, ob er nicht vielleicht mehr als berufliches Interesse an der Tänzerin gehabt haben könnte. Und er der Mann ist, mit dem Madame Carmona Frankreich verlassen wollte. Und das finden wir ja nun durch Coco bestätigt.«

»Doch warum sollte er Santana ermorden, wenn er mit ihr ein neues Leben anfangen wollte? Wo bleibt dann das Motiv?«, wandte Rachid ein.

»Wissen wir, ob sie tatsächlich mit ihm gegangen wäre? Sie hatte Streit deswegen mit ihren Eltern, die allerdings nicht wussten, dass sie zusammen mit einem Geliebten alles hinter sich lassen wollte. Was, wenn der Streit ihr emotional so zugesetzt hat, dass sie ihre

Entscheidung rückgängig machen wollte? Wir wissen doch, wie fest die Familienbande dort sind«, erklärte Felix.

Coco nickte zustimmend. »Genau das ist mir nach dem Gespräch mit Sara durch den Kopf gegangen.«

»Wissen wir denn, ob er zur Tatzeit in der Arena war?«, fragte Mathilde.

»Nein, Madame le Juge. Das weiß ich nicht. Benjamin sagte, er habe keine Ahnung, was Thibault dort hätte gesucht haben können. Aber es wäre doch ein Leichtes für ihn gewesen, sich dort herumzutreiben und den richtigen Moment abzupassen, um eine Aussprache mit Santana zu suchen, und als die für ihn negativ ausgefallen war, hat er in seiner Wut und Enttäuschung zugestochen. Vielleicht nach dem Gespräch mit Jean Schmitt.«

»Oder kurz davor«, gab Coco zu bedenken. »Im Bericht der Gerichtsmedizin steht, dass man Santana bis zu dreißig Minuten vor ihrem Tod die tödliche Verletzung hätte zufügen können. Also, wie lange hat sie mit dem Choreografen gesprochen? Fünf Minuten?«

»Stopp, nein. Es muss danach gewesen sein. Schmitt hat ihr ins Gewissen geredet, nach dem Streit mit dem Vater. Vielleicht war das der Auslöser, endgültig die Trennung von Thibault zu vollziehen.«

Kurzes Schweigen breitete sich aus. Dann klatschte Rachid in die Hände. »Was sitzen wir noch hier herum? Die einzige Person, die uns Auskunft geben kann, ist Monsieur Paille selbst. Fragen wir ihn. Felix, gibt es eine Chance, den jungen Mann, sagen wir, in einer halben Stunde anzutreffen?« Rachid war bereits aufgestanden und zur Tür gegangen.

»Ziemlich sicher. Er gibt am Nachmittag bis in den Abend Reitstunden.« Auch Felix hatte sich erhoben, und das breite Grinsen auf seinem Gesicht verlieh ihm das Aussehen eines Lausbuben, der soeben einen Streich ausgeheckt hat.

»Wir alle?«, fragte Coco in gespannter Erwartung.

»Wir alle. Sollten wir es bei Thibault Paille mit Santanas Mörder zu tun haben, ist ein solches Aufgebot an Ermittlern durchaus gerechtfertigt«, grinste Rachid und hielt Mathilde, Coralie und Felix die Tür auf.

Kapitel 34

Die Fahrt zur *manade* verlief in angespannter Ruhe. Felix steuerte den Dienstwagen, Rachid saß daneben, die beiden Frauen im Fond.

»Wieso ist der Name Thibault Paille nie gefallen?«, fragte Coco in die Runde.

»Weil niemand den jungen Mann auf dem Schirm hatte«, antwortete Felix. »Die Einzige, die von seiner Existenz als Geliebter von Santana gewusst hatte, war Sara, und die hat bis heute geschwiegen. Und Santana hat natürlich nie auch nur ein Sterbenswort über diese Liaison verloren.«

»Das heißt, dass auch der Verlobte tatsächlich nicht den Hauch einer Ahnung gehabt hat. Sonst würde er dem jungen Paille wahrscheinlich etwas mehr als nur die Freundschaft gekündigt haben«, ergänzte Mathilde. »Hoffen wir, dass wir den Überraschungseffekt nutzen können und ihn zum Reden bringen.«

Sie passierten das Tor zum Gutshof. Auf einem Parkplatz standen mehrere Autos, wahrscheinlich die Wagen der Mütter, die ihre Kinder zum Reitunterricht begleiteten, tat Felix kund.

Die vier Beamten fuhren daran vorbei und parkten neben einem dunkelroten Pick-up mit dem Schriftzug der *manade* auf der Fahrertür. Als sie ausstiegen, kam ihnen Benjamin Leroux entgegen, eine Stute mit Fohlen am Führstrick. Misstrauisch blieb er stehen.

»Was wird das denn? Kommen Sie wegen mir? Ich habe doch schon alles gesagt, was ich weiß, und falls ich doch noch etwas vergessen hätte, braucht es keine vier Flics, es aus mir herauszukitzeln.«

»Wo finden wir Thibault Paille?«, gab Rachid Bouraada statt einer Antwort zurück.

Der junge Mann wurde bleich. »Warten Sie, ich bringe Florence nur zurück auf die Weide, dann begleite ich Sie. Thibault ist auf dem Springplatz, er trainiert ein paar Jungs und Mädchen fürs *Galop 7.*« Mit schnellen Schritten eilte er davon, die Stute spürte die Aufregung und tänzelte neben Benjamin her, während das Fohlen eng am Körper seiner Mutter mittrabte.

»Geht schon mal vor. Nicht, dass der junge Mann versucht, seinen Freund zu warnen. Wir warten hier auf ihn«, wies Rachid Felix und Coco an, die gemeinsam dem Reitplatz zustrebten.

»*Galop 7?* Wissen Sie, was das ist?«

Mathilde nickte. »Ja, allerdings habe ich es nie so weit gebracht. Es gibt sieben Stufen, vom *Galop 1* bis zum *Galop 7*, innerhalb der Stufen entwickelt sich der Reiter immer weiter, also von Übungen wie das Pferd zu führen bis hin zu schwierigeren Dressuraufgaben und Springen. Ah, da kommt er ja schon wieder.«

Mathilde und Rachid beobachteten die Stute, die im fliegenden Galopp auf ihre Herde zustürmte, ihr schwarzfelliges Kind rannte in großen Sprüngen hinterher.

Benjamin Leroux band sich den Strick um den Bauch und schlenderte nun betont lässig auf Mathilde und Rachid zu. »Habe ich nicht Ihrem Youngster gesagt, dass Thibault mit dem Mord an Santana nichts zu tun hat? Den Weg hätten Sie sich sparen können. Wo stecken übrigens der Karottenkopf und Ihre andere Kollegin?« Ganz plötzlich hatte er es wieder eilig und maß mit großen Schritten den Weg zum Reitplatz, die Richterin und der Commandant ihm eng auf den Fersen.

Im Parcours war noch eine Reiterin zugange, die ihr Pferd geschickt über eine Abfolge kleiner Sprünge lenkte, die das Tier mit Leichtigkeit nahm.

»Das war's für heute, Chantal. Du begleitest den Rest der Truppe noch in Richtung Pinienwäldchen. Und pass auf, dass Jerôme keinen Unfug macht.« Die Stimme von Thibault Paille klang heiser, als er seine Anweisungen gab. Felix und Coco standen am Holzzaun, der den Platz umgab.

»*Mon Dieu*, schauen Sie sich den Jungen an, Rachid. Er sieht aus wie ein lebender Leichnam. Und erst die Stimme. Als habe er sich die Seele aus dem Hals gebrüllt.«

Tatsächlich stand Thibault mit hängenden Schultern da, das Gesicht eingefallen, die Augen lagen tief und verschattet in den Höhlen. Benjamin rannte auf ihn zu, und noch ehe sich die vier Ermittler versahen, hatte er seinem Freund etwas ins Ohr geflüstert. Rachid wollte hinterhersetzen, doch Mathilde hielt ihn zurück. »Warten Sie, ich möchte die Reaktion des Jungen sehen.«

Thibault riss den Kopf hoch und starrte fassungslos in ihre Richtung.

»Er hat ihm ganz offensichtlich gesteckt, dass wir mit ihm wegen Santana Carmona sprechen wollen. Felix, Coco, kommt ihr mal bitte«, orderte Rachid dann seine beiden jungen Kollegen herbei. Immer noch stand Thibault wie ein Häufchen Elend regungslos inmitten der bunten Hindernisse. Er schüttelte ungläubig den Kopf.

»Felix, Coco, macht euch mal auf die Suche nach etwas, was der Tatwaffe entsprechen könnte. Ihr wisst ja, was Regis dazu gesagt hat.«

Felix nickte. »Wir fangen in der Werkstatt an. Die liegt da hinten. Heute Mittag war Benjamin dort und hat irgendetwas repariert. Vielleicht gibt es unter den Werkzeugen irgendeine Art von passendem Messer. *Alors*, Coco, an die Arbeit.«

»Wir sollten jetzt zu ihm. Eine merkwürdige Reaktion. Schauen Sie, er wirkt wie versteinert, als hätte das, was er gerade gehört hat, ihn vollkommen unvermittelt getroffen«, sagte Mathilde, die Thibault nicht aus den Augen ließ.

Der junge Mann machte keinerlei Anstalten, den Springplatz zu verlassen. Mehr als zwei Minuten hatte er sich kaum bewegt, nur seinem Freund gelauscht, der immer noch auf ihn einredete. Plötzlich glitt seine Hand in die Hosentasche, und Benjamin trat einen Schritt zurück.

»Was macht er da?« Rachid spurtete los, doch er gab Mathilde, die hinter ihm war, umgehend ein Zeichen der Entwarnung. Es war keine Waffe, wie er im ersten Moment befürchtet hatte, sondern

Thibault hatte aus der Hosentasche ein Handy gezogen, das er sich kurz ans Ohr hielt, um es direkt wieder einzustecken. Dann hob er, wie ein Krieger, der sich ergab, beide Hände in die Höhe.

»Schon gut, ich wollte meinen Vater anrufen. Aber er scheint schon auf den Hof zu kommen.« Er nickte in Richtung Einfahrt, wo eine Staubwolke ein sich nahendes Auto ankündigte.

»Thibault Paille?«

Der junge Mann nickte, seine Arme baumelten nun schlaff neben seinem Körper, der wie ausgemergelt in einer nun zu großen Jeans steckte.

»Monsieur Leroux, wenn Sie uns bitte alleine lassen. Und verlassen Sie nicht den Hof. Vielleicht können Sie den Damen, die auf ihre Kinder warten, sagen, dass sie bitte, sobald sie zurückkommen und die Pferde versorgt sind, die *manade* verlassen. Bis dahin sollen sie bitte auf der Terrasse bleiben. Und kein Wort über das, was hier los ist, klar?«

Benjamin zögerte kurz, doch nachdem ihm sein Freund beruhigend auf die Schulter geklopft hatte, verzog er sich, um Rachids Auftrag zu erfüllen. Schon hatte sich eine der Frauen erhoben und kam mit fragend empörter Miene auf sie zu. Benjamin fing sie ab und begleitete sie zu den anderen zurück.

»Monsieur Paille, wo können wir uns in Ruhe unterhalten?« Mathildes Stimme war sanft. Der Junge tat ihr leid, wie er mit hängenden Schultern und einem Gesicht voller Verzweiflung vor ihnen stand. Verzweiflung, weil er zum Mörder an der Geliebten geworden war, oder Verzweiflung über Santanas Tod? Und sein Gesicht kam ihr bekannt vor. Hatte sie ihn in der Arena gesehen, am Tage von Santanas Ermordung? Eine Erinnerung durchzuckte sie. Das Foto in Saras Album. Der Junge, der seinen Kopf auf Santanas Schulter gelegt hatte. Eine freundschaftliche und doch intime Geste.

»Wenn Ihnen das reicht, ich kann mich auf das Cavaletti setzen.« Thibault zog zwei Plastikstühle, die am Rand standen, herbei und setzte sich selbst auf eine sehr niedrige weiße Hindernisstange, die auf jeder Seite in einem Holzkreuz steckte. In dieser Position musste er zu den Beamten aufschauen und in die Sonne blinzeln.

Er zog eine dunkle Brille aus der Brusttasche seines Hemdes und setzte sie auf.

»Monsieur Paille, wir sollten gar nicht lange um den heißen Brei herumreden. Santana Carmona. War sie Ihre Geliebte, und wollten Sie mit ihr Frankreich verlassen, in Kanada ein gemeinsames neues Leben beginnen?«

Der junge Mann sackte zusammen und nickte wortlos. Mathilde und Rachid sahen sich an und warteten ab. Dann endlich fand Thibault Paille seine Sprache wieder.

»Ja, wir waren ein Paar. Noch nicht offiziell, aber nach dem Sommer sollte es losgehen. Wir hatten Pläne, doch …«

Ein riesiger Schatten fiel über Mathilde und Rachid, die sich beide erschrocken umdrehten. Sie hatten Thibaults Vater nicht kommen gehört. Er drängte sich an ihnen vorbei und stellte sich schützend vor seinen Sohn. Mit rauer Stimme blaffte er die beiden Ermittler an.

»Was soll das hier? Lassen Sie meinen Sohn gefälligst in Ruhe. Was soll er mit den Morden an den Tänzerinnen zu tun haben? Sie rücken hier mit einem Großaufgebot an? Wo sind übrigens die beiden anderen? Benjamin sagte mir, sie seien hier zu viert aufgekreuzt. Haben Sie überhaupt einen Durchsuchungsbefehl oder wie man das nennt? Und du sagst gar nichts, Thibault, klar?« Serge Paille hatte einen hochroten Kopf, und seine Stimme klang drohend. »Wie sieht das denn aus? Wenn ich demnächst Absagen für die Reitstunden oder so bekomme, kommt Sie das teuer zu stehen. Was Sie hier veranstalten, ist absolut übergriffig. Mein Sohn hat mit dem Mädchen und der anderen doch überhaupt nichts zu tun. Also, warum sind Sie hier? Haben Sie irgendwas, was Thibault belastet? Wenn nicht, verschwinden Sie. Verlassen Sie meinen Grund und Boden.«

Serge Paille schnaubte vor Wut wie ein wild gewordener Stier. Speicheltröpfchen flogen aus seinem Mund. Die Hände waren zu Fäusten geballt, die er, ganz in der Manier eines Boxers, vor sich hielt, bereit, zuzuschlagen, wenn es sein musste.

Rachid und Mathilde hatten sich erhoben, während Thibault stumm auf seinem Cavaletti sitzen geblieben war. Jetzt stand auch er auf, stellte sich vor seinen Vater und legte ihm beide Hände auf die Schultern.

»Papa, das stimmt doch so nicht. Du weißt genau, dass ich mit Santana zusammen war. Aber ich hätte ihr nie etwas angetan, das musst du mir glauben.« Jetzt rannen Thibault Tränen übers Gesicht. Er setzte seine Sonnenbrille ab und warf sie auf den Platz. Mit dem Handrücken wischte er sich über die Augen, hinterließ einen Schmutzstreifen auf seinem Gesicht.

»*Chut*, alles ist gut, mein Junge. Natürlich hast du niemanden getötet. Ganz ruhig. Die Herrschaften werden uns nun verlassen. Das wird ein Nachspiel haben«, fügte er an Mathilde und Rachid gewandt hinzu.

In diesem Augenblick erscholl Felix' Stimme. »Rachid, Madame le Juge, kommen Sie mal bitte.«

»Was soll das? Pfeifen Sie Ihre Leute zurück.« Wütend starrte Serge Paille in Richtung Scheune.

Bis jetzt hatten Mathilde und Rachid schweigend dem Ausbruch des Vaters und dem Gespräch zwischen Paille senior und junior zugehört. Nun ergriff Rachid das Wort.

»Messieurs, bitte begleiten Sie uns. Und keine Sorge, wir haben eine Genehmigung, uns ein wenig bei Ihnen umzusehen. Madame le Juge de Boncourt hat sie ausgestellt.«

Neugierige Blicke folgten von der Terrasse dem Geschehen. Doch Benjamin schien alles im Griff zu haben. Die jungen Reiter waren noch immer nicht von ihrem kleinen Ausritt zurückgekehrt.

In der Scheune war es düster, und die Augen der vier Personen, die durch das Holztor ins Innere schritten, mussten sich erst an den Unterschied zum gleißenden Sonnenlicht gewöhnen. Felix und Coco standen an einer Werkbank, und Felix hielt in seiner behandschuhten Hand einen schmalen Gegenstand, den er den Ankommenden entgegenhielt, während Coco, bereit, jederzeit wenn nötig einzugreifen, daneben stand. Vater und Sohn Paille hielten in ihrer Bewegung inne. Rachids fragender Blick richtete sich auf seinen Lieutenant.

»Keine Ahnung, ob das die Tatwaffe ist, aber sie kommt dem, was wir suchen, verdammt nahe.« Felix hielt Rachid ein extrem schlankes Messer mit dreieckiger Klinge hin. Der Commandant zog ein Paar Handschuhe aus der Hosentasche, streifte sie über und nahm das Stilett entgegen. Er betrachtete es von allen Seiten, während in der schwülen Hitze der Scheune eine atemlose Stimmung herrschte.

»Was ist das?«

»Ein Messer, das sehen Sie doch. Eins von vielen, die hier liegen. Wir brauchen sie zum Arbeiten«, gab Serge Paille schroff zur Antwort und wies auf die Werkbank, hinter der an der Wand aufgereiht die verschiedensten Messer hingen.

»Das ist nicht eins von vielen, das Ding ist einzigartig«, warf Felix ein. »Ein solches Messer gibt es hier kein zweites Mal.«

»Papa, du hast es doch normalerweise immer bei dir.« Thibaults Stimme klang verunsichert. »Mein Vater hat es immer in der Scheide am Gürtel. Er schneidet damit die Heunetze um die Ballen auf, pult Steinchen aus den Hufen und so. *Grand-père* Paille hat es geschmiedet, als er die Hufeisen für die Pferde noch selbst angefertigt hat. So ist es doch, Papa, nicht wahr?«

Hatte Thibaults Stimme einen flehenden Klang angenommen?

»Ich habe es schon seit Tagen nicht mehr bei mir. Es muss nachgeschliffen werden. Deswegen liegt es hier herum«, erklärte Serge Paille mürrisch. »Und ja, ich benutze es als Allzweckmesser. Ein praktisches Werkzeug.«

»Also, wenn es so offen hier herumlag, hätte es auch jemand einfach nehmen können?« Rachid hatte das Stilett mit der Faust umschlossen und beförderte es nun in einen Asservatenbeutel, die er, wie auch die Handschuhe, immer in seinen Hosentaschen bereithielt.

»Ja, das war aber nicht der Fall. Es lag vor ein paar Tagen da, es lag gestern da, und auch heute war es hier. Ich bin noch nicht dazu gekommen, mich darum zu kümmern.«

»Obwohl es so ein wichtiges Werkzeug ist? Haben Sie ein anderes in der Hülle am Gürtel, damit Sie spontan ein Steinchen aus einem Huf entfernen können?«

Während des Wortwechsels zwischen Rachid und Serge Paille

war Thibault immer blasser geworden und einen Schritt von seinem Vater abgerückt. »Papa, du hast das Messer noch am Montag dabeigehabt. Erinnerst du dich nicht? Du bist zur Arena, weil du geglaubt hast, der Steigbügelriemen von Benjamin sei gerissen, und wolltest ihm einen neuen bringen, nicht, dass es deswegen zu einem Unfall käme. Benjamin hatte ihn aber schon ausgewechselt, und du bist umsonst nach Nîmes aufgebrochen. Unterwegs hast du noch angerufen, du wolltest bei Fabrice vorbei, wegen des Hengstfohlens. Und du hattest das Messer am Gürtel. Der Griff ist nicht zu verwechseln. Benjamin sagte noch, du wärst ziemlich sauer gewesen, weil er sich nicht bei dir gemeldet hat, um dir zu sagen, der Riemen ...« Der junge Mann hielt plötzlich inne. »Das heißt, du warst in der Arena. Du musst drin gewesen sein. Woher hätte Benjamin sonst wissen können, dass du dich geärgert hast. *Merde*, Papa, natürlich warst du da. Hast du ...?« Thibaults Stimme brach, und er begann am ganzen Körper zu zittern. Atemlos hatten Mathilde und ihre Kollegen zugehört.

»Mein Sohn, das ist doch Unsinn. Ja, ich war da. Benjamin hat mich nicht gebraucht, und ich bin weiter. Keine fünf Minuten war ich da.«

»Du hast sie gehasst. Du hast Santana gehasst. Du wolltest nicht, dass ich mit ihr weggehe. Deine Heimat, deine Zukunft, das ist alles hier, das ist die *manade* deiner Vorfahren, das Andenken an meine verstorbene Mutter. Kannst du dich erinnern, wie du mich angeschrien hast, als ich dir gesagt habe, dass ich mit ihr weggehen will?« Thibaults Stimme war nur noch ein heiseres Flüstern. Dann entrang sich seiner Kehle ein schmerzerfüllter Schrei. »Papa, sag, dass es nicht wahr ist. Du warst das nicht!«

Das Schweigen war Antwort genug. Hilflos hob der Vater die Hände. »Thibault, du bist doch alles, was ich noch habe. Deine Mutter ist bei deiner Geburt gestorben. Das alles habe ich für dich erhalten und verwaltet. Und dann kommt so ein Luder und macht alles kaputt. Versteh doch. Ich habe sie in den Katakomben getroffen und wollte mit ihr reden. Nur mit ihr reden. Ich habe ihr gesagt, dass sie auf unserer *manade* willkommen ist, aber dass sie dich mir nicht wegnehmen darf. Sie hat mir einfach frech ins Gesicht gelacht. ›Dass ich dann den Haushalt für Sie machen kann und Ihnen, wenn Sie alt sind, auch noch den Hintern abputzen darf?‹, hat sie gesagt und wollte einfach weiter. Und dann ist es passiert. Ich wollte ihr nicht wehtun, ich wollte ihr einen Schrecken einjagen, mehr nicht. Das musst du mir glauben.« Bittend hob Serge Paille die Hände und ging einen Schritt auf seinen Sohn zu.

Und dann ging alles in Sekundenschnelle. Mit einem Wutschrei rannte Thibault zur Werkbank, griff sich den erstbesten Gegenstand, einen Hammer, stürzte auf seinen Vater zu und wollte auf ihn einschlagen. Rachid und Felix fielen ihm in den Arm und zerrten ihn zurück. Thibault versuchte, sich aus den starken Händen herauszuwinden, doch ohne Erfolg, die beiden Polizisten hielten ihn so lange, bis Coco ihm eine Handfessel angelegt hatte. Serge Paille war derweil in die Knie gegangen, hielt die Hände schützend über seinen Kopf. Unter Tränen stammelte er immer wieder vor sich hin: »Verzeih mir, mein Sohn, verzeih mir.«

Kapitel 35

Mathilde fand keinen Schlaf. Die dramatische Entwicklung des Falls hatte alle überrascht. Mit dem vagen Verdacht, Thibault Paille könnte etwas mit dem Mord an Santana Carmona zu tun haben, waren sie zur *manade* gekommen, und mit einem geständigen Täter, Serge Paille, waren sie wieder gefahren. Coco hatte sich um Thibault gekümmert, der zusammengebrochen war, bis sein Freund Benjamin ihm zur Seite eilen konnte und ein Arzt dem jungen Mann etwas zur Beruhigung dagelassen hatte.

Paille hatte ein volles Geständnis abgelegt. Die Angst, seinen Sohn zu verlieren, hatte ihn zu der Tat getrieben. Ob es sich wirklich so verhielt, wie er sagte, dass er Santana Carmona nur Angst hatte einflößen wollen, musste sich erst noch erweisen.

Niemand hatte am Abend mehr Lust verspürt, noch einmal gemeinsam diese ganze Geschichte Revue passieren zu lassen. Doch eins war allen bewusst, mit Serge Paille als Mörder Santanas hatten sie immer noch nicht die Person, die für den Tod von Dolcé Reinhardt verantwortlich war. Natürlich hatten sie ihn dazu befragt, doch er hatte die Verantwortung für diese Tat vehement von sich gewiesen.

Als sie endlich die *manade* verließen, war Paille bereits von einem weiteren Einsatzfahrzeug der *Police judiciaire* abtransportiert worden. In der Ferne deutete ein Grollen einen Wetterumschwung an. Nur langsam hatte sich das Unwetter, das sich vom Meer in Richtung Festland wälzte, auf Nîmes zubewegt. Doch nun brach sich mit einem Mal ein Regensturm Bahn, der die Fensterläden an der Wand klappern und die Menschen ins Innere der Restaurants, Hotels und Häuser flüchten ließ.

Mathilde schälte sich aus dem Bett. Sie hatte sich mit einem Roman von Nicolette Blanchette, was für ein merkwürdig gestelzter Name, zurückgezogen. Als sie ihn auf Empfehlung der jungen Buchhändlerin gekauft hatte, war er gerade mal drei Wochen auf dem Buchmarkt gewesen. Hatte sie nicht jüngst gelesen, dass das neue Buch der Autorin im September erscheinen würde? *Ein Herz aus Glas mit Sprung*, oder so ähnlich? Entweder schrieb diese so schnell, oder sie hatte das Buch nun schon seit über einem halben Jahr auf dem Nachttisch liegen, ohne auch nur die Hälfte gelesen zu haben. Immer wenn sie wieder anfing, musste sie zurückblättern, um erneut in die Geschichte hineinzukommen. Wieder hatte sie zehn Seiten vorher nachlesen müssen, warum nun Leon dies gemacht hatte, und zu erfahren, wer denn diese Violette eigentlich noch war. Grundsätzlich fielen ihr nach fünf Minuten die Augen zu, das Buch landete, wenn sie Glück hatte, neben ihrem Gesicht, und sie erwachte meist davon, wenn sich ihre Wange auf den glatten Einband drückte und sie dadurch ins Schwitzen geriet. Und eigentlich war diese Art von Lektüre sowieso nicht ihr Ding. Aber sie lenkte ab. Wenn sie zum Lesen kam.

Mathilde öffnete das Fenster und ließ die erfrischende Nachtluft in ihr Wohnzimmer. Es regnete immer noch in Strömen, doch Donner und Blitz hatten sich verzogen. Wie sagte Odile immer? Ein Gewitter reinigt die Luft. Und eine Zigarette macht den Kopf frei, ergänzte Mathilde in Gedanken und verzog sich mit einer Gauloise, einem winzigen Schluck eiskalten Rosés und dem Schmöker aufs Sofa. Sie lauschte den prasselnden Regentropfen, die geschätzt so groß wie Walnüsse sein mussten, nippte an ihrem Glas, das schneller leer war als gedacht, und versuchte, sich auf die leichte Liebesgeschichte zu konzentrieren. Doch immer wieder schweiften ihre Gedanken ab. Ein Vater hatte aus Angst, seinen Sohn zu verlieren, getötet. Doch warum musste Dolcé Reinhardt sterben?

Es musste einen Zusammenhang mit dem Tod von Santana geben. Doch wie sah der aus? Es machte keinen Sinn, sich in der Nacht den Kopf zu zerbrechen. Mathilde las einen Abschnitt im Roman ein zweites Mal. Oder hatte sie ihn noch gar nicht gelesen?

Leon war jetzt am Grab seiner ersten Frau. »Wie dunkle Schwingen legte sich der Schatten der Vergangenheit über den bleichen Marmor, den Leon eigenhändig und nur mit der Kraft eines kleinen Hammers in seinen wunderschönen Händen aus einem Steinbruch in Carrara herausgehauen hatte.« Mathilde musste bei dieser Vorstellung laut lachen. War das schon pietätlos? Aber das war doch wirklich zu albern. Sie stellte sich diesen Leon vor, wie er einsam in einem riesigen Steinbruch mit einem Hämmerchen nicht größer als eine Zahnbürste an dem Gestein herumklopfte. Noch einmal wanderten ihre Augen über den Satz mit den dunklen Schwingen. Schatten der Vergangenheit.

Sie klappte das Buch zu und goss sich noch einen Schluck Wein ein. Noch einmal von vorne. Serge Paille hatte Santana im Affekt mit einem Stilett erstochen. Verlustangst. Dolcé wurde kaltblütig mit einem mitgebrachten Messer durch zwei Stiche, die beide tödlich waren, von vorne getötet. Sie hatte den Täter in die Wohnung gelassen. Und der hatte sofort seine Bluttat begangen. Keine Ankündigung des Mordes, kein Wortwechsel, kein Fluchtversuch von Dolcé. Und er hätte es nicht getan, wenn nicht Santana erdolcht worden wäre. Er hatte seine Chance genutzt, um es wie einen Folgemord aussehen zu lassen. Um von sich und seinem Motiv abzulenken. Aber der Täter musste sich doch darüber im Klaren sein, dass, wenn der Mörder Santanas gefasst war, die Polizei erneut, beziehungsweise immer noch, nach ihm suchen würde. Doch das war dem eiskalten Killer gleichgültig. Hier ging es um Rache, dessen war sich Mathilde sicher. Schatten der Vergangenheit. Es war eine Rache für etwas, was vor langer Zeit passiert, vielleicht verschüttet war. Der Gedanke, Dolcé zu töten, war ihm erst nach der Bluttat in der Arena gekommen.

Mathilde stand auf und marschierte rauchend im Wohnzimmer auf und ab. *Bon*, der Mord an Santana war der Auslöser. So weit, so gut. »Begeben wir uns in die Vergangenheit von Dolcé«, murmelte sie und schloss die Augen. »Was weiß ich von ihrer Vergangenheit? Nicht viel.« Doch ein wenig von dieser Zeit verrieten die Bilder und die Dinge, die sie wertgeschätzt und in einer Vitrine aufbewahrt hatte. Erinnerungsstücke. Mathilde ließ die Fotos und den Inhalt des gläsernen Schränkchens noch einmal vor ihrem geistigen Auge Revue passieren, scannte jeden einzelnen Gegenstand, jedes Foto, soweit es in ihrem Gedächtnis geblieben war, ab.

Das war's. Sie schnippte mit dem Finger und ließ sich aufs Sofa fallen. Ein weiterer kühler Schluck und ein letzter Zug an der Zigarette, und fast die ganze Wahrheit lag vor ihr. War es zu spät, um das alles in Dolcés Wohnung nachzuprüfen? Es gab dieses eine Stück, ein ganz besonderes Stück. Es war der Schlüssel. Und wenn sie jetzt zögerte, ließ sie dann nicht der Person, die vielleicht Dolcé Reinhardt auf dem Gewissen hatte, die Möglichkeit, sich einer Festnahme zu entziehen? Nicht, wenn diese Person nichts von ihren Überlegungen wusste. Trotzdem.

Mathilde fackelte nicht mehr lange, schnappte sich ihr Handy und rief Rachid an, der sich sofort meldete.

»Rachid, können Sie auch nicht schlafen?«

»Nein, der Regen und dieser vertrackte Fall.«

»Mir geht es genauso. Ich zerbreche mir den Kopf, und ich habe nun eine Idee. Haben Sie Zeit? Wir müssen in das Appartement von Dolcé Reinhardt. Ich glaube, wir finden dort eine Antwort. Der Mord an ihr hat etwas mit ihrer Vergangenheit zu tun, dessen bin ich mir sicher. Die ganze Zeit über habe ich zwei Bilder im Kopf, ich habe sie bisher jedoch noch nicht einander zugeordnet. Sind die Wohnungsschlüssel bei Ihnen?«

»Ja, sind sie. Von welchen Bildern sprechen Sie?«

»Rachid, es sind nicht wirklich Bilder, also Gemälde. Es ist eher eine Idee. Gedulden Sie sich noch ein wenig. Wann können Sie da sein? Für mich ist es ja nur ein Katzensprung.«

»Ich bin in fünfzehn Minuten da. Bleiben Sie zu Hause, ich werde klingeln, und wir gehen zusammen dorthin. Ich möchte nicht, dass Sie bei dem Wetter um diese Uhrzeit alleine da draußen herumstehen.«

Mathilde war gerührt über die Sorge, die Rachid um sie hatte. Sie nutzte die Zeit, um sich einige weitere Punkte ins Gedächtnis zu rufen. Was war da noch gewesen? Plötzlich fiel ihr ein Name wieder ein, der Name einer Ärztin oder eines Arztes. Sie gab ihn zusammen mit *Nîmes* in ihr Handy ein, die Suchmaschine reagierte prompt. Mathilde schloss die Augen. Welches Drama hatte sich nur abgespielt?

Eine Viertelstunde später läutete es. Rachid erwartete Mathilde mit einem kleinen dunkelblauen Regenschirm. Der Regen hatte etwas nachgelassen, und die Wolkendecke war an manchen Stellen aufgerissen. Ein fahler Mond beschien geradezu gespenstisch die nassen schmalen Gassen bis zur Wohnung der ermordeten Tänzerin. Mathilde hatte sich bei Rachid eingehakt, so fanden sie beide Schutz vor dem Regen unter dem kleinen Schirm.

»Verraten Sie mir jetzt, was wir zu erwarten haben?«

»Nein, ich möchte mir erst ganz sicher sein. Und wenn ich recht behalten sollte …«

Schon hatten sie das Haus in der Rue de l'Aspic erreicht. Rachid schüttelte den Schirm aus, schloss die Haustür auf, und sie stiegen über die knarzende alte Treppe nach oben. Der Commandant entfernte das rote Klebeband der *Police nationale*, das den Zugang verwehrte, und öffnete die Tür. Mathilde knipste das Licht im Flur an. Das Blut auf dem Boden war getrocknet und geronnen. Im Wohnzimmer stahl sich der Mond hinein, die Fensterläden waren offen. Das gleißende Licht eines Deckenfluters tauchte den Raum in eine unwirkliche und abweisende Atmosphäre.

Zielstrebig näherte sich Mathilde der Vitrine, öffnete sie und entnahm ihr eine Flamencotänzerin aus Porzellan. Sie drehte das vielleicht zwölf Zentimeter große Figürchen hin und her. Es hatte den rechten Arm erhoben, in der Hand winzige Kastagnetten, der Kopf war nach hinten geworfen, das schwarze Haar mit einem roten Band zusammengefasst. Der kleine Körper steckte in einem gelben Kleid mit Rüschen. Die linke Hand raffte den Rock, sodass die Knöchel der kleinen Tänzerin zu sehen waren. Ein Fuß stand komplett auf der ovalen Bodenplatte, der andere war leicht angehoben. Auf der Bodenplatte war eine winzige Gravur.

Neugierig schaute Rachid Mathilde über die Schulter. Sein warmer Atem kitzelte sie im Nacken. Sie drehte sich um, stand nun ganz dicht vor ihm. Sie räusperte sich und zeigte auf die Worte, die die kleine Tänzerin umgaben.

»Schauen Sie, Rachid. Und diese Figur gibt es ein zweites Mal. Es gibt nur wenige davon, sie sind einem ganz kleinen Kreis junger Tänzerinnen geschenkt worden. Jedes Jahr werden die Besten von ihnen ausgezeichnet, und in jedem Jahr gibt es eine andere kleine Porzellantänzerin. Die Besitzerin der zweiten Figur hat, sofern wir auch bei diesem Figürchen die Inschrift finden, Dolcé bereits als Kind, als junges Mädchen gekannt. Warum hat sie uns das nicht gesagt? Ich werde mir noch die Fotos anschauen, und dann können wir los.«

»Von wem reden Sie, Mathilde?« Noch immer stand Rachid dicht vor ihr. Mathildes Herz setzte fast aus. In diesem Augenblick bedurfte es keiner Worte. Doch die Wohnung eines Mordopfers, die Ermittlungsarbeit unter dem grellen Schein der Lampe waren weder der geeignete Ort noch der richtige Moment, sich näherzukommen. Nach wenigen knisternden Sekunden siegte wieder einmal ihre Professionalität, und Mathilde wandte sich der Fotocollage zu. Dolcé hatte ihr Leben als Tänzerin von Kindesbeinen bis ins Erwachsenenalter vor ihr ausgebreitet. Und da war es, das Foto, das sie gehofft hatte zu entdecken.

»Rachid, sehen Sie das? Zwanzig Mädchen. Wie alt mögen sie auf dem Foto sein? Zehn, zwölf? Sie waren in derselben Tanzschule, haben zusammen geprobt, getanzt, waren Freundinnen? Vielleicht Rivalinnen? Das hier ist Dolcé Reinhardt.« Sie tippte mit dem Zeigefinger auf ein Mädchen in der ersten Reihe. »Und das ist Tanya Famosa, oder heute Cayetana Gignac. Irgendwann haben sich ihre Wege getrennt, und hier in Nîmes haben sie sich wiedergesehen. Dolcé scheint Tanya nicht wiedererkannt zu haben, doch umgekehrt war es so. Und Madame Gignac, Tanya Famosa, hat kein Wort darüber verloren, dass sie sich seit Kindesbeinen gekannt haben. Beide haben diese Auszeichnung bekommen, die besten Tänzerinnen ihres Jahrgangs, landesweit, überlegen Sie nur, was für ein Erfolg für die beiden jungen Mädchen. Aus der einen ist eine gefeierte Tänzerin geworden, aus der anderen eine weltweit gefragte

Kastagnettenspielerin. Warum hat sie aber das Tanzen aufgegeben? Rachid, mein Bauchgefühl sagt mir, dass die Antwort auf diese Frage die Antwort darauf ist, wer Dolcé Reinhardt getötet hat. Verlieren wir keine Zeit.«

Kapitel 36

Mathilde und Rachid erreichten die Mühle hinter Saint-Fons gegen ein Uhr in der Nacht. Schon aus der Entfernung erkannten sie, dass etwas passiert sein musste. Blaulicht zuckte zum mittlerweile fast wolkenfreien Nachthimmel empor.

»*Mon Dieu*, was ist denn da los? SAMU und Polizei.«

Rachid stellte seinen Wagen neben einem Fahrzeug der *Gendarmerie nationale* ab. Ein Polizist stand neben der geöffneten Fahrertür.

»*Bonsoir*, Rachid Bouraada. Ich bin ein Kollege von der *Police judiciaire* in Nîmes. Madame le Juge de Boncourt«, stellte er Mathilde vor.

Der Kollege der *Gendarmerie nationale* verzog das Gesicht. »Was funkt ihr uns denn hier dazwischen?«, fragte er mürrisch.

»Wir funken nicht dazwischen, wir sind auf dem Weg zu einer Befragung.« Wenn sie wollte, konnte Mathilde de Boncourt ganz schön arrogant sein, stellte Rachid mit einem zufriedenen Schmunzeln fest.

»Sie kommen wegen Cayetana Gignac? Um diese Uhrzeit? Wegen einer Befragung? Na, Sie haben aber Humor. Eigentlich schlafen die Leute schon oder noch um diese Uhrzeit. Na, auf jeden Fall kommen Sie zu spät. Madame Gignac ist tot. Selbstmord.«

In diesem Augenblick startete der Motor des Rettungswagens, und das Auto fuhr los. Mathilde und Rachid hatten überhaupt nicht registriert, dass in dem Wagen jemand saß.

»Ist sie etwa schon da drin?«

»Ja, sie bringen die Frau in die Gerichtsmedizin. Wir sind ebenfalls fertig. Wir sind vor zwei Stunden gerufen worden. Doch da war schon nichts mehr zu machen. Wir haben die Lage gecheckt.

Es liegt kein Grund vor, etwas anderes als Suizid anzunehmen. Was wolltet ihr nun genau von ihr? Was heißt Befragung?« Plötzlich war der Polizist in Uniform ganz Ohr.

»Nun, die hat sich ja jetzt wohl erübrigt. Monsieur Gignac ist im Haus?«

Der Polizist nickte. »Ja, er ist vollkommen fertig. Wollte aber keinen Beistand. Weder von einem Seelenklempner noch von einem Priester. Gignac hatte schon geschlafen. Ein Geräusch hat ihn geweckt, und er hat festgestellt, dass seine Frau nicht neben ihm lag. Zuerst hat er sich nichts dabei gedacht. Er konnte nicht einschlafen, hat in einer Sportzeitschrift geblättert, und als sie nach einer Viertelstunde immer noch nicht da war, ist er unruhig geworden und hat nachgeschaut. Nun, und dann hat er es endlich gerochen und sie gefunden. Er hat sofort den Notarzt angerufen, und der hat uns informiert. Sie hat auf ganz altmodische Weise den Gashahn aufgedreht und ihren Kopf in den Backofen gesteckt. Kein schöner Anblick.«

»Und wirklich kein Zweifel am Suizid?«, bohrte Rachid noch einmal nach, auch wenn er ahnte, dass er damit seinen Kollegen von der *Gendarmerie nationale* auf die Palme bringen würde.

»Na hör mal, für wen haltet ihr uns? Für Anfänger? Nein, kein Zweifel. Der Notarzt hat den Leichnam in Augenschein genommen. Keine Spuren von Gewaltanwendung. Außerdem hat sie auf dem Küchentisch einen Abschiedsbrief hinterlegt. Sie war sterbenskrank. Der Brief geht jetzt noch zu unserem Grafologen. Aber ein erster Vergleich mit einem Brief von ihrer Hand lässt auch da keine Zweifel zu. War's das jetzt? Unsereins hat morgen früh schon wieder zu arbeiten.«

Er verabschiedete sich mit einer zackigen Geste, Hand an die Stirn, setzte sich auf den Beifahrersitz, und sein Kollege, der dem Gespräch stumm gelauscht hatte, fuhr los.

»*Connard.* Eingebildeter Haufen«, brummte Rachid. »Bestätigt dies nun Ihren Verdacht, Mathilde, oder entkräftet er ihn?«

»Weder noch. Doch der Selbstmord erstaunt mich nicht wirklich. Madame Gignac war an dem Tag, als Dolcé Reinhardt ermordet wurde, bei Docteur René Valmer. Der Mann ist Onkologe, die

Kapazität, wenn es um scheinbar hoffnungslose Fälle geht. Und ein solcher muss Cayetana Gignac wohl gewesen sein.«

Die letzte Wolke wurde vom Nachthimmel gefegt, der sich nun mit unzähligen Sternen schmückte. Mathilde legte den Kopf in den Nacken. »Wir müssen mit Gignac sprechen. Wissen Sie, wenn man reinen Tisch macht, mit seinem Leben abschließt, hinterlässt man doch mehr als ein paar Zeilen, die besagen, ich bin todkrank, ich kann nicht mehr. Oder was meinen Sie?«

»Wenn ich tatsächlich einen Mord verübt hätte, würde ich das in meinem Abschiedsbrief auch schreiben. Allein schon, weil ich nicht möchte, dass vielleicht ein Unschuldiger für die Tat verurteilt wird. Aber vielleicht liegen Sie ja auch komplett falsch mit Ihrer Vermutung.«

Mathilde schüttelte den Kopf. »Das glaube ich nicht. Ich muss mir jedoch Gewissheit verschaffen. Die kleine Tänzerin, ich muss sie sehen. Und vielleicht hat Tanya ihrem Mann ja etwas anvertraut. Wir müssen ins Haus, müssen mit ihm reden.«

Mathilde setzte sich bereits in Bewegung, doch Rachid zögerte. »Mathilde, er hat eben erst seine Frau durch Selbstmord verloren. Ich weiß nicht so recht, ob das so eine gute Idee ist.«

Sie blieb stehen. »Sie haben recht. Das hat Zeit. Wie unsensibel von mir.« Mathilde schüttelte über sich selbst den Kopf. »Ich wäre dort rein wie der sprichwörtliche Elefant im Porzellanladen. Gut, dass Sie mich daran gehindert haben, Rachid. Wir suchen Monsieur Gignac auf, wenn er sich gefangen hat.«

In diesem Augenblick trötete Mathildes Handy. Eine unbekannte Nummer, mitten in der Nacht. Sie drückte auf Annehmen und riss erstaunt die Augen auf.

»Monsieur Gignac! Sie? Ja, ich habe schon davon gehört. Mein herzliches Beileid. Von wem? Nun, ich stehe vor Ihrem Haus, die *Gendarmerie nationale* und der Notarztwagen sind vor wenigen Minuten abgefahren, gerade als Commandant Bouraada und ich hier ankamen. Was wir hier wollen? Monsieur Gignac, wollen wir das, wenn es Ihr Zustand zulässt, bei Ihnen drin besprechen? Und Sie haben etwas für mich? Von Ihrer Frau?«

Die Verbindung war plötzlich unterbrochen, und die Tür zur Mühle wurde geöffnet. Amédé Gignac kam heraus, das Haar zerzaust, die Augen geschwollen, doch in einigermaßen gefasstem Gemütszustand. Er begrüßte Mathilde und Rachid mit Handschlag, als würde er zwei Gäste willkommen heißen.

»Gehen wir hinein.«

Im Inneren roch es nach Gas.

»Wollen Sie wirklich die Nacht hier verbringen, Monsieur Gignac? Wäre es nicht besser, Sie suchen sich irgendwo ein Zimmer?«, fragte Mathilde mitfühlend.

»Nein, das geht schon. Das wird verfliegen. Bitte, hier ins Wohnzimmer.«

»Darf ich?« Mathilde trat zögernd auf die Kommode zu, auf der die kleine Flamencotänzerin stand. Vorsichtig nahm sie sie in die Hand. Dann nickte sie und stellte das Figürchen wieder hin. Mit fragendem Blick war Amédé Gignac ihr gefolgt.

»Diese Figur hat Ihre Frau in ganz jungen Jahren erhalten. Als Anerkennung für ihr außergewöhnliches tänzerisches Talent.«

Gignac nickte. »Die besten Tänzerinnen sind ausgezeichnet worden. Jedes Jahr gab es eine andere Figur. Und immer für die besten Mädchen zwischen zehn und vierzehn. Sie war die jüngste Tänzerin, die jemals diese Auszeichnung bekommen hat. Und dann, mit nur elf Jahren, war ihre Karriere schon beendet. Sie konnte nicht mehr tanzen. Ihr Fuß war kaputt. Bis heute hatte sie Beschwerden beim Gehen, trug immer nur Halbstiefel.« Mathilde erinnerte sich an die Shorts und die knöchelhohen Schuhe, die Cayetana trug, als sie sie besucht hatte.

»Dann hat sie sich für das Kastagnettenspiel entschieden. Das heißt, es hat fünf Jahre gedauert, bis sie damit anfing. Können Sie sich das vorstellen, ein Kind von elf Jahren, depressiv und suizidgefährdet. Aber mit ihren Kastagnetten war sie eine der Besten. Und nun hat der Krebs sie kaputt gemacht. Sie hatte einen Hirntumor. Caya ist schon einmal in den USA operiert worden. Doch das Scheißding ist zurückgekommen. Es gab keine Hoffnung mehr. Der Auftritt hier in Nîmes wäre ihr letzter gewesen.

Der Arzt hat ihr gesagt, dass sie Weihnachten nicht mehr erleben wird.«

Mittlerweile hatten alle Platz genommen. Es tat Gignac sichtlich gut, jetzt nicht alleine zu sein und über seine Frau reden zu können.

»Was war mit ihrem Fuß passiert?«

»Nun, damals hat sich die Polizei nicht gerade mit Ruhm bekleckert. Niemand hat was gesehen, niemand hat was gehört. Es war ein brutaler Überfall. Jemand hat ihr einen Stein auf den Kopf geschlagen, und als sie bewusstlos am Boden lag, hat die Person Caya die Achillessehne mit einem Messer durchtrennt. Unfassbar, eine solche Tat.«

Mathilde atmete tief ein und aus. »Und alles verlief im Sande?«

Gignac nickte. »Ganz allmählich kamen Spuren von Erinnerungen bei Caya hoch. Doch nie etwas Greifbares. Sie litt unter einer Amnesie. Die Ärzte sagten, damit schütze sie sich selbst. Als ob das ein Schutz wäre, sein Leben lang nicht zu wissen, wer das getan hat, obwohl sie im tiefsten Inneren verborgen ist, diese unfassbare Wahrheit. Nun hat sie es mit ins Grab genommen, ihr verschüttetes Wissen. Aber ich habe hier etwas für Sie. Ich habe keine Ahnung, warum sie gerade Ihnen einen Brief hinterlassen hat, Madame le Juge, aber der hier lag auf ihrem Nachttisch. Ich habe ihn erst vorhin entdeckt. Er ist mir vorher nicht aufgefallen. Ich habe Sie dann gleich angerufen. Ein solches Vermächtnis ist mir heilig, ich würde ihn nicht öffnen, aber ich würde gerne erfahren, was drinsteht.«

Mathilde hatte bereits einen Verdacht, als Gignac ihr den Umschlag aus schwerem Büttenpapier übergab. »Madame de Boncourt, persönlich.« Nicht die Richterin, sondern die Frau Mathilde de Boncourt hatte Caya Gignac angesprochen. Mathilde war sich nicht sicher, ob sie Gignac die Bitte, den Inhalt des Briefes wissen zu wollen, abschlagen sollte. Wenn das in diesem Brief stand, was sie vermutete, würde sich der Schmerz des Witwers ins Unermessliche steigern.

Gignac reichte Mathilde eine Zigarrenschere, die zusammen mit einer Streichholzschachtel in einer Schale in Zikadenform lag. Jetzt nahm Mathilde auch den schwachen Geruch von Zigarren wahr. Sie schlitzte den Umschlag auf und zog ein Blatt Papier hervor, das auf beiden Seiten eng beschrieben war. Die Lippen lautlos bewegend, las sie den Inhalt. In gespannter Erwartung lehnte sich Rachid in seinem Sessel aufrecht zurück, während Amédé Gignac sich nach vorne beugte und den Hals reckte.

Mathilde zögerte lange, doch dann entschloss sie sich, dem Witwer zu sagen, was in diesem Brief stand.

»Ich werde Ihnen vorlesen, was Ihre Frau geschrieben hat, Monsieur Gignac. Es wird nicht einfach für Sie sein, das zu verstehen.« Mit ruhiger Stimme begann Mathilde.

»Madame de Boncourt. Als Sie unser Haus betraten, wusste ich, dass mir nicht mehr viel Zeit bleiben würde, Ihnen eine Geschichte zu erzählen. Nicht, dass ich in den nächsten Tagen meinem Krebsleiden erliegen würde, nein, eigentlich hatte ich vor, das Weihnachtsfest allen Unken- und Onkologenrufen zum Trotz noch mit meinem geliebten Amédé zu verbringen.«

Hier stockte Mathildes Stimme. Gignac holte tief Luft, doch er blieb gefasst in seinem Sessel sitzen.

»Nein, ich habe gespürt, gewusst, dass Sie meine Tat entdecken würden. Mathilde, ich nenne Sie nun einfach Mathilde, Sie sind eine ganz und gar außergewöhnliche Frau. Sie können in die Herzen der Menschen schauen. Aber das wissen Sie ja sicher. Nun, ich fasse mich kurz. Mein Leben als Tänzerin ist vor mehr als zwanzig Jahren in einem Park zerstört worden. Jemand hat mir die Achillessehne durchtrennt. Ich konnte nie mehr tanzen. Es war ein langer Weg zurück ins Leben. Viele Menschen haben mich auf diesem Weg begleitet, zuletzt mein geliebter Mann. Tief in meinem Inneren wusste ich, wer mir das angetan hat. Doch dieses Wissen war verschüttet. Bis zu dem Tag, als wir in Dolcés Haus gefeiert haben.

Eine kleine Tänzerin aus Porzellan hat es mir verraten. Plötzlich war alles wieder da, als wäre es eben erst passiert. Dolcé hat mich nicht wiedererkannt. Ich trage seit vielen Jahren einen anderen Namen, ich habe mich verändert. Sie können sich meine Gefühle nicht vorstellen. Doch was hätte ich beweisen können nach all den Jahren. Was hätte ich sagen sollen? Zwei Mädchen, zwei Kinder, zwei Konkurrentinnen. Und eine hat der anderen dieses unsägliche Leid zugefügt. Und, ob Sie es glauben oder nicht, ich wollte diese Geschichte ruhen lassen, wieder vergessen. Doch der Mord an Santana – auch den werden Sie aufklären, dessen bin ich gewiss – hat etwas in mir ausgelöst.

An dem Tag, als Dolcé Reinhardt sterben musste, war ich in Nîmes bei meinem Onkologen, Docteur Valmer. Er hat all meine Hoffnungen zunichtegemacht, zusammen mit Amédé wenigstens noch ein paar gute Jahre zu haben. Ich war tief erschüttert, als ich die Praxis verließ. Mein Leben sollte noch vor Weihnachten beendet sein? Ich weiß nicht, was ich in der nächsten Stunde getan habe, ich bin planlos durch die Stadt gelaufen, und plötzlich stand ich vor diesem Geschäft mit den außergewöhnlichen Haushaltsartikeln, dem Culinarion an der Rue de la Madeleine. Sie kennen es vielleicht. Mon Dieu, ich rede schon wie eine Hausfrau zu einer anderen. Und da lagen sie in der Auslage, Küchenmesser in allen Größen und Formen. Ich weiß nicht, wie das Allzweckmesser in meine Tasche gewandert ist, ich weiß nicht, wie ich in die Rue de l'Aspic gelangt bin, keine dreihundert Meter vom Geschäft entfernt. Dann stand ich an der Tür. Sie hat geöffnet, und ich habe zugestochen. Ihre Augen haben mir verraten, dass sie mich in letzter Sekunde erkannt hat. Mehr habe ich nicht zu sagen. Leben Sie wohl, Mathilde. Ihre Cayetana Gignac.«

Man hätte eine Stecknadel fallen hören können. Die atemlose Stille wurde jäh von einem Schrei unterbrochen, der Mathilde und Rachid durch Mark und Bein ging und kaum noch etwas Menschliches an sich hatte.

Kapitel 37

So richtig in Stimmung für einen Besuch der Show *Nemausus – une danse travers les siècles* war Mathilde nicht gewesen. Zu sehr hatten ihr die Geschehnisse der letzten Tage zugesetzt. Sie fühlte sich wie erschlagen. Der Schrei Amédé Gignacs hallte noch immer in ihren Ohren nach.

Sie öffnete das Fenster, wohl wissend, dass die Hitzewand, die sich davor aufstaute, sich in ihrem Büro breitmachen würde. Doch die Zigarette, die sie sich auf der Fensterbank sitzend anzündete, schmeckte ihr nicht. War die Tabakmischung etwa verändert worden? Lag es am Wetter? Das heftige Gewitter zwei Tage zuvor hatte keine Abkühlung gebracht. Im Gegenteil, die Luft war schwer wie Blei, eine Schwüle, die den Atem raubte, lag über der Stadt. Mathilde zog zwei Mal an ihrem Glimmstängel, drückte ihn aus und beförderte ihn in den Müll.

Am Tag zuvor hatte die erste Vorstellung in der Arena von Nîmes unter dem Jubel der Zuschauer stattgefunden. Auf die Plakate war quer über die Fotos der Hinweis geklebt worden, sämtliche Aufführungen seien ausverkauft. Ein Foto war zusätzlich überklebt worden. Anstelle einer strahlenden Santana Carmona war eine einzelne Rose zu sehen, darunter die Buchstaben RIP. Dolcé hatte erst gar nicht den Weg auf das Werbeplakat gefunden.

Am liebsten hätte sie Martin für den heutigen Abend abgesagt, doch sie hatte es nicht übers Herz gebracht. Zumal Sébastien, so Odile, heute nur für Mathilde spielen wolle. Gestern für seine Maman Vivienne, und heute für seine liebe, liebe Mathilde. Nein, das konnte sie ihren Lieben nicht antun.

Sie packte ihre Tasche zusammen und verließ das Büro. Christine war schon gegangen, vor ihrer Sekretärin lag ein verlängertes Wochenende. Felix und Sabine waren am frühen Morgen in den Urlaub aufgebrochen, und Rachid hatte versprochen, seinem Vater und Carla beim Auswählen des Hochzeitsessens beratend zur Seite zu stehen.

Mathilde, jetzt stell dich nicht so an, schalt sie sich selbst, als sie zu ihrer Wohnung in der Rue Dorée spazierte. Dies waren nicht die ersten Morde, mit denen sie es zu tun gehabt hatte, und es würden nicht die letzten Verbrechen sein, um deren Aufklärung sie sich bemühte. Ein wenig besserte sich ihr Gemütszustand, als sie von der ausgelassenen Stimmung all der Menschen, die sich einen vergnüglichen Tag in Nîmes machten, eingefangen wurde.

Ein junges Paar stand unschlüssig mit einem Stadtplan vor einem Geschäft mit Kindermoden.

»Kann ich Ihnen helfen?« Mathilde hatte spontan haltgemacht.

Die Antwort kam freudestrahlend und in gebrochenem Französisch. Schon wollte Mathilde vorsichtshalber ins Englische wechseln, aber sie ließ es bleiben. Sie wusste von Martin, wie sehr sich die Gäste aus dem Ausland darüber freuten, sich in der Landessprache auszudrücken. Und auch sie fand es einfach toll, wenn man sich überhaupt darum bemühte.

Die beiden wollten wissen, wo das Musée Vieux Nîmes sei. Mathilde zeigte es ihnen auf dem Plan und beschrieb langsam und mit einfachen Wort den schönsten Weg dorthin. Das Paar bedankte sich überschwänglich und strebte eng umschlungen seinem Ziel zu. Mathilde sah ihnen lange nach.

Zu Hause sprang sie unter die Dusche, zog eine leichte Baumwollhose und einen bunt bedruckten kurzärmeligen Kaftan an, steckte sich die noch feuchten Haare zu einem Knoten im Nacken zusammen. Noch hatte sie ein paar Stunden bis zum Treffen auf einen Aperitif mit Martin und Odile. Mathilde hatte die Wahl. Noch ein wenig durch die Straßen von Nîmes zu flanieren oder sich noch kurz hinzulegen. Sie entschied sich für ein wenig hoffentlich erfrischenden Schlaf vor dem nächtlichen Spektakel, und sie lag noch keine fünf Minuten auf dem kühlen Laken, als sie auch schon tief schlummerte.

Das Geräusch ihre Handys riss sie aus einem merkwürdigen Traum, in dem sie eine Galerie besuchte, die ihr nicht im Mindesten bekannt war. An den Wänden hing ein van Gogh neben dem anderen. Doch das einzige Motiv der Gemälde war sie, Mathilde, im Porträt oder inmitten eines blau strahlenden Feldes voller Schwertlilien oder mit einem Arm voll Sonnenblumen. Als sie sich auf die Suche nach einer Mathilde mit Kopfverband und abgetrenntem Ohr gemacht hatte, zog der Klingelton der *Marseillaise* sie aus dem Reich der Träume. Es war Martin, der bereits mit Odile vor der *Petite Bourse* auf sie wartete. Mathilde betastete ihr linkes Ohr. Wahrscheinlich hatte sie etwas unglücklich auf dem zusammengeknüllten Kopfkissen gelegen, denn ihr Ohr schmerzte leicht. Daher also die Suche im Traum nach dem verletzten Hörorgan.

Zehn Minuten später war sie bei Odile und Martin, und eine halbe Stunde darauf nahmen sie ihre Sitzplätze auf den Steinbänken der Arena, die die Hitze des Tages gespeichert hatten, ein. Die Dunkelheit des späten Abends war hereingebrochen, und Mathilde gab sich ganz den bunten Szenen voller Musik und explodierender Lichteffekte, voller Poesie und Magie hin. Klirrende Schwerter, das Wiehern der Pferde, das affektierte Gekicher der Flaneure aus den Zeiten des Barocks mit ihren gepuderten Perücken und den zierlichen Stoffschirmchen. Sie war hingerissen und vergaß die Welt um sich herum. Nach dem Auftritt von Sébastien konnte sie sich kaum beherrschen. Der Junge hatte seine Rolle voller Inbrunst gespielt, und wenn Mathilde nicht alles täuschte, hatte er den Brotkanten, den ihm jemand mitleidig hingeworfen hatte, mit hochgereckter Faust stolz in ihre Richtung gehalten. Mathilde sprang auf, klatschte, rief Bravo und stieß auf den Fingern einen gellenden Pfiff aus, auf den Sébastien mit einer angedeuteten Verbeugung reagierte.

»Ich wusste gar nicht, dass Sie auf den Fingern pfeifen können.«

Wie elektrisiert wandte sich Mathilde um. Neben ihr stand Rachid, aufgetaucht wie aus dem Nichts. Seine Augen strahlten, und zum ersten Mal umarmte er Mathilde zur Begrüßung. Und sie stand einfach nur da, sprachlos. Eine Welle des Glücks durchströmte sie.

»He, Rachid, schön, dass es noch geklappt hat. Wenn wir zusammenrücken, haben wir alle Platz.« Martin grinste, Odile lächelte verschmitzt, und die beiden rückten bereits ein Stück zur Seite.

»Ich konnte mich von meinem Vater und Carla loseisen. Martin war so nett und hat mir schon vor ein paar Tagen ein Ticket besorgt. Es sollte eine Überraschung sein.«

Er setzte sich und zog Mathilde, die immer noch keinen Ton gesagt hatte, an der Hand neben sich. Das Ganze kam ihr vor wie ein Traum. Endlich gelang ihr nach einem Räuspern ein raues »*Bonsoir,* Rachid«, und voll glücklicher Verwirrung spürte sie, dass er ihre Hand immer noch in der seinen hielt.

FIN

Mord am Canal du Midi – Der erste Fall für den Kommissar mit dem Hausboot

Coveränderungen vorbehalten

Jules Besson

Die Toten von Carcassonne

Monsieur Keller ermittelt

Piper Taschenbuch, 320 Seiten
ISBN 978-3-492-31637-8

Konrad Keller, pensionierter Hauptkommissar aus Bayern, hat nach dem Tod seiner geliebten Frau seinen Lebensmittelpunkt nach Frankreich verlegt. Dort ist er mit seinem Hausboot auf den Flüssen und Kanälen unterwegs. Seine Fahrt über den Canal du Midi führt ihn nach Carcassonne. Doch die entspannte Urlaubsstimmung wird jäh durch einen brutalen Mord gestört. Die örtliche Polizei hat schnell einen Verdächtigen, von dem der erfahrene Kommissar jedoch ahnt, dass er nicht der Täter ist.

Leseproben, E-Books und mehr unter **www.piper.de**